SUSANNA LEONARD

Die Radfahrerin

Weitere Titel der Autorin:

Dian Fossey – Die Forscherin

Titel auch als Hörbuch erhältlich

SUSANNA LEONARD

ANNIE
Die Radfahrerin
LONDONDERRY

Eine Frau. Ein Fahrrad. Einmal um die Welt

ROMAN

LÜBBE

Dieser Titel ist auch als Hörbuch und E-Book erschienen

Die Bastei Lübbe AG verfolgt eine nachhaltige Buchproduktion. Wir verwenden Papiere aus nachhaltiger Forstwirtschaft und verzichten darauf, Bücher einzeln in Folie zu verpacken. Wir stellen unsere Bücher in Deutschland und Europa (EU) her und arbeiten mit den Druckereien kontinuierlich an einer positiven Ökobilanz.

FSC
www.fsc.org
MIX
Papier | Fördert gute Waldnutzung
FSC® C014496

Originalausgabe

Die Veröffentlichung dieses Werkes erfolgt auf Vermittlung der literarischen Agentur Peter Molden, Köln

Umschlaggestaltung: Christin Wilhelm, www.grafic4u.de
Umschlagmotive: © shutterstock.com: Sk_Advance studio | f11photo | Pelevina Ksinia; © French Photographer, (19th century)/ French/Bridgeman Images
Satz: hanseatenSatz-bremen, Bremen
Gesetzt aus der Adobe Garamond Pro
Druck und Einband: GGP Media GmbH, Pößneck

Printed in Germany
ISBN 978-3-404-18879-6

5 4 3 2 1

Sie finden uns im Internet unter luebbe.de
Bitte beachten Sie auch: lesejury.de

Goodbye, Ruby Tuesday
Who could hang a name on you?
When you change with every new day
Still I'm gonna miss you.

There's no time to lose, I heard her say
Catch your dreams before they slip away
Dying all the time
Lose your dreams
And you will lose your mind
Ain't life unkind?

Keith Richards, 1966 in seinem Lied
Ruby Tuesday

Fahrradfahren
hat mehr zur Emanzipation der Frauen beigetragen
als irgendetwas anderes in der Welt.

Susan B. Anthony 1896 in der *New York World*

Personen

Anna Cohen Kopchovsky	Annie Londonderry
Simon Kopchovsky	»Max«, Annas Mann
Bertha	»Mollie«, Annas älteste Tochter
Libbie	Annas jüngere Tochter
Simon	Annas Sohn
Bennett Cohen	Annas Bruder
Bertha	Bennetts Frau
John Dowe*	Professor für englische Literatur
Josephine Dowe*	John Dowes Frau
Susan B. Anthony	Reporterin der *New York World*
Jakob von Waldmann*	Schriftsteller
Samuel Thatcher*	Zuckergroßhändler
Colonel Albert Pope	Fabrikant und Fahrradproduzent
Alonso Peck	Popes Starverkäufer
Albert Reeder	Arzt
Peter Goldberg*	Verleger
Esther Glass*	Annas Nachbarin
C. W. Chancellor	amerikanischer Botschafter in Paris
Paul Seigneuret*	Schriftsteller
Tomaso di Cipolla*	Schriftsteller
Victor Sloan	Fahrradhändler in Paris

Mrs. Tubbs	Vorsitzende der Bostoner Women's Christian Temperance Union (siehe Glossar)
Mrs. Obertowne	Mitglied der Bostoner WCTU

Die mit Stern * markierten Personen sind historisch nicht sicher belegt oder fiktiv; Glossar und Zeittafel finden sich am Ende des Buches.

Die Wette

Boston, Massachusetts, USA, Anfang April 1894

Für John Dowe begann die Radtour seines Lebens im Kaminzimmer eines Herrenclubs des Bostoner Nobelviertels *Back Bay*. Doch das wusste er noch nicht, als er in die Pferdedroschke stieg, die ihn und Viktoria von der Universität abholte, um sie durch den kühlen Frühlingsabend dorthin zu chauffieren. Nicht einmal die Spur einer Ahnung davon beunruhigte ihn auf der Fahrt durch das abendliche Boston. Behaglich und zufrieden mit seinem Arbeitstag ruhte er in der Sitzbank hinter dem Kutscher und winkte den Passanten zu, die ihn erkannten und grüßten.

Professor Dowe – Anfang fünfzig, rothaarig, wuchtig wie ein aufrecht gehender Grizzly und mit dem liebenswürdigen Gesicht eines Teddybären – war noch nie auf den Sattel eines dieser modernen und so beliebten zweirädrigen Vehikel geklettert, die alle Welt Fahrräder nannte (er selbst bezeichnete sie als *Rollstangen*), und würde es auch künftig nicht tun. Er dachte nicht einmal an Fahrräder, während er aus der Droschke kletterte, den Kutscher bezahlte und dann, eine Operetten-Melodie auf den Lippen, hinter Viktoria her zur ledergepolsterten Tür des *Boston Tea Party Clubs* schlenderte. Warum auch?

Erregte Männerstimmen schlugen ihm entgegen, als er in

den Salon trat, dabei waren erst drei Tische besetzt. Die lauteste gehörte dem Mann, dessen Clubmitgliedschaft der Professor von Herzen bedauerte: dem Großhändler Samuel Thatcher, der mit Zucker steinreich geworden war. Im vertrauten Gespräch mit seiner Gattin bezeichnete Dowe ihn zuweilen als kastrierten Salonbüffel, und das nicht nur wegen seiner verblüffend hohen Stimme.

Es duftete nach Tabak, Leder und Kienspan, Holz knisterte im Kaminfeuer, Schwaden von Zigarrenrauch wogten unter tiefhängenden Tiffany-Lampen, von den Wänden schauten amerikanische Gründungsväter in Öl aus barocken Goldrahmen herab. Dowe lüpfte den Zylinder, um die bereits anwesenden Gentlemen zu begrüßen, da trottete Viktoria schon zu seinem Stammtisch voraus.

Dort, rechts des Kamins, saß Dr. Reeder, der Arzt seiner Frau, und blätterte in der *Boston Post;* gegenüber, unter dem Porträt George Washingtons, las sein Verleger Dr. Goldberg kopfschüttelnd und mit gerunzelter Stirn in einer ledergebundenen Kladde; am linken Kamintisch stritt sein Lieblingsfeind, der überaus beleibte Großhändler Thatcher, mit zwei weiteren stadtbekannten Geschäftsmännern über die Außenpolitik des Präsidenten.

John Dowe tat, was er immer tat, wenn er sich am frühen Abend hier einfand: Er ließ sich vom Mädchen Mantel, Stock und Hut abnehmen, holte die *New York Times* vom Zeitungsständer, setzte sich zu Dr. Reeder und Viktoria, die sich neben dem Kamin ausgestreckt hatte, zündete sich einen Zigarillo an und schlug die Literaturseite der *Times* auf.

Professor Dowe galt in Boston als seriöser Gelehrter und friedliebender Bürger, der weder zu Zornanfällen noch zu Streitsucht neigte, geschweige denn zu riskanten Abenteuern (schon gar nicht zu finanziellen). Jedenfalls kannte man ihn bis zu jenem Montagabend als solchen, und noch deutete nichts darauf hin, dass er diesen Ruf in wenigen Minuten aufs Spiel setzen würde. Die Shakespeare-Vorlesungen des ersten Wochentages hatten ihn ein wenig erschöpft, das schon, doch er fühlte sich vollkommen entspannt. Noch glaubte John Dowe, einen geruhsamen Abend vor sich zu haben, denn noch hatte niemand seinen Verleger Dr. Goldberg gefragt, was er da eigentlich lese.

Das Mädchen brachte einen gut gefüllten Napf für Viktoria. Die schneeweiße irische Wolfshündin, in deren Ahnenreihe sich ein Großpudel geschmuggelt haben mochte, leckte ihm die Hand, bevor sie sich über das Wasser hermachte.

»Danke, Rosie«, sagte John Dowe mit freundlichem Lächeln. »Für mich das Übliche.«

Dr. Reeder bat um Pfefferminztee, woraufhin das Mädchen einen höflichen Knicks machte und sich dem linken Kamintisch zuwandte, um sich nach den Wünschen der drei Gentlemen dort zu erkundigen.

Colonel Pope und sein Starverkäufer Peck bestellten Bier, was jeder der Anwesenden hätte voraussagen können. In den letzten Wochen neigte Pope, Inhaber der *Pope Manufacturing Company of Boston*, zu übermäßigem Genuss dieses Getränks, wie Dowe aufgefallen war. Der Professor führte dies auf das verheerende Presse-Echo zurück, das eine mit lautem Getöse angekündigte und dann kläglich gescheiterte Werbereise um den Globus dem Fabrikanten eingebracht hatte.

Armer Mr. Pope! Der junge Mann, den er engagiert und auf ein Fahrrad aus eigener Produktion gesetzt hatte, damit er die Welt im Radsattel umrundete, hatte schon nach wenigen Tagen aufgegeben; angeblich wegen zu vieler Pannen an der Rollstange. Professor Dowe bedauerte den Fabrikanten aufrichtig, denn die Presse hatte *beide* mit Hohn und Spott überschüttet: den Radler *und* den Hersteller des Vehikels.

Während Samuel Thatcher, der seine Körperfülle heute in einen hellen Frack neuster Mode gezwängt hatte, Rosie wortreich erklärte, welchen Wein er an diesem Abend zu trinken gedachte, tat er etwas, das er bald bereuen sollte: Er tätschelte ihren Hintern. Das Mädchen wurde rot und trat zur Seite. John Dowe runzelte missbilligend die buschigen Brauen.

Rosie hatte es so eilig, den Salon zu verlassen, dass sie sogar vergaß, den lesenden Verleger nach seinen Wünschen zu fragen, der sich seufzend durch die graue Mähne fuhr, nicht jedoch wegen des hübschen Mädchens oder Thatchers Benehmen – vermutlich hatte er weder das eine noch das andere überhaupt wahrgenommen –, sondern weil ihn seine Lektüre zu bekümmern schien. Dowe schätzte, dass es sich dabei um einen deutschen Text handelte, denn Goldberg stammte von deutschen Einwanderern ab, beherrschte seine merkwürdige Muttersprache so perfekt wie das Englische und hatte sich zu Dowes Bedauern auf medizinische Fachliteratur deutscher Wissenschaftler spezialisiert.

Am Nebentisch nahmen Thatcher und seine beiden Gesprächspartner ihre Diskussion wieder auf, schleppend zunächst, denn sie ließen Rosies anmutige Gestalt erst aus den Augen, als die Tür sich hinter ihr schloss. Über den Rand der *Boston Post* hinweg spähte sogar der überaus seriöse Dr. Reeder dem Mädchen hinterher.

Kopfschüttelnd bedachte der Professor den Großhändler Thatcher mit einem tadelnden Blick (obwohl irischer Abstammung waren derart deutliche Unmutsäußerungen ganz gegen seine Gepflogenheiten), doch der massige Flegel tat, als merkte er es nicht. John Dowe und Samuel Thatcher waren keine Freunde wie gesagt und würden auch nie welche werden.

Dowe schob seine Entrüstung über Thatchers Entgleisung rasch beiseite, zog an seinem Zigarillo und vertiefte sich endlich in seine Zeitung, genauer: in den Bericht über einen deutschen Schriftsteller, der Romane schrieb, in denen nordamerikanische Indianer und Wildwestmänner die wildesten Abenteuer erlebten, ohne dass der Erzähler jemals die Vereinigten Staaten bereist hätte. Das imponierte Dowe, zumal der Mann Erfolg hatte, und er bedauerte es, dem Artikel entnehmen zu müssen, dass bisher kein Indianerbuch dieses Autors ins Englische übersetzt worden war. Ob er seinen Neffen in Dublin bitten sollte, ihm ein deutsches Exemplar zu besorgen? Der nämlich bereiste regelmäßig den Norden Deutschlands. Vielleicht würde es Dowe mit einem solchen Buch gelingen, seinen Verleger endlich für die Übersetzung deutscher Belletristik zu gewinnen.

»Und ich bleibe dabei!«, tönte da Thatcher plötzlich am Tisch links des Kamins, und weil er dabei mit der Faust auf den Tisch schlug, zuckte Dowe zusammen und hob Viktoria knurrend den weißen Schädel vom Wassernapf. »Präsident Cleveland hätte sich Hawaii unter den Nagel reißen sollen! Reißen *müssen*, sage ich, denn alles, was Amerika größer macht, macht auch uns Geschäftsleute größer!«

»Ganz Ihrer Meinung, Sir!«, pflichtete Colonel Pope ihm bei, ein bis auf seinen teuren Anzug und seine traurigen Augen unscheinbarer Mann von etwa sechzig Jahren. »Eine Schande ist das!«

Dowe vermutete, dass er bei diesen Worten weniger an den Präsidenten als vielmehr an seinen gescheiterten Reklameradler dachte, denn seine näselnde Stimme klang nahezu verzweifelt.

»Ich widerspreche Ihnen beiden auf das Entschiedenste!«, erklärte Alonso Peck, der dritte Mann am Tisch, energisch und laut, wie es auch sonst seine Art war. »Der Präsident hätte ja Kriegsschiffe zur Insel schicken müssen, um ihre Annexion durchzusetzen.« Peck, elegant von den roten Stiefel- bis zu den schwarzen Haarspitzen, war vom einfachen Arbeiter bis ins Direktorium der *Pope Manufacturing Company* aufgestiegen und versuchte seit einiger Zeit, Popes neue *Columbia*-Rollstange unter die Leute zu bringen. »Die Hawaiianer sind berüchtigt für ihre Kampfeslust, und ein Krieg ist das Letzte, das wir in diesen schweren Zeiten …«

»Ich bitte Sie, Mr. Peck!«, fiel ihm Thatcher ins Wort. »Soll man einem Präsidenten, der sich einen solchen Leckerbissen durch die Lappen gehen lässt, wirklich die Bewältigung unserer Wirtschaftskrise zutrauen? Nie und nimmer!«

»Krieg um eine Insel, die uns eines Tages sowieso in den Schoß fallen wird?« Zu John Dowes Überraschung ergriff sein Verleger Peter Goldberg das Wort. »Unsinn!« Goldberg winkte ab. »Die Annexion Hawaiis zu diesem Zeitpunkt würde unser Land außerdem eine Menge Vertrauen in der Welt kosten.«

»Na und?« Thatcher, der, wie Dowe wusste, sich seit neustem um einen Sitz im Senat bewarb, warf seinen Quadratschädel in den Stiernacken und breitete in einer theatralischen Geste die Arme aus. »Die Welt gewöhnt sich doch an alles, Dr. Goldberg, und das ziemlich schnell, wie wir wissen.« Durch die Rauchringe seiner Zigarre hindurch blinzelte er neugierig zu der ledernen Kladde in den Händen des Verlegers. »Was lesen Sie da eigentlich, Sir?«

Peter Goldberg stutzte zunächst, hätte wohl lieber seine Haltung zur Außenpolitik des Weißen Hauses noch fundierter begründet, ging aber schließlich doch auf Thatchers Frage ein: »Das Manuskript eines deutschen Arztes. Sein Verlag hat es mir geschickt, und ich muss entscheiden, ob ich es übersetze und veröffentliche.« Er schlug die Kladde zu, um Thatcher die Vorderseite mit dem Etikett zu präsentieren. »Über den physiologischen Schwachsinn des Weibes«, zitierte er den Titel, »von einem gewissen Dr. Paul Möbius.«

Die Gentlemen am linken Kamintisch brachen in Gelächter aus, Viktoria bellte, Dr. Reeder ließ ungläubig seine Zeitung sinken und John Dowe glaubte, sich verhört zu haben.

»Eine satirische Schrift?«, erkundigte er sich bei seinem Verleger.

»Keineswegs, John.« Peter Goldberg ließ sich seufzend gegen die Lehne seines Ledersessels fallen. »Eine ernsthafte psychiatrische Studie.« Er zuckte mit den Schultern, während er die Kladde wieder aufschlug. »Das wenigstens behaupten Autor und Verlag, und dass sie ernst gemeint ist, kann ich nach der Lektüre von drei Kapiteln bestätigen.«

»Um Himmels willen!«, entfuhr es John Dowe. Noch fiel es ihm leicht, seinen Ärger zu zügeln.

»Wenn Sie dieses Buch auf Englisch herausbringen, zünden Ihnen die Bostoner Feministinnen das Verlagshaus an«, sagte Colonel Pope. »Das garantiere ich Ihnen, Dr. Goldberg.«

»Was für ein göttlicher Titel!« Samuel Thatcher kicherte. »Dürfen wir Sie um eine Kostprobe bitten, Sir?«

»Warum nicht?« Goldberg blätterte in der Kladde. »Hier die zentrale These des Autors: ›Das Weib ist kärglicher mit geistigen Fähigkeiten versehen als der Mann und büßt sie eher wieder ein. Dieser Zustand ist unabänderlich.‹«

»Berauschende Neuigkeit«, feixte Thatcher. »Hat nicht bereits der Apostel Paulus Ähnliches kundgetan?«

»Und lange vor ihm unser Herrgott im Himmel«, pflichtete Colonel Pope ihm bei.

»Meiner Frau dürfte ich damit nicht kommen!«, schmunzelte Peck, während er sich eine Zigarette in seine elfenbeinerne Zigarettenspitze steckte.

»Mit einem solchen Satz beleidigt der Autor das gesamte weibliche Geschlecht!«, erklärte John Dowe entschieden und lauter, als er beabsichtigte.

»Er mag zugespitzt klingen, sicher.« Dr. Reeder ließ seine *Boston Post* sinken. »Ganz ohne Wahrheitsgehalt scheint er mir jedoch nicht zu sein. Wie begründet dieser Arzt seine These denn, Dr. Goldberg?«

»In erster Linie mit dem geringeren Umfang des weiblichen Schädels und mit dem geringeren Gewicht weiblicher Gehirne.«

»Da haben wir's!« Thatcher klatschte in die kleinen Hände. »Hab' ich's nicht seit jeher geahnt?« Seine Falsettstimme überschlug sich vor vergnügtem Gekicher.

»Was für ein hanebüchener Unsinn!«, rief John Dowe, der nicht fassen konnte, was er da hören musste. Viktoria setzte sich auf die Hinterläufe und beäugte ihn besorgt.

»Gemach, gemach, Herr Professor!« Dr. Reeder ließ die Zeitung endgültig los und hob beschwichtigend die Hände. »Zahllose Frauenköpfe wurden vermessen und zahllose Hirne weiblicher Leichen gewogen, um genau dieses Ergebnis zu ermitteln.«

»Bullshit!« Heiß stieg John Dowe nun der Zorn in den Kopf. »Wissen Sie denn nicht, dass etwa Mr. Thatchers Kopfumfang und Hirnmasse nicht im Entferntesten an die eines Blauwals heranreichen, Dr. Reeder? Oder an die eines Elefanten? Deswegen würden Sie doch niemals behaupten, Mr. Thatchers geistige Fähigkeiten seien kärglicher als die der genannten Mitgeschöpfe!«

»Ich muss doch sehr bitten, Gentlemen!« Thatchers Gesichtsausdruck schwankte zwischen plötzlichem Ernst und andauernder Belustigung.

»Selbstverständlich nicht!« Dr. Reeder beeilte sich, eine entrüstete Miene zu schneiden. »Aber wir sprechen von Untersuchungen innerhalb ein und derselben Gattung, Professor Dowe. Außerdem muss man das Verhältnis zum Körpergewicht berücksichtigen.« Er schlug einen gravitätischen Tonfall an. »Was ich meine, ist Folgendes, Gentlemen – dieser Autor vergleicht Gehirne des modernen weiblichen Homo sapiens nicht mit denen von Blauwalen, sondern mit denen des modernen männlichen Homo sapiens. Er misst die Fähigkeiten des einen Geschlechts menschlicher Gattung an denen des anderen, und beide unterscheiden sich erheblich, da werden Sie mir doch sicher zustimmen.« Der Arzt wandte sich an alle, meinte aber den Professor.

»Keineswegs«, erklärte Dowe, zwischen dessen buschigen Brauen mittlerweile eine Zornesfalte drohte, »und einige Ihrer Patientinnen würden Ihnen da ebenfalls sehr energisch widersprechen, Sir.« Dowe, der seine Wut nur mühsam unterdrücken konnte, spielte auf seine Frau und deren feministische Freundinnen an, die bei Reeder dessen beliebte *Methusalem-Kapseln* kauften. Die verlegene Miene des Arztes verriet, dass er die Andeutung verstanden hatte.

»Immerhin sagt man einem Blauwal erstaunliche Fähigkeiten auf dem Gebiet der Paarung nach«, erinnerte sich Thatcher, woraufhin Peck und Pope erneut in schallendes Gelächter ausbrachen. »Auf sein großes Hirn verzichte ich gern, doch was seine Ausdauer in Sachen Paarungsfrequenz angeht, liest man Dinge, die einen durchaus neidisch …«

»Oder das hier«, fiel ihm der Verleger ins Wort und zitierte erneut aus dem deutschen Text, den er ohne nachzudenken übersetzte: »›Die ganze Bedeutung des weiblichen Lebens hängt davon ab, den rechten Mann zu erhalten. Auf diesen Höhepunkt des Lebens sind alle Kräfte gerichtet, und alle Geistesfähigkeiten werden auf das eine Ziel konzentriert.‹«

»Hör auf, Peter!«, rief John Dowe. »Das ist ja unglaublich!«

»Aber irgendwie auch einleuchtend.« Thatcher wiegte den Kopf und grinste kichernd seinen Rauchringen hinterher, wobei er mit der Zigarrenhand seine schwarze Lockenpracht modellierte.

»Oder dies hier: ›Körperlich genommen ist, abgesehen von den Geschlechtsmerkmalen, das Weib ein Mittelding zwischen Kind und Mann, und geistig ist sie es, wenigstens in vielen Hinsichten, auch.‹« Peter Goldberg hob den Blick. »Kann man solche Sätze einer amerikanischen Leserschaft zumuten, Gentlemen?«

Seine Worte gingen in Pecks und Thatchers dröhnendem Gelächter unter.

»Warum denn nicht?«, wieherte der Großhändler.

Dowe musste Viktoria am Halsband festhalten, denn die geräuschempfindliche Hündin war aufgesprungen und bellte zum Kamintisch hinüber.

»Ehrlich gesagt habe ich ähnliche Gedanken auch schon gehegt«, räumte Colonel Pope ein, als das Gelächter seiner Tischgenossen sich gelegt hatte. »Wenn ich meiner Gattin manchmal so zuhöre …?« Traurig stierte er ins Kaminfeuer – um gleich wieder erschrocken aufzublicken. »Doch das nur unter uns, Gentlemen!«

»Die Frau ein Mittelding zwischen Kind und Mann« – Dr. Reeder schaute so nachdenklich zum Ölporträt über dem Verleger hinauf, als begehrte er, George Washingtons Meinung zu diesem Thema zu erfahren – »das klingt zunächst einmal despektierlich, sicherlich, doch halte ich das für einen durchaus interessanten Gedanken. Haben wir nicht alle schon einmal die Erfahrung gemacht, dass Frauen …?«

»Unsinn!«, unterbrach Dowe ihn barsch. »Wirf dieses Manuskript weg, Peter!« Er spürte, wie ihm das Blut ins Gesicht stieg, und deutete mit fordernder Geste ins Kaminfeuer. »Am besten verbrennst du es gleich hier!«

»Aber warum denn so hitzig, verehrter Professor Dowe?«

Thatcher schlug einen altväterlichen Tonfall an, der Dowe erst recht zur Weißglut brachte. »Lassen Sie uns diese Fragen doch einmal in gebotener Sachlichkeit erörtern.«

»Oder diese Stelle hier.« Goldberg hatte weitergeblättert. »Laut Möbius folgen Frauen vor allem ihrem Instinkt, und jetzt hören Sie gut zu, Gentlemen: ›Der Instinkt nun macht das Weib tierähnlich, unselbstständig, sicher und heiter.‹ Und daraus folgert unser Autor …«

»Verschone uns um Gottes willen mit diesem Schwachsinn!«, rief Dowe, und halb flehend, halb drohend an die anderen gewandt: »Sagt Ihnen nicht Ihr gesunder Menschenverstand, dass kein seriöser Wissenschaftler dergleichen schreiben würde?«

»Mir durchaus nicht«, entgegnete Thatcher, während Colonel Pope unschlüssig den Kopf wiegte und sein Starverkäufer mit den Schultern zuckte.

»Und daraus folgert unser Autor«, setzte der Verleger abermals an, »dass Frauen in der Lage sind, instinktsicher und rücksichtslos ihre Ziele zu verfolgen, dabei jederzeit ihren Vorteil im Auge behalten und deswegen gelegentlich sogar einen Mann besiegen können, weil Männer, anders als Frauen, dazu neigten, eine Sache von verschiedenen Seiten zu betrachten, und deswegen abwägen und womöglich ins Zaudern geraten …«

»Demnach hätte ich wohl besser eine Frau auf mein Reklamefahrrad setzen sollen«, seufzte Pope.

»Dieser Kerl schreibt wie einer, der sich zitternd unter den Tisch verkriecht, sobald er aus der Praxis nach Hause zu seiner Frau kommt!« John Dowe kochte inzwischen vor Zorn. »Oder sich aus lauter Angst vor der Gattin in der Toilette einschließt!« Er saugte an seinem Zigarillo, doch der war erloschen.

»›… dazu verhelfe der Frau auch ihre natürliche und unverzichtbarste Waffe‹, schreibt der Autor.« Peter Goldstein blätterte eifrig im Manuskript. »Nämlich ihre Fähigkeit, sich zu verstellen und zu lügen. Ich zitiere wieder: ›Nichts ist törichter, als dem Weibe das Lügen verbieten zu wollen.‹«

»Dieser Einsicht kann ich mich nicht ganz verschließen«, schmunzelte Alonso Peck.

»Vernichte dieses unwürdige Pamphlet, Peter!« Dowe kämpfte um seine Selbstbeherrschung. »Ich flehe dich an!«

»Herrlich!« Thatcher warf kichernd die Arme in die Luft.

»Schund ist das!«, rief Dowe so laut, als wollte er versuchen, Viktoria zu übertönen, die gar nicht mehr aufhörte zu kläffen. »Unwürdiger Schund!«

»Vielleicht hätte ich wirklich eine Frau auf die Fahrradreise um den Globus schicken sollen.« Colonel Pope lächelte traurig ins Kaminfeuer.

In diesem Augenblick öffnete sich die Tür, woraufhin im Kaminzimmer schlagartig Stille eintrat. Das Mädchen kam mit einem Tablett voller Getränke herein, servierte John Dowe seinen Champagner und trug es dann zum linken Kamintisch. Sie stellte Pope und Peck ihre Bierkrüge hin und stieß, als sie nach Thatchers Rotwein-Karaffe greifen wollte, mit der Hand gegen das Tablett, sodass das Glasgefäß ins Rutschen geriet, überschwappte und ein Schwall Wein sich über Thatchers neuen Frack ergoss.

»Herrgott noch mal!« Der Fabrikant sprang sofort auf. »Bist du des Henkers?!« Seine hohe Stimme überschlug sich, seine empörten Blicke flogen zwischen den roten Flecken auf Frack und Weste und dem ausdruckslosen Gesicht des Mädchens hin und her. »Dummes Ding! Kannst du nicht aufpassen?!« Er riss sich das Jackett vom Leib. »Salz! Mach schon! Bring Salz!«

Viktoria, die sich wieder zwischen John Dowe und dem Kamin ausgestreckt hatte, blinzelte winselnd zu Rosie hinauf.

Während Thatcher Frack und Weste auf einem freien Tisch ausbreitete, eilte das Mädchen aus dem Salon, und dem Professor wollte es scheinen, als lächle es still in sich hinein.

»Bereuen Sie nach dieser Vorstellung noch immer, keine Frau auf Werbetour um die Welt geschickt zu haben, Colonel Pope?« Thatcher, dessen Gesicht puterrot glühte, spähte voller Grimm zur offenen Salontür. »Ein Frauenzimmer hätte Ihnen Ihr schönes Fahrrad spätestens an der Grenze zum Staate New York in irgendeinen Fluss gelenkt!«

»Wir verkaufen unsere Räder an viele Kundinnen«, warf Peck ein, »und manche fahren damit weiter als nur bis nach New York.«

»Quatsch, sag' ich! Sie würden sich und Ihre Firma bereits am ersten Tag der Tour zum Gespött ganz Amerikas machen!« Thatcher deutete zur Tür. »Ein Weibsbild! Auf einer Weltumrundung! Mit dem Fahrrad! Was für ein hirnverbrannter Quatsch!«

Das Mädchen kam mit einem Fässchen Salz zurück. Thatcher riss es ihr aus den Händen und begann, die Rotweinflecken auf Frack und Weste daraus zu bestreuen. »Quatsch, sag' ich!« Und an das Mädchen gewandt: »Hol mir gefälligst frischen Wein!«

Rosie stolzierte hinaus, und das bemerkenswert entspannt.

»Ich habe von einer Frau gehört, die gemeinsam mit ihrem Gatten durch Nordafrika geradelt ist.« John Dowe prostete seinem Verleger zu und nippte an seinem Champagner. »Warum sollte eine Frau nicht auch um die …?«

»Quatsch, sage ich!«, blaffte Thatcher.

»Außerdem ist Radfahren für Frauen absolut ungesund.« Dr. Reeder lugte zur nur angelehnten Tür und senkte dann die Stimme. »Davon abgesehen reizt diese Art der Fortbewegung, nun ja, die weiblichen Genitalien in ungehöriger Weise.«

»Wozu gibt es Damensättel?«, warf Peck ein.

»Warum sollte eine Frau nicht um die Welt radeln können, Mr. Thatcher?« John Dowe prostete dem Fabrikanten zu. Er genoss es in vollen Zügen, dem ungeliebten Fabrikanten bei der Reinigung seines Fracks zuzuschauen.

»Was für ein absurder Gedanke, Sir!«

»Keineswegs!« Dowe nahm einen kräftigen Schluck, bevor er das Glas abstellte, um sich seinen Zigarillo neu anzuzünden. »Ich jedenfalls bin überzeugt davon, dass eine Frau …«

»So überzeugt, dass Sie darauf wetten würden?« Thatcher fuhr herum.

»Selbstverständlich, Sir!«

»Ich setze tausend Dollar«, erklärte der Großhändler.

»Tausend Dollar?« Dowe musste schlucken, denn so viel verdiente er innerhalb eines ganzen Jahres nicht. Allerdings hatte er kürzlich seinen Onkel beerbt, und dann: Josephine. In ihrem ganzen Stolz stand sie ihm in diesem Moment vor Augen, seine kluge, unbeugsame Gattin, die keinem Streit aus dem Weg ging, wenn Frauenwürde auf dem Spiel stand. »Warum nicht?«, sagte er.

Thatcher knallte das Salzfässchen auf den Tisch und trat an Professor Dowes und Dr. Reeders Tisch, woraufhin Viktoria aufsprang und ihn anknurrte. »Ich wette sogar fünftausend Dollar darauf, dass keine Frau in der Lage ist, mit einem Fahrrad um die Welt zu fahren,« erklärte er feierlich und streckte die Hand aus.

Schlagartig trat Stille ein. John Dowe spürte, dass nicht nur er den Atem anhielt. Colonel Pope erbleichte, Alonso Peck blies die Backen auf, Dr. Reeder fiel die Kinnlade herunter, und der Verleger Goldberg starrte Thatcher an, als hätte der soeben im Alleingang Mexiko den Krieg erklärt. Die Stille machte Viktoria nervös, sodass sie zu bellen begann.

Der aufgewühlte John Dowe war so perplex, dass er Thatchers Hand ergriff, bevor die Zahl in seinem Bewusstsein geschrieben stand.

»Und ich setze zusätzlich fünftausend Dollar Preisgeld für die Frau aus, die das schafft«, fügte Thatcher hinzu. »Ach was!« Er winkte verächtlich ab. »Zehntausend Dollar! Denn diese Frau muss erst noch geboren werden! Und dann, Gentlemen – darauf können Sie Gift nehmen –, dann wird sie sich als Zwitter herausstellen.«

»Die Wette gilt«, verkündete Peter Goldberg, der als Erster seine Fassung zurückgewonnen hatte. »Wir sind die Wettzeugen. Ich setze die Wettvereinbarungen auf. Diktieren Sie, Gentlemen.« Er breitete einen Bogen Papier vor sich aus, schrieb auf, was Samuel Thatcher und John Dowe ihm vorsprachen.

Dowe streichelte die stark beunruhigte Viktoria und dachte an seine gestrenge Frau, während er das Schriftstück kurz darauf durchlas. Ihm wurde heiß und kalt – 5.000 Dollar! In was für ein halsbrecherisches Abenteuer hatte er sich da bloß hineingeritten? Doch gab es einen Weg zurück? Nein – den verbot ihm sein Ehrgefühl. Also klemmte er seinen Zigarillo zwischen die Zähne, holte seinen Füllfederhalter aus der Anzugjacke und schraubte ihn auf, um die Klauseln zu unterzeichnen.

»Moment!«, rief da Thatcher, dem es wohl ebenfalls mulmig wurde. »Drei Bedingungen stelle ich noch.« Er nahm Dowe das Papier aus der Hand und gab es zurück an den Verleger. »Schreiben Sie, Dr. Goldberg. Erstens: Sollte sich jemals eine Frau finden, die wahnsinnig genug ist, sich auf eine derart hoffnungslose Fahrt zu begeben, darf sie bei der Abfahrt nicht einen Dollar in der Tasche haben …«

»Unmöglich!«, brauste der Professor auf. »Soll sie unterwegs ihre Schuhe essen?«

»... zweitens darf sie nur diejenigen Kleider mitnehmen, die sie am Leib trägt.«

»Das kann man keiner modernen Frau zumuten, Sir!« Dr. Reeder schüttelte energisch den Kopf.

Mit gezücktem Federhalter über die Wettvereinbarung gebeugt schaute der Verleger erwartungsvoll zu dem Großhändler hin. »Und drittens, Mr. Thatcher?«

I

Die Frau, die aufbrach

Schwester Thaddea

Saskatoon, Kanada, Herbst 1940

Sie war am Ziel ihrer Reise angekommen, die Hausnummer verriet es ihr. Vor dem hohen Tor, das den Zugang zu dem Anwesen versperrte, stand sie still und betrachtete das schwarz gestrichene Holz. Dahinter also lebte die Frau, die sie nicht aus ihrem Gedächtnis streichen konnte, obwohl sie es dreißig Jahre lang versucht hatte. *St. Mary's Convent* las sie auf dem emaillierten Schild am rechten Torpfeiler. Ja, hier musste es sein, hier lebte *sie*.

Sie starrte die Schrift an, schluckte den Kloß im Hals hinunter, biss die Zähne zusammen. Das Herz pochte ihr in der Kehle, ihr Atem flog, und beides nicht, weil sie erschöpft war. Quer durch Nordamerika war sie gereist, tagelang, und jetzt stand sie hier vor diesem Tor, vor diesem Schild – *St. Mary's Convent* – und betrachtete es mit jener Mischung aus Schrecken und Resignation, mit der sie manchmal unerwartet hohe Rechnungen anstarrte. Das Gefühl, am Ziel zu sein, wollte sich nicht einstellen. Sie verharrte wie festgewachsen. Was nun?

Die kanadische Luft roch schon nach Schnee, dabei war es erst Mitte September. Sie zog die Schultern hoch, denn sie fror auf einmal. Auf dem Nachbargrundstück bellte ein Hund, hinter ihr ratterte ein Fuhrwerk vorüber, hupte ein Automobil, lachten Radfahrer, die nebeneinanderher fuhren. Sie setzte den Koffer ab und schaute ihnen nach – wie lange war es her, dass sie auf einem Fahrrad gesessen hatte? Ziemlich genau fünfundvierzig Jahre.

Schreie aus dem Himmel gingen ihr durch und durch – sie warf den Kopf in den Nacken, spähte in die Wolken: Wildgänse! Hunderte. In langgezogenen Keilformationen flogen sie nach Süden. Hatte so nicht alles angefangen? Mit einem Schwarm kanadischer Wildgänse am Himmel über Boston? Ihr wehmütiger Blick verfolgte den Zug der Vögel, bis ihr Schwarm in der Ferne mit den Wolken verschwamm. Dann hängte sie ihre Handtasche über die andere Schulter, wandte sich um und starrte wieder das schwarze Tor an.

Es war gut sieben Fuß hoch und zwölf Fuß breit. Zwei wuchtige Torpfeiler ragten links und rechts davon auf, jeder acht Fuß hoch. Die sieben Fuß hohe Mauer, die sich anschloss, war wie die Pfeiler aus Feldsteinen gemauert, und oben ragten wie Stacheln schmiedeeiserne Spitzen aus ihrer Krone. Sahen so nicht Festungsmauern aus? Oder Gefängniswände? Sie lauschte, hätte gern über die hohe Barriere geschaut, hätte gern Stimmen oder Schritte dahinter gehört. Doch außer Hühnergackern und Entengeschnatter vernahm sie nichts.

In den rechten Torflügel war eine Tür eingelassen, das darin hineingeschnitzte mannshohe Kreuz glänzte weiß und wie frisch gestrichen. Sie musterte es, wie man einen Feind mustert, den man verachtet und zugleich fürchtet. Aus dem rechten Torpfeiler hing eine dunkelrote Glockenkordel. Du kommst hier nicht herein, sagte das schwarze Tor, du nicht, bekräftigte das weiße Kreuz.

Was nun? Umkehren oder am Glockenseil ziehen?

Sie kannte sich nicht aus mit Klöstern, doch die wenigen, die sie im Laufe ihres Lebens von fern gesehen hatte, waren ihr groß und prächtig erschienen, ein bisschen wie neuenglische Gutshöfe oder wie die Universitäten zu Hause in New York. Meistens hatten diese von Mauern umgebenen Klöster aus vielen Gebäuden bestanden und waren von wenigstens einem Kirchturm überragt worden. Etwas in der Art hatte sie auch hier in der kanadischen Prärie erwartet, in Saskatoon, stattdessen stand sie vor einem kleinen Gehöft aus schmucklosen Bauwerken, das größte kaum größer als eine Dorfschule in der Provinz von Massachusetts. Nicht einmal ein Kirchtürmchen ragte auf.

Sie holte tief Luft und zog dann an der roten Glockenkordel. Der Klang der Torglocke verblüffte sie: Sie läutete nicht, sie bimmelte, und das dünne Klängchen beruhigte sie beinahe. Sie verschränkte die Arme vor der Brust, und während sie wartete, versuchte sie sich vorzustellen, wie *sie* heute aussah, die Frau, um derentwillen sie die lange Reise gewagt hatte. Dreißig Jahre war es her, seit sie einander das letzte Mal in die Augen geschaut hatten. Hatten sie da einander noch gesehen?

Knie und Rücken taten ihr weh. Mehr als zweitausend Meilen Zugfahrt lagen hinter ihr, und in den zwei Nächten der Reise hatte sie kaum geschlafen. Es hatte Zeiten in ihrem Leben gegeben, in denen sie längere und beschwerlichere Reisen bewältigt hatte, viel längere und viel beschwerlichere. Doch sie war keine zweiundzwanzig mehr und auch nicht mehr die Frau von damals.

Niemand öffnete ihr, und weil sie jenseits des Tores noch immer keine Schritte oder Stimmen hörte, langte sie zögernd nach der Klinke neben dem weißen Längsbalken des Kreuzes und drückte sie vorsichtig hinunter. Abgeschlossen. Noch einmal griff sie nach dem Glockenseil, zog daran, lauschte dem Gebimmel, wartete. Sie legte sich Worte – die ersten nach dreißig Jahren – für die Frau zurecht, der sie gleich begegnen würde, und spürte, wie ihr der Kloß im Hals wieder anschwoll.

Minuten später endlich Stimmen und Schritte hinter dem Tor. Fiebrige Erregung ergriff sie, sie ließ die Arme fallen, packte den Koffer, um sich irgendwo festhalten zu können. War es wirklich schon dreißig Jahre her, dass sie Abschied voneinander genommen hatten? Hatten sie überhaupt jemals Abschied genommen? Die Schritte eilten näher, ein Eisenriegel scharrte auf der anderen Seite der schwarzen Tür mit dem weißen Kreuz, Schlüssel rasselten, ein Schloss schnappte auf, und knarrend öffnete sich die niedrige Holztür.

Eine gebeugte Greisin in schwarzer Kapuzenkutte stand hinter der Schwelle, eine Nonne. Stumm und mit schräg gelegtem Kopf musterte sie die elegant gekleidete Besucherin, wobei ihr hellwacher Blick von deren Hutkrempe über die Gürtelschnalle des Trenchcoats bis zu den Schuhspitzen hinabglitt.

Die prüfenden Blicke der Greisin behagten ihr nicht, dennoch rang sie sich ein Lächeln ab, murmelte einen Gruß und holte Luft, um sich vorzustellen, doch die alte Nonne kam ihr zuvor.

»Mrs. Anna Kopchovsky?« Sie nickte. »Sie werden erwartet, Mrs. Kopchovsky, kommen Sie herein.«

Die Greisin trat zur Seite, um in den Hof hineinzuwinken. Eine blutjunge Ordensschwester eilte herbei und nahm ihr den Koffer ab. Hinter ihr und der Alten her schleppte sie ihn quer über den Hof. Dort pickten Hühner im Sand, drängten sich Enten um eine vom letzten Regen übriggebliebene Pfütze, und im Obstgarten, dessen Zaun sich zwischen dem Haupthaus und einer Scheune hinwand, standen Nonnen auf Leitern und ernteten Äpfel. Zwischen den Bäumen sah sie ein paar Gänse im Gras weiden; Hausgänse, keine Wildgänse.

Sie folgte der Alten in das zweistöckige Hauptgebäude des Anwesens. Die zeigte ihr die Gästekammer mit ihrem Bett für die kommende Nacht, befahl der jungen Nonne, ihren Koffer davor abzustellen, und führte sie danach eine Treppe hinauf und durch eine Zimmerflucht zu einer doppelflügeligen Tür.

»Ich werde Schwester Thaddea sofort Ihre Ankunft melden.« Die Greisin zog einen Türflügel auf. »Hier, in der Bibliothek, können Sie ungestört miteinander sprechen.«

Sie nickte und fragte sich, wie viel die Greisin wohl wissen mochte – über sie und über die andere, die sie Schwester Thaddea nannte. Wahrscheinlich alles. Der Geruch von Bohnerwachs, altem Leder und Büchern umfing sie, als sie in den großen Raum trat.

»Darf ich Ihnen einen Tee und einen Imbiss bringen? Sie haben eine lange Reise hinter sich, wie man hört.«

»Ein Tee genügt mir, vielen Dank.«

»Wie Sie wünschen, Mrs. Kopchovsky.« Die Nonne wies auf die Lehnstühle, die zwischen deckenhohen Bücherregalen an einem runden Eichentisch standen. »Schwester Thaddea wird Sie gewiss nicht lange warten lassen.« Mit diesen Worten schloss die Greisin die Tür.

Sie lauschte den sich entfernenden Schritten. »›Schwester Thaddea‹ …« Wie unter einem Anfall von Ekel schüttelte sie sich. »Was für ein grässlicher Name.«

Sie schaute sich um, ließ ihren Blick über Kruzifixe, Ölporträts von Nonnen, Heiligenbilder, Regale und tausende Buchrücken gleiten und erschrak, als sie plötzlich wenige Schritte entfernt eine zierliche weißhaarige Frau mit schwarzem Hut und in grauem Trenchcoat stehen sah; doch nur einen Wimpernschlag lang, dann begriff sie, dass es ihr eigenes Gesicht war, in das sie schaute: Ein hoher, schmaler Spiegel hing zwischen einem Lesepult und einem Waschtisch.

Würde die andere ihr von Falten durchzogenes Gesicht überhaupt wiedererkennen? Sie kam sich ja selbst ganz fremd vor. Abrupt wandte sie sich um, hängte ihre Handtasche über eine Stuhllehne, trat ans Fenster. Und die andere? Wie mochte sie aussehen? Die Nonnen dort unten im Obstgarten sahen alle gleich aus unter ihren schwarzen Kapuzenkutten.

Über Jahrzehnte hatte sie sich aufrichtig bemüht und es dennoch nicht geschafft, sie aus ihrem Gedächtnis zu streichen. Besonders an ihren Geburtstagen hatte sie an sie denken müssen. Und oft auch in der Synagoge oder an hohen Festen wie Jom Kippur oder den Pessachtagen. Wenn ihr Bild dann aus den Gewölbekellern ihrer Erinnerung heraufstieg, sah sie jedes Mal die schlanke Gestalt und das schmale Gesicht der brünetten Zwanzigjährigen. Inzwischen war sie fünfzig. Ob sie runzlig geworden war? Oder grau? Oder fett?

Sie fuhr herum, denn plötzlich hörte sie Schritte draußen in der Zimmerflucht – rasche, energische Schritte. Ihre Gestalt straffte sich, sie schluckte, strich ihren Mantel glatt. Warum waren ihre Hände so feucht? Sie wischte sie am Trenchcoat ab, während ein Flügel der Bibliothekstür sich öffnete.

Eine Nonne kam herein, zog die Tür hinter sich zu, blieb stehen und sah zu ihr herüber. »Da bist du also«, sagte sie mit heiserer Stimme.

»Ja.« Sie merkte kaum, dass sie noch immer ihre Hände am Mantel rieb. »Ja, da bin ich nun.«

Ein paar Atemzüge lang standen sie reglos, sie am Fenster, die andere an der Tür – standen, schwiegen, schauten. Habit und Kapuze bedeckten Gestalt und Haar der anderen vollständig, nur ihre knochigen Hände und das Gesicht waren zu sehen. Sie erkannte sich selbst in diesem Gesicht, erkannte sich so deutlich, dass ihr der Atem stockte und ein Schmerz sie durchzuckte.

Im selben Moment lief sie los, fast gegen ihren Willen, lief ein paar Schritte zu der Nonne hin, wollte sie umarmen, wollte wenigstens ihre Hände nehmen, doch die stand auf einmal schon am Tisch, zog einen Lehnstuhl hervor und zwischen sich und sie. »Wollen wir uns doch setzen.«

»Ja.« Sie wandte sich ab und nickte heftig, wobei sie ihre Tränen unterdrückte und ihren Trenchcoat auszog. »Setzen wir uns erst einmal.« Sie hängte den Mantel über den Stuhl, auf dem schon ihre Handtasche lag, und nahm Platz.

»Schwester Katharina macht uns Tee.« Die Nonne ging um den großen Tisch herum, zog einen zweiten Lehnstuhl hervor und setzte sich ebenfalls. »Du hast ja eine lange Reise hinter dir.«

»Eine sehr lange, o ja.« Die andere saß ihr nun gegenüber mit dem Rücken zum Fenster, und weil das Abendlicht in den Raum fiel und sie blendete, konnte sie ihr Gesicht nur noch undeutlich erkennen. »Ich hätte nicht gedacht, dass die Zugfahrt so lange dauern würde.«

»Und ich hätte nicht gedacht, dass du diese Reise jemals antreten würdest«, sagte die Nonne. »Ich hatte die Hoffnung aufgegeben, jemals wieder von dir zu hören. Und dann dieser Brief.« Die Stimme der anderen wurde leiser, ging beinahe in Flüstern über. »Nach dreißig Jahren.«

»Es tut mir so leid.« Die eigenen Worte hörten sich in ihren Ohren verkehrt an, jeder Satz, den sie sich zurechtgelegt und noch nicht ausgesprochen hatte, fühlte sich verkehrt an. Sie senkte den Blick, kämpfte mit den Tränen.

»Ich war tot für dich, nicht wahr?«

Sie gewann ihre Fassung wieder, richtete sich auf und griff nach ihrer Handtasche. »Ich habe dir etwas mitgebracht.« Sie holte ein Glas und ein Päckchen heraus. »Honig und Pralinen von diesem Konditor in der Vierundfünfzigsten Straße, den du schon …«

»Es stimmt doch, oder?«, fiel die andere ihr ins Wort. »Seit ich zum Katholizismus übergetreten und Nonne geworden bin, war ich tot für dich.«

Sie stellte das Honigglas auf den Tisch, legte die Pralinenschachtel daneben, hielt beides fest und blinzelte ins grelle Abendlicht, in das die Gestalt der anderen getaucht war. Sie musste antworten, das war ihr klar; dazu hatte sie die lange Reise ja gemacht – um Antworten zu geben. Doch hinter ihr öffnete sich nun die Tür, und die Greisin kam mit einem Tablett herein.

Sie servierte ihr Tee und Käsesandwiches, brachte Tee und Sandwiches auch zur anderen Seite des Tisches. Weder die *Schwester Thaddea* Genannte noch sie selbst sprach ein Wort, während die alte Nonne im Raum war. Erst kurz bevor sich die Tür hinter ihr wieder schloss, sagte die andere: »Danke, Schwester Katharina«, und dann an sie gewandt: »Ich war schon damals tot für dich, sonst hättest du nicht getan, was du getan hast. Oder war ich zu lebendig für dich?«

»Es tut mir so leid, Mollie, doch ich musste es tun. Ich …«

»Schwester Thaddea heiße ich«, unterbrach die andere sie. »Warum der Brief? So viele Jahre Schweigen, und dann plötzlich dieser Brief. Ich habe mich gefreut, habe tagelang nicht schlafen, kaum essen können vor Freude, Angst und Aufregung – aber warum?«

»Ich …« Sie schaute in die Teetasse, dachte nach. »Ich war krank, weißt du? Sehr krank. Und der Gedanke, sterben zu müssen, ohne dich noch einmal gesehen zu haben …«

»Du musst sterben?« Auf der anderen Tischseite straffte sich die Gestalt der Nonne.

»Es geht mir besser, sonst hätte ich diese lange Reise nicht geschafft, doch die Ärzte machen mir nicht viel Hoffnung.«

»Das tut mir leid.«

Sie schwiegen eine Zeitlang, keine rührte ihren Tee an, keine ein Sandwich. Wegen des Lichtes konnte sie das Gesicht der Nonne nicht genau erkennen, doch sie spürte ihre Blicke.

»Das tut mir wirklich leid, und glaube mir: Ich bin froh, dass du gekommen bist.«

»Und ich bin froh, dass du das sagst. Danke.«

»Lass uns reden.« Die Nonne zog ihre Teetasse heran. »Warum hast du es getan damals? Erst diese unsinnige Fahrradreise und bald darauf …«

»Sie war nicht unsinnig!«

»… dann die Internate, die so weit weg von zu Hause waren wie der Mond von der Erde. Warum?«

»Die Fahrradreise war nicht unsinnig, Mollie, sie war …«

»Schwester Thaddea!«

»… sehr wichtig für mich! Ich musste sie einfach wagen, und ich will dir erklären, wieso. Hör mir zu, Mollie …«

»Ich heiße seit meinem zweiundzwanzigsten Lebensjahr Schwester Thaddea, seit ich die Heilige Taufe empfangen habe!«

»Das kannst du nicht von mir verlangen, dass ich dich so nenne!«

»So? Was hast du denn von *mir* verlangt damals?« Die Hand der Nonne zitterte, während sie Zucker in ihren Tee löffelte, zitterte so sehr, dass sie Körner verstreute. »Bist einfach auf und davon, hast uns einfach im Stich gelassen! Fünfzehn Monate lang, und nicht lange danach …«

»Ich musste es tun!« Sie biss sich schier auf die Zunge, um die andere nicht schon wieder *Mollie* zu nennen.

»Niemand muss irgendetwas tun, das er nicht tun will!« Die Nonne wurde lauter.

»Also gut – ich *wollte* es tun. Ich wollte es unbedingt, weil ich mein Leben einfach nicht mehr ertragen habe.« Auch sie hob nun die Stimme. »Weißt du, wie das ist, in einem Ghetto zu hausen? Weißt du, wie das ist, eine kleine Zweizimmerwohnung mit Bruder und Schwägerin und Nichten und Neffen teilen zu müssen? Tag für Tag umzingelt zu sein von Geschrei, Gestank, Gewimmel und Mangel?« Sie beugte sich über den Tisch, schlug die Fäuste im Rhythmus ihrer Worte auf den Tisch. »Abends nicht zu wissen, wovon du morgen den Kindern Essen kaufen sollst, weil unsicher ist, ob dein Mann Geld nach Hause bringt und wie viel? Dir einen Job besorgen zu müssen, obwohl drei Kleinkinder dir am Rockzipfel hängen, weil er sowieso nie genug bringt? Und für jeden Schritt, den du tust, musst du Rechenschaft ablegen, nur weil du eine Frau bist! Und immer ein Ehemann und ein Bruder um dich herum, die dir sagen, was du zu tun und zu lassen hast, und auf einmal bekommst du völlig unerwartet die Chance deines Lebens, auf einmal öffnet sich dir eine Tür in die Freiheit! Weiß du, wie sich das anfühlt?«

Die Nonne rührte noch immer in ihrem Tee. »Nein, das weiß ich nicht.« Wenigstens hatte sie aufgehört, sie mit diesem anklagenden Blick zu fixieren. »Erkläre es mir. Warum hast du uns verlassen? Erkläre es mir, dazu bist du doch gekommen, oder? Um die Fragen zu beantworten, die ich dir geschrieben habe.«

»Ja, dazu bin ich gekommen.« Sie richtete sich auf wie eine, die bereit war – zum Kampf, zum Empfang des entscheidenden Hiebs, zur Niederlage. Zwei, drei Atemzüge verharrte sie so, dann ließ sie sich gegen die Stuhllehne fallen. Ihr Blick ging ins Leere, während sie auf die dunkle Tischplatte starrte, ging in ferne Zeiten, aus denen Gesichter und Stimmen heraufdrängten. Womit sollte sie anfangen? »Du weißt, dass ich noch sehr klein war, als wir aus Lettland in die Neue Welt übersiedelten.«

»Da warst du ungefähr so alt wie ich war, als du dich zum ersten Mal von mir getrennt hast.«

»Ja, ungefähr.« Sie nahm die Tasse, stützte die Ellenbogen

auf den Tisch und schlürfte ein wenig Tee. »Kurz nach meinem fünfzehnten Geburtstag starben mir Mutter und Vater, als ich siebzehn wurde, heiratete ich den Mann, den der Rabbi mir ausgesucht hatte. Wir zogen nach Boston in die Spring Street, wo schon mein Bruder Bennett mit seiner Frau wohnte. Ich wurde schnell schwanger und wieder schwanger und wieder …«

Hornisse

Boston, Massachusetts, Frühjahr 1894

Sie sah alles, immer, das tat weh.

Jetzt zum Beispiel, während sie auf dem Boden vor ihrem Jüngsten kniete, sah sie die fette Hornisse über die Scheibe des hochgeschobenen Fensters krabbeln, sah Libbie sich an der Fensteröffnung ausstrecken und danach patschen, sah zugleich das überkochende Kartoffelwasser auf dem Ofen, sah auch ihre schlafende Nichte unter dem Küchentisch, sah außerdem die stinkende und nach allen Seiten quellende Bescherung in der Windel ihres Jüngsten und sah, wie am Tisch ihre Große den plärrenden Jerry am Ohr packte und nach der noch halbvollen Breischüssel langte.

Wohin zuerst greifen? Annie hätte acht Hände gebraucht. Sie wünschte sich weit weg.

Wäre sie ein Vogel gewesen, etwa eine der viel zu vielen Tauben da draußen, und hätte in aller Ruhe über die Spring Street segeln können, dann hätte sie natürlich auch alles gesehen, was es dort tagtäglich zu sehen gab: die Fuhrwerke, die Ratten, die Müllberge, die scheißenden Hunde, die betrunkenen Radfahrer, die prügelnden Männer, die stinkenden Automobile, die streunenden Katzen, die spielenden Kinder und wohl auch das kleine Mädchen und die Hornisse am halboffenen Fenster im zweiten Stock der Nummer 113. Einfach alles und alles auf einmal, nur – es hätte ihr nichts ausgemacht.

Wenn sie eine Taube gewesen wäre, was bitte würde es denn *sie* dann angehen, all das Gewimmel dort unten auf der Spring Street? Die Kleine am Fenster? Das Treiben dahinter? Gar nichts.

Doch Annie war keine Taube, Annie war eine Menschenfrau und steckte in einer aus zwei Schachteln mit dünnen Wänden bestehenden Behausung, die auf allen Seiten andere Schachteln mit dünnen Wänden umgaben. So dünn, dass Annie im gleichen Augenblick, als die Große die Breischüssel hochhob, hörte, wie Esther Glass in der Schachtel nebenan ihren betrunkenen Mann einen *hirnlosen Pisser* nannte.

Leider hatte sie keine acht Hände, nicht einmal vier. Und wenigstens so viele hätte Annie gebraucht, um die Kleine vom Stuhl am offenen Fenster zu zerren, ihre Große davon abzuhalten, Jerry die noch halbvolle Breischüssel über den Kopf zu stülpen, und ihren Jüngsten daran zu hindern, in die stinkende Bescherung zu greifen, die aus seiner Windel quoll. Die überkochenden Kartoffeln waren ihr da schon egal.

Sie riss den Arm ihres Zweijährigen aus der Kacke und schrie: »Bloß nicht, Mollie!« Zu spät, und augenblicklich gellte ohrenbetäubendes Gebrüll durch die Küche. Der plärrende Jerry versuchte vergeblich, sich den heißen Helm vom Kopf zu stemmen, denn die Große hielt die Schüssel eisern fest, wobei sie eine Grimasse schnitt, als sei sie darauf aus, eine steinerne Nuss zu zerbeißen.

Annie sprang hoch und überließ Simons Händchen seiner stinkenden Windelfüllung. Wenigstens lenkte Jerrys Gebrüll die Dreijährige am Fenster von der Hornisse ab. Am Küchentisch musste Annie erst einmal mit ihrer Großen kämpfen, denn Mollie wollte um keinen Preis die Schüssel auf dem Kopf ihres jüngeren Cousins freigeben. Was um alles in der Welt hatte das Kind nur so wütend gemacht?

Da schaukelte, alarmiert vom Gebrüll ihres Söhnchens, Annies Schwägerin Bertha in die Küche. Doch weil Annie die Sicht auf Jerry, seinen Kinderstuhl und seine missliche Lage verdeckte, rannte die hochgewachsene und schwerfällige Frau als Erstes zum Ofen (normalerweise überließ sie die schnellen Bewegungen der jüngeren Annie).

»Die Kartoffeln!«, rief sie, und aus irgendeinem Grund begann daraufhin auch Annies Große zu kreischen.

»Siehst du nicht, dass die Kartoffeln …!« Die Topflappen schon in den Händen riss Jerrys Mutter Mund und Augen auf und stand wie erstarrt, als sie ihr von oben bis unten mit Haferbrei verschmiertes Kind zwischen der schimpfenden Annie und der kreischenden Mollie entdeckte.

Leider hielt ihre Versteinerung nur für einen Augenblick an – im nächsten stampfte sie schon herbei und stimmte jenes Geheule und Gezeter an, für das Annie sie so überaus liebte. Unter dem Tisch wachte unterdessen Jerrys große Schwester auf, und weil sie nicht gleich ihr Schmusetuch fand (und weil sowieso alle schrien), fing sie ebenfalls an zu schreien.

»Kann man dir denn nicht mal für eine Sekunde seine Kinder anvertrauen?!« Mit den Topflappen begann Annies Schwägerin, den Brei aus Locken und Gesicht des brüllenden Jungen zu wischen. In der Nachbarwohnung hämmerte Esther Glass gegen die Wand und forderte Ruhe.

»Eine Sekunde?« Annie knallte die entleerte Breischüssel zurück auf den Tisch. »Seit einer geschlagenen Stunde tratschst du unten im Hof mit den Weibern, während ich mich hier oben allein um fünf Kinder und das Mittagessen kümmern muss!« In diesem Augenblick hasste sie ihre Schwägerin aus tiefstem Herzen.

»Fünf? Es waren nur vier! Lea hat geschlafen, als ich reinkam!« Bertha beugte sich dicht an Jerrys Gesicht. »Armes Spätzchen! Wer um Himmels willen hat dir das angetan?«

Ohne sein Heulen zu unterbrechen, zeigte der Zweijährige auf Annies Große. Sein verschmierter Mund war eckig wie das eines missratenen Schneemanns, Rotz quoll ihm aus dem Näschen, sein Gebrüll stülpte Annie den Magen um, sein Gesicht sah aus wie eine von Schimmel gesprenkelte Tomate.

»Ist sie nicht ein abscheulicher Sadist?!« Bertha packte die bleiche Mollie an der Schulter, riss sie zu sich und holte zum Schlag aus. »Sag ich's nicht schon lange?!«

»Wehe!« Annie hielt ihr Handgelenk fest. »Eine Sadistin, wenn schon, doch sie war es gar nicht – Jerry hat sich die Schüssel selbst über den Kopf gestülpt.«

Die Erklärung verblüffte selbst Mollie dermaßen, dass sie verstummte und ihre Mutter aus großen glänzenden Augen anhimmelte.

»Was?!« Der entgeisterte Blick der Schwägerin flog zwischen Annie und Jerry hin und her.

»Er wollte Soldat spielen.« Annie zuckte gleichmütig mit den Schultern. »Und Soldaten tragen nun einmal Helme.«

»Jerry ist erst zweieinhalb Jahre alt!« Bertha brach in Tränen aus. »Jerry weiß noch nicht einmal, was ein Soldat ist!« Sie zog ihren Jungen aus dem Kinderstuhl und trug ihn hinüber zum Waschzuber neben dem Ofen.

»Das ist dein Fehler, Bertha: Du unterschätzt deine Kinder.« An ihrem plärrenden und in seiner verkackten Windel hockenden Jüngsten vorbei eilte Annie zum Fenster, wo sie Libbie vom Stuhl hievte und eine Zeitung vom Boden aufhob, um die Hornisse zu töten. Das Innere ihrer Brust war ein bodenloses Loch, bis zum Rand gefüllt mit Erschöpfung.

Sie hatte die Zeitung schon zusammengerollt und zum

Schlag ausgeholt, da hielt sie plötzlich inne, um das gelbschwarze Insekt aufmerksamer zu betrachten. Wie es unentwegt nach einem Loch in der Scheibe suchte, wie es immer von Neuem gegen das Glas anflog und wie laut es dabei brummte! Plötzlich kam Annie das Gebrumm nicht mehr wütend vor, sondern verzweifelt. Und plötzlich fühlte sie sich der Hornisse auf merkwürdige Weise verbunden.

Die Große drängte sich an sie, zupfte an ihrer Schürze. »Der Jerry hat sich nicht füttern lassen wollen«, flüsterte sie, »überhaupt nicht. Hat mir einfach den Löffel weggehauen. Blöder Jerry.«

»Schon gut.« Annie fuhr der Fünfjährigen durchs Haar, fasste sie unter den Achseln und hob sie auf den Hocker. »Schau es dir an, das dumme Tier – brummt und stößt ständig gegen die Scheibe, weil es unbedingt rauswill. Dabei ist nur ein kleines Stück unter ihm der Weg vollkommen frei.«

»Warum krabbelt die Hornisse nicht einfach dorthin und fliegt los?«, wollte Mollie wissen.

»Ich weiß es nicht.« Annie hatte noch nie begriffen, warum Hornissen, Fliegen und all das geflügelte Kleinzeug selbst bei halb geöffneten Fenstern durch das Glas zu brechen versuchten, bis sie vor Entkräftung starben, statt durch die offene Hälfte nach draußen zu fliegen. Eines der vielen Rätsel dieser Welt.

»Du bist weniger als eine Handbreite von der Freiheit entfernt und ergreifst sie dennoch nicht«, sagte sie, während sie sich zu der Hornisse beugte und seufzend den Kopf schüttelte. »Du bist noch dümmer als der dümmste Mensch.«

Mit der Zeitung schob sie die brummende Kreatur nach unten und bis über den Fensterrahmen, sodass sie endlich hinausfliegen konnte. Annies Blick folgte dem Flug der Hornisse, während hinter ihr die Schwägerin schimpfte und der knapp zweijährige Simon nach ihr plärrte.

»Du musst Mollie bestrafen!«, rief Bertha, und Simon streckte flehend die Ärmchen nach Annie aus.

»Ich kann dir nicht helfen, und ich muss gar nichts, ich bin nämlich eine Hornisse«, murmelte sie erschöpft und versuchte, das Insekt nicht aus den Augen lassen.

»Spinnst du jetzt?!«, rief Bertha halb besorgt, halb empört, und dann wieder leiser, doch zugleich drohender: »Warte nur, bis Bennett nach Hause kommt, der wird dir schon flüstern, was du zu tun hast! Und jetzt kümmere dich gefälligst um Simon, der sieht ja aus wie ein Ferkel, das sich im Mist gesuhlt hat!«

»Ich muss überhaupt nichts, und ich kann Simon nicht sauber machen«, sagte Annie gedankenverloren, »denn ich bin eine Hornisse und fliege gerade über Esthers weiße Wäsche zu Mr. Lewis' Blumenbalkon hinauf.«

Weit weg

Ihr Bruder kam nur kurze Zeit vor ihrem Mann nach Hause, und das war ein Glück an diesem Tag. Ihren Jüngsten auf dem Arm stand Annie gerade neben dem Küchenregal, wo gerahmte Zeichnungen und Fotografien an der Wand hingen, als Bennett hereinpolterte – schmal, bärtig, Hände und Gesicht ölverschmiert.

»Mann, schieb ich einen Kohldampf!« Quer durch die Küche schleuderte er seinen Tornister zielsicher auf den nächstbesten Stuhl. Der Tisch ist ja noch gar nicht gedeckt!« Er guckte wie ein kleiner Junge, dem man die Mütze gestohlen hatte. »Teufel auch! Wo steckst du, Bertha?«

Annie mit dem Kleinen wandte sich ab, damit er nicht sehen konnte, wie sie die Augen verdrehte. »Wie wäre es mit: ›Guten Tag, liebe Schwester‹?« Sie drehte sich wieder um, blitzte ihn an und deutete dann mit einer Kopfbewegung zum Zimmer, das Bennett und seine Familie bewohnten. Die Tür war seit Stunden geschlossen.

»Bertha?« Bennett stieß sie auf. »Warum ...?« Er stutzte, und seine Stimme wurde weicher. »Was ist los mit dir? Gab's schon wieder Ärger?« Kaum hatte er die Tür hinter sich zugedrückt, hörte Annie auch schon das Gejammer ihrer Schwägerin. Laut und weinerlich schilderte sie Mollies Missetat und ihre, Annies, *unverschämte und gottlose Lüge*, wie sie sich ausdrückte.

Annie machte sich auf Streit gefasst – mit ihrem Bruder war nicht zu spaßen, wenn er hungrig von der Arbeit im Hafen nach Hause kam. Nun gut, auch das würde sie durchstehen.

Sie küsste ihr Söhnchen, wandte sich wieder den Bildern an der Wand zu und fuhr fort, ihm von den Menschen und Häusern zu erzählen, die darauf zu sehen waren – von ihren Eltern und Großeltern, ihren Onkeln und Tanten und von dem Bethaus und dem kleinen Gehöft in ihrem lettischem Heimatdorf, in dem sie ihre ersten vier Lebensjahre verbracht hatte.

»Annie!« In der Nachbarwohnung klopfte Esther Glass an die Wand. »Kannst du mir eine Tasse Zucker leihen?«

»Habe selbst kaum noch welchen! Reicht gerade so für den Brei morgen Früh!«

Im selben Moment wurde die Tür zum Zimmer von Bennetts Familie aufgerissen, und ihr großer Bruder stürmte in die Küche. Sein Gesicht war rot, und in seinem Blick funkelte die Härte eines Mannes, dem man lieber aus dem Weg ging, weil er sich und seinen Zorn für gerecht hielt.

»Du erziehst deine Tochter zu einer gewalttätigen Verbrecherin, wie ich hören muss?!« Breitbeinig baute er sich vor ihr auf. »Die Göre stülpt einem hilflosen kleinen Jungen eine Schüssel voller heißem Brei über den Kopf, und du haust ihr nicht mal eine runter? Sofort bestrafst du sie dafür!«

»Erstens war der Brei nur noch lauwarm, und zweitens hat Jerry sich die Schüssel selbst auf den Kopf gesetzt!«

»Und lügen tust du auch noch?!« Bennett riss Mund und Augen auf, als könne er es nicht fassen. »Wenn ich das Max und dem Rabbi erzähle, dann kannst du was erleben! Aber erst einmal bestrafen wir Mollie, ich habe sie unten im Hof singen hören.« Er stapfte zum Fenster, riss es hoch und beugte sich hinaus. »Herauf mit dir, Mollie, aber zack, zack!«

Annie setzte den Kleinen ab, sprang zu Bennett, stieß ihn

vom Fenster weg und rief mit einem bemühten Lachen in der Stimme in den Hof hinunter: »Spiel nur schön weiter, Mollie, Onkel Bennett hat's nicht so gemeint!« Dann schloss sie das Fenster, fuhr herum, und nun war sie es, die sich größer machte, als sie war und die Fäuste in die Hüften stemmte. »Was fällt dir ein, Ben?« Zum Äußersten entschlossen schaute sie ihm in die Augen. »Wenn du Mollie auch nur anrührst, sollst du mich kennenlernen!«

»Du drohst mir?« Er mimte den Amüsierten, doch die Verblüffung stand ihm ins Gesicht geschrieben. »Ich bin dein großer Bruder!« Er packte sie bei den Schultern, um sie vom Fenster wegzuzerren. »Du tust, was ich dir sage!«

»Ein großer Narr bist du!« Sie biss ihm mit aller Kraft in den linken Unterarm, sodass er aufschrie und sie freigab. Zurück am Fenster verschränkte sie die Arme vor der Brust. »Versuch doch, Mollie hochzurufen, wenn du dich traust!«

Ihr Söhnchen fing an zu heulen, Esther klopfte schon wieder und forderte Ruhe, und auf der Schwelle zu Bennetts Zimmer füllte die bleiche Gestalt seiner Frau den Türrahmen aus. Berta stierte sie an, wie andere vielleicht einen scharfen Hund angestarrt hätten, der im Begriff war, sich von der Kette loszureißen (so fühlte Annie sich oft von ihr beglotzt).

»Du hast mich gebissen.« Ungläubig betrachtete Bennett die Abdrücke von Annies Zähnen auf seinem Arm; einer blutete. »Das wagst du nicht noch einmal!« Mit einem Schritt war er bei ihr, griff in ihr Haar und riss sie daran vom Fenster weg. Annie schrie, trat ihm gegen das Knie und schlug ihm ihre Fingernägel ins Gesicht. Brüllend ließ er von ihr ab – doch nur, um gleich darauf mit noch größerer Wut auf sie loszugehen.

»Du bist ja vollkommen übergeschnappt, Annie!« Die Schwägerin schob den plärrenden Jerry zurück in ihr Zimmer, Annies Söhnchen heulte aus Leibeskräften, und in der Nachbarwohnung wollte Esther Glass gar nicht mehr aufhören zu klopfen.

»Allmächtiger Gott!« Auf einmal drängte ein graubärtiger Mann sich zwischen Annie und ihren Bruder und drückte sie auseinander. »Seid ihr denn von allen bösen Geistern besessen?« Max war nach Hause gekommen, ohne dass Annie ihn gehört hatte. »Und das vor dem Kleinen! Schämt euch!«

Vorwurfsvoll schaute er beide an, Bennett strenger als Annie. Er schob seinen gut zehn Jahre jüngeren und viel schwereren Schwager weg von Annie und dem Fenster und hin zu seinem heulenden Kind. »Armer kleiner Simon.« Max ließ von Bennett ab und nahm den kleinen Jungen hoch, drückte, küsste und streichelte ihn. »Brauchst nicht mehr weinen, mein Kleiner, dein Vater ist jetzt da.« Und mit zornigem Blick auf Bennett fauchte er: »Hat der Grobian dir wehgetan, liebste Annie?«

»Und ob!« Annie rieb sich Schultern und Wange und verzerrte das Gesicht, als würde ihr ein vereiterter Zahn im Mund pochen.

»Lüge!«, keifte Bertha von der Zimmertür aus. »Eure älteste Tochter hat unserem Jerry wehgetan!«

»Und wie!«, bekräftigte Bennett. »Das Luder hat ihm eine Schüssel heißen Brei über den Kopf gestülpt!«

»Der war lauwarm«, erklärte Annie, »außerdem hat Jerry es selbst getan.«

»Die Wahrheit!«, forderte Max mit einer Strenge, die nicht zu seiner schmächtigen Erscheinung passen wollte, die Annie jedoch nur allzu vertraut war. »Beim Ewigen und Allmächtigen, gelobt sei er: Nichts als die Wahrheit will ich hören!«

»Sie lügt, Schwager!« Bertha streckte Arm und Finger nach Annie aus. »Sie lügt wie ein katholisches Waschweib!«

»Wie zehn katholische Waschweiber!« Mürrisch tastete Bennett sein zerkratztes Gesicht ab. »Mollie hat ihm brutal die

Breischüssel über den Kopf gestülpt! Jerry hat es selbst gesagt, und wenn er es nicht weiß, wer dann?«

»Ich.« Annie blieb ganz ruhig, lächelte sogar. »Er wollte Soldat spielen, brauchte einen Helm und hat sich die Schüssel mit dem lauwarmen Brei selbst aufgesetzt. Ich habe es doch mit eigenen Augen gesehen.«

Sein Söhnchen auf dem Arm baute Max sich vor Bennett auf. »Du glaubst einem brabbelnden Kleinkind mehr als einer erwachsenen Frau?!«

»Aber …« Bennett schluckte, während er ratlos Berthas Blick suchte.

»Ben wollte Mollie vom Hof heraufrufen und sie verprügeln«, erzählte Annie ihrem Mann. »Und als ich ihn daran gehindert hab', ist er auf mich losgegangen.«

»Was muss ich da hören?« Max stieg Röte ins Gesicht.

»Gebietet nicht die Thora den Eltern, ihre Kinder zu züchtigen?«, verteidigte sich Bennett halbherzig.

»Tut sie nicht!« Max bohrte ihm den Zeigefinger in die Brust. »Schon gar nicht, wenn sie nichts Unrechtes getan haben.«

»Aber …«

»Nix aber! Du hast meine Kinder nicht zu strafen! Und wenn du mein Weib noch einmal eine Lügnerin nennst oder sie gar anrührst, dann werde ich dich vor der versammelten Gemeinde verklagen. Kapiert?!«

Während nebenan Esther Glass nicht aufgab, an die Wand klopfend nach Ruhe zu verlangen, schlurfte Bennett mit geballten Fäusten und hängendem Kopf zu seiner Frau ins Zimmer. Bertha zog ihn hinein, schoss Blicke wie Giftpfeile auf Annie und Max ab, bevor sie die Tür zuwarf.

»Mein armes geliebtes Weiblein.« Kopfschüttelnd kam Max zu Annie. »Was musst du hier alles erdulden!« Blick und Miene voller Mitleid und Liebe schloss er sie samt Söhnchen in die Arme. »Wie gut, dass ich heute ein wenig früher nach Hause gekommen bin.« Er küsste und herzte sie.

»Ein Glück«, seufzte Annie und machte sich von ihm los. »Warum kommst du überhaupt früher heute?«

Max verkaufte gebrauchte Kleider und hörte normalerweise erst in der Abenddämmerung auf, an die Türen der Leute zu klopfen.

»Weil der Allmächtige, gelobt sei er, mich mit einem glücklichen Geschäft gesegnet hat.« Suchend guckte er zu Ofen und Tisch. »Kein Topf? Kein Teller? Bekommt dein fleißiger Mann denn gar nichts zu essen? Mach schnell, Annielein, dein Max will doch bald in die Synagoge.«

»Du warst fleißig?« Annie dachte an die harten Brotreste im Schrank, den leeren Gemüsekorb in der Kammer und an den Zuckerrest, der noch im Regal stand. »Du hast genug Geld verdient heute?« Sie schöpfte Hoffnung.

»Den alten Elchledermantel, den ich letzte Woche diesem betrunkenen Cowboy für einen Dollar abgeluchst hab', du weißt schon, den habe ich heute für das Fünffache verkaufen können. An einen reichen Engländer.« Er kicherte, fasste sie bei den Schultern und schüttelte sie. »Für fünf Dollar! Stell dir vor, liebstes Annielein! *Fünf* Dollar!«

»Wirklich?!« Annie strahlte ihn an. »Her mit dem Geld, ich geh' sofort einkaufen.«

»Aber erst kochst du mir was, ja?« Max kramte ein paar Münzen aus der Jackentasche und zählte sie ihr in die Hand. »Einen Dollar Anzahlung habe ich gekriegt, den Rest zahlt mir der Käufer in drei Tagen.«

Annie schloss die Augen und sog scharf die Luft ein; die Enttäuschung tat weh. »Und wovon soll ich bis dahin das Essen bezahlen?« Als sie auf die Münzen in ihrer Hand starrte, sah sie nur einen Quarter, zwei Dimes und drei Pennys. Sie zählte zum zweiten Mal, doch es blieb dabei: Max hatte ihr lediglich achtundvierzig Cent gegeben.

»Von dem Rest des Dollars habe ich mir einen Whisky gegönnt und Kerzen für die Chanukkia gekauft.«

»Du hast was?« Schier versagte ihr die Stimme.

»Nun ja, ich …« Max wies zur Kommode neben der Tür, wo neben dem neunarmigen Leuchter ein Bündel aus neun Kerzen lag, das Annie jetzt erst entdeckte. »… ich dachte, unser Leuchter sieht so traurig aus mit heruntergebrannten Kerzenstummeln. Und ein klitzekleiner Whisky nach einem guten Geschäft …«

»Max!«, unterbrach sie ihn fassungslos. »Chanukka feiern wir erst wieder Ende des Jahres, aber die Kinder haben *jetzt* Hunger, und wir müssen *jetzt* die Miete für letzte Woche bezahlen. Bist du sicher, dass du die ausstehenden vier Dollar überhaupt bekommst? Wo wohnt der Käufer denn?«

»Keine Ahnung.« Max zuckte mit den Schultern. »Er hat mich im Park angesprochen. Dort treffen wir uns auch nächste Woche, wenn er mir den Rest …«

»Im Park?!«, entfuhr es Annie. »Den Rest? Du sprichst von vier Fünfteln des Gesamtpreises, die er dir schuldet!«

»Mach dir doch keine Sorgen, liebstes Annielein.« Liebevoll tätschelte er ihr die Wange. »Der Mann ist vertrauenswürdig, ich habe ihn in der Synagoge gesehen.«

»Für achtundvierzig Cent kann ich gerade mal Zucker, Reis und ein bisschen Brot kaufen!« Annie schloss die Faust um die Münzen, wandte sich abrupt um und marschierte zum Zimmer, das sie und Max mit den Kindern bewohnten.

»Aber wohin willst du denn, mein Annielein?« Ihr Mann deutete zum Ofen. »Dein Max hat doch Hunger!«

»Wenn du nicht genügend Geld bringst, muss ich heute

Abend noch arbeiten gehen. Soll Bertha doch kochen, Ben hat auch noch nichts gegessen.« Sie schlug die Tür hinter sich zu, lehnte sich mit dem Rücken dagegen und wischte sich die Tränen aus den Augen. Eine Zeitlang verharrte sie so, atmete schwer und versuchte, der aufsteigenden Verzweiflung den Weg aus der Brust in den Kopf zu versperren. Schließlich stieß sie sich von der Tür ab und begann in aller Eile, sich für die Arbeit umzuziehen.

Weg mit der Haube, der Schürze, der alten Bluse und dem grauen Unterrock und hinein in das feine Mieder, ins kurze Korsett, in den guten dunklen Glockenrock und die weiße Seidenbluse mit den Ballonärmeln (alles Erbstücke von der Tante). Zuletzt holte sie die Schachtel mit dem Federhut vom Schrank und streifte sogar die edlen taubenblauen Samthandschuhe der verstorbenen Tante über Hände und Unterarme. Derart ausstaffiert stelzte sie wenig später zur Wohnungstür.

»Aber Annieleinchen, Liebste, dein Max hat doch noch nichts gegessen«, jammerte ihr Gatte, »und in die Synagoge will er auch. Hast du's denn nicht gehört?«

»Man muss nicht jeden Tag ins Bethaus gehen«, entgegnete Annie kühl. »Jedoch muss man jeden Tag genügend Geld verdienen, damit die Kinder etwas zu essen haben.« Die letzten Worte rief sie dem fünfzehn Jahre älteren Gemahl zu, während sie schon die Stufen hinuntersprang und er händeringend an der offenen Tür litt.

Mit jeder Stufe, die sie nahm, fühlte sie sich leichter, und als sie in den Hinterhof trat, war ihr, als würde eine Zentnerlast von ihr abfallen. Unten im Hof herrschte ungewohnte Stille – die Kinder rannten nicht umher wie sonst, sangen nicht, riefen nicht und spielten nicht. Alle standen sie wie festgewachsen und blickten mit offenen Mündern zum Himmel hinauf. Annies dreijährige Libbie bemerkte sie nicht einmal, obwohl sie nur zwei Schritte neben der Hintertür vor Max' Fahrrad hockte, so gebannt staunte sie hinauf.

»Vögel, Mama!«, rief die Große am Wäscheplatz, »riesige Vögel, ganz viele!«

Nun schaute auch Annie in den Himmel: Ein gewaltiger Schwarm kanadischer Wildgänse flog über das Viertel hinweg, Keilformation folgte auf Keilformation. »Meine Güte!« Annie guckte und guckte, und je länger sie guckte, desto wärmer wurde ihr ums Herz. »Wohin fliegt ihr denn?«, lachte sie. »Wohin?«

Im selben Moment erinnerte sie sich an eine Szene ihrer frühen Kindheit: die Großmutter mit einem großen Messer im Hof, den Blick in den Himmel gerichtet, durch den ein Schwarm Wildgänse flog. »Wohin fliegen die?«, hatte Annie auch damals gerufen.

»Wohin sie wollen.« Sie hörte die Stimme der Großmutter noch heute. »Weit weg jedenfalls.« Sprach's und ging mit dem Messer in den Stall zu den Hausgänsen. Der nächste Tag war ein Festtag, und es sollte Gänsebraten geben.

Anzeige

Im ersten Moment hielt Annie den Drogisten für eine große Puppe, denn sein kahler Schädel glänzte im elektrischen Lampenlicht und sein Gesicht blieb vollkommen ausdruckslos, als sie in seinen Laden trat. Außerdem bewegte er sich nicht. Ob sie mit so einem ins Geschäft kommen würde? Sie bezweifelte es zunächst, denn nach ihrer Erfahrung fiel es kleinen Männern besonders schwer, sich von Frauen überzeugen zu lassen, zumal von sehr jungen Frauen. Und ihr sah man an, dass sie erst Anfang zwanzig war.

Sein schmächtiger Leib steckte in einem zeltartigen weißen Mantel und verharrte reglos zwischen Ladentheke und einem langen blauen Wandregal, in dem sich Kolonnen brauner Gläser und Flaschen jeder Größe nebeneinander aufreihten, und zwar in exakt gleichem Abstand, wie Annie sofort auffiel. Als sie grüßte und die Tür hinter sich schloss, verschränkte er die Arme vor der Brust, als würde ihr Anblick ihn verängstigen, dabei wirkte sie mit ihren knapp hundert Pfund leichten ein Meter siebenundfünfzig und ihren weichen mädchenhaften Zügen ähnlich schutzbedürftig wie er. Er rückte sogar noch ein Stück weiter hinter seine hoch aufragende rote Waage.

Annie erfasste auf einen Blick, dass sie es mit einem unsicheren und ängstlichen Mann zu tun hatte. Zuversicht und Mut beflügelten sie. Die schmutzige Enge der Spring Street war längst vergessen, der kleinliche Streit mit Bruder und Schwägerin in weite Ferne gerückt.

»Wieso bin ich denn die einzige Kundin in Ihrer Drogerie?« Sie tat verblüfft, während sie sich im leeren Laden umschaute. »Das ist doch nicht normal!«

»Was soll daran unnormal sein, Ma'am?« Der Drogist runzelte unwillig die Brauen. »Womit kann ich dienen?«

»Es ist früh am Abend, Sir, die Leute kommen von der Arbeit, wollen noch eben ein paar Fotografien entwickeln lassen, wollen noch schnell Rasierwasser, Teekräuter oder Seife kaufen und strömen folglich in die Drogerien der Stadt. Und da finden Sie es normal, dass ich die Einzige in Ihrem Laden bin? Dabei will ich noch nicht einmal etwas kaufen.«

»Reiner Zufall, eben waren noch zwei Männer hier. Und was wollen Sie in meinem Laden, wenn Sie nichts zu kaufen wünschen?«

»Was haben die beiden Gentlemen denn gekauft?«

»Was geht Sie das an, Ma'am?« Der Drogist neigte den Kahlkopf und belauerte sie nun recht missmutig.

»Das verrate ich Ihnen sofort, Sir. Zuerst einmal aber sagen Sie mir bitte, was die beiden gekauft haben. Bestimmt keine Seife, oder?«

»Seife?« Der Drogist schüttelte den Kahlkopf. »Der eine hat zwei Gallonen Ottokraftstoff gekauft, der andere Johanniskraut und Pferdesalbe. Wie kommen Sie auf Seife, Ma'am?

»Es gibt kaum noch Seife in der Stadt, wissen Sie das denn nicht, Sir? Nicht einmal Schmierseife. Und bei Ihnen sehe ich ganze Eimer voll davon.« Annie deutete in das große Regalfach unter dem Schaufenster. »Und in den beiden Körben dort duften unzählige Seifenstücke in Wachspapier vor sich hin. Warum kommen die Leute auf dem Nachhauseweg nicht vorbei und reißen Ihnen die Seife aus der Hand?«

Annie verkaufte Zeitungsspalten für Inserate in den wichtigsten Bostoner Blättern. Drei Geschäfte hatte sie bereits besucht, seit sie vorhin die Spring Street hinter sich gelassen hatte, und jeden Inhaber hatte sie überreden können, ein Werbeinserat zu veröffentlichen: einen Schuhmacher am Nordbahnhof, einen Tabakhändler am State House und einen Uhrmacher in der Beacon Street. Obwohl dessen Laden gerammelt voll war, verkaufte sie ihm eine große Spalte für eine Werbeanzeige, mit der er seine Luxusuhren anpreisen konnte. Anfangs hatte er sich gesträubt, bis ihm schließlich sogar seine Kunden zurieten, so überzeugend war Annie aufgetreten.

»Das muss sich ändern, Sir.« Annie musterte den Drogisten mit strenger und sorgenvoller Miene – wie eine Ärztin, die ihrem Patienten den Alkohol ausreden will. »Und das wird sich ändern, Sir, denn zum Glück habe ich durch Ihr Schaufenster und Ihre Glastüre in Ihre Drogerie geguckt.«

»Nichts muss sich ändern.« Stimme und Miene des Mannes wurden trotzig.

»Oh doch, Sir – es sei denn, Sie nennen mir einen anderen Grund für das Ausbleiben von Kundschaft außer dem, den ich Ihnen gleich verraten werde.« Annie legte Tasche und Hut neben die rote Waage auf den Tresen und beugte sich über ihn, woraufhin der Drogist bis an sein Wandregal zurückwich. »Also – warum sehe ich hier keinen, der Seife bei Ihnen kaufen will, obwohl es kaum noch Seife und Schmierseife in der Stadt gibt? Was glauben Sie?«

»Was weiß denn ich? Weil die Leute grad keine brauchen, schätz' ich mal.«

»Falsch, Sir. Weil die Leute schlicht nicht wissen, dass Sie Seife im Überfluss führen, gute Seife noch dazu. Sie müssen es den Leuten sagen, Sie müssen Werbung für Ihre Seife machen, Sir.«

»Werbung? Überflüssiger Blödsinn! Seife braucht doch jeder irgendwann. Wenn den Leuten die Seife ausgeht, dann kommen sie schon ganz von allein.«

Annie richtete sich auf, schlug die Hände zusammen und tat erschüttert. »Sind Sie mir nicht böse, Sir, doch Sie reden wie einer, der sehenden Auges in seinen Bankrott stolpert, ja, wie einer, der seinen Bankrott sogar herbeisehnt!«

»Was?« Der Mann erbleichte. »Bankrott? Ich?«

»Richtig: Sie.« Annie stach mit ausgestrecktem Finger durch die Luft zu ihm hin. »Wenn Sie weiterhin keine Werbung machen, können Sie Ihre Drogerie nämlich dichtmachen!« Sie beugte sich wieder über den Ladentresen. »Und noch etwas: Haben Sie jemals bedacht, dass Sie nicht nur Seife verkaufen, wenn Sie Seife verkaufen?«

Dem Drogisten rutschten die Gesichtszüge nach unten. »Wollen Sie mich veräppeln?«

»Das würde ich mir niemals erlauben, Sir, und ich mach auch keine Witze: Sie verkaufen den Leuten Reinheit, wenn Sie ihnen Seife verkaufen, Sie verkaufen ihnen Duft und Wohlbefinden.« Der Drogist öffnete den Mund, sagte nichts, neigte jedoch den Kopf, als würde er nachdenken. »Oder verursacht das Gefühl, gründlich gewaschen zu sein, Ihnen etwa kein Wohlbefinden?«

»Schon …«

»Na, sehen Sie? Und noch dazu, wenn Sie nach dem Waschen gut duften, da fühlen Sie sich doch frisch und munter, oder? Und genau dieses Gefühl verkaufen Sie, Sir.«

»Ist schon was dran.« Er trat näher. »Doch …«

»Mit der Seife verkaufen Sie außerdem frischen Duft, riechen Sie mal.« Sie streckte dem nachdenklich Gewordenen ihren rechten Arm hin, und tatsächlich wagte er es, an ihrem parfümierten Samthandschuh zu schnuppern, er fasste ihren Arm sogar an. »Sie verkaufen den Leuten köstlichen Duft, porentiefe Sauberkeit und Reinheit bis in die Seele! Wenn Sie so wollen, Sir, verkaufen Sie den Leuten mit einer guten Seife zugleich das Gefühl, neu geboren zu werden.«

»Ach so.« Er nickte, ließ ihren Arm los und beugte sich nun seinerseits über seinen Ladenschrank.

»Und können die Leute all das wissen, wenn Sie es ihnen nicht sagen, Sir?«

»Nö.«

»Sehen Sie? Deswegen müssen Sie Werbung machen, und zwar nicht nur einmal, sondern regelmäßig.« Annie zog Vertragsformulare verschiedener Bostoner Tageszeitungen aus der Handtasche. »Am besten in den Zeitungen, die sowieso alle lesen, dann haben Sie morgen hier einen vollen Laden.«

»Meinen Sie wirklich, Ma'am?«

»Das garantiere ich Ihnen, Sir. Spätestens zwei Tage nach der Veröffentlichung Ihrer Anzeige werden Sie doppelt so viel Seife verkaufen wie in den gesamten zwei Wochen zuvor.« Annie zückte einen Stift. »Hören Sie mir zu, Sir, ich unterbreite Ihnen ein Sonderangebot für Neukunden.«

Der Drogist machte große Augen und spitzte die Ohren, während Annie ihm die Vorteile einer besonders großen Anzeige an exponierter Stelle in den wichtigsten Zeitungen schilderte und nebenbei noch einen Vers dichtete, mit dem er werben konnte.

Als sie die Drogerie verließ, hatte sie nicht nur neunzig Cent am Anzeigenplatz verdient, den sie ihm verkauft hatte, sondern obendrein einen halben Dollar für einen Werbespruch, der seine Drogerie in einem Atemzug mit der Reinheit der Seele und dem süßen Duft der aus Meeresschaum geborenen Venus nannte. Über diesen Vers war der Drogist so glücklich gewesen, dass er ihr statt der verlangten fünfundzwanzig Cent gleich zwei Quarters aus der Kasse gelangt hatte.

Hochzufrieden machte Annie sich auf den Weg zu einem Kunden, der regelmäßig Werbeplatz bei ihr kaufte, und das nicht zu knapp. Zwar dämmerte es bereits, doch den würde sie noch schaffen, bevor sie wenigstens eine der Redaktionen aufsuchen wollte, um das Geld zu holen, das sie heute Nachmittag verdient hatte. Den Rest würde sie sich morgen oder übermorgen auszahlen lassen.

Besagter Stammkunde vertrieb in der High Street Fahrräder der *Pope Manufacturing Company*. Am Straßenrand flammten die Gaslaternen auf, als Annie das Ladenschild der Fahrradhandlung (Colonel Popes Hauptfiliale in Boston) in den Blick nahm. Darunter öffnete sich die Ladentür, und ein großer weißer Hund trottete auf den Bürgersteig heraus, dem zwei Männer folgten. Der eine lüpfte seinen Zylinder, um sich zu verabschieden, der andere verbeugte sich. In diesem erkannte Annie den Geschäftsführer der Fahrradhandlung, Alonso Peck.

Der Zylindermann und sein großer weißer Hund kamen ihr entgegen. Der Gentleman, ein Mann von den Ausmaßen eines Banktresors, grüßte überraschend freundlich, lüftete sogar erneut seinen Hut. Er trug einen braunen Frack und hatte kupferrote Locken und einen kupferroten Backen- und Schnurrbart. Obwohl seine Augen lachten, lag ein besorgter Zug in seinem Mienenspiel. Annie Kopchovsky wäre nicht Annie Kopchovsky gewesen, wenn ihr das im Vorübergehen entgangen wäre.

Kaum öffnete sie die Ladentür, da begrüßte der Geschäftsführer der Fahrradhandlung sie auch schon lautstark (Annie kannte den temperamentvollen Alonso Peck, seit sie Anzeigen akquirierte). »Ihr, schöne Lady Anna? Was für eine Ehre! Endlich darf ich Euch wieder in meinen heiligen Hallen begrüßen!« Vorbei an Dutzenden Fahrrädern tänzelte der gutaussehende Mann ihr entgegen, um ihr die Hand zu küssen. »Du kannst dich freuen, Annie, denn ich habe eine Menge Aufträge für dich, doch gedulde dich bitte einen Moment.« Er sprang zur noch offenen Ladentür auf den Bürgersteig hinaus und rief: »Professor Dowe!« Und dann wieder an Annie gewandt: »Du kommst genau richtig.«

Das war eine Begrüßung nach Annies Geschmack. Leider hatte sie nur wenige Stammkunden wie Alonso Peck, die sie so gründlich vergessen ließen, dass sie eine arme Hausfrau aus dem Judenghetto war. Während Alonso ein zweites Mal nach dem Kunden rief, der sich eben verabschiedet hatte, und draußen auf dessen Rückkehr wartete, schlenderte Annie an den Fahrrädern vorbei. Es roch nach Gummi, Leder und Öl.

Sie legte ihre Handtasche auf der langen Ladentheke ab, spazierte zur Wand vor dem Eingang zur Lagerhalle, an der noch drei jener schweren Hochräder hingen, die in den letzten Jahren aus der Mode gekommen waren. Auf den neuartigen niedrigeren Sicherheitsrädern mit den gleich großen Reifen zu fahren schien man lernen zu können, das sah Annie ja an ihrem Mann und den vielen Radfahrern in der Stadt, doch wie man auf so einem Monstrum mit seinem kleinen Hinter- und riesigem Vorderrad das Gleichgewicht halten konnte, würde ihr stets ein Rätsel bleiben.

Vorn an der Ladentür hörte sie noch immer Alonso rufen: »Kommen Sie zurück, Professor Dowe, ich habe eine Überraschung für Sie!«

Der Rothaarige war ein Professor? Annie staunte. In ihrer Vorstellung lächelten Professoren niemals, sondern guckten schmallippig und mit aristokratischer Strenge über Leute wie Annie hinweg; und Hunde hatten sie auch nicht.

»Das ist Lady Anna!« Als sie ihren Namen hörte, fuhr Annie herum – und sah Alonso auf sie deuten, während der rothaarige Zylindermann sie mit neugierigem Blick musterte. »Diese schöne Frau wird dafür sorgen, dass Ihre aufregende Anzeige spätestens übermorgen im *Boston Globe* und in der *Boston Post* erscheint, Sir!«

Plötzlich berührte etwas Feuchtes Annies rechte Hand. Sie senkte den Blick – und schaute auf den großen weißen Hund des Zylindermannes; offenbar war er lange vor ihm zurück in den Laden gekommen und beschnüffelte nun ihre Hände, ihr Kleid, ihre Schnürschuhe.

»Her zu mir, Viktoria«, befahl der Rothaarige, während er zu ihr schritt. »Keine Sorge, Miss – sie ist friedlicher, als ich es jemals sein werde.«

»Viktoria, ha-ha!« Hinter ihm lachte Alonso. »Dabei hat Professor Dowe seine Hündin nach der so gar nicht friedlichen britischen Queen benannt.«

»Als Nachkomme irischer Patrioten pflege ich ein distanziertes Verhältnis zu den Monarchen des Vereinigten Königreichs«, erklärte der Rothaarige. »Doch ich dachte: Gib der Queen eine Chance und benenne das schönste Lebewesen Bostons nach ihr. Vielleicht gewöhnst du dich dann doch noch an dieses mürrische Walross auf dem englischen Thron.« Zum dritten Mal lüpfte er seinen Zylinder. »John Dowe. Sie verkaufen Anzeigen, Miss?«

»Anna Kopchovsky.« Bezaubert von so viel Höflichkeit und Charme machte Annie einen Knicks. Der schreiende Bennett, die giftsprühende Bertha und ihr jammernder Gatte standen ihr auf einmal vor Augen – gab es jene Welt überhaupt, zu der diese Menschen gehörten? »Ja, das tue ich, Sir. Den Spaltenraum für Anzeigen und sogar schöne Formulierungen, wenn Sie mögen.«

»Letzteres ist nicht nötig.« Der Professor fasste in die Fracktasche und zog einen zusammengefalteten Briefbogen heraus. »Meine Frau hat die Anzeige bereits formuliert.« Er entfaltete das Papier und reichte es ihr. »Es eilt nicht, doch außer im *Globe* und in der *Post* sollte sie auch im *Herald* und im *Courier* erscheinen. Meinen Sie, Sie können das möglich machen, Miss Kopchovsky?«

»Sie ahnen ja nicht, was Annie alles möglich machen kann, Sir!«, tönte Alonso, der sich hinter dem Professor aufgebaut hatte und ihr zuzwinkerte.

»Ich habe persönlich noch nie eine Anzeige aufgegeben, wissen Sie, Miss?« Dowes Lächeln kam Annie fast ein wenig verlegen vor.

Statt ihn zu korrigieren – leider war sie ja keine Miss mehr –, sagte Annie nur: »Ich werde Ihnen helfen, Sir«, und las dann die mit ungewöhnlich akkurater Handschrift und in Großbuchstaben geschriebene Anzeige: *Gesucht: gesunde junge Frau, die sich zutraut, mit einem Fahrrad in fünzehn Monaten um die Welt zu fahren.* 10.000 Dollar *Preisgeld.*

Schlaflos

Auf dem Nachhauseweg verblasste Annies Freude über die guten Geschäftsabschlüsse bereits. Denn was erwartete sie schon daheim? Die bleierne Müdigkeit, seit Monaten ihre treuste Begleiterin, kroch ihr wie üblich durch die Glieder.

Betrunkene lärmten auf den Stufen vor der Haustür der 113, weswegen sie den Weg über den Hof nahm. Unter dem Torbogen ihres Wohnblocks beschlich sie das Gefühl, aus einem Traum zu erwachen. Hatte sie wirklich ein Dutzend Anzeigen verkauft? War sie dem mürrischen Drogisten, dem charmanten Fahrradverkäufer und dem freundlichen Professor mit seiner weißen Hündin wirklich begegnet?

Lichter flackerten hinter den Fenstern rund um den dunklen Innenhof. Schon von dort unten hörte Annie das Kindergeschrei aus dem zweiten Stock. Ihr frommer Max hatte sich wohl wieder einmal in die Synagoge geflüchtet, denn sein Fahrrad stand nicht an seinem Platz. Es fiel Annie schwer, ihren Ärger zu unterdrücken. Und warum ließ sich die Hintertür so schwer öffnen? Das war doch viel leichter gegangen, als sie vor sechs Stunden das Haus verlassen hatte!

Im Treppenhaus roch es nach Kohl, Feuerholz und Erbrochenem. Seufzend tastete Annie sich durchs Halbdunkle die Treppe hinauf. Mit jeder Stufe legte sich das bleierne Gewicht schwerer auf ihre Brust, das ihr seit Libbies Geburt die Lebenslust raubte. Manchmal hatte sie das Gefühl, ersticken zu müssen.

Schwacher Lichtschimmer kroch aus den Fugen unter den Wohnungstüren heraus, dahinter wurde gerufen, gesungen, gestritten, gelacht. Auf dem Treppenabsatz des ersten Stockwerks hörte sie, wie sich das Gezeter ihrer Schwägerin ins laute Gewirr der Kinderstimmen mischte. Annie würde nie begreifen, wieso Bertha nicht imstande war, normal mit den Kindern zu sprechen.

Auf der Fußmatte vor ihrer Wohnung trat sie sich die Schuhe gründlicher ab als sonst. Als sie die Tür endlich geöffnet hatte, ließ sie sich mehr Zeit als sonst, ihre Fingerspitzen an Mesusa und Lippen zu legen (wie es ihr frommer Gatte von allen Wohnungsgenossen verlangte), und in der kleinen Diele schließlich betrachtete sie das Gemälde mit der Silhouette Jerusalems bestimmt dreimal so lange.

Schließlich trat sie dann doch in die Küche, es nützte ja nichts. Libbie und Mollie rannten ihr unter lautem Jubelgeschrei entgegen, der Kleine krabbelte unter dem Tisch hervor und zog sich plärrend an ihr hoch. Sofort roch sie seine gut gefüllte Windel. Bennett versteckte sich grußlos hinter der Zeitung, und Berthas Miene gefror, während sie ihre beiden heulenden Kinder schnappte und wortlos in ihrem Zimmer verschwand.

Ihre drei Kleinen im Schlepptau verstaute Annie die gekauften Lebensmittel in Schrank und Regal: zwei Pfund Reis (14 Cent), ein Pfund Zucker (26 Cent), sechs Eier (18 Cent), zwei Pfund Brot (21 Cent) und drei Pfund Kartoffeln (33 Cent). Alonso hatte ihr einen Dollar geliehen, denn auch zusammen mit dem Geld von Max hätte der halbe Dollar aus der Kasse des Drogisten nicht gereicht für ihre Einkäufe. Die teure Butter konnte sie sowieso erst morgen besorgen, wenn sie mit den

Redaktionen abgerechnet hatte. Die Milch (9 Cent) stellte sie auf die Anrichte neben dem Ofen, um sie gleich abzukochen.

Während die plappernden Mädchen von ihren Abenteuern in der großen weiten Welt des Hinterhofes erzählten, klopfte Annie gegen die Wand: »Ich habe Zucker gekauft, Esther, kannst dir eine Tasse abholen!«

Nachdem sie ihre guten Kleider gegen Schürze und Haube getauscht hatte, ergab sie sich dem abendlichen Ritual: Milch abkochen, Windelwechsel, Kinder abfüttern, ausziehen, waschen und ins Bett bringen, vorsingen, beten, in der Küche aufräumen und abspülen und dann – leise, leise, damit Simon nicht wieder aufwachte – sich selbst ausziehen, waschen, das Haar lösen und bürsten. Und endlich, endlich sank sie auf die Matratze.

Annie hoffte, Max würde nicht wieder über irgendeinen Stuhl stolpern, wenn er aus der Synagoge nach Hause kam; und bitte, bitte nicht gegen das Bett stoßen, in dem die drei Kinder schliefen!

Sie drehte den Docht der Öllampe ein wenig herunter, und jetzt erst merkte sie, dass sie vergessen hatte, selbst etwas zu essen. Gleichgültig – sie fühlte sich viel zu müde, um noch einmal aufzustehen. Und hatte sie überhaupt Hunger?

Sie drehte sich auf den Bauch, nahm Tagebuch und Bleistift vom Nachttisch, um wie jeden Abend ihren ganz persönlichen Bericht niederzuschreiben. Ihre Kraft reichte jedoch nur für das Datum (2. Mai 1894) und ein paar Stichworte: *Schrecklicher Tag, Bertha zum Davonlaufen, Streit mit Bennett, Max wieder zu wenig Geld, immerhin zwölf Anzeigen verkauft.*

Mit offenen Augen lag sie danach eine Zeitlang auf dem Rücken, lauschte den Atemzügen der Kinder, den vielen Stimmen links und rechts in den Nachbarwohnungen, hörte Bennett mit der Zeitung rascheln, hörte Esther an der Wohnungstür klopfen, hörte sie lange (unverschämt lange) mit Bertha schwatzen, die ihr am Schrank eine Tasse Zucker abfüllte.

Irgendwann wurde es still ringsum, die Spring Street ging schlafen. Und Max war noch immer nicht nach Hause gekommen. Annie sprach ihr Nachtgebet, löschte die Öllampe und schloss die Augen. Sie war todmüde. Doch der Schlaf wollte und wollte nicht kommen; stattdessen rotteten sich die Bilder des zurückliegenden Tages in ihren Gedanken zusammen.

Unschöne Bilder eines wahrhaft erdrückenden Tages in einer viel zu langen Reihe von viel zu vielen erdrückenden Tagen! Noch jetzt gellte ihr Kindergeschrei durch den Kopf, noch jetzt spürte sie Bennetts schmerzhafte Griffe an den Armen, hörte ihn schimpfen, spürte, wie er sie an den Haaren riss. Und Berthas gehässiges Gesicht? In seiner ganzen unerträglichen Liebenswürdigkeit leuchtete es vor Annies innerem Auge und ließ sich um keinen Preis vertreiben.

An ihren Ehemann zu denken tröstete sie wenig. Max liebte sie, sicher, er vergötterte sie sogar. Und ja: Er war ein guter Mensch, ganz bestimmt. Doch wie schon viel zu oft hatte er auch heute nicht genug Geld nach Hause gebracht. Und statt mehr zu arbeiten oder sich wenigstens mehr um die Kinder zu kümmern, damit sie, Annie, mehr arbeiten konnte, verschwendete er unzählige Stunden in der Synagoge beim Thorastudium. In letzter Zeit fiel es Annie manchmal schwer, mit Ehrfurcht daran zu denken.

Kurz: Es war ein Tag zum Davonlaufen gewesen.

Einerseits.

Andererseits konnte Annie sich gratulieren, denn sie hatte heute mehr Anzeigenplatz verkauft als an jedem durchschnittlichen anderen Arbeitstag. Vor allem dank des Drogisten, den sie ganz gewiss als Stammkunden gewonnen hatte. Und natürlich dank der vielen Anzeigen, mit denen Alonso Peck auch in den nächsten zwei Wochen in sämtlichen Zeitungen für das neue Fahrrad der *Pope Manufacturing Company* werben würde.

Gleichfalls konnte sie sich zu der Begegnung mit dem rothaarigen Professor gratulieren, denn er hatte viel Geld für seine Anzeige ausgegeben. Ein sparsamer Mann hätte nicht halb so viel Anzeigenplatz gekauft, und schon gar nicht in so vielen Zeitungen auf einmal. Sein Inserat musste ihm ungeheuer wichtig sein.

Eine seltsame Annonce übrigens, die Annie in seinem Auftrag morgen in den Redaktionen aufgeben würde. Er suchte allen Ernstes eine Frau, die nicht nur Fahrradfahren konnte, sondern auf einem solchen Vehikel gleich die ganze Welt umrunden sollte. Und das in nur fünfzehn Monaten.

Annies Gedanken begannen um diese Anzeige zu kreisen. Warum gleich um die ganze Welt? Und warum eine Frau und kein Mann? Und wer war so reich, dass er 10.000 Dollar Preisgeld für eine derart abenteuerliche Reise aussetzen konnte? Womöglich eine Werbeaktion der *Pope Manufacturing Company?* Aber dafür würde der Fabrikant doch niemals so viel Geld ausgeben.

10.000 Dollar!

Nach allem, was Annie gehört und gelesen hatte, zählte Pope zu den drei reichsten Männern von Massachusetts, seit er ein Fahrradpatent nach dem anderen aufgekauft hatte. 10.000 Dollar steckte einer wie der mal eben in eine neue Fabrik oder spendete sie für den Wahlkampf des Gouverneurs oder beides, während es für Annie eine unwirkliche Summe bedeutete. 10.000 Dollar konnte sie sich nicht einmal vorstellen.

Annie warf sich auf die linke Seite, begann zu rechnen – und gelangte zu dem Ergebnis, dass sie fünfundzwanzig Jahre lang an dreihundert Tagen im Jahr mindestens soviel Anzeigenplatz verkaufen müsste wie heute, um 10.000 Dollar zu verdienen.

Unten im Hof hörte sie eine Fahrradbremse quietschen. Sie öffnete die Augen und guckte durch die Dunkelheit zum Hoffenster hin. Wenn sie 10.000 Dollar hätte – jetzt, nicht erst in fünfundzwanzig Jahren –, dann würde sie Max auffordern, mit ihr nach Manhattan zu ziehen. Dort würden sie eine große Wohnung mieten und die Kinder auf eine gute Schule schicken. Sie würde neue Wintermäntel für die ganze Familie kaufen, neue Schuhe für die Kinder, neue Kleider für sich selbst und vielleicht sogar eines dieser modernen Automobile. Warum denn nicht? Und vor allem würde sie eine Schule für Journalisten besuchen, damit sie endlich mit diesem Anzeigenquatsch aufhören und richtige Zeitungsartikel schreiben konnte. Davon träumte sie, seit sie dreizehn war.

Während sie in solchen Fantasien schwelgte, fielen ihr die Augen zu und sie schlief doch noch ein.

Allerdings nicht lange, da schreckte sie schon wieder aus dem Schlaf, weil jemand neben ihr flüsterte. Max war nach Hause und ins Bett gekommen. Er roch nicht besonders gut. Und er betete leise und flehend vor sich hin. Annie verdrehte die Augen, denn das verhieß nichts Gutes.

Wenn ihr Gatte nachts im Bett zu Gott sprach – so betete, wie jetzt –, bedeutete das meistens, dass er kurz davorstand, seiner fleischlichen Lust nachzugeben (wie er das nannte). Und da kroch er auch schon dicht an sie heran.

»Komm, mein liebstes Annielein«, hauchte er ihr ins Ohr, »lass uns unseren ehelichen Pflichten nachkommen.« Er fummelte ihr und sich selbst das Nachthemd die Beine hinauf, und im nächsten Moment schob er sich auf sie.

Die Lust, ihre ehelichen Pflichten zu erfüllen, war Annie bereits während der Hochzeitsnacht vergangen. Ein widerliches und schmerzhaftes Erlebnis war das gewesen! Zum Glück hatte es nicht besonders lange gedauert.

Als sie noch Jungfrau gewesen war, hatte sie sich diese Seite der ehelichen Liebe ganz anders vorgestellt: weicher, romantischer, prickelnder, zärtlicher. Und noch immer träumte sie davon, dass das körperliche Zusammensein sich eigentlich so anfühlen müsste.

Zum Beispiel hätte sie Max gern einmal nackt gesehen, und zwar bei Kerzenlicht. Auch hätte sie gern einmal seine Hände auf ihrer Haut gespürt, und zwar überall, und sie selbst würde ihn auch gern einmal überall berühren und küssen. Und vor allem würde sie sich gern mehr Zeit für die ehelichen Pflichten nehmen.

Hin und wieder hatte sie es gewagt, ihrem Gatten anzudeuten, was sie sich insgeheim wünschte. Doch jedes Mal hatte Max ihr Ansinnen als sündig gebrandmarkt und weit von sich gewiesen.

Wie so oft pochte er selbst bei solch seltenen Gesprächen auf eines seiner frommen Bücher, in dem irgendein langbärtiger Rabbiner vor zweihundert Jahren (oder vor tausend?) genau erklärt und leider auch aufgeschrieben hatte, wie sie zu erledigen seien, diese ehelichen Pflichten, damit sie Gott gefielen: bei vollkommener Dunkelheit, mit fast vollkommen bedecktem Leib und möglichst schnell.

An all das dachte Annie, während Max auf ihr zappelte, grunzte und betete. Außerdem dachte sie an die heißgeliebte Bertha, der es in dieser Nacht hoffentlich ähnlich ging, an den puppenhaften Drogisten, an den rothaarigen Professor, an dessen weiße Hündin, an das ungewöhnliche Inserat und an Alonso Peck. An den besonders.

Annie mochte den Fahrradverkäufer, sie fand ihn schön, und vor allem roch er besser als Max. Einmal hatten sie einander aus Versehen (wahrscheinlich aus Versehen) berührt, und daraufhin hatte sie Alonso gestattet, sie auf den Mund zu küssen. Das war vor zwei Jahren um die Zeit des Laubhüttenfestes gewesen. Für diesen Kuss hatte Alonso ungefähr so lange gebraucht wie Max für seine ehelichen Aufgaben. Und leider nicht noch länger. Der Kuss hatte Annie so gut gefallen, dass sie bis heute gern an ihn zurückdachte. Vor allem dann, wenn Max auf ihr seine Pflicht erfüllte.

Von Alonso war es in Annies Kopf nur ein kleiner Schritt zurück zu dem Professor, den sie heute bei ihm kennengelernt hatte, und zu dessen Inserat. Als Max endlich von ihr herunterrutschte und *Gute Nacht* sagte, rief sie sich noch einmal den Wortlaut des ungewöhnlichen Inserats ins Gedächtnis, das der Professor unbedingt in allen Bostoner Zeitungen platzieren wollte. Sie bewegte sogar stumm die Lippen, während sie es in Gedanken zitierte: *Gesucht: gesunde junge Frau, die sich zutraut, mit einem Fahrrad in fünfzehn Monaten um die Welt zu fahren.* 10.000 Dollar *Preisgeld.* Die Bewerbung war schriftlich im Fahrradgeschäft der *Pope Manufacturing Company* in der High Street abzugeben.

Annie langte nach dem Tuch, das auf dem Schemel neben dem Nachttopf lag, und wischte sich ab. Was bedeutete es eigentlich, einmal um die Welt zu fahren? Durch welche Länder würde eine solche Reise führen? Und ob es schwierig war, das Fahrradfahren zu lernen? Sie hatte ja keine Ahnung, müsste Max fragen. Und ob es eventuell möglich wäre, Alonso noch einmal zu so einem himmlischen Kuss zu bewegen?

Solche und ähnliche Fragen raubten Annie endgültig den Schlaf. Unruhig wälzte sie sich hin und her, während ihre Große im Traum redete, Max neben ihr schnarchte und nebenan jemand zu stöhnen begann.

Annie hielt den Atem an und lauschte. Es war Esther Glass, die da auf der anderen Seite der Schlafzimmerwand seufzte. Das klang nicht nach Zahnschmerzen, wahrhaftig nicht! Das klang nach höchster Wonne und hemmungsloser Lust – und weckte Annies Neid. Sicher hörte sie von Zeit zu Zeit einmal Liebeslärm aus der Nachbarschaft, doch nie so deutlich wie jetzt. Und klang das nicht gut? Das klang unverschämt gut!

Ihr fiel ein, dass die Glasses ihre Schlafkammer letzte Woche, nachdem die Familie von Esthers Schwester ausgezogen war, in den nun ungenutzten Raum nebenan verlegt hatten. Daher also die überdeutlichen Geräusche.

Esther stöhnte immer lauter und schließlich sogar im Duett mit ihrem Gatten, den sie heute Mittag noch als *hirnlosen Pisser* beschimpft hatte. Das Paar kam seinen ehelichen Pflichten derart geräuschvoll nach, dass Annie fürchtete, die Kinder könnten wach werden. Doch die schliefen tief und fest weiter.

Dafür erwachte etwas anderes: Annies Lust.

Sie schloss die Augen, lauschte dem Liebeslärm nebenan und versetzte sich in Gedanken zurück in jene Stunde vor zwei Jahren, als Alonso sie in der Werkstatt seiner Fahrradhandlung geküsst hatte. Und während sie das tat, streichelte sie sich dort, wo eine fromme Frau (wollte man ihrer Mutter und Schwägerin glauben) sich bloß nicht berühren durfte.

Sie merkte schnell, dass die Liebeswonne, die Esther nebenan erlebte, unvergleichlich intensiver sein musste, so zügellos, wie die Nachbarin stöhnte, aber gut tat es dennoch, sich selbst zu streicheln. Es stillte die Lust und machte die Gedanken friedlich. Danach strömte eine angenehme Schwere durch Annies Glieder, sodass sie endlich einschlief.

Im Traum stand sie mit der Großmutter im Garten ihrer Kindheit. Sie hörte Wildgänse rufen und Hausgänse schnattern. Und sie sah sich selbst, und zwar doppelt – als vierjähriges Mädchen und als die Dreiundzwanzigjährige, die sie heute war.

Der Traum begann sehr schön – voller Farben, Leichtigkeit und Freude –, doch auf einmal schlichen sich Sorge, Furcht und Dunkelheit in die Traumbilder, und am Ende stürzte der Traum sie in Schrecken und Todesangst. Schweißgebadet und mit klopfendem Herzen fuhr Annie aus dem Schlaf.

Vor dem Fenster graute der Morgen, die Gesichter der Kinder im anderen Bett waren Schatten, Max ein zusammengekrümmter Haufen, der im Halbschlaf Psalmverse murmelte. Trotz ihrer Panik versuchte Annie die Traumbilder festzuhalten, denn obwohl ihr der Traum völlig unsinnig vorkam, spürte sie doch das rätselhafte Gewicht seiner Bedeutung. Lautlos stand sie auf, nahm Öllampe und Tagebuch vom Nachttisch und schlich aus dem Zimmer in die Küche.

Am Tisch entzündete sie die Öllampe, schlug ihr Tagebuch an der Stelle auf, wo der Bleistift lag, und begann, den Traum aufzuschreiben. Weil sie fürchtete, wichtige Einzelheiten zu vergessen, schrieb sie hastig, und ihr Stift flog nur so über die Seiten. Sie schrieb, bis sie Simon rufen hörte, und noch während sie die letzten Sätze niederkritzelte, begann sie zu ahnen, was der Traum ihr zu sagen hatte.

Fliegen lernen

Spring Street, Mittwoch, 2. Mai 1894

Gerade eben aus einem Traum erwacht. Schöner Traum, schrecklicher Traum. Meine Hände sind noch feucht, mein Herz pocht noch ganz schnell, fühle mich, als wäre eine Pferdeherde über mich hinweggaloppiert. Habe vom lettischen Heimatdorf, von Gänsen, dem Himmel und der Großmutter geträumt.

Und von mir selbst.

Mein Traum: Auf dem Hof der Eltern lauf ich mit der Großmutter durch den Garten. Genauer: Wir laufen mit der Großmutter durch den Garten, denn ich bin zu zweit: einmal die kleine, vierjährige Annie und dann noch einmal ich – die Hausfrau, Mutter, Gattin und Anzeigenverkäuferin; die große Annie also, die ich heute bin.

Wir drei laufen durch den Garten, ringsum schnattern Hausgänse. Alles, was ich höre und sehe, höre und sehe ich durch die Ohren und Augen der großen Annie.

Auf einmal Schreie im Himmel. Ich bleibe stehen, schaue hinauf: Vom Meer her ziehen Schwärme von Wildgänsen nach Süden hin. Herrlich! Eine tiefe Sehnsucht erwacht in mir, die tut mir gut, die macht mich froh.

Die Großmutter schaut auch zu den Wildgänsen hinauf. Froh sieht sie jedoch nicht aus, eher mürrisch, beinahe ärgerlich. Weil sie die Wildgänse dort oben nicht kriegen kann, denke ich, die große Annie, bei mir selbst. Die Großmutter hält ein langes Messer in der Rechten und einen Blecheimer mit einem leeren Kartoffelsack darin in der Linken.

Ich weiß, wofür sie den Eimer braucht – um das Blut der Hausgans aufzufangen, die sie gleich mit dem Sack fangen wird. Ich (die große Annie) kriege Angst.

Wohin fliegen die Wildgänse?, will die kleine Annie wissen.

Wohin sie wollen, sage ich, die große Annie, jedenfalls ganz weit weg.

Ich hab' den Satz kaum zu Ende gesprochen, da rennt die kleine Annie los, rennt immer schneller und schneller, springt schließlich in die Luft. Auf einmal sehe ich, wie ihr Kleid sich aufbauscht und in graues Gefieder verwandelt. Ich kann's nicht glauben, schaue ganz genau hin, doch es bleibt dabei: Annie ist grau gefiedert wie eine Wildgans! Annie wachsen Schwingen über die Ärmchen! Annie kann fliegen!

Die Großmutter und ich schauen zu, wie sie sich hinauf zu den Wildgänsen schwingt und sich in die Keilformation des allerletzten Schwarms einreiht. Die Großmutter fängt an zu schimpfen und wendet den Blick ab, doch ich beobachte das fliegende Mädchen, bis es mit dem Wildgansschwarm hoch über dem Kirchturm davongleitet und danach mit dem Himmel und den Wolken verschwimmt.

Die Sehnsucht schwellt meine Brust, sodass sie schier platzt. Und jetzt macht die Sehnsucht mich nicht mehr froh, sondern tut weh. Auf einmal überfällt mich eine große Angst und schnürt mir das Herz zusammen.

Dann höre ich die Hausgänse im Garten aufgeregt schnattern. Ich schaue mich um und sehe, wie die Großmutter den Eimer für das Blut abstellt, den Sack herausholt und ihn öffnet. Vor Angst wird mir kalt. Den Sack in der Linken und das große Messer in der Rechten geht die Großmutter langsam auf die schnatternde Gänseschar zu.

Die Angst verwandelt mein Herz in einen Eisklumpen.

Da springt die Großmutter mitten unter die Gänse, woraufhin das gesamte Federvieh schreiend auseinanderflattert. Eine erwischt sie dennoch und kann ihr den Sack über Hals und Kopf ziehen.

Die Angst drückt mir die Luft ab, ich muss weinen.

Die eingefangene Gans schlägt so wild mit den Flügeln, dass die Großmutter sie kaum festhalten kann. Bevor es ihr gelingt, der Gans das Genick zu brechen, schüttelt der Vogel den Sack einfach ab und rennt und flattert zu den anderen Gänsen hin.

Die Großmutter aber gibt noch lange nicht auf. Sie klaubt den Sack vom Boden, packt das Messer fester und geht erneut mit langsamen Schritten auf die Gänse zu. Die drängen sich schnatternd vor dem verschlossenen Stall zusammen.

Weinend laufe ich hinter der Großmutter her und deute auf die panischen Tiere. »Warum fliegen die nicht einfach mit den Wildgänsen nach Süden?«

»Dazu müssen sie erst einmal fliegen lernen«, erklärt mir die Großmutter, und schwupps! hat sie den Sack schon wieder über einen der weißen Vögel gestülpt. »Und dazu wiederum sind sie zu fett und zu träge.«

Ich kann noch hören, wie sie der Gans das Genick bricht, dann wird es düster um mich herum. Meine Angst wächst ins Uferlose.

Wie aus dem Nichts erhebt sich plötzlich eine schwarze Gestalt inmitten der Gänseschar. Die entreißt der Großmutter Messer und Sack und stürzt sich auf mich.

Ich wirble herum, will wegrennen, doch meine Füße sinken in den Boden ein wie in tiefen Schlamm, sodass ich nicht vorankomme. Die schwarze Gestalt jedoch bremst nichts. Sie erwischt mich, stülpt mir den Kartoffelsack über und reißt mich von den Beinen. Mein Herz klopft wie verrückt, schon spüre ich die kalte Messerklinge an der Kehle, da wache ich auf.

Jetzt sitze ich hier in der Küche, schreibe und spüre sie noch immer, diese grässliche Angst. Doch wenigstens weiß ich nun, was ich zu tun habe.

Feministen

Das Haus sah aus wie ein Schlösschen, der Garten wie ein kleiner Park. Blumenrabatten und Büsche leuchteten in allen Frühlingsfarben, und der Duft von Flieder und späten Kirschblüten umwehte Annie, als sie vor dem Tor stehen blieb. Ein Springbrunnen sprudelte vor einer Gartenlaube, weiße Statuen, Rosenstöcke und blühendes Buschwerk säumten den Kiesweg zur Vortreppe, über der eine Balkonbrüstung vor Blumenfülle überquoll.

Annie sah sofort: Hier wohnten Menschen mit Sinn für Schönheit und mit Geld genug, sich damit zu umgeben; Menschen, die sich nicht fragen mussten, wovon sie morgen ihr Essen kaufen sollten, und die nicht mitanhören mussten, wie ihre Nachbarn sich liebten oder einander beschimpften.

Angesichts all des Wohlstandes und der Pracht verließ Annie plötzlich der Mut, und sie fühlte sich vollkommen fehl am Platz.

Was fiel ihr überhaupt ein, unangemeldet diese fremden Leute zu belästigen? Sie machte kehrt, um nach Hause zurückzukehren. Doch nach ein paar Schritten begann sie im Stillen mit sich selbst zu schimpfen: Ist es nicht dein verdammter Beruf, fremde Leute zu belästigen, bis sie tun, was du willst? Sofort kehrst du um und machst, was du dir vorgenommen hast, Anna Cohen Kopchovsky! Du gehst jetzt da hinein und sagst, was du zu sagen hast!

Sie beschwor das freundliche Gesicht des Professors vor ihrem inneren Auge herauf, während sie kehrtmachte und zurück zum Tor des Anwesens marschierte. Das dämpfte Furcht und Scham ein wenig und half ihr, ihre Hemmung zu überwinden, das Tor zu öffnen und die Vortreppe ins Auge zu fassen. Ihre Gestalt straffte sich, sie hob den Kopf, reckte das Kinn vor und trat mit jedem Schritt fester auf. Weißer Kies knirschte unter ihren Sohlen. Natürlich hatte sie ihr gutes Kleid angezogen und den Federhut der verstorbenen Tante aufgesetzt.

Sie stieg die vier Stufen der von blühenden Topfpflanzen gesäumten Vortreppe bis zur Eichentür hinauf. Zwei Atemzüge lang blieb ihr Blick auf dem polierten Messingschild über dem Türklopfer ruhen – *Josephine und John Dowe* stand da zu lesen. Von Alonso Peck hatte Annie die Adresse des Professors erfahren, und von ihm wusste sie auch, dass er diesen Abend – den Freitagabend – normalerweise zu Hause verbrachte.

Annie griff nach dem Türklopfer, einem züngelnden Drachenkopf aus Bronze, und hämmerte ihn gegen das Holz. Im Haus erhob sich Hundegebell. Während sie wartete, betrachtete sie die kunstvollen Schnitzereien im Türblatt: zwei von Laub- und Blütengirlanden eingerahmte Baumkronen, zwischen denen aus einem Beet hoher Blumen ein nacktes Menschenpaar ragte. Annie musste lächeln – wie schön!

Schritte näherten sich, sie atmete tief durch, und dann wurde die Tür aufgezogen.

»Sie wünschen, Miss?« Ein schwarzhaariger Mann in Kniebundhosen und Leibrock mit kurzen Schößen musterte sie aufmerksam, ein Butler. Goldfarbene Kordeln und eine goldene Uhrkette schmückten seine Weste. Er sah nicht direkt freundlich aus, aber harmlos und irgendwie drollig.

Ich muss unbedingt und sofort den Professor sprechen!, wäre es beinahe aus ihr herausgeplatzt. Sie zügelte sich im letzten

Moment, machte einen Knicks und fragte mit unschuldiger Mädchenstimme und -miene: »Ist Professor Dowe zufällig zu Hause?«

»Ist er, Miss.« Der Butler musterte sie unbewegt. »Welche Studentin darf ich melden?«

»Annie Kopchovsky.« Sie war so perplex, dass sie weder die *Miss* noch die *Studentin* korrigierte. Sie wusste ja nicht einmal, dass es Student*innen* überhaupt gab.

Der Butler verschwand in den Tiefen des Schlösschens und tauchte nach einem kurzen Wortwechsel mit wem auch immer gleich wieder auf. »Bitte, Miss Kopchovsky.« Er trat zur Seite, damit sie an ihm vorbei ins Haus treten konnte.

Durch eine kleine Empfangshalle und vorbei am Treppenaufgang und einem Rollstuhl lotste der Butler Annie in ein geräumiges Kaminzimmer, wo Professor Dowe sie im Stehen und mit einem Buch in der Hand vor einem Sekretär erwartete. Seine weiße Hündin hockte neben ihm auf den Hinterläufen.

»Tatsächlich Sie, Miss Kopchovsky?« Obwohl er lächelte, stand dem Professor seine Verblüffung ins Gesicht geschrieben. »Was für eine Überraschung!« Die Hündin beschnüffelte bereits ihr Kleid, als er Annies Hand ergriff. »Willkommen in unserem Haus.« Sein Händedruck war keineswegs kraftlos, doch so behutsam, als sorge er sich, ihr wehzutun. Er berührte ihren Arm, wies zu einem niedrigen runden Tisch in einem Erker, durch dessen Fenster man auf den herrlichen Garten hinausblicken konnte. »Nehmen Sie Platz, Ma'am. Nehmen Sie einen Tee oder lieber Kaffee?«

»Kaffee, wenn es Ihnen nichts ausmacht, Sir.« Annie antwortete, ohne nachzudenken, während sie in einen dunkelroten Sessel sank. Es war Jahre her, dass sie Kaffee getrunken hatte. Und war sie jemals zuvor über einen derart dicken Teppich gelaufen? Auch konnte sie sich nicht erinnern, schon einmal in einer Sitzecke Platz genommen zu haben, die ähnlich gemütlich und elegant gewesen war wie diese hier.

»Bitte sage meiner Frau Bescheid, Lester, sie arbeitet noch oben in ihrem Büro. Und mach uns bitte einen Kaffee, ja?«

»Sehr wohl, Sir.« Der Butler verbeugte sich und schritt aus dem Raum.

Annies Blicke flogen über die Ölporträts und Landschaftsgemälde an den Wänden, über Büsten auf schmalen hohen Tischchen und Kelche in Vitrinen, über den marmornen Kaminsims, auf dem ein Globus und eine nackte Männerfigur aus Bronze standen, über Blumengebinde und eine Zimmerpalme, die beinahe bis zu den Stuckornamenten an der Decke reichte. All die Schönheit und Eleganz überwältigten sie schier.

»Nun bin ich aber gespannt, was Sie zu mir führt, Miss Kopchovsky.« Der Professor setzte sich in den Sessel ihr gegenüber. »Ehrlich gesagt, bin ich ein wenig beunruhigt – es wird doch alles seine Ordnung haben mit meinem Inserat?« Die Hündin streckte sich neben ihm aus.

»Aber gewiss doch, Professor Dowe, Sir.« Annie räusperte sich. »Schon morgen können Sie Ihre Anzeige in sämtlichen Bostoner Zeitungen lesen.« Sie faltete die feuchten Hände auf dem Schoß und nahm erneut Anlauf. »Sie müssen entschuldigen, Sir, es ist sonst nicht meine Art, unangemeldet irgendwo aufzutauchen …«

»Jetzt haben Sie aber geschwindelt, Miss Kopchovsky.« John Dowe drohte scherzhaft mit dem Zeigefinger. »In Ihrem Beruf können Sie doch kaum anders als unangemeldet aufzutauchen.«

»Das stimmt, Sir, entschuldigen Sie …« Erneut räusperte sich Annie. »… aber für diesen Besuch bei Ihnen hätte ich mich selbstverständlich angemeldet, doch ich habe mich zuallererst an Mr. Peck in der High Street gewandt, so wie es Ihr Inserat verlangt. Und der hat mich sofort zu Ihnen geschickt.«

»Wie es mein Inserat verlangt?« Der Professor runzelte die Brauen. »Ich verstehe nicht ganz. Wollen Sie damit sagen, dass Sie …?«

»Ja, Sir, so ist es.« Annie, froh, so schnell zum Punkt kommen zu können, nickte eifrig. »Ja, ich bin die Frau, die Sie suchen, Sir. Ich werde auf einem Fahrrad um die Welt fahren.«

Der Professor, dem es offenbar die Sprache verschlagen hatte, beugte sich vor, stützte die Ellenbogen auf die Schenkel und faltete die großen Hände zwischen den Knien. Mit schief gelegtem Kopf betrachtete er Annie und schien ihren Worten nachzulauschen. »Sie überraschen mich, Miss Kopchovsky.«

»Ich habe mir erst gar nichts dabei gedacht, als ich Ihre Anzeige las, Sir. Ich habe sie auf dem schnellsten Weg in die Redaktionen gebracht, bin nach Hause gegangen und habe keinen Gedanken mehr daran verschwendet. Doch dann lag ich zwei Nächte lang schlaflos und konnte an nichts anderes mehr denken.«

Das stimmte nicht ganz. Annie hatte die Anzeige erst nach den beiden schlaflosen Nächten zu den Redaktionskollegen gebracht, nämlich heute Nachmittag. Hätte sie vorher abgerechnet, stünde die Anzeige bereits in den Zeitungen und eine andere wäre ihr womöglich zuvorgekommen.

»Ich habe unzählige Nachtstunden hin und her überlegt, Professor Dowe. Doch seit ich heute Morgen aufgestanden bin, plagt mich nicht die Spur eines Zweifels mehr: Ich bin die Frau, die Sie suchen, Sir.« Sie hielt Dowes prüfendem Blick stand. »Ich werde mit dem Fahrrad um die Welt radeln.«

Professor Dowe hörte nicht auf, sie zu mustern, und er tat es mit größter Aufmerksamkeit. »So, so«, sagte er leise. Das klang so nachdenklich, dass Annie fürchtete, sie könnte vergeblich gekommen sein.

Aus der Eingangshalle hörte sie Schritte auf der Treppe. Etwas stakste hölzern erst die Stufen hinunter und dann über das Parkett. Momente später schlurfte eine große Frau ins Kaminzimmer, blond und in langem, hellem Kleid. Sie hinkte stark und stützte sich auf einen lackschwarzen Stock mit Elfenbeingriff, den sie bei jedem Schritt kraftvoll und lautstark aufs Parkett stemmte.

»Schön, dass du dir Zeit nehmen kannst, Josephine!« Der Professor stand auf und wies auf Annie. »Wir haben einen interessanten Gast: Miss Annie Kopchovsky. Und stell dir vor – sie hat nicht nur unsere Anzeige entgegengenommen, sie ist auch die Erste, die sich um die Fahrradtour bewirbt.«

»Ach!« Überrascht blieb die Frau stehen. Sie war sehr schlank, fast dünn, und ihr schmales, kantiges Gesicht erinnerte Annie an eine Lehrerin, die ihr das Leben schwer gemacht hatte. »Wirklich?« Sie betrachtete Annie mit einer Mischung aus Neugier und Bewunderung, während sie zur Sitzecke hinkte, wo Annie sich jetzt ebenfalls aus ihrem Sessel erhob, um ihr die Hand zu reichen und sich vorzustellen.

»Das ging aber schnell!« Als Mrs. Dowe sich mit Unterstützung ihres Mannes auf dem Sessel neben ihm niederließ, streckte sie das steife linke Bein von sich, sodass Annie ihre Prothese sehen konnte. »Trauen Sie sich das denn wirklich zu, Miss?«

»Ich habe lange nachgedacht, Mrs. Dowe.« Um ihre Unsicherheit gegenüber der energisch und streng wirkenden Frau zu verbergen, antwortete Annie lauter als gewöhnlich und im Brustton der Überzeugung. »Lange und gründlich: Ja, ich traue es mir zu.«

»Sind Sie ganz sicher?« Ernst und unter hochgezogenen Brauen schaute Dowes Frau sie an. Ihre Stimme klang ungewöhnlich melodiös. Dies und ihr leichter Akzent verrieten Annie, dass Englisch nicht ihre Muttersprache war. »Auf zwanzigtausend Meilen würden Sie schon kommen und fünfzehn Monate können sehr lang werden.«

Die Zahlen gingen Annie unter die Haut und schnürten sich wie ein zu enger Kragen um ihren Hals. Doch sie ließ sich nichts anmerken. »Ich weiß schon, Mrs. Dowe, doch ich habe alle Risiken erwogen, und ja, ich bin mir sicher.« Sie fragte sich, welcher Art von Arbeit diese Frau nachgehen mochte, die im eigenen Haus ein eigenes Büro besaß. »Ganz sicher sogar.«

Mrs. Dowe zog die Brauen hoch, und ihre Miene machte kein Geheimnis aus ihrer Skepsis. »Über die Risiken werden wir noch reden müssen, schätze ich.«

»Haben Sie Ihre Familie denn schon in Ihre Pläne eingeweiht, Miss Kopchovsky?«, wollte der Professor wissen.

»Selbstverständlich, Sir.« Annie nickte treuherzig. »Meine Lieben stehen alle hinter mir und werden für mich beten.« Weil sie an das schöne Traumbild dachte, in dem die kleine Annie zu den Wildgänsen hinaufflog, ging ihr diese Lüge leicht von den Lippen. Die Wahrheit war: Sie hatte bisher nur Alonso in ihre Absichten eingeweiht.

»Ich habe Ihr Fahrrad gar nicht vor der Fahrradhandlung gesehen, als ich wegen des Inserats noch einmal zurück zu Mr. Peck in den Laden gegangen bin.« Der Blick des Professors hatte etwas Forschendes. »Wenn ich mich recht entsinne, sind Sie zu Fuß gekommen.«

»Richtig, Sir. Weil ich mein Fahrrad einem Freund geliehen hatte.« Das hätte sie ganz bestimmt getan, wäre sie Besitzerin eines Fahrrads. »Normalerweise benutze ich das Rad, wenn ich in Boston unterwegs bin.« Das würde ich jedenfalls tun, wenn ich eines hätte, fügte sie in Gedanken hinzu.

»Welches Modell fahren Sie denn, Miss Kopchovsky?«

»Das neue Sicherheitsfahrrad der *Pope Manufacturing Company*.« Sie dachte an die Vehikel, die sie in Alonsos Laden gesehen hatte, und stellte sich vor, auf so einem Gerät die Spring Street hinauf- und herunterzurollen. »Mein altes Hochrad hat mir zwar eine Menge Spaß gemacht, wurde mir aber doch zu unbequem mit der Zeit.«

»Und seit wann fahren Sie Fahrrad, wenn ich fragen darf?«, ergriff nun die Frau des Professors das Wort.

Annie winkte ab. »Schon seitdem ich denken kann.« Daran stimmte immerhin, dass sie als Kind einmal eine Gruppe polnischer Radfahrer durch ihr lettisches Heimatdorf hatte fahren sehen und danach oft davon geträumt hatte, auf so einer Tretmaschine in die Welt hinausrollen zu können. »Mein Vater hat es mir beigebracht, als wir noch in Lettland lebten.«

Der Butler brachte ein Tablett herein und servierte Kaffee und Gebäck.

»Danke, Lester«, sagte Professor Dowe, und wieder an Annie gewandt: »Wie meine Frau bereits andeutete, Miss Kopchovsky, diese Fahrradtour wird keine Spazierfahrt. Nur eine kerngesunde Frau kann die Strapazen meistern, die so ein Abenteuer naturgemäß mit sich bringen muss. Darf ich fragen, ob Sie über eine gute Kondition und eine belastbare Gesundheit verfügen?«

»Verlassen Sie sich drauf, Sir.« Tatsächlich fühlte Annie sich kräftiger und gesünder, seit sie entschieden hatte, sich bei Dowe um die Welttour zu bewerben. Alles, was sie während der letzten Wochen geplagt hatte, war wie weggeblasen – Erschöpfung, Kopfschmerzen, Müdigkeit, einfach alles.

»Trotzdem erwarten wir, dass sie sich von einem Arzt unseres Vertrauens untersuchen lassen, bevor wir uns für Sie entscheiden, Miss Kopchovsky«, erklärte Josephine Dowe, »von meinem Hausarzt Dr. Reeder aus *Back Bay*. Vielleicht kennen Sie ihn.«

»Nein, doch ich bin natürlich einverstanden.« Annie löffelte reichlich Zucker in ihren Kaffee und rührte ihn um, jedoch nicht lange, denn sie merkte, dass ihre Hand ein wenig zitterte.

»Sehr schön.« Professor Dowe schlürfte seinen Kaffee ohne Zucker und Milch. Zum ersten Mal, seit er sie begrüßt hatte, entdeckte Annie den sorgenvollen Zug in seinem Gesicht, der ihr schon bei der ersten Begegnung aufgefallen war. »Leider gibt es da noch den einen oder anderen Haken, Miss Kopchovsky.«

»Untertreibe nicht, John«, sagte Mrs. Dowe tadelnd. »Es sind mindestens vier Haken.«

»Zwei oder vier – macht das den Braten fett?« Der Professor winkte ab und wandte sich wieder an Annie. »Die Wettbedingungen haben es nämlich dermaßen in sich, dass ich es vorgezogen habe, im Inserat nur die wichtigsten zu veröffentlichen.«

»Es geht um eine Wette?« Annie staunte das Ehepaar an. »Das wusste ich nicht!«

»Jetzt wissen Sie es.« Professor Dowe wich ihrem Blick aus und wirkte auf einmal merkwürdig zerknirscht. »Und weil dabei viel Geld auf dem Spiel steht, sind die Bedingungen, nun ja« – er wiegte den Rotschopf hin und her – »ein wenig heikel.«

»So?« Während er sich über den Tisch beugte, um einen Zigarillo aus einer Schatulle zu angeln, rutschte Annie auf die vordere Sesselkante und bog den Rücken durch. »Ich höre.«

»Beginnen wir mit etwas Angenehmem, nämlich mit einem Zugeständnis, das wir meinem Wettgegner abringen konnten«, sagte Dowe. »Bei extrem schlechtem Wetter oder im Krankheitsfall dürften Sie auf insgesamt tausend Meilen den Zug oder eine Kutsche benutzen.«

»Nicht schlecht.« Annie nickte.

»Mach du weiter, Josephine«, sagte der Professor.

Mrs. Dowe räusperte sich. »Die Frau, die es wagt, die Radtour um die Welt anzutreten, darf lediglich eine einzige Garnitur Unterwäsche mit auf die Reise nehmen und nur das Kleid, das sie beim Start am Leibe trägt.«

»Oh!«, entfuhr es Annie, sonst sagte sie nichts.

»Ein Mantel und eine Jacke im Gepäck sind natürlich erlaubt«, fuhr die Frau des Professors fort. »Allerdings müssten Sie ohne einen einzigen Dollar in der Tasche aufbrechen.«

»Wirklich?« Annie vermied es einigermaßen erfolgreich, allzu ungläubig zu gucken.

»So ist es leider, Miss Kopchovsky.« Dowe fummelte umständlich ein Schwefelholz aus einer Schachtel. »Außerdem müssten Sie, falls Sie nach diesem Gespräch nicht doch Abstand nehmen wollen von Ihrer Bewerbung, durch eine Reihe festgelegter Länder fahren und sich vom jeweiligen US-Botschafter dort ein gestempeltes und unterzeichnetes Dokument ausstellen lassen.«

»Ach?« Annie zuckte mit den Schultern. »Warum?«

»Um später nachweisen zu können, dass Sie wirklich durch dieses Land geradelt sind«, ergänzte Mrs. Dowe. »Außerdem dürfen Sie ausschließlich Englisch sprechen, egal durch welches Land Sie reisen.«

Annie reagierte nicht, denn außer Englisch beherrschte sie sowieso nur Jiddisch und Lettisch.

»Doch damit nicht genug.« Der Professor hatte es endlich geschafft, sein Schwefelholz an der Schatulle anzureißen, und zündete sich seinen Zigarillo an. »Der dickste Haken kommt erst noch.« Er lehnte sich zurück, inhalierte tief und sagte, während er Annie in die Augen schaute: »Die Frau, die jene verrückte Rollstangenreise antreten wird, muss …«

»Rollstangen?« Annie runzelte die Brauen und schaute fragend zu seiner Frau.

»Fahrräder«, erklärte Mrs. Dowe. »Mein Mann nennt sie Rollstangen.«

»… muss mit fünftausend Dollar zurückkehren.«

»Bitte?« Annie räusperte sich. »Ich meine – habe ich richtig verstanden? Ich fahre ohne einen Dollar los und soll mit fünftausend zurückkehren?«

»Und idealerweise vor Ablauf von fünfzehn Monaten, ganz genau, Miss Kopchovsky.« Der Professor nickte bedächtig und atmete schwer.

»Die fünftausend Dollar dürften Sie natürlich behalten, falls Sie es sein werden, die letztendlich an den Start gehen wird«, beeilte Mrs. Dowe sich hinzuzufügen. »Und falls Sie diese Reise erfolgreich bewältigen sollten.«

»Ich muss unterwegs also die eine oder andere Bank überfallen.« Annie versuchte amüsiert zu wirken. »Oder wie stellen Sie sich das vor?«

»Eine berechtigte Frage, Miss Kopchovsky.« Mrs. Dowe nippte an ihrem Kaffee. »Darüber haben wir natürlich gründlich nachgedacht.« Sie nahm ihrem Mann den Zigarillo aus der Hand und zog daran. Annie, die noch nie eine Frau rauchen gesehen hatte, zwang sich, ihren verblüfften Blick abzuwenden.

»Wenn Sie unter diesen Umständen von Ihrer Bewerbung zurücktreten wollen, hätten wir selbstverständlich größtes Verständnis dafür, Miss Kopchovsky.« Dowe langte einen zweiten Zigarillo für sich selbst aus der Schatulle. »Doch vielleicht hören Sie sich erst einmal an, was wir uns überlegt haben …«

»Noch lieber würde ich hören, wer sich derart unerfüllbare Wettbedingungen ausdenkt!«, platzte es aus Annie heraus. »Und überhaupt: Wer um alles in der Welt schließt überhaupt so eine verrückte Wette ab?«

»Tja«, brummte der Professor und senkte den Blick. »Immerhin erfassen Sie allmählich, wie schwierig die Rollstangentour werden könnte.«

»Mein werter Gatte hat diese Wette abgeschlossen.« Mrs. Dowe lächelte halb tadelnd, halb schadenfroh. »Er und ein sehr reicher Bürger unserer Stadt, dessen Namen wir Ihnen erst nennen werden, wenn wir sicher sind, dass Sie sich für das Abenteuer eignen.«

»Die Wettbedingungen gehen nicht auf mein Konto, sondern auf das dieses kastrierten Salonkeilers!«, verteidigte sich Dowe, während er sich von seiner Frau Feuer geben ließ. »Wir konnten sie ein wenig entschärfen, weiß Gott.« Bekümmert blinzelte er durch die Rauchwolke zu Annie hinüber. »Der Kerl hat übrigens das hohe Preisgeld ausgesetzt – aber nur, weil er überzeugt davon ist, dass keine Frau der Welt es schaffen kann, mit einer Rollstange um den Globus zu fahren.«

»Auch sonst wurde sehr abfällig über Frauen gesprochen an jenem Abend, an dem mein Gatte und besagter Gentleman die Wette abschlossen.« Mrs. Dowe seufzte und inhalierte tief. »Mein lieber Professor ist an sich ein besonnener Mann, doch das frauenverachtende Geschwätz jenes Abends muss ihn dermaßen provoziert haben …«

»Mir ist einfach der Kragen geplatzt!«

»…. dass er in einem Moment liebenswerter Selbstvergessenheit in besagte Wette eingeschlagen hat …«

»Ein verdammter Dämon muss mich geritten haben!«

»… mein Mann ist nämlich Feminist, müssen Sie wissen, Miss Kopchovsky. Und ich auch.«

»Feminist?« Dieses Wort hatte Annie nie zuvor gehört oder gelesen. »Was meinen Sie damit, Mrs. Dowe?« Sie ließ sich gegen die Sessellehne fallen. Die Enttäuschung tat so weh, dass sie die vertraute Erschöpfung durch ihre Glieder kriechen spürte. Am liebsten wäre sie aufgestanden und gegangen.

»Feministen sind Menschen, die verächtliches Gerede über Frauen nicht leiden können und sich für die politische und bürgerliche Gleichstellung von Frauen und Männern einsetzen.«

»Das tun manche Leute tatsächlich?«, fragte Annie mit müder Stimme. Ihr fehlte die Kraft, sich darüber zu wundern.

»Eine ganze Menge Leute sogar, Miss Kopchovsky, zum Beispiel mein Mann und ich. Menschen wie wir wollen, dass Frauen wählen dürfen wie Männer, dass Frauen mit ihrer Arbeit Geld verdienen können wie Männer, dass Frauen dieselbe Bildung genießen können wie Männer – für solche Ziele setzen Feministen sich ein.«

»Im Ernst?« Annies Interesse war geweckt, und sie beschloss, sich doch noch nicht zu verabschieden.

»Aber ja!« Mrs. Dowe schnippte die Asche ab. »Doch zurück zu dieser unseligen Wette. Die Wettbedingungen klingen absolut unmöglich, ganz richtig, doch wir haben uns unsere Gedanken gemacht, wie gesagt. Hören Sie mir also gut zu, Miss Kopchovsky, und wenn Sie mir zugehört und alles verstanden haben, überdenken Sie Ihre Entscheidungen noch einmal.«

»Ich werde Lester in den Keller schicken, um eine Flasche Champagner heraufzuholen«, erklärte Professor Dowe. »Und wenn wir das erste Glas geleert haben, sagen Sie ja oder nein.«

Fahrradfahren

Auf der Vortreppe später, beim Abschied, fuhr Annie der Schreck in die Glieder, denn der Professor verkündete mit Gönnermiene: »Für die Heimfahrt leihe ich Ihnen die alte Rollstange meiner Frau, Annie.« Dabei wies er auf den Butler, der ein schweres Fahrrad auf dem Kiesweg abgestellt hatte und es hingebungsvoll putzte. »Josephine ist damit verunglückt, und es war schwer beschädigt, doch Colonel Pope hat für eine vollständige Reparatur gesorgt. Wenn Lester es geputzt und geölt hat, können Sie aufsteigen und losfahren.«

»Oh! Wie freundlich von Ihnen, John!« Der Kloß, der auf einmal in Annies Hals schwoll, war so groß, dass ihr beinahe die Stimme versagt hätte. »Es wäre mir eine große Ehre, auf Josephines Fahrrad durch die Stadt zu fahren, wirklich, doch unser Gespräch hat mich so aufgewühlt, dass ich mich darauf freue, ohne jede Eile in die Abenddämmerung hineinzuschlendern. Das wird mich beruhigen und meine Gedanken ordnen.«

»Kann ich verstehen, aber wissen Sie was? Sie nehmen eine Kutsche, dann können Sie sich in die Sitzbank sinken lassen und entspannen. Es ist schließlich kein Katzensprung von hier bis in die Spring Street.«

Der Professor besaß einen dieser modernen Fernsprecher, über den er nun unbedingt eine Droschke bestellen wollte, damit sie Annie auf seine Kosten nach Hause chauffierte. Höflich, aber bestimmt lehnte sie ab.

»Wenn ich mit dem Fahrrad um die Welt fahren will, darf ich doch vor dem Weg nach Hause nicht zurückschrecken«, erklärte sie. »Und wann soll ich mit dem Ausdauertraining beginnen, wenn nicht jetzt?« Annie bestand darauf, laufen zu wollen.

Sie lief aber nicht, sie schwebte zurück in die Spring Street.

Sie hatte ja gesagt, und die Dowes hatten ihre Bewerbung angenommen! Sie würde um die Erde fahren! Sie, Anna Cohen Kopchovsky! Wenige Wochen noch, dann würde sie auf ein Fahrrad steigen und losrollen.

Eine lange nicht empfundene Leichtigkeit beflügelte sie, als sie das Anwesen der Dowes hinter sich zurückließ. Ihr war zumute, als wäre eine Tür in eine andere Welt für sie aufgesprungen – oder wenigstens ein Fensterchen.

Zwei aufregende Stunden lagen hinter ihr. Sie hatte Josephine aufmerksam zugehört (Annie durfte die Dowes künftig mit Vornamen anreden). Oft hatte sie schlucken, manchmal sich den Angstschweiß von der Stirn wischen müssen. Und sie hatte an die in den Himmel flatternde kleine Annie ihres Traumes denken müssen – die ganze Zeit, während die Dowes von ihren Freunden erzählten und ihr erklärten, wie es möglich sein könnte, mit deren Hilfe ohne einen Dollar in der Tasche mit dem Fahrrad zu einer Weltreise aufzubrechen, und diese nicht nur zu überstehen, sondern obendrein noch mit fünftausend Dollar in der Tasche zurückzukehren.

»Glauben Sie mir bitte, Annie«, hatte Josephine ihre Ausführungen beschlossen, »es geht uns keineswegs nur darum, dass John diese unglückliche Wette gewinnt, es geht uns auch darum, dass die Frau, die aufs Fahrrad steigt, am Ende gesund und zufrieden nach Boston zurückkehrt.«

»Und um ein paar Erfahrungen und fünfzehntausend Dollar reicher«, hatte John hinzugefügt.

Danach war es eine Zeitlang sehr still geworden im Kaminzimmer der Dowes. Während der Butler den Champagner aus dem Keller holte, pochte Annie der eigene Herzschlag so laut in den Ohren, dass sie glaubte, die Dowes müssten es genauso deutlich hören wie sie. Als Lester dann die Flasche öffnete und die Kelche füllte, hatte Annie an das Preisgeld gedacht, noch einmal die Vorschläge und Ideen der Dowes abgewogen, die Wildgänse ihres Traumes davonfliegen sehen und die Hausgänse ihres Traumes jämmerlich schreien hören. *Warum fliegen sie nicht davon*, hörte sie sich fragen und lauschte der Traumstimme ihrer Großmutter: *Dazu müssen sie erst einmal fliegen lernen.*

Danach hatte sie mit den Dowes angestoßen, ihr Glas geleert und ja gesagt.

Josephine und John hatten sich für ein paar Minuten nach nebenan in ihr Musikzimmer zurückgezogen, um sich zu beraten. Da waren die Würfel längst gefallen.

»Wir nehmen Ihre Bewerbung an, Annie, Sie sind unsere Radfahrerin«, verkündete John, als er zurück ins Kaminzimmer kam.

Und jetzt schwebte Annie.

Sie würde der Spring Street den Rücken kehren! Bald! Für fünfzehn Monate! War das wirklich wahr? Annie konnte es kaum fassen. Sie begann leise zu singen, während sie über die Bürgersteige der Stadt tänzelte.

Es dämmerte bereits, als sie endlich das jüdische Ghetto erreichte. Die Namen von Städten, durch die ihre Radreise sie führen sollte, schwirrten ihr durch den Kopf: Marseille, Alexandria, Singapur, Shanghai, Port Arthur, Nagasaki und viele mehr. Wie Zauberformeln setzten sie sich in ihren Gedanken fest, ließen dort farbenprächtige Bilder erblühen und verursachten ihr jetzt schon Reisefieber.

In vier Tagen würde sie Josephine und John wiedersehen. Und mit ihnen einige Männer und Frauen ihres Bekanntenkreises, die, so Josephine, »sich außerordentlich für Ihre Reise interessieren«. Sie fragte sich, ob die arme Josephine ihr Bein durch den Unfall mit ihrem Fahrrad verloren hatte. Doch schnell schob sie diese Vorstellung beiseite.

Vor dem nächsten Treffen mit den Dowes musste Annie ihrer Familie von ihren Reiseplänen erzählen, und das würde sie ganz gewiss mehr als nur zwei schlaflose Nächte kosten. Ihr wurde angst und bange, wenn sie daran dachte. Wie um alles in der Welt sollte sie dem armen Max bloß beibringen, dass er bald ohne sie würde auskommen müssen?

Je näher die Spring Street 113 rückte, desto unüberwindlicher erschien ihr diese Hürde. Eine zweites Hindernis, das Annie entschlossen war, noch heute Abend zu überwinden, kam ihr dagegen vor wie ein Kinderspiel.

Als sie schließlich in die Spring Street einbog, schwebte sie nicht mehr. Die Hausnummer 113 rückte näher und näher, und die Beine wurden ihr schwerer und schwerer; das Herz sowieso.

Was würde der Rabbi sagen, wenn sie Mann und Kinder über ein Jahr lang sich selbst überließ? Was würde die Gemeinde sagen? Was die Nachbarn?

Sie ging immer langsamer, manchmal blieb sie sogar stehen, schloss die Augen und biss sich auf die Unterlippe. In ihrem Kopf begann ein von sorgenvollen Gedanken überladendes Karussell zu rotieren.

Annie machte sich nichts vor: Man würde sich das Maul über sie zerreißen, sobald ihr Plan in der Gemeinde und in der Nachbarschaft bekannt werden würde. Man würde sie verachten und schneiden, und der Rabbi würde ihr eine Strafpredigt halten.

Düster genug, diese Aussichten, doch nichts gegen das, was sie von ihrer Familie zu erwarten hatte. Max würde sie erst auf den Knien anflehen, ihren Plan aufzugeben und zu Hause zu bleiben; danach würde er schimpfen und sie mit Versen aus der Thora traktieren; wahrscheinlich würde er den Rabbi kommen lassen. Die Kinder würden weinen, Bennett sie verfluchen und Bertha ihr die Augen auskratzen.

Unter dem Torbogen zum Hinterhof hörte sie Libbies und Mollies Stimmen. Die Kinder tobten noch im Hof herum. Hatte sie denn keiner ins Bett gebracht? War denn Max noch nicht zu Hause?

Annie blieb stehen, atmete ein paarmal tief durch und probte ein Lächeln, als hinter ihr plötzlich ein Fahrradfahrer in den Hof einbog.

»Wo kommst du denn her, Annie?«, rief er im Vorüberrollen. Es war ihr Mann.

Annie rannte los, hielt ihn fest und riss ihn von seinem Vehikel. »Bring's mir bei, Max!« Sie raffte das gute Kleid über die Knie und schwang sich in den Sattel. »Jetzt gleich!«

»Was tust du denn da, mein Annielein! Du kannst doch gar nicht Rad fahren!«

»Deswegen sollst du mir's ja beibringen!« Annie trat in die Pedale. »Halt mich fest, Max! Schieb mich an!« Doch da rollte das Fahrrad schon los. Annie schwankte, Annie fuhr Zickzack, kippte um und stürzte in den Dreck des Hofes. »Du sollst mich doch festhalten!«

Sämtliche Kinder, die noch im Hof spielten, umringten sie auf einmal und staunten sie an.

»Hat's wehgetan, Mama?« Mollie bückte sich nach ihr, um sie zu streicheln.

»Überhaupt nicht.« Annie stemmte sich hoch, unterdrückte den Schmerz in der Hüfte, klopfte sich den Schmutz aus dem Kleid und richtete das Fahrrad auf. »Noch einmal, Max!«

»Bloß nicht, liebstes Annielein!« Ihr Mann raufte sich verzweifelt das Haar, während sie erneut in den Sattel stieg. »Das ist nichts für Frauen, überhaupt nicht!«

»Halt mich endlich fest!« Sie rollte schon wieder.

Schachmatt

Seine Gattin spielte mit Weiß, und es sah nicht gut aus für sie. John Dowe ließ sich seine Freude darüber nicht anmerken. Seelenruhig schenkte er sich Champagner nach, lehnte sich mit dem Kelch in der Rechten tief in seinen Sessel und kraulte Viktoria, die neben ihm ausgestreckt auf dem Teppich lag, mit der Linken das Kopffell. »Sie lebt übrigens im jüdischen Ghetto«, sagte er beiläufig, während er seinen Champagner schlürfte.

»Dacht' ich's mir.« Josephine verharrte über das Schachbrett gebeugt, sah ihn nicht einmal an, beachtete auch ihr Rotweinglas nicht. »Hat Mr. Peck dir das erzählt?«

»Auch er.« John Dowe stellte den Kelch ab, legte beide Hände auf den Schachtisch und tat vollkommen entspannt. Dabei hätte er jubeln können vor Glück: Ein letzter Zug noch mit seiner schwarzen Dame hinunter auf das von seinem Springer gedeckte Feld vor dem weißen König, und seine Frau war schachmatt. Die dritte Partie innerhalb einer Woche, die er gewann. Großartig! »Sie selbst hat bereits am Freitag erwähnt, dass sie in der Spring Street wohnt. Beim Abschied auf der Vortreppe.«

»Hat es dich überrascht? Eine Frau aus dem Nobelviertel würde sich kaum auf so ein halsbrecherisches Abenteuer einlassen.« Josephine, die Ellbogen auf den Tisch und den Kopf in die Hände gestützt, spähte unverwandt auf das Schachbrett.

»Annie braucht das Geld. Und zwar dringend, wie ich den Eindruck habe. Was erzählt Mr. Peck noch so?«

»Dass sie lebenslustig und ausgesprochen temperamentvoll ist.« Seine Frau musste das drohende Schachmatt längst entdeckt haben. Ob sie aufgeben würde? »Dass sie eine flinke Zunge und ungewöhnlich viel Fantasie hat ...«

»Er scheint sie gut zu kennen.«

»... und dass sie seit fünf Jahren mit einem Hausierer verheiratet ist. Das Ehepaar hat drei Kinder.«

»Gütiger Himmel!« Statt endlich zu ziehen, seufzte seine Gattin tief. »Noch so ein armes Mädchen, das seine Jugend versäumt hat. Und jetzt, mit dreiundzwanzig, will es ausbrechen.«

»Mir sind Zweifel gekommen, ob sie wirklich die Richtige für uns ist.« John Dowe langte einen Zigarillo aus der Kiste und zündete ihn an. Wann würde Josephine endlich ziehen?

»Mir nicht.« Sie verharrte beinahe reglos, doch er sah, wie ihre Augäpfel sich bewegten und ihr hellwacher Blick von Figur zu Figur wanderte. »Willst du also noch einmal mit ihr reden, bevor wir uns am Dienstag mit Mr. Peck und den anderen treffen?«

»Nein.« Er schüttelte den Kopf. »Sie wird sowieso abspringen, Josephine, von ganz allein. Keine Frau lässt ihre drei kleinen Kinder fünfzehn Monate lang allein! Sie wird im letzten Moment einen Rückzieher machen. Wollen wir wetten?«

»Es erfüllt mich doch mit einer gewissen Sorge, mein lieber John, dass dir die Lust aufs Spielen immer noch nicht vergangen ist.« Josephine zog ihre Dame nach f4. »Doch wenn du darauf bestehst: Ich wette um drei Flaschen Merlot, dass Annie nicht abspringt.«

»Was macht dich so sicher?« Stirnrunzelnd richtete John seine Aufmerksamkeit auf Josephines Dame und die Felder in ihrer Umgebung.

»Der energische Zug um ihren Mund. Sie ist ein willensstarker und zielstrebiger Mensch. Und dann ihr Blick.« Josephine richtete sich auf, griff nach ihrem Rotwein und nippte daran. »Hast du nicht die Verzweiflung und die Sehnsucht in ihren großen braunen Augen brennen sehen? Schach übrigens.«

»Habe ich nicht, Teuerste«, sagte John geistesabwesend, während er sich über den Zug seiner Gattin wunderte. »Und ich muss dir widersprechen: Ich halte sie eher für wankelmütig und launisch. Außerdem frage ich mich, ob sie nicht zu klein und zu zierlich ist für so eine kräftezehrende Tour.«

»Du hast ja keine Ahnung, was kleine und zierliche Frauen alles leisten können, mein Lieber.«

»Und sie ist wirklich noch sehr jung.« Innerlich rieb John Dowe sich die Hände, denn seine Frau hatte einen folgenschweren Fehler begangen. »Jung und wankelmütig. Und deswegen wird sie noch vor dem Treffen am Dienstag einen Rückzieher machen. Doch Sie sind nicht bei der Sache, Mrs. Dowe. Es tut mir außerordentlich leid, Ihre Unaufmerksamkeit so hart bestrafen zu müssen.« Er schlug Josephines Dame mit seinem g5-Bauern. »Das war ein teurer Fehler, meine Liebe.«

»Annie wird fahren – drei Flaschen Merlot, Jahrgang neunzig.« John bewunderte seine Gattin, denn sie ließ sich ihren Ärger nicht anmerken, mit keiner Geste, keinem Mienenspiel. Sie streckte ihm sogar die Hand über das Schachbrett entgegen. »Schwindle nicht – dir tut gar nichts leid.«

»Die Wette gilt.« Er ergriff ihre Hand und drückte sie. »Apropos schwindeln – unsere kühne Annie nimmt es mit der Wahrheit nicht so genau.«

»Ach?« Mit ihrem Läufer schlug Josephine Johns Bauern und bot seinem König abermals Schach.

»Ich habe in den Redaktionen angerufen – sie hat unsere Anzeige keineswegs auf dem schnellsten Weg dorthin gebracht, wie sie behauptet hat, sondern erst am Nachmittag, bevor sie zu uns kam.« John schob seinen König aus dem Schach nach a8. Voller Vorfreude richtete er den Blick wieder auf seine Dame – ein einziger Zug noch, und die Partie ging an ihn.

»Was schließen wir daraus?« Josephine stellte das Glas ab und hob die Rechte, um ihrerseits zu ziehen.

»Was schon?« John zuckte unwillig mit den Schultern. »Dass wir ihr nicht alles glauben dürfen, natürlich.«

»Vielleicht auch das, doch vor allem schließe ich daraus, dass sie unbedingt die Erste sein wollte, die sich bewirbt.« Ein gewisser Missmut befiel John Dowe, als seine Gattin ihren Springer auf b6 setzte. »So viel Entschlossenheit spricht doch für sie. Und rückt mir die drei Flaschen neunziger Merlot in greifbare Nähe. Schach.«

»Du täuschst dich, Teuerste.« John löste seinen siegestrunkenen Blick von seiner schwarzen Dame und schlug Josephines Springer mit dem Königsbauer. »Genauso, wie du dich mit diesem Verzweiflungszug getäuscht hast.

»Tröstet es dich denn gar nicht, dass sogar ich mich manchmal täusche, Liebster? Übrigens habe ich an meine Freundin Susan Anthony in Manhattan geschrieben. Sie kennt rund um den Globus Angehörige der schreibenden Zunft und könnte uns den Kontakt zu einem Autor herstellen, der eventuell ein Buch über Annies kleine Fahrradtour schreiben würde.«

»Vergiss es, Teuerste. Mir fällt übrigens keine Frau ein, der ich zutraue, ihre drei kleinen Kinder fünfzehn Monate lang allein zu lassen.«

»Auch nicht für fünfzehntausend Dollar?« Seine Gattin sah ihm in die Augen, während sie seinen b6-Bauern mit ihrem a5-Bauern schlug und so ihrem Turm den Weg zu Johns König öffnete. »Außerdem würde Annie die Kinder ja nicht allein lassen, die haben schließlich noch einen Vater. Schach.«

Verdrossen registrierte John Dowe, dass seine Gattin ihn unerwartet hartnäckig davon abhielt, mit seiner Dame zu ziehen und sie matt zu setzen. Er zog seinen Springer nach a6, um Josephines schachbietendem Turm den Weg zu seinem König zu versperren. Was blieb ihm anderes übrig?

»Dr. Reeder teilt meine Einschätzung übrigens«, sagte sie. »Ich habe ihn heute Morgen per Fernsprecher erreicht. Seine Untersuchung gestern hat ergeben, dass Annie kerngesund ist.«

»Vermutlich hat er ihr dennoch seine Methusalem-Kapseln angedreht.« Johns misstrauischer Blick wanderte von Figur zu Figur. Was um alles in der Welt führte seine Gattin im Schilde?

»Er hat ihr eine Probepackung geschenkt«, sagte Josephine, während sie mit ihrem zweiten Turm den nun frei gewordenen Weg nutzte, Johns Läufer auf c8 schlug und ihm so wiederum Schach bot. »Dr. Reeder ist tief beeindruckt davon, dass eine jüdische Frau aus dem Ghetto lesen und schreiben kann.«

»Das ist in der Tat ungewöhnlich.«

»Und spricht ebenfalls für ihren starken Willen.« Josephine nahm einen Schluck Rotwein. »Und für ihre Hartnäckigkeit. Hat Mr. Peck eigentlich mit seinem Chef gesprochen?«

»Ja. Colonel Pope hat abgewunken. Mit einer Frau im Sattel will er keine Werbung für sein neues Columbia-Modell machen.« Die Lage auf dem Schachbrett behagte John überhaupt nicht, obwohl Josephines unverschämter Zug leicht zu beantworten war. »Der Reinfall mit diesem Studenten steckt Colonel Pope noch tief in den Knochen. Er will nicht einmal am Dienstag zur Besprechung in unser Haus kommen.« John schlug Josephines schachbietenden Turm mit seinem eigenen Turm. Was denn sonst?

»Ich werde morgen zu ihm fahren und ihn noch einmal persönlich einladen.« Josephine zog ihren weißen Läufer auf g2. »Schach.«

»Na dann, viel Glück. Pope glaubt übrigens nicht, dass Annie mit ihrem jüdischen Namen weit kommen wird.« John setzte seinen Turm zwischen seinen König und den gegnerischen Läufer auf c6. »Und ich teile seine Einschätzung, denn die gegenwärtige Wirtschaftskrise facht den Antisemitismus im Land in erschreckendem Ausmaß an. Hast du von der jüdischen Familie in Dallas gelesen, der sie vorige Woche das Haus angezündet haben?«

»Ja. Und von den beiden jungen jüdischen Frauen, die man vorgestern in Louisville in den Kentucky getrieben hat, habe ich per Telegramm erfahren. Beide sind ertrunken.« Josephine schlug Johns Turm mit dem weißen Läufer. »Viel Glück wünsche ich jetzt dir, Teuerster. Schach!«

John starrte auf das Schachbrett und konnte nicht fassen, was er dort entdecken musste. »Ich bin ja so gut wie schachmatt …«

»So ist es, mein Lieber.« Josephine streckte ihm die Rechte hin, um sich gratulieren zu lassen. »Erst drei Flaschen Merlot und jetzt noch die Partie verloren. Wirklich bitter.«

Ungläubig betrachtete John die Stellung auf dem Schachbrett. Es gab tatsächlich keinen Ausweg mehr! Er hatte verloren. »Ich war viel zu sehr auf meine Dame fixiert.« Seufzend fuhr John sich durch die roten Locken, bevor er endlich die Hand seiner Gattin ergriff. »Gratuliere.«

»Danke schön auch.« Josephine langte ihren erloschenen Zigarillo aus dem Aschenbecher, ließ sich von John Feuer geben und lehnte sich rauchend zurück. »An Annies jüdischen Namen habe ich übrigens auch schon gedacht.«

John leerte seinen Champagnerkelch und schenkte sich nach. Insgeheim bewunderte er seine Frau – so kaltblütig hatte er sie lange nicht spielen sehen.

»Mit diesem Namen kann man sie wirklich nicht durch die

Weltgeschichte fahren lassen, und durch unsere Vereinigten Staaten schon gar nicht. Das wäre geradezu lebensgefährlich. Doch ich habe eine großartige Idee.«

»Das sieht dir ähnlich.« John Dowe nahm einen kräftigen Schluck Schaumwein. »Und ich bin gespannt.«

»Ich habe Mr. Londonderry zu unserer Besprechung am Dienstag eingeladen. Und der wird …«

»Den Mineralwasser-Tycoon?«

»Genau den.«

»Und was hat er mit Annies jüdischem Namen zu tun?« John schüttelte verständnislos den Kopf. »Ist mir ein Rätsel, was an dieser Idee so großartig sein soll, Teuerste.«

»Du hast mich ja auch nicht ausreden lassen.«

Miss Mineralwasser

Spring Street, Dienstag, den 8. Mai 1894

Manche Tage vergisst man nie, manche Menschen sowieso nicht. Und was habe ich heute für interessante und verrückte Menschen kennengelernt! Hätte ich doch bloß jemanden, mit dem ich darüber reden könnte!

Vor dem Fenster ist es schon dunkel, und endlich schläft auch Libbie (sie braucht zurzeit immer am längsten zum Einschlafen). Hoffentlich werden die Kinder nicht gleich wieder aufwachen, denn nebenan schreien Esther und ihr betrunkener Mann einander an. Max ist natürlich in der Synagoge und lernt die Thora auswendig, wovon er hoffentlich satt wird, denn ich habe ihm nichts gekocht. Sogar für den täglichen Bericht im Tagebuch bin ich eigentlich viel zu erschöpft, doch der Nachmittag bei den Dowes hat mich dermaßen aufgewühlt, dass ich nun hellwach auf der Bettkante sitze und im Licht meiner Öllampe schreibe. Ich muss es tun, unbedingt, ich kann nicht anders.

Neun Männer und Frauen haben Josephine und ihr Professor eingeladen, lauter Freunde und gute Bekannte, wie Josephine sagte. Außer Alonso Peck habe ich nur zwei Journalisten und den Arzt gekannt, und die nur flüchtig. Die anderen fünf habe ich zuvor noch nie gesehen.

Mit wem soll ich anfangen? Vielleicht mit Mrs. Obertowne

und Mrs. Tubbs, die haben mir am besten gefallen. Sie wohnen in Boston und nennen sich allen Ernstes Kreuzritter. Frauen als Kreuzritter – klingt das nicht komisch?! Hätten die verdammten Kreuzritter in der Geschichte meines Volkes nicht eine so todtraurige Rolle gespielt, hätte ich laut gelacht, als die beiden sich mir als Kreuzritter vorstellten.

Mrs. Obertowne und Mrs. Tubbs gehören zu einer Frauenunion, die in ganz Amerika (ja in der ganzen Welt!) Mitglieder hat. Diese Frauen haben tatsächlich eine Art Kreuzzug ausgerufen: gegen Alkohol, für die Rechte von Frauen und gegen Armut und Unterdrückung. Am letzten Sonntag zum Beispiel haben Mrs. Obertowne, Mrs. Tubbs und ihre Kampfgefährtinnen drei Kneipen im Bostoner Norden verbarrikadiert, damit die Familienväter aus dem Armenviertel dort nicht ihren Lohn versaufen können.

Das muss man sich mal vorstellen: Frauen versammeln sich vor Kneipen und lassen keine Männer hinein! Ist das nicht großartig?

Es stört mich nicht besonders, dass es ein christlicher Frauenverein ist, den Mrs. Obertowne und Mrs. Tubbs an Josephines Esstisch vertreten haben, und ich habe wirklich gern gehört, dass sie mich unterstützen werden, wenn ich demnächst auf ein Fahrrad steige und zu einer Tour um die Welt starte. Leider habe ich nicht genau kapiert, wie sie das anstellen wollen (vielleicht wissen sie's auch selbst noch nicht).

Dann habe ich einen leibhaftigen Fabrikanten bei den Dowes kennengelernt – Mr. Albert Pope. Dem gehört die Pope Manufacturing Company of Boston, *der ich schon so manche Anzeigenspalte verkauft habe (natürlich nicht an Mr. Pope persönlich). Aus irgendeinem Grund sprechen ihn alle mit* Colonel *an.*

Mr. Pope ist ein griesgrämiger Trauerkloß mit gelblicher Haut und mürrischem Blick. Während alle anderen Tee oder Kaffee zum Kuchen nahmen – außer dem Professor, der leerte eine ganze Fla-

sche Champagner –, trank Mr. Pope Bier. Zu Schokoladenkuchen und Sahnetorte!

Josephine hat ihn überredet, mir für meine Welttour ein neues Columbia-Fahrrad zur Verfügung zu stellen. Natürlich will Mr. Pope mich und meine Fahrt ausnutzen, um Reklame für seine Räder zu machen, völlig klar. Und dies, obwohl er an meinen Radfahrkünsten zu zweifeln scheint; anders jedenfalls kann ich mir nicht erklären, dass er mich ständig angeguckt hat wie jemanden, dem er nicht einmal zutraut, auf dem Fahrrad einen kleinen Hang hinabzurollen, ja, der das Wort Fahrrad *nicht einmal schreiben kann.*

Ehrlich gesagt: Ich hab' die ganze Zeit Angst gehabt, dass der Mann mich durchschaut.

Ich bin heilfroh gewesen, dass auch Alonso Peck gekommen ist. Ich hab' zwischen Josephine und ihm gesessen, wodurch ich mir nicht ganz so verloren vorgekommen bin unter all den fremden und klugen Menschen. Alonso hat eine Art Uniform mit Schulterstücken angehabt, die er als Sportanzug trägt, wenn er mit seinem Fahrradclub auf Tour geht. Erst heute habe ich erfahren, dass er der Vorsitzende des Bostoner Fahrradclubs ist. Dort sprechen ihn die Leute mit Captain *an, wie mir der Professor erzählt hat.*

Alonso will die Fahrradclubs sämtlicher Städte anschreiben, die auf meiner geplanten Strecke liegen, damit ich während der langen Reise hin und wieder eine warme Mahlzeit essen, ein Bad nehmen und in einem bequemen Bett schlafen kann. Ich hätte nie gedacht, dass es so viele Fahrradclubs in unserem Land gibt. Sogar in Europa gibt es welche.

Außerdem haben drei Zeitungsleute mit an Josephines Esstisch gesessen. Ein Journalist von der Boston Post *und einer vom* Boston Herald*; mit beiden hatte ich schon in ihren Redaktionen zu tun. Sie sind gute Freunde von Josephine, die selbst Journalistin ist, wie Alonso mir heute verraten hat. Und sie wollen über mich* *und meine Fahrradtour um die Welt schreiben. Der Mann vom* Boston Herald *hat eine Kamera aufgebaut und mich fotografiert.*

Eine dritte Reporterin ist extra aus New York City angereist: Susan B. Anthony, eine schöne blonde Frau mit ernsten Zügen und forschendem Blick. Ich hab' sie unnahbar und kühl gefunden, fast ein bisschen arrogant sogar. Jedenfalls ist sie ebenfalls eine Freundin von Josephine und wie sie, ihr Professor und die beiden Kreuzritter ein Feminist. Oder sagt man eine Feministin?

Mrs. Anthony schreibt für die New York World *und will ebenfalls über meine Reise berichten, sodass ich wenigstens ihren Lesern bekannt bin, sollte ich denn irgendwann wirklich einmal heil in New York City ankommen (im Moment kann ich mir nicht einmal vorstellen, bis nach Connecticut hinüberzuradeln). Sie hat von einem deutschen Reiseschriftsteller erzählt, einem Adligen aus Berlin, mit dem sie befreundet ist. Sie würde ihn gern fragen, ob er ein Buch über meine Reise schreiben will, und erkundigte sich, ob ich damit einverstanden sei.*

Obwohl mir bei dem Gedanken ganz schwindlig geworden ist (ich lerne ja gerade erst Fahrradfahren!), habe ich einfach ja *gesagt.*

Beim Abschied hab' ich mitbekommen, wie Colonel Pope Mrs. Anthony verächtlich eine Suffragette *genannt hat (flüsternd natürlich und nur Alonso gegenüber). So beschimpfe man in England Frauen, die für das Frauenwahlrecht kämpfen, hat mir Josephine später in der Küche erklärt. Neuerdings sei dieses Schimpfwort auch bei uns in den Vereinigten Staaten zu hören.*

Und dann war da noch ein Mann namens Rutherford aus New Hampshire, ein feiner Gentleman und außerdem Geschäftsführer der Londonderry Lithia Spring Water Company. *Was er mir vorgeschlagen hat, kann ich bis jetzt kaum glauben.*

Ich könne nicht unter meinem wahren Namen auf dem Fahrrad um die Welt touren, hat er mir erklärt.

»Warum?«, habe ich gefragt.

Weil ich dann früher oder später einem Judenhasser in die Hände fallen würde, hat er geantwortet, »und dann gute Nacht« (genau so hat er sich ausgedrückt). Ich hab' gedacht, ich hör' nicht recht!

Zu den Wettbedingungen gehöre doch, dass ich weder Spenden noch Geschenke annehmen darf, hat dieser Mr. Rutherford ganz richtig gesagt; hingegen erlauben mir die Regeln, unterwegs zu arbeiten, denn irgendwoher müssen ja die 5.000 Dollar kommen, mit denen in der Tasche ich in fünfzehn Monaten nach Boston zurückkehren muss.

Das hat mir wirklich zu denken gegeben, denn auch damit hat der Mann recht gehabt.

»Ich bin in der glücklichen Lage, Ihnen eine Arbeit anbieten zu können«, hat Mr. Rutherford am Ende seiner ziemlich langen Rede ziemlich feierlich verkündet, »eine Arbeit, die Sie locker vom Fahrradsattel aus erledigen können und die Ihnen meine Firma, die Londonderry Lithia Spring Water Company, *mit fünfundsiebzig Cent pro Tag vergüten würde.«*

Danach hat er den Mund zugemacht und einen nach dem anderen angegrinst, als wolle er jedem von uns gleich einen Golddollar schenken. In der langen Pause, die so entstand, war ich nicht die Einzige in der Runde, die gespannt an Mr. Rutherfords Lippen hing. Und dann hat er den Mund wieder aufgemacht und mir erklärt, worin meine Arbeit im Fahrradsattel bestehen würde: Ich müsse meinen Familiennamen ablegen und statt als Anna Cohen Kopchovsky als Annie Londonderry auf große Fahrt gehen.

Das muss man sich einmal vorstellen: einfach meinen Familiennamen ablegen und mich künftig nach einem Mineralwasser nennen! Alle fanden die Idee großartig, nur ich nicht.

Ich werde den Verdacht nicht los, dass Josephine den Mineralwasser-Schnösel nur deswegen eingeladen hat, damit er mir genau diesen blödsinnigen Vorschlag macht.

Ich habe nicht lange gebraucht, um auszurechnen, wie viele Tage fünfzehn Monate haben (mindestens 453, je nachdem, wie viele Tage die Monate haben, die in den Zeitraum meiner Fahrradtour fallen werden) und wie viel Geld mir die Mineralwasser-Gesellschaft in dieser Zeit zahlen würde (340 Dollar, 130 mehr also, als ich im gesamten letzten Jahr verdient habe). Es dauerte jedoch eine ganze Weile, bis ich begriff, dass die Zeitungen dann nicht über die Radfahrerin Anna Cohen Kopchovsky, sondern über die Radfahrerin Annie Londonderry berichten würden. Über Miss Mineralwasser!

Noch habe ich nicht zugesagt, obwohl alle mich gedrängt haben (besonders Josephine). Meinen Namen verleugnen? Eine Mineralwassermarke als Familiennamen annehmen? Ich hab's einfach nicht über mich gebracht. Muss noch ein paarmal drüber schlafen.

Immerhin habe ich in diesem Moment begriffen, was Josephine und ihr Professor mit dieser Versammlung bezweckten: Im Grunde wollen sie, dass ich auf meiner Fahrradtour um den Erdball das werde, was ich bisher nur verkaufe: eine Anzeigenspalte, ein einziges großes Werbeplakat aus Fleisch und Blut.

Als mir das klar wurde, bin ich erst einmal erschrocken: Annie als Werbeplakat für Mineralwasser und Fahrräder? Alles in mir hat sich gegen diese Vorstellung gesträubt. Doch inzwischen frage ich mich: Wäre das wirklich so schlimm? Irgendwie muss ich ja in den 15 Monaten auf dem Fahrrad zu 5.000 Dollar kommen, wenn ich die Siegprämie von 10.000 Dollar einfahren will.

Der neunte Gast im Hause Dowe schließlich war Dr. Reeder, Josephines Arzt, der mich letzten Samstag in seiner Praxis untersucht hat. Mit seinem langen weißen Haar und seinem knochigen Gesicht sieht er aus, wie ich mir einen Hexenmeister vorstelle, nur dass er weder einen spitzen Hut noch einen schwarzen Umhang mit gelben Sternen darauf trägt, sondern eine speckige Melone und einen zerknautschten braunen Anzug.

Ähnlich wie Mr. Rutherford redet auch Dr. Reeder gern und viel und hat in aller Breite erklärt, dass und warum er mir nach eingehender medizinischer Untersuchung eine Fahrradreise um die Welt durchaus zutraut. Ich hätte zwar ein bisschen Untergewicht, sei aber gesund, kräftig und so weiter. Allerdings, so hat er seinen Vortrag abgeschlossen, allerdings wäre ihm bei dem Gedanken an meine aufreibende Reise wohler, wenn er mir nach der Untersuchung ein männliches Geschlecht hätte bescheinigen können.

Da haben alle Männer in der Runde gelacht. Mir war das peinlich; Dr. Reeders ganzer Auftritt war mir peinlich.

Beim Abschied hat er dann noch unbedingt wissen wollen, warum meine rechte Hand verbunden ist und woher die Schürfwunden an meinem Kinn und meiner Schläfe stammen. Da habe ich ihm erzählt, dass öfter mal Betrunkene vor unserer Haustür herumlungern, die sich von Zeit zu Zeit gern mal prügeln, so auch am Sonntag. Ich hätte versucht, die Streithähne zu trennen, habe ich ihm erzählt, und dabei sei ich mitten hineingeraten in die verdammte Schlägerei.

Auf einmal haben alle die Ohren gespitzt und mich aus großen Augen angeguckt wie Leute, die fürchten, sie könnten etwas verpassen. Einen der Saufbolde hätte ich niedergeschlagen, berichtete ich, einem zweiten das Gesicht zerkratzt und dem dritten dorthin getreten, wo es besonders wehtut. Und danach hätten alle von mir abgelassen.

Hätte ich die Wahrheit erzählt und gesagt, dass es ziemlich gefährlich sei, Fahrradfahren zu lernen, weil man ständig stürzt (anfangs ungefähr alle fünf Minuten), wäre wahrscheinlich die ganze Versammlung aufgestanden und gegangen (außer Alonso). Nach meiner spannenden Geschichte jedoch haben sie mich alle, Frauen wie Männer, voller Bewunderung angeschaut. Sogar Colonel Griesgram.

Allerdings hat Alonso mich nach meiner Geschichte beiseitegenommen und mir in vollem Ernst empfohlen, einen Revolver mit auf meine Fahrradtour um den Globus zu nehmen. Es seien nämlich eine Menge Tramps, Wanderarbeiter und Wegelagerer auf den Straßen unseres Landes unterwegs, und nicht jeder dieser Vagabunden sei ein Unschuldslamm. Er, Alonso, wolle mir eine geeignete Waffe samt Munition besorgen.

Wenn er mir das Geld dafür leiht und außerdem noch das Schießen beibringt, habe ich zwar nichts dagegen, doch sein Angebot hat mir einen mächtigen Schrecken eingejagt. Schon durch die lange Besprechung ist mir meine geplante Fahrradtour um die Welt so nahe gerückt, dass ich ganz nervös geworden bin. Jetzt auch noch hören zu müssen (und zu begreifen), wie gefährlich sie werden könnte, hat mir regelrecht Angst gemacht.

Auf dem Nachhauseweg von Back Bay *ins jüdische Viertel bin ich ganz schön ins Grübeln gekommen. Und ins Zweifeln: Soll ich diese lange und gefährliche Tour wirklich antreten? Wie werden die Kinder das verkraften? Bertha und Max können doch mich, die Mutter, nicht ersetzen! Und was wird aus den Kindern, wenn mir etwas zustößt? Selbst wenn ich eine Waffe mitnähme – würde ich es überhaupt über mich bringen, auf einen Tramp oder einen Wegelagerer zu schießen? Ist es nicht vernünftiger, einen Rückzieher zu machen?*

Solche und ähnliche Fragen sind mir auch dann noch durch den Kopf gegangen, als ich schon die Wohnungstür hinter mir zugeworfen habe. Doch der Blick in den fast leeren Brotkorb und in die vollkommen leere Gemüsekiste hat meinen Zweifel zerrinnen lassen wie unverhoffter Regen Staub auf schmutzigen Stiefeln.

Und seit ich eben die schlafenden Kinder betrachtet habe, fühle ich wieder die Entschlossenheit: Ich will raus aus dem Ghetto! Meine Kinder sollen es einmal besser haben als ich! Und dazu brauchen wir nun einmal die 15.000 Dollar.

Ich werde fahren! Ganz egal, ob als Anna Cohen Kopchovsky oder als Annie Londonderry. Bis zum Start werde ich weiterhin täglich Fahrradfahren üben! Ich werde Max noch in dieser Woche eröffnen, dass er demnächst ohne mich auskommen muss! Und in einem Monat werde ich auf ein Fahrrad aus der Fabrik von Colonel Griesgram steigen und zu einer Fahrradtour rund um die Welt starten.

Punkt!

Rabenmutter

Judenviertel Boston, Ende Mai 1894

In der Baker Street tummelten sich heute so viele Kinder und Halbwüchsige wie auf einem Schulhof. Annie überholte zwei Mädchen, die einen Leiterwagen mit einem Hühnerkäfig hinter sich herzogen, fuhr an einer Kinderschar vorüber, die eine Kuh wer weiß wohin trieben, wich einem stinkenden Kraftwagen aus und fuhr Slalom durch eine Horde Jungens, die einer über das Kopfsteinpflaster scheppernden Blechbüchse hinterherjagten. Herrlich war das! Sie fühlte sich so glücklich, dass sich ein jüdisches Lied auf ihre Lippen drängte.

Fahrradfahrer begegneten ihr kaum. Die wenigen, die ihr entgegenradelten, winkten ihr zu, als würde sie zu ihrer Familie gehören. Obwohl halb Amerika seit zwei oder drei Jahren verrückt nach Radfahren war (falls die Zeitungen nicht wie üblich übertrieben), hatte es die neue Mode noch nicht ins Ghetto geschafft. Fahrräder kosteten einfach zu viel Geld, und ein Großteil der Leute im Viertel verdiente kaum genug, um satt zu werden. Max, dieser Glückspilz, besaß nur deswegen ein solides Herrenfahrrad, weil sein wohlhabender Onkel es ihm vererbt hatte.

Aus der Baker Street bog Annie in die Spring Street ein, überholte ein Ochsengespann, das einen Kohlenwagen zog, und trat kräftiger in die Pedale. Ständig blies ihr der Abendwind den Kleidersaum auf die Oberschenkel, ständig musste sie für Augenblicke mit der Linken die Lenkstange loslassen, um ihn wieder zurück über das Knie zu streifen. Sie hätte einhändig fahren müssen, um den Saum dauerhaft auf den Waden festzuhalten, doch dazu beherrschte sie das Fahrrad noch nicht sicher genug.

Der Hinterreifen hatte entschieden zu wenig Luft, sodass ihr Hintern sich schon ganz wund anfühlte vom Geholper auf dem Kopfsteinpflaster mit seinen verdammten Schlaglöchern. Für die Tour morgen Abend muss ich mich einsalben und gut auspolstern, dachte Annie, und für die lange Strecke nach Chicago sowieso.

Zwei Knaben, höchstens sieben Jahre alt, rannten plötzlich neben ihr her, Leute an den Fenstern riefen ihr Grüße zu, Männer pfiffen ihr hinterher, Frauen blieben stehen, schauten ihr nach und steckten tuschelnd die Köpfe zusammen. So ging das seit zwei Wochen – seit Annie sich nicht mehr auf abendliche Runden im Hinterhof beschränkte, sondern die Spring Street hinauf- und herunterradelte und sogar in einzelne Seitenstraßen wie die Baker Street einbog. Sie fuhr immer längere Strecken, wagte sich immer weiter von zu Hause fort und wurde immer bekannter im Ghetto.

Jeden Abend, wenn Max zur Tür hereinkam, überließ sie ihm die Kinder, sprang die Treppe hinunter in den Hof und schwang sich auf sein Fahrrad, was wegen der Stange zwischen Sattelholm und Lenker nicht ganz einfach war. Losfahren konnte sie inzwischen aber ohne seine Hilfe.

»Warum nicht Schwimmen, Federball oder Wandern?«, jammerte ihr Gatte dann meistens aus dem Fenster in den Hof hinunter. »Warum ausgerechnet Fahrradfahren?«

»Weil es Spaß macht!«

»Es ist unschicklich für ein Weib! Das sagt auch der Rabbi!

Alle in der Synagoge sagen das! Warum tust du mir das an? Beim Allmächtigen, gelobt sei er, warum?!«

»Sag ich noch nicht!«, rief Annie dann zum Fenster hinauf, wenn sie überhaupt antwortete. »Gibt eine Überraschung!«

Noch hatte sie sich nicht getraut, Max reinen Wein einzuschenken. Tag für Tag schob sie es vor sich her, dabei stand schon der Juni vor der Tür, und Ende des Monats wollte sie auf Colonel Griesgrams Columbia-Fahrrad steigen und Boston radelnd verlassen (so hatte sie es letzte Woche mit den Dowes besprochen). Doch sie brachte es einfach nicht über sich, ihre Familie in ihre Pläne einzuweihen.

Der Kutscher des Kohlefuhrwerks schimpfte hinter ihr her, aber sie beachtete ihn nicht. Im Viertel gab es mehr Leute, die schimpften und fluchten, als Leute, die lachten und sangen; so war das eben, und Annie hatte sich daran gewöhnt. Sie stimmte ein neues Lied an, lauter als das erste.

Weil die Felge des Hinterrads irgendwann gar zu hart auf dem Pflaster aufsetzte, zog sie den Hebel hoch, bis die Bremse von Max' altem Fahrrad quietschend griff. Annie hörte auf zu singen, stieg ab, schob das Fahrrad auf den Bürgersteig und lehnte es an die Hausfassade.

»Was machst du?«, wollte einer der beiden Knaben wissen, die neben ihr hergerannt waren und nun atemlos bei ihr standen.

»Ich sollte den Hinterreifen aufpumpen, oder was meint ihr?« Sie raffte das Kleid hoch, ging in die Hocke, betastete den Reifen und drückte daran herum. Jeden zweiten Morgen pumpte Max seine Fahrradreifen auf, doch wenn sie demnächst allein auf eigenem Vehikel unterwegs sein wollte, wurde es allmählich Zeit zu lernen, wie man selbst für genügend Luft sorgte. Nur stand die Pumpe leider im Hinterhof der 113.

»Da gehört Luft rein?«, fragte das kleinere der beiden Bürschlein.

»Luft, ja, und zwar mächtig viel.« Sie stand auf und spähte in die Richtung ihres Wohnblocks. Bis zum Hoftorbogen der 113 war es gut und gern eine Viertelmeile. »Schätze, ich werde wohl schieben müssen.« Sie rieb sich den schmerzenden Hintern.

»Soll ich dir ein bisschen Luft reinblasen?« Das zweite Bürschlein kniete auf den Bürgersteig, spitzte die Lippen und machte Anstalten, das Ventil zu küssen. Annie lachte.

»Weg da!«, donnerte auf einmal eine tiefe Stimme. Ein kräftig gebauter blonder Mann, nicht viel älter als Annie, stapfte die Vortreppe des Mietblocks herunter und knallte eine Luftpumpe neben Max' Fahrrad auf den Bürgersteig. »Ich kenn mich aus, Ma'am, ich mach das schon.«

»Das ist aber lieb von Ihnen!« Annie bedachte ihn mit einem charmanten und zugleich forschenden Blick. Hatte er sie vom Fenster aus beobachtet? »Tausend Dank auch!«

»Ist doch selbstverständlich.« Der Blonde bückte sich zum Hinterrad hinunter und schloss den Pumpenschlauch ans Ventil an. »Hab auch ein Fahrrad mit Luftreifen. Tolle Erfindung, was? Ich meine, die Luftreifen. Gott segne Dr. Dunlop!« Er strahlte Annie an und begann zu pumpen. Die beiden Knaben beobachteten ihn aufmerksam.

Inzwischen stapften die Ochsen mit dem Kohlefuhrwerk heran, dessen Kutscher schon wieder schimpfte wie ein zu kurz gekommener Rohrspatz. »Unzüchtiges Gehabe!«, rief er im Vorüberrollen, und jetzt erst begriff Annie, dass er nicht einfach nur vor sich hin, sondern über sie schimpfte. »Hat dir deine Mutter nicht beigebracht, deine Beine zu bedecken, du schamloses Weib!?«

Die Wut schoss ihr aus dem Bauch in Brust und Kehle. »Hat dir dein Vater nicht beigebracht, dass man fremden Frauen nicht auf die Beine glotzt?« Annie stemmte die Fäuste in die

Hüften. »Und schon gar nicht pöbelt man sie an! Sieh lieber zu, dass deine Ochsen unsere Straße nicht vollscheißen!«

»Frechheit!« Der Fuhrmann riss an den Zügeln, stellte sich, als das Gespann stillstand, auf den Kutschbock und schwang die Ochsenpeitsche. »Ich werd' dir gleich, du unverschämtes Frauenzimmer!«

»Was wirst du gleich, Kerlchen!?« Der Blonde hörte auf zu pumpen und marschierte entschlossen auf den Kohlenwagen zu. »Zieh Leine, sonst setzt's Prügel!« Er schüttelte die Fäuste, sodass der Kohlekutscher die Peitsche sinken ließ und den Kopf einzog. Leise fluchend ließ er sich wieder auf dem Kutschbock nieder und trieb seine Ochsen an. Die beiden Bürschlein kicherten, rannten auf die Straße, bückten sich nach Pferdeäpfeln und warfen sie dem Fuhrwerk hinterher.

»Ewiggestrige«, feixte der Blonde und kam zurück zu Annie. »Und keine Spur von Manieren, was?« Er fuhr fort, die Fahrradpumpe zu traktieren, und Annie musste lachen, denn offenbar hielt er es für manierlich, anderen Leuten Prügel anzudrohen.

»Fertig.« Mit seinen kräftigen Fingern drückte er auf den Reifen, bevor er den Pumpenschlauch vom Ventil trennte. »Ich bin Joshua«, erklärte er, während er sich aufrichtete. »Wollen wir mal zusammen radfahren, Ma'am?« Sein Strahlen gefiel Annie, es hatte etwas Naives, Knabenhaftes.

»Warum nicht?« Sie stieg auf ihr Gefährt. »Danke schön auch. Ich heiße Annie.« Sie raffte das Kleid hoch und schwang sich so leichtfüßig und anmutig in den Sattel, als beherrschte sie die Kunst des Fahrradfahrens schon seit drei Jahren und nicht erst seit drei Wochen. »Annie Londonderry.« Sie trat in die Pedale und fuhr weiter die Spring Street hinunter.

Jawohl, sie hatte sich dazu durchgerungen, als Miss Mineralwasser auf Weltreise zu gehen! Josephine und ihr Professor hatten sie überzeugt. Bei ihrer letzten Besprechung vorige Woche hatten sie zusammen mit Alonso, Mrs. Obertowne und Mrs. Tubbs einen Stapel Fahrradkarten studiert, den Alonso für Annie mitgebracht hatte. Weil so viele Leute Fahrrad fuhren (jedenfalls außerhalb des Judenghettos), gab es Verlage, die ausschließlich Tourenkarten für Radfahrer druckten und verkauften – das hatte sie zum Staunen gebracht.

An diesem Nachmittag hatten sie Annies Reiseroute festgelegt: Von Boston aus würde sie über New York City nach Chicago radeln. Fast tausend Meilen! Von dort würde es über den Mississippi durch die Prärie und über die Rocky Mountains an die Westküste gehen.

»Und von San Francisco aus dann über den Pazifik nach Japan«, hatte Josephine am Schluss verkündet. »Auf einem Dampfer.«

»Auf einem Dampfer?« Zu hören, dass sie ein Schiff zu besteigen hatte, verblüffte Annie, denn ihre Vorstellung von den Meeren und Küsten der Welt war, nun ja, vage. »Wirklich? Verträgt sich das denn mit den Wettbedingungen?«

»Laut Formulierung musst du *mit* dem Fahrrad um die Welt fahren.« Alonso hatte jenes schelmische Lächeln aufgesetzt, das Annie so an ihm mochte. »Nicht unbedingt *auf* dem Fahrrad.«

Daran dachte Annie, während sie die Spring Street hinunterfuhr und in die Pedale trat, so kräftig sie konnte. Sie hörte den Fuhrmann vor sich hin knurren, als sie das Ochsengespann überholte, doch laut zu schimpfen wagte er nicht mehr. Kurz darauf bog sie in die Hofeinfahrt der 113 ein, und noch bevor sie das Fahrrad neben der Hintertür abstellen konnte, hatte sich schon ein Dutzend Kinder um sie versammelt. Auch Mollie, ihre Große, entdeckte Annie unter den Knirpsen.

»Kann man weit wegfahren mit so einem Tretapparat?«, wollte Esthers Jüngster wissen.

»Fahrrad nennt man den Tretapparat«, erklärte Annie vergnügt; noch nicht einmal die gängige Bezeichnung hatte sich bis in die Spring Street herumgesprochen. »O ja, ziemlich weit sogar.«

»Auch bis nach New York City?«, erkundigte sich sein großer Bruder.

»Sogar bis nach Chicago, wenn es sein muss.« Annie hob den Blick, denn sie fühlte sich auf einmal beobachtet, und tatsächlich: Aus den Fenstern des zweiten Stockwerks lugten Esther und Bertha auf sie herab.

»Und bis an den Mississippi auch?«, fragte eine Zehnjährige.

»Noch viel weiter sogar.«

»So weit fährst du aber nicht weg, nicht wahr, Mom?«, meldete sich plötzlich Annies Große zu Wort.

»Wer weiß?« Annies Herzschlag geriet ins Stolpern, denn sie spürte das Beben in Mollies Stimme. »Eines Tages vielleicht schon.«

»Bitte nicht, Mom!«

Sie spürt es, dachte Annie, und plötzlich sah sie es im Blick ihrer Tochter: Mollie wusste von gar nichts und spürte dennoch, dass ihre Mutter sie bald verlassen würde. »Versprich es mir, Mom.«

»Habt ihr schon gegessen?« Sie strich ihrer Großen über das Haar. Mollie schüttelte stumm den Kopf, doch die Angst in ihrem Blick ging Annie wie ein Stich durch die Brust. »Spiel noch ein wenig, ja? Ich rufe dich, wenn der Tisch gedeckt ist.« Schnell wandte sie sich ab und stieß die Tür ins Treppenhaus auf. Wie um alles in der Welt sollte sie es dem Kind beibringen?

Mit plötzlich schweren Beinen nahm sie Stufe um Stufe. Wie sage ich's Max, den Kindern und Bennett? Und wann? Mit jedem Tag, den sie es vor sich herschob, schlief sie schlechter.

Seit die Route feststand, raubten ihr schwere Träume und Reisefieber bereits jede Nacht zwei oder drei Stunden Schlaf.

»Du bist vorhin in der Baker Street an mir vorbeigefahren, Annie.« Esther lehnte mit verschränkten Armen in der offenen Tür ihrer Wohnung und musterte sie aus schmalen Augen. »Sei mir nicht böse, wenn ich ganz ehrlich bin, doch wenn du unbedingt diesen modernen Quatsch treiben willst, besorg dir wenigstens ein Fahrrad für Frauen, damit du die Knie nicht spreizen musst. Das Kleid rutscht dir ja ständig auf die Schenkel! Merkst du nicht, wie die Kerle dir hinterhergaffen, wenn du so breitbeinig im Sattel hockst?«

»Nein, aber gut, dass du's gemerkt hast.« Annie ging an ihr vorbei und drückte die Klinke zu ihrer Wohnung hinunter. »Nur kein Neid, Esther, und es wäre nett, wenn ihr's bei euern Prügeleien und sonstigen ehelichen Pflichtübungen ein wenig leiser angehen lassen könntet.« Ohne sich noch einmal nach der Nachbarin umzudrehen, trat sie in die Wohnung. »Letzte Nacht sind die Kinder mal wieder wach geworden. Schönen Abend noch.«

Sie drückte die Tür mit dem Rücken zu und lehnte sich drei tiefe Atemzüge lang dagegen, bevor sie in die Küche trat. »Da bin ich wieder!«, rief sie und rang sich ein Lächeln ab. »Guten Abend allerseits!«

Libbie stürzte ihr in die Arme, Simon, der vor zwei Wochen den aufrechten Gang entdeckt hatte, tapste ihr krähend entgegen, und Jerry und seine große Schwester winkten ihr fröhlich zu. Sonst herrschte nicht allzu viel Heiterkeit in der Küche.

Ihr Gatte Max äugte vorwurfsvoll und schlecht gelaunt über die Schulter hinweg zu ihr hin, denn am Ofen stehen und die Gemüsesuppe umrühren zu müssen hielt er für unter seiner Würde. Bennett, hinter seiner Zeitung, fluchte über schlechte Nachrichten im Wirtschaftsteil, und Bertha knallte Suppenschüsseln und Löffel auf den Tisch, wobei sie Annie mit einem giftigen Blick bedachte.

»Na, endlich!«, zischte sie. »Wird auch höchste Zeit, dass du nach Hause kommst. Hol das Brot aus dem Kasten und schneid es auf.«

»Schön, dass du dich nützlich machst, Schwägerin.« Die Kinder im Schlepptau tänzelte Annie zum Ofen und küsste ihren Mann auf die bärtige Wange. »Das duftet ja herrlich! Was habt ihr denn Leckeres gekocht?«

Der muntere Ton, den sie anschlug, verfing nicht. Max begann sofort zu jammern.

»Es ist nicht in Ordnung, dass du Abend für Abend auf meinem Fahrrad losfährst! Überhaupt nicht in Ordnung!« Er kurbelte die übliche Leier herunter: Radfahren sei nichts für Weiber, das sage auch der Rabbi, und in der Gemeinde frage man sich, welcher Dämon ihr eingeflüstert habe, Gatten und Kinder zu vernachlässigen, statt wie jede anständige Frau nach einem gottgefälligen Leben zu trachten.

»Und was antwortest du ihnen?« Annie spürte die Wut in sich brodeln. »Doch hoffentlich, dass ich jeden Tag Geld verdienen gehe, weil du nicht genügend Dollars nach Hause bringst!« Sie riss die Schranktür auf, um den Brotlaib aus dem Kasten zu holen. »Wenn Gott das nicht gefällt, kann ich dem Allmächtigen auch nicht helfen!« Sie knallte den Laib auf die Anrichte, packte das Messer und rammte es so ungestüm ins Brot, als würde sie es hassen. »Sag ihnen das!«

»Aber Annielein!« Max ließ den Kochlöffel in die Suppe fallen und schlug die Hände über dem Kopf zusammen. »Du wirst doch den Allmächtigen, gelobt sei er, nicht lästern wollen!«

»Und sag ihnen auch, dass sie mich mal können!« Eine Scheibe Brot nach der anderen säbelte Annie herunter, und das so wild, dass Schüsseln, Gläser, Leuchter und Schlüssel auf der

Anrichte klapperten und klirrten. »Von mir aus kannst du das ebenfalls dem Rabbi sagen! Mit einem schönen Gruß von mir!«

»Wie kannst du nur so schamlos daherreden!«, zeterte ihre Schwägerin. »Das ist genauso liederlich, wie du auf diesem obszönen Männerfahrrad hockst!«

»Wer hat denn dich nach deiner Meinung gefragt?!« Annie fuhr herum und schleuderte das Schnittbrot auf Bertha. Das Brotmesser noch immer in der Hand stapfte sie zum Fenster, riss es hoch und beugte sich hinaus. »Es gibt Essen, Mollie! Komm rauf!«

Bertha las blökend das Brot vom Boden auf, Max starrte Annie stumm vor Schreck an, und die Kinder guckten staunend von einem zum anderen. Bennett aber ließ endlich seine Zeitung sinken und fragte leise und an Max gewandt: »Hast du dein Weib wirklich noch im Griff, Schwager?« Er schüttelte den Kopf und gab den Fassungslosen. »So etwas würde Bertha sich nur ein einziges Mal erlauben.«

»Behalte du lieber deine Zunge im Griff, statt dich einzumischen!«, fuhr Annie ihn an, wobei sie mit dem Messer auf ihn deutete. »Sonst wirst du mich kennenlernen!«

Bennett zog den Kopf ein und versteckte sich wieder hinter seiner Zeitung.

Danach herrschte erst einmal Schweigen in der Küche, feindselig und vorwurfsvoll. Annie war es egal, sie hatte gesagt, was sie zu sagen hatte; wortlos setzte sie die Kleinen an den Tisch, wortlos half sie Mollie beim Händewaschen, wortlos schöpfte sie Suppe.

Max zog sich die Kippa auf den Hinterkopf, weil er das Tischgebet sprechen wollte, und räusperte sich ein paarmal, damit Bennett endlich begriff, dass er die Zeitung wegzulegen hatte. Doch den kümmerte das gar nicht, im Gegenteil – er begann sogar zu erzählen, was er gerade in der *Boston Post* entdeckt hatte.

»Da gibt's 'ne Frau in der Stadt, die will auf einem Fahrrad einmal um die Welt fahren«, sagte er halb zu sich selbst. Annie stockte der Atem. »Annie Londonderry.« Bennett runzelte die Stirn. »Nie gehört.« Und jetzt erst ließ er das Blatt sinken und blickte in die Runde. »Kennt die einer?«

Annie saß ganz steif vor Schreck. Hat also tatsächlich schon einer von Josephines Reporterfreunden über mich berichtet!, dachte sie, und das Herz rutschte ihr in die Kleidertasche. So früh bereits? Aber ja!, beantwortete sie sich selbst die Frage, Josephine hat sich doch letzte Woche dafür ausgesprochen, dass sich meine Fahrradtour schon vor dem Start in Boston herumspricht.

»Annie Londonderry aus Boston?« Bertha zuckte mit den Schultern. »Kenn' ich nicht. Gibt's ein Bild?

»Nö.« Bennett schaute wieder in die Zeitung. »Oder warte – doch!« Er senkte den Kopf, und Annie konnte sehen, wie eine steile Falte sich tief in seine Nasenwurzel eingrub und wie seine Brauen schier zusammenwuchsen. »Das ist ja ...« Die Kinnlade sank ihm nach unten, während er langsam den Blick hob.

Bertha riss ihm die Zeitung aus den Händen, guckte nur wenige Augenblicke hinein und schaute dann zu Annie hinüber. »Das bist ja du!«

»Wieso Londonderry?« Bennett stand die Verwirrung ins Gesicht geschrieben. »Wieso um die Welt?«

»Um die *ganze* große Welt?« Mollies Augen füllten sich mit Tränen. »Bitte nicht, Mom.«

»Was hat das zu bedeuten, Annielein?« Max sprang auf, griff über den Tisch und nahm Bertha die *Boston Post* aus der Hand. »Was hast du in der Zeitung verloren?« Im Stehen und vor sich hin murmelnd überflog er den Artikel. »Eine Wette ... mit einem neuen Columbia-Fahrrad ... zehntausend Dollar ... fünfzehn Monate ... Reklame für Mineralwasser ...« Wie ein vom Fuhrwerk fallender Kartoffelsack plumpste er auf seinen Stuhl und stierte Annie ins Gesicht. Aschfahl war er auf einmal. »Sag, dass das nicht wahr ist, Annielein.« Mehr als Geflüster brachte der arme Kerl nicht zustande.

»Natürlich ist das nicht wahr.« Bennett klang, als wäre er sich sicher, guckte jedoch, als hätte ihm der Tod persönlich auf die Schulter geklopft. »Das ist ein Witz, so ein Trick, mit denen sie Reklame machen.« Er schüttelte den Kopf und verschränkte die Arme vor seiner Brust. »Gib's doch zu.«

Annie ignorierte ihn, wandte sich an ihren Mann, der bleich und stumm vor ihr saß. »Es geht um viel Geld, Max, um mehr Geld, als du jemals in deinem ganzen Leben verdienen wirst.« Annie schluckte und schluckte wieder, um ihrer brüchigen Stimme Halt zu geben. »Um insgesamt fünfzehntausend Dollar. Um die für uns zu verdienen, werde ich tatsächlich fünfzehn Monate lang mit einem Fahrrad um den Globus fahren. Das ist kein Werbetrick, es ist wahr. Und wenn …«

»Bitte nicht, Mom!« Weil Mollie laut aufheulte, begannen auch Libbie und Simon zu plärren.

»… ich zurückkomme, haben wir keine Sorgen mehr!«

»Ra-ben-mut-ter!«, fauchte Bertha jede Silbe betonend.

Annie sprang auf. »Ich will mich fünfzehn Monate lang für meine Familie quälen, und du wagst es, mich eine Rabenmutter zu nennen?!« Sie schlug so fest mit der Faust auf den Tisch, dass die Suppe aus den Schüsseln schwappte.

»Tu uns das nicht an!« Max warf sich vor ihr auf die Knie, weinte und streckte die gefalteten Hände zu ihr hinauf. »Beim Allmächtigen und Barmherzigen, gelobt sei er, tu mir das nicht an, Annielein! Ich flehe dich an!«

»Eine Frau, die ihre Kinder verlässt, ist eine verdammte Rabenmutter!«, rief Bertha, ihrem Gatten hatte es die Sprache verschlagen, die Kinder heulten. Nebenan hämmerte Esther Glass gegen die Wand und forderte Ruhe.

Schriftsteller

Back Bay, Boston, Anfang Juni 1894

Bester Stimmung füllte John Dowe die Champagnerkelche erneut und stieß mit seinem Verleger an. »Auf mein neues Buch!« Sie leerten die Gläser zur Hälfte, denn der Nachmittag hatte durchaus Gelegenheit geboten, sich warmzutrinken, und nur eine halbe Handbreite Champagner stand noch in der Flasche. Nach langen Vertragsverhandlungen hatten beide soeben einen Buchvertrag unterschrieben, und John Dowe war zuversichtlich, dass es heute weder bei einer einzigen Vereinbarung noch bei dieser einen Flasche bleiben würde.

Viktoria döste neben seinem Lehnstuhl inmitten von Büchern. Wie ein Haufen Neuschnee auf braunen, schwarzen und grünlichen Ziegelsteinen sah sie aus. Das ganze große Zimmer war mit Büchern vollgestopft: Bücher in den Regalwänden, Bücher auf Lehnstühlen, Bücher in den offenen Schränken, Bücher auf dem Tisch zwischen vollen Aschenbechern, Manuskriptblättern und halbvollen Champagnerkelchen, Bücher sogar auf dem Teppich neben dem Tisch, und das gleich stapelweise.

Erst wenn er hier, in seiner Bibliothek, saß (in seiner *Buchgrotte*, wie er sie nannte), fühlte John Dowe sich wirklich zuhause. Unter den tausenden Büchern gab es keines, in dem er nicht mindestens drei Kapitel gelesen hatte. Er wusste genau, wo welches Nachschlagewerk, welcher Titel welchen Autors stand, denn wie gute Freunde oder Familienmitglieder begleiteten die meisten ihn bereits sein halbes Leben lang.

Viktoria öffnete das linke Auge und äugte zu ihm hinauf, als er das oberste Buch von dem hohen Stapel neben seinem Lehnstuhl langte. Sie wünscht mir Glück, dachte John Dowe und präsentierte das erst einmal gelesene Werk seinem Verleger Dr. Goldberg auf eine Weise, wie andere ein wertvolles und zerbrechliches Geschenk vorzeigten: mit beiden Händen und feierlicher Miene. »Und jetzt noch etwas ganz Besonderes, Peter. Wenn du das nicht veröffentlichst, bist du selbst schuld.«

»Willst du etwa noch einen Vertrag mit mir abschließen?« Peter Goldberg nahm das Buch entgegen.

»Wenn's nach mir ginge, würdest du unser Haus heute mit drei neuen Verträgen verlassen.« John Dowe griff nach seinem Champagnerkelch und lehnte sich zurück. Während er ihn in der Linken drehte und mit der Rechten Viktorias Kopffell kraulte, beobachtete er seinen Verleger.

»Übertreib's nicht, John. Du kennst mich. Außerdem würdest du dazu noch mindestens zwei weitere Flaschen Champagner aus dem Keller holen müssen.« Mit skeptischer Miene betrachtete Goldberg das Indianerporträt auf der Umschlagseite. »Ein deutscher Autor? Und schon wieder aus Leipzig?«

Der Professor nickte. »Das Buch hat einen weiten Weg hinter sich. Mein Neffe in Irland hat es mir während einer Geschäftsreise auf dem Kontinent im Königreich Sachsen besorgt und vorige Woche aus Dublin geschickt. Nach den ersten drei Seiten konnte ich es kaum noch zuschlagen und hatte es nach zwei Nächten durchgelesen.«

»Was du nicht sagst.« Goldberg beschaute das Buch von allen Seiten, klappte sogar die Umschlagseite auf, sodass Dowe

Hoffnung schöpfte. »Einen Deutschen hatte ich neulich erst auf dem Schreibtisch, du wirst dich dunkel erinnern.« Der Verleger verfiel in einen sarkastischen Ton. »War nicht gerade ein Volltreffer, dieser Dr. Möbius, was?« Murmelnd las er den Titel: »*Winnetou, der Rote Gentleman.*« Missmutig zog er die Brauen hoch. »Was soll ich damit, John? Du weißt doch, dass ich nur Naturwissenschaftler übersetze und herausgebe. Das hier ist ein Abenteuerroman.«

»Möbius' Frauenbuch war auch eher abenteuerlich.« Dowe lachte. »Oder etwa nicht?« Er prostete dem Verleger zu und trank.

»Deswegen habe ich dieses Machwerk schlussendlich ja auch abgelehnt.«

Goldberg wollte Dowe das Buch zurückgeben, doch der streckte ihm abwehrend die Handflächen entgegen. »Lies es, Peter. Lies es erst und danach entscheide.«

Goldberg zögerte, dann lehnte er sich zurück, strich sich das graue Langhaar hinter die Ohren und begann lustlos, in dem Buch zu blättern. »Du führst doch irgendwas im Schilde, wenn du mir mit so etwas kommst.« Über den Buchrand hinweg belauerte der Verleger John Dowe. »Was ist so besonders an diesem Roman? Du hast drei Sätze, leg los.«

»Zunächst der Schriftsteller. Er hat früher im Gefängnis gesessen, ist im deutschsprachigen Raum sehr erfolgreich, war nie in unserem Land und schreibt dennoch so authentisch über Cowboys und …«

»Das waren bereits drei Sätze, hör auf, John.«

»… Prärieindianer, dass du beim Lesen den Duft des Büffelgrases einzuatmen glaubst. Und dann seine Hauptfigur, ein Apachenhäuptling. Nach drei Kapiteln glaubst du, seit Jahren mit ihm befreundet zu sein.«

»Klingt nicht schlecht, klingt sogar recht interessant.«

Goldberg nickte, schlug das Buch zu und schob es zwischen Papierstapeln, Büchern und Champagnerkelchen hindurch über den Tisch zu John Dowe. »Passt aber trotzdem nicht in meinen Verlag.«

»Lies es, Peter, und entscheide danach. *Bitte.*«

»Passt nicht in meinen Verlag, tut mir leid. Außerdem viel zu umfangreich, allein für die Übersetzung bräuchte ich Monate.«

»Die wird dich nicht eine einzige Stunde kosten, Josephine und ich werden dir den Roman nämlich ins Englische übertragen.« Dowe drückte das Buch seinem Verleger erneut in die Hand. »Ohne Honorar, dafür mit Gewinnbeteiligung.«

»Daher weht also der Wind.« Ein müdes Lächeln flog über Goldbergs knochige Miene. »Der gute John braucht Geld. Und zwar so viel wie möglich, denn er ist im Begriff, eine teure Wette zu verlieren. Verstehe.« Der Verleger seufzte bekümmert, griff nach seinem Champagnerkelch und musterte Dowe mit ernstem Blick, während er trank. »Der Buchvertrag, den wir eben abgeschlossen haben, bringt dir, wenn es gut läuft, nicht mehr als fünfhundert Dollar. Du brauchst aber fünftausend.«

Im Stillen musste John Dowe Goldberg recht geben, und zwar in jeder Hinsicht; er ließ sich jedoch nicht anmerken, wie sehr ihn das schmerzte. Seit zwei Stunden saßen sie hier, an Johns rundem Bibliothekstisch, und hatten bei einigen Zigarillos und einer Flasche Champagner den Vertrag für sein neues Buch ausgehandelt. John Dowe hatte eine Abhandlung über Sir John Falstaff geschrieben, seine Lieblingsfigur aus dem Werk William Shakespeares. Zu Dowes großem Bedauern bezweifelte Peter Goldberg allerdings, dass dieses Werk viele Leser finden würde. Deswegen war er nicht bereit gewesen, mehr als die Hälfte der Vorschusssumme zu zahlen, die der Professor insgeheim erwartet hatte.

»Ich werde keine fünftausend Dollar brauchen, Peter.« Dowe prostete dem anderen erneut zu, bevor er seinen Kelch leerte. »Ich werde die Wette nämlich gewinnen.«

»Das halte ich für sehr unwahrscheinlich, ehrlich gesagt.« Normalerweise schätzte John Dowe die unverblümte Art seines Freundes und Verlegers, heute jedoch tat sie ihm weh. »Und glaube mir, John, ich werde es äußerst ungern sehen, dass Thatcher gewinnt. Es tut mir leid, dass du dich zu dieser Wette hast hinreißen lassen, denn als Schriftsteller wirst du es nicht schaffen, deine Niederlage zu finanzieren, weder mit deinem Falstaff noch mit der Übersetzung dieses Indianerromans hier.« Er wedelte mit dem Buch.

»Immerhin könnte ich sie erträglicher machen – *falls* ich die Wette tatsächlich verlieren sollte. Doch ich werde sie gewinnen, wie ich schon andeutete.«

»Dein Wort in Gottes Ohr, John.«

Viktoria setzte sich auf die Hinterläufe und richtete die Ohren auf. John Dowe hörte, dass draußen jemand an der Haustür klopfte. »Bitte lies diesen Deutschen, danach reden wir weiter.«

Goldberg seufzte tief, während er noch einmal das Werk in seiner Hand betrachtete. »Na gut.« Er stellte seinen Kelch ab und steckte den Roman in seine schwarze Ledertasche. »Aber nur, weil du es bist, John.«

Innerlich rieb der Professor sich die Hände. Er war überzeugt davon, dass sein Verleger die Geschichte nach der Lektüre in sein Programm aufnehmen würde. Und natürlich hatte Goldberg recht: Der Verlust von 5.000 Dollar würde ihn zwar nicht an den Rand des Ruins, doch in erhebliche Schwierigkeiten bringen: Das Hausdach musste erneuert werden, sein jüngster Sohn und Josephines älteste Tochter steckten noch im Studium, und für das nächste Jahr hatten Josephine und er eine Studienreise nach Europa geplant.

Viktoria bellte heiser, und John Dowe fasste Mut. »Es gibt da, wie gesagt, noch ein drittes Buch, das ich dir anbieten möchte, Peter.« Er schenkte seinem Verleger Champagner nach und hielt ihm die Schachtel mit den Zigarillos hin. Auf der Treppe hörte er Lester in die Eingangshalle hinunterpoltern.

»Du hast heimlich ein weiteres Buch geschrieben?« Goldberg nahm einen Zigarillo und gab Dowe und sich selbst Feuer. »Warum erzählst du mir das erst jetzt?«

»Es ist nicht von mir.«

»Komm mir bloß nicht wieder mit einem Deutschen.« Goldberg feixte.

»Lach nicht – es ist tatsächlich ein deutscher Schriftsteller, den du Ende nächsten Jahres herausgeben wirst, ein gewisser Jakob von Waldmann aus Berlin, ein Adliger.«

»*Wirst*?« Goldberg schnitt eine unwillige Miene. »Ende nächsten Jahres? Dein Optimismus in Ehren, John, doch wie wäre es, wenn du mir zunächst verrätst, um was es geht?«

»Warte, ich hole erst einmal eine neue Flasche aus dem Keller.« John Dowe erhob sich.

»Ohne zu wissen, ob ich an einem Vertrag interessiert bin?« Goldberg winkte ab. »Jetzt reicht es aber! Noch ein Abenteuerroman womöglich? Oder etwa ein neues Pamphlet über das schwache Geschlecht?«

»Im Gegenteil.« John Dowe schüttelte energisch den Kopf. »Und es ist ein hochaktuelles Buch.« Im Stehen leerte er sein Glas.

»Ein naturwissenschaftliches?«

»Ein Reisebericht. Josephines Freundin in Manhattan hat einen Autor dafür gewonnen, über Miss Kopchovskys Radtour um die Welt zu schreiben.« Jener Graf von Waldmann hatte sich per Fernsprecher bei John gemeldet, nach der Wette gefragt, nach Annie Kopchovsky, nach den Reisevorbereitungen, nach der Route, nach dem Starttermin, nach allem.

»Dann ist ein Vertrag ja noch in weiter Ferne.« Peter Goldberg kam dem Professor fast ein wenig enttäuscht vor. »Den Weg in den Keller kannst du dir also sparen. Warten wir erst einmal ab, wie weit eure junge Radfahrerin überhaupt kommen wird.« Johns Verleger lächelte ausgesucht höflich, wenn auch ein wenig gelangweilt. »Wie du weißt, rede ich nur über Bücher, die bereits fertig geschrieben vorliegen.«

Der Professor stutzte, weil jemand die Treppe heraufstapfte und danach Schritte sich näherten. Da klopfte es auch schon. »Ja?« Er drehte sich zur Bibliothekstür um.

Lester öffnete und trat ein. »Ihre Studentin Miss Kopchovsky wartet unten in der Eingangshalle und bittet um ein Gespräch, Sir.« Er senkte die Stimme. »Es scheint sehr dringend zu sein, wenn ich mir den Hinweis erlauben darf.«

»Ist denn meine Frau noch nicht wieder vom Arzt zurück?« Der Butler verneinte. »Entschuldige mich, Peter.« John Dowe deutete auf die Champagnerflasche, in der ein letzter Rest glitzerte. »Leere sie, ja? Ich bin sofort wieder bei dir und bringe eine volle mit.«

Er schloss die Bibliothekstür hinter sich und stieg die Treppe hinunter. Schon nach drei Stufen sah er Annie unten in der Eingangshalle, und sofort wusste er, was die Stunde geschlagen hatte: Die junge Frau, mit deren Hilfe er seine vermaledeite Wette gewinnen wollte, hockte zusammengesunken und mit hängendem Kopf in Josephines Rollstuhl. Tränen glänzten auf ihren Wangen, ihr Blick war leer, ihre Haut bleich bis auf die roten Ränder unter den Augen.

Sie hat aufgegeben, dachte er, habe ich es nicht von Anfang an prophezeit?

»Ich grüße dich, Annie.« Mit besorgtem Lächeln ging er auf

sie zu. »Du hast Kummer, wie ich sehe – gut, dass du zu uns kommst. Was ist geschehen? Du bist doch nicht etwa krank?«

Sie hob den verweinten Blick, schnäuzte sich und machte nicht einmal den Versuch, sich aus dem Krankenvehikel zu erheben. Als wäre er für sie gemacht, so gebrechlich und erschöpft hing sie in dem alten Rollstuhl – ein Häuflein Elend, weit entfernt von jener selbstbewussten Frau, die John vor einem Monat kennengelernt hatte.

»Gütiger Gott!« John Dowe ging vor ihr in die Hocke. »Was ist dir denn zugestoßen, Annie? So rede doch!«

Und dann sprach sie mit tonloser Stimme den Satz, den der Professor seit langem erwartet hatte: »Ich ziehe meine Bewerbung zurück, John, ich kann nicht fünfzehn Monate lang um die Welt radeln. Ich kann es meiner Familie einfach nicht antun.«

Frauenfreiheit

Rauchschwaden schwebten in der Bibliothek – über dem Tisch, unter den Kronleuchtern, vor den Bücherregalen, überall. Annie schluchzte und hustete abwechselnd, manchmal auch gleichzeitig. Der Professor, der sofort zu merken schien, dass der Rauch sie quälte, riss sämtliche Fenster hoch.

Der Unbekannte mit der grauen Mähne, der in einem Sessel am Tisch saß, drückte seinen halb gerauchten Zigarillo aus und stellte sich ihr vor, während er eine Flasche entkorkte. Annie, der es unangenehm war, vor einem Fremden zu weinen, nahm seinen Namen gar nicht auf, so sehr war sie damit beschäftigt, ihre Tränen zu unterdrücken. Sie fühlte sich wie im Fieber; sie fühlte sich, als ob sie gar nicht da wäre.

»Nun ist es also raus«, sagte John Dowe, als er zurück an den Tisch kam, hektisch Bücher beiseiteschob und einen Glaskelch vor sie hinstellte. »Ehrlich gesagt, Annie, ich wundere mich schon seit Wochen, dass du so gar keine Spur von Zweifel zeigst. Ich meine – es ist schließlich keine Tischtennispartie, den Erdball per Fahrrad zu umrunden.« Seine Hand zitterte ein wenig, während er ihr Champagner einschenkte. »Doch nun ist es endlich raus, und du wirst bald wieder gut schlafen können.« Das sprudelnde Getränk schäumte über, sodass John hastig sein Einstecktuch aus der Brusttasche riss und über die sich schnell ausbreitende Pfütze rund um den Kelch breitete, damit der Champagner nicht vom Tisch auf Teppich und Bücher hinuntertropfte.

Annie empfand eine tiefe Dankbarkeit dem Professor gegenüber, denn bis jetzt war kein Wort der Kritik oder gar der Geringschätzung über seine Lippen gekommen, dabei hatte die schlechte Nachricht ihn tief getroffen; das sah sie ihm an. Zusammengesunken und umzingelt von Bücherstapeln lehnte sie in einem großen Stuhl und nahm willenlos den vollen Kelch an, den er ihr reichte. Neben ihr hockte zwischen Büchern seine Hündin, legte ihre Schnauze auf ihre Knie und äugte zu ihr hinauf. Annie hatte das Gefühl, dass kein lebendes Wesen sie je zuvor mit so viel Mitgefühl und Erbarmen angeschaut hatte.

»Trink, Annie«, sagte der Professor, »der gute Tropfen wird dich ein wenig aufrichten.«

Der andere Gentleman erinnerte sie liebenswürdigerweise daran, dass die Sonne nach jedem Gewittersturm wieder zu scheinen pflegte, irgendwann jedenfalls. Die Männer stießen mit ihr an, und dann tranken sie. Es war das zweite Mal in ihrem Leben, dass Annie Champagner trank, und wieder schmeckte das prickelnde Getränk ziemlich ungewohnt, aber gar nicht schlecht.

Sie hatte dem Professor nicht viel erzählt unten in der Eingangshalle und auf dem Weg die Treppe hinauf. Nur, dass zu Hause die Hölle losgebrochen war: heulende Kinder, ein verzweifelter Ehemann, ein sie verfluchender Bruder, eine bösartige Schwägerin, ein herrischer Rabbiner, der sie Tag für Tag heimsuchte, dazu Gewissensqualen und nachts kaum noch Schlaf. Annie hatten wenige Worte gereicht, um das zu schildern.

Zu ihrem Schrecken hatte sie durch die offene Bibliothekstür den Fremden am Tisch sitzen sehen, als sie hinter John die Treppe hochgestiegen war. Während sie den Champagner schlürfte, machte sie sich erneut klar, dass dieser Unbekannte jedes ihrer Worte mitgehört haben musste (es sei denn, er hätte sich die Ohren zugehalten). Das war ihr unendlich peinlich.

»Ich verstehe dich gut, Annie«, sagte der Professor und rückte seinen Stuhl ein Stück näher an ihren. »Keine Mutter lässt einfach so ihre drei kleinen Kinder allein, und dann gleich für fünfzehn Monate. Du musst dich gar nicht grämen.« Er tätschelte ihre Schulter und war sichtlich um tröstende Worte bemüht. »Es ist gut und richtig, dass du dich nicht länger plagst und einen Schlussstrich unter dieses Abendteuer ziehst, bevor es zu spät ist.«

Annie nickte, schluckte die Tränen hinunter und hielt sich tapfer an ihrem Champagnerkelch fest, wobei sie den Blick hob, um dem Professor ins warmherzige Gesicht zu schauen. Das hätte sie nicht tun sollen, denn sofort musste sie erneut schluchzen.

»Ganz meine Meinung.« Der Fremde mit dem grauen Langhaar hatte also tatsächlich mitgehört. »Und glauben Sie mir, Miss Kopchovsky, Ihre Entscheidung ehrt Sie außerordentlich.«

»Welche Entscheidung?« Auf ihren schwarzen Stock gestützt stand plötzlich Josephine auf der Türschwelle der Bibliothek.

»Annie ist gekommen, um uns mitzuteilen, dass sie ihre Bewerbung zurückzieht.« Seufzend und mit einer Geste des Bedauerns breitete John Dowe die Arme aus. »Ihre Familie macht es ihr vollkommen unmöglich, fünfzehn Monate lang auf einer Rollstange in der Weltgeschichte herumzufahren.«

Annie wich Josephines Blick aus und senkte den Kopf. Wie würde die kühle und gestrenge Frau reagieren? Deren Urteil hatte sie auf dem Weg hierher weitaus mehr gefürchtet als das ihres Gatten.

Viktoria begann zu winseln und legte die Pfote auf Annies Knie. Spürte das Tier ihre Scham? Annie wünschte, sie wäre ein Floh und könnte sich im schneeweißen Fell der Hündin verkriechen.

Josephine schaute eine Zeitlang stumm von einem zum anderen. »So?«, fragte sie schließlich, sonst sprach sie kein Wort. Endlich kam Bewegung in ihre wie versteinert wirkende Gestalt. Sie stützte sich auf ihren Stock, hinkte zu Annie und nahm ihr den Champagnerkelch aus der Hand. »Komm mit mir.« Sie stellte das Glas auf den Tisch und ergriff ihre Hand. Annie stand auf und ließ sich von der hinkenden Frau aus der Bibliothek führen. Viktoria jaulte ihnen hinterher.

Auf der anderen Seite des Treppenaufgangs öffnete Josephine die Tür zu einem großen Raum. »Würdest du Miss Kopchovsky und mir bitte Kaffee zubereiten, Lester?«, rief sie über das Geländer hinweg ins Untergeschoss, bevor sie Annie in den Raum zog, der ihr offenbar als Arbeitszimmer diente. »Es ist warm draußen, setzen wir uns auf den Balkon.«

Nur beiläufig registrierte Annie die von Büchern überquellenden Regale, die Landkarten an den Wänden, das alte Stehpult mit dem Globus neben dem Sekretär und die gerahmten Fotoporträts darüber (lauter Frauengesichter), während sie hinter Josephine her das Zimmer durchquerte; es duftete nach Rosen und Zitrone. Auf dem Balkon schob Josephine sie zu einem gepolsterten Gartenstuhl, damit sie sich setzte, während sie selbst auf ihren Stock gestützt die Prothese ausstreckte und sich in den Stuhl ihr gegenüber fallen ließ. Der Blick in den sonnendurchfluteten und von frühsommerlicher Blütenpracht strotzenden Garten machte Annies Herz ein wenig leichter.

»Gut, dass du gekommen bist.« Josephine hängte ihren Hut über einen kegelförmigen Kaktus. »Ich bin froh, dass die Zweifel dich jetzt überfallen haben und nicht erst im Fahrradsattel auf dem Weg an die Westküste.« Sie zog ihre Kostümjacke aus und lehnte sich zurück. »Was ist passiert? Erzähle es mir.«

Unter Tränen und in knappen Worten schilderte Annie, was sie zu Hause erlebte, seit ihre Familie von ihrer geplanten Weltreise erfahren hatte. »Sie heulen mir die Ohren voll«, schloss sie, »vor allem Max und Mollie; die Kleinen begreifen ja noch nicht, worum es geht. Mit Max musste ich mir einen regelrechten Ringkampf liefern, damit er die Fahrradkarten und meine gesammelten Zeitungsberichte über Abenteuerreisen von Frauen nicht in den Ofen warf. ›Ich werde verhindern, dass diese ganze Teufelei ein Mannweib aus dir macht!‹, hat er geschrien. Mein Bruder hat mir sogar Prügel angedroht, doch den fürchte ich nicht, aber ich fühle mich wie aussätzig und mindestens so klein.« Mit Zeigefinger und Daumen deutete sie die Dicke eines Pennys an. »Meine Nachbarn schneiden mich und zerreißen sich die Mäuler, in der Gemeinde will am Sabbath keiner mehr neben mir sitzen, vor der Synagoge stehe ich mutterseelenallein, wenn die anderen plaudern, und jeden Abend kommt der Rabbi zu uns, um mir eine Strafpredigt zu halten.« Annies Stimme brach. »Ich ertrage es einfach nicht mehr.« Sie verbarg das Gesicht in den Händen und weinte.

Josephine beugte sich vor und streichelte ihr die Wange und den Scheitel. »Das hält keine normale Frau aus, nicht wahr?« Annie schüttelte schluchzend den Kopf. »Armes Mädchen.« Josephine zog ein Taschentuch aus ihrer Kostümjacke und drückte es ihr in die Hand. »Hast wirklich allen Grund, dir die Seele aus dem Leib zu heulen.«

Annie versuchte vergeblich, die Tränen zurückzuhalten, während der Butler kam und Kaffee und Gebäck servierte. »Bring Miss Kopchovsky bitte ein frisches Taschentuch, ja, Lester?«, hörte sie Josephine leise sagen und spürte dann wieder ihre tröstende Hand auf Gesicht und Kopf.

»Die Männer fragen nicht nach unseren Wünschen und Plänen, geschweige denn nach unseren Rechten. So ist das, Annie, so geht es uns Frauen auf der ganzen Welt.« Josephine schob ihr die Zuckerdose und das Milchkännchen über den Tisch. »Bediene dich bitte. Kaffee bekommt dir jetzt besser als jeder noch so gute Champagner.«

Annie trocknete ihre Tränen. »Was für Rechte denn?« Sie schnäuzte sich. »Hab' doch nur Pflichten: Kinder kriegen, Kinder großziehen, kochen, putzen und nebenbei das Geld hinzuverdienen, das Max nicht nach Hause bringt.« Mit zitternder Hand löffelte sie Zucker in ihren Kaffee. »Und zur Verfügung stehen, wenn die fleischliche Lust ihn überkommt.«

Josephine lachte bitter. »Und die Männer finden es völlig normal. Die Schwarzen in unserem Land haben sie aus der Sklaverei befreit, uns Frauen daraus zu entlassen kommt ihnen jedoch nicht in den Sinn. In Irland haben die katholischen Männer sich Religionsfreiheit erkämpft, doch welche Freiheiten gewähren sie ihren Frauen? In Österreich hat der Kaiser den Juden alle Bürgerrechte zugestanden, und hast du gelesen, wie sie jetzt aufblühen, die Gemeinden in Wien und Salzburg, und wie Wissenschaft und Kunst dort gedeihen? Aber ihren Frauen verweigern sie noch immer die selbstverständlichsten Rechte.«

»Max hat sein Fahrrad mit einem Kettenschloss abgesperrt, damit ich es nicht mehr benutzen kann. Und der Rabbi sagt, dass ich meinem Gatten und meinem Bruder zu gehorchen habe.« Mit beiden Händen nahm Annie die Tasse hoch und nippte am Kaffee. »Sonst würde ich die von Gott gesetzte Ordnung zerstören.«

»Und dir nebenbei noch seinen Zorn einhandeln.« Josephine winkte ab. »So geht es in der ganzen Welt: Wir Frauen sollen nicht unser eigenes Geld verdienen, sollen nicht wählen, sollen den Mann fragen, wohin wir reisen dürfen, sollen als Spielzeuge seiner Lust zur Verfügung stehen, als Gebärapparate und Kinderhüterinnen. Und wenn eine mal aufsteht, so wie du, und sagt, ich habe meine eigenen Pläne, ich fahre weg, um in fünfzehn Monaten Geld für ein ganzes Leben zu verdienen, dann bricht ihnen gleich ihre Welt zusammen, den armen Kerlen. Dabei segeln sie monatelang auf den Meeren herum oder ziehen jahrelang in den Krieg, ohne uns Frauen um Erlaubnis zu fragen. Und das alles nennen sie ›Gottes Ordnung‹.«

»Wie recht du hast!« Annie musste unwillkürlich lächeln hinter ihrem Tränenschleier. Was für Gedanken Josephine hatte! Nie zuvor hatte Annie jemanden so reden hören. »Bei euch ist das anders, stimmt's? John gewährt dir deine Freiheit, das spürt man.«

»Sonst hätte ich ihn nicht geheiratet. John würde nie auf die Idee kommen, mir etwas zu verbieten oder etwas von mir zu verlangen, das ich nicht will.«

»Ist das wahr?« Annie staunte die andere an. »Und das war von Anfang an so?«

»Er ist mein zweiter Mann.« Josephine setzte die Tasse in ihrem Schoß ab und schaute in den dampfenden Kaffee hinunter, wobei ihre Miene sehr ernst wurde. »Ich stamme aus einem kleinen Land in Europa, aus der Schweiz. Dort hat mein Vater mich mit einem reichen Hotelier verheiratet. In der Ehe mit ihm erging es mir wie dir, Annie, und wie den meisten Frauen auf der Welt: Ich hatte für ein sauberes Zuhause und pünktliche Mahlzeiten zu sorgen; ich hatte ihn um Erlaubnis zu fragen, wenn ich verreisen oder auch nur das Haus verlassen wollte; und wenn die Lust ihn überkam, hatte ich zur Verfügung zu stehen, ohne dass er jemals nach meinem eigenen Begehren gefragt hätte. Irgendwann bin ich heimlich zu Versammlungen der Züricher Suffragetten gegangen, und irgendwann schrieb ich heimlich meinen ersten Zeitungsartikel. Als er davon erfuhr, ist er böse geworden, sehr böse leider – und das vor den Kindern.«

Josephine schwieg und fuhr mit dem Zeigefinger am Rand ihrer Kaffeetasse entlang. Die tiefen Falten zwischen ihren Brauen verrieten Annie, dass schmerzliche Bilder der Erinnerung sie fesselten. »Er hat dich geschlagen?«

Josephine nickte stumm.

»Und was geschah dann?«

Josephine atmete schwer, hob den Blick und schaute sie an. »Ich bin gegangen«, sagte sie schließlich. »Bei Nacht und Nebel. Ich habe meine beiden kleinen Kinder genommen, meine liebsten Sachen gepackt und bin zuerst hinüber nach Deutschland gereist und dann nach London, wo ich eine Frau kannte, die sich für unsere Rechte einsetzt. Sie hat mir Aufträge bei einer Zeitung besorgt, sonst hätte ich die Kinder nicht satt gekriegt. Weil ihr Vater mich verfolgt hat, bin ich schließlich hierher nach Boston geflohen. Er hat einen Privatdetektiv auf mich angesetzt, um mir weiter nachzuspüren, bis über den Atlantik.«

»Er wollte um jeden Preis sein Eigentum zurückhaben.«

»Du triffst den Nagel auf den Kopf.« Josephine stieß ein bitteres Lachen aus. »Eines Tages, als ich die Pine Street entlangradelte – da lebte ich mit den Kindern schon hier in Johns Haus –, sprang plötzlich einer auf die Straße und riss mich vom Fahrrad. Ich glaubte, in einen Albtraum zu stürzen, als ich meinen Mann erkannte. Er schlug mich, ich wehrte mich und schrie, Leute zerrten ihn weg von mir. Da sprang ich aufs Fahrrad, trat in die Pedale, so fest ich konnte, und raste voller Panik über eine Zugtrasse. Ich habe die Eisenbahn gar nicht gesehen, und dann …« Sie zuckte mit den Schultern, seufzte und klopfte auf ihre Prothese.

Mit offenem Mund starrte Annie in Josephines trauriges Gesicht. Sie schluckte und blieb stumm vor Entsetzen.

»So war das, Annie, und den Rest erspare ich mir und dir. Ohne John jedenfalls hätte ich all das nicht durchgestanden.« Josephine hob die Tasse und nippte an ihrem Kaffee.

Annie hätte gern erfahren, wie sie und John sich kennengelernt hatten, traute sich aber nicht zu fragen. Eine Zeitlang sprach keiner ein Wort. Josephine blickte gedankenverloren hinaus in den Garten, Annie dachte an Max, Bennett und die Kinder, während sie ihren Kaffee trank. Gedanken, die sie noch trauriger machten, zogen ihr durch Kopf und Herz.

»Was ich dir damit sagen will, Annie«, brach Josephine irgendwann das Schweigen, »zu sich selbst zu stehen und eine freie, selbstbewusste Frau zu werden kann sehr teuer sein. Vielleicht hat das Leben dich ja durch unser seltsames Inserat an einen ähnlichen Punkt geführt wie mich damals kurz vor meiner Flucht. Überlege also gut und gründlich: Wenn du den Preis für deine Frauenfreiheit nicht bezahlen kannst – oder nicht bezahlen willst –, dann ist es wirklich besser, du machst einen Rückzieher und streichst die Radreise um die Welt aus deinem Gedächtnis.«

Annie schloss die Augen und atmete tief. »Ich kann diesen Traum aufgeben, sicher – ich habe ihn ja bereits aufgegeben. Aber ihn aus dem Gedächtnis streichen?« Sie stellte die leere Tasse auf den Tisch, stand auf und lehnte sich über die Balkonbrüstung. »Wie soll man so eine Chance je vergessen?«

»Zumal dann, wenn man sie nicht genutzt hat, nicht wahr?«

Annie antwortete nicht. Sie betrachtete den Garten, der sich über hunderte von Fuß nach Süden hin zum Charles River erstreckte. Im Westen grenzte er an eine Pferdekoppel und im Osten an eine Wiese voll blühender Obstbäume. Vorbei an Blumenrabatten, blühenden Hecken und Gemüsebeeten wanderten ihre Blicke entlang des mäandernden Gartenwegs bis zur Flussaue hin, während sie an die Spring Street dachte, an den Hinterhof, an die enge Wohnung, die sie mit Bruder und Schwägerin teilen musste, an die Kinder und an ihren Gatten.

»Meistens ist Max gut zu mir«, sagte sie leise und wie zu sich selbst. »Er bringt zwar zu wenig Geld nach Hause, vertut auch zu viel Zeit in der Synagoge, und wenn er seine ehelichen Pflichten auf mir erledigt, lässt er mich sehnsüchtig zurück. Aber sonst ist er gut zu mir. Bennett und Bertha sagen sogar, er würde mich vergöttern. Doch seit ich ihm eröffnet habe, dass ich für fünfzehn Monate aufs Fahrrad steigen und wegfahren will, erkenne ich ihn nicht wieder. Seitdem macht er mir das Leben zur Hölle.«

»Weil du nicht mehr so funktionieren willst, wie er es gewohnt ist. Weil du die sogenannte Ordnung Gottes infrage stellst.« Josephine lächelte spöttisch. »Weil du deinen eigenen Weg gehen willst. Jede Frau, die sich dazu entschließt, erlebt, was du erlebst. Es ist immer dasselbe, dabei verlässt du weder Kinder noch Gatten, du verreist nur eine Weile, weil du versuchen willst, genügend Geld für dich und deine Familie zu verdienen.«

»Und weil ich rauswill!« Annie ballte die Fäuste. »Raus aus dem Ghetto, raus aus der engen Pappschachtel!« Im Rhythmus ihrer Worte schlug sie mit den Fäusten auf die steinerne Brüstung des Balkongeländers. »Endlich raus aus diesem Leben, das sich noch keinen einzigen Tag so angefühlt hat, als wäre es meines! In dem ich mir vorkomme wie in einem verriegelten Käfig!«

Tränen erstickten Annies Stimme. Die Verzweiflung überwältigte sie erneut, sodass sie über die Brüstung sank, sich die Handballen vor die Augen schlug und von Neuem hemmungslos zu weinen begann. Hinter sich hörte sie Josephines Prothese knarren, und dann spürte sie die Hand der älteren über ihren Rücken streichen.

Annie weinte, bis sie keine Tränen mehr hatte. Irgendwann half Josephine ihr, sich aufzurichten, und wischte ihr das nasse Gesicht mit ihrem Seidenschal ab.

»Ein letztes Wort noch, Annie.« Josephine fasste ihr Kinn, hob ihren Kopf und schaute ihr in die Augen. »Du hast eine kühne und sehr wichtige Entscheidung getroffen, als du beschlossen hast, die Radtour um die Welt zu wagen. Nicht wegen der fünfzehntausend Dollar, sondern weil du dich mit dieser Entscheidung zu dir selbst, deiner Sehnsucht und dein Recht auf einen eigenen Weg bekannt hast. Vielleicht war sie *zu* kühn, diese Entscheidung, doch bedenke: Wenn du jetzt einen Rückzieher machst, dann verzichtest du auf weitaus mehr als nur auf die Möglichkeit, fünfzehntausend Dollar und dir einen Weg aus dem Ghetto zu erkämpfen – du verzichtest vor allem auf dein Recht, dein Leben selbst zu gestalten, verzichtest darauf, eine freie Frau zu sein.«

»Was soll ich denn tun?!«, brach es aus Annie heraus. Sie faltete die Hände und schaute in den Sommerhimmel. »Der Allmächtige, gelobt sei er, helfe mir!«

»Niemand kann dir helfen, kein Mensch und kein Gott.« Josephine umarmte sie und zog sie an sich. »Nur du selbst. Es tut mir leid, außer dieser harten Wahrheit keinen Trost für dich zu haben, Annie, doch nur du selbst kannst dir helfen.«

Annie legte ihre Stirn auf Josephines Schulter. »Wahrscheinlich ist es ein Fehler, dass ich einen Rückzieher mache«, schluchzte sie. »Wahrscheinlich werde ich es eines Tages bitter bereuen.«

Revolver

Sie irrte durch die Stadt, den ganzen Nachmittag über, bis in die frühen Abendstunden hinein. Alles in ihr war in Aufruhr, jede Nervenfaser vibrierte. Weder hätte sie sagen können, wo sie war, noch, wohin sie wollte.

Annie hatte gehofft, nach ihrer Entscheidung innerlich zur Ruhe zu kommen. Vergeblich. Dann hatte sie geglaubt, ihre aufgewühlte Seele würde sich beruhigen, wenn sie den Dowes ihren Entschluss mitteilte, doch das Gegenteil war der Fall: Ein Gedanke jagte den nächsten durch ihren Kopf, und ein Karussell widersprüchlicher Gefühle rotierte unter ihrer Schädeldecke und in ihrem Leib: Wut und Scham, Trauer und Angst, Reue und Sehnsucht.

Ausgeschlossen, in diesem Zustand nach Hause zu gehen. Sollten doch Bertha und Max sich um die Kinder kümmern!

Sie schlenderte nicht, sie ging wie eine Frau, die ein Ziel hatte – schnell und festen Schrittes. Kein Zaudern, wenn sie in eine nächste Gasse, eine andere Straße einbog, nicht die Spur von Unsicherheit, bevor sie in einen Park trat oder einen Platz überquerte. Dabei hatte sie gar kein Ziel, wusste zeitenweise nicht einmal, durch welchen Stadtteil sie gerade streunte, geschweige denn, wie die Straße hieß, die sie gerade entlangmarschierte, oder der Platz, der sich vor ihr öffnete.

Wie aufgeregt zwitschernde Vögel, die keinen Baum fanden, auf dem sie sich niederlassen konnten, schwirrten ihr unaufhörlich Josephines Worte durch den Kopf. *Zu sich selbst zu stehen und eine freie, selbstbewusste Frau zu werden kann sehr teuer sein.* In der Tat erschien ihr der Preis zu hoch, dabei hatte sie ihre Reisepläne doch aufgegeben! *Wenn du den Preis für deine Frauenfreiheit nicht bezahlen kannst, dann ist es wirklich besser, du machst einen Rückzieher.* Zugleich tat ihr die Aussicht weh, niemals mit dem Fahrrad aus Boston in Richtung Westküste aufzubrechen und für immer im Judenghetto leben zu müssen.

Was um alles in der Welt soll ich tun?!, schrie eine Stimme in ihr. Gar nichts, antwortete eine andere, du hast dich doch längst entschieden, und nun gib Ruhe.

Sie fand aber keine Ruhe, lief immer weiter, grübelte und grübelte. Josephine und John hatten sie eingeladen, zum Lunch zu bleiben, aber Annie hätte es keinen Augenblick länger in einem geschlossenen Raum ausgehalten. Sie wollte allein sein, allein mit Josephines Worten, um nachzudenken. Allerdings war sie weit davon entfernt, auch nur einen klaren Gedanken fassen zu können.

Dass sie, statt nach Westen in die Spring Street zu laufen, die entgegengesetzte Richtung nach Osten eingeschlagen hatte, merkte sie erst, als sie sich plötzlich im Hafenviertel wiederfand. Sie blieb stehen, schaute sich um und kam sich vor wie eine Schlafwandlerin, die überraschend zu sich gekommen war: überall Lagerhallen, Kohlehalden, Kräne, Fuhrwerke, Fischstände, Holzstapel, Anlegestellen und Schiffe.

Sie hängte sich die Handtasche über die Schulter und ging weiter, gemächlicher nun. Verwirrt betrachtete sie das Menschengetümmel um sich herum, verwirrt und so erstaunt, als sähe sie zum ersten Mal im Leben einen Hafen, einen Fischmarkt und Schiffe. Ein großer schwarzer Dampfer, aus dessen gewaltigen Schornsteinen dunkle Rauchwolken quollen, zog sie magisch an.

Am Kai angekommen, kaum vier Schritte vom Hafenbecken entfernt, blieb sie am Rande einer Menschentraube stehen und beobachtete, wie die letzten Passagiere über den Laufsteg eilten, um an Bord zu gelangen.

So wäre auch ich in San Francisco an Bord eines Dampfers gegangen, dachte sie, wenn ich die Fahrradreise um die Welt nicht aufgegeben hätte und wenn ich es überhaupt bis an die Westküste geschafft hätte.

Landungsstege wurden eingezogen, Anker gelichtet, Schiffsglocken geläutet, und bald begannen Motoren zu stampfen. Hunderte Menschen standen oben entlang der Reling, die meisten winkten. Aus der Menschentraube vor Annie wurden Namen gerufen, einige Leute wedelten mit Tüchern, andere ruderten lachend oder Abschiedsworte rufend mit den Armen. Langsam entfernte der Dampfer sich von der Kaimauer, nahm nach und nach Fahrt auf und drehte allmählich bei.

Wohin er wohl fährt?, fragte sich Annie. Etwa dorthin, wo auch ich vor ein paar Tagen noch hinwollte, nach Japan? Unsinn, schalt sie sich selbst, wenn man nach Asien will, sticht man von der Westküste aus in See (sie hatte inzwischen einen Atlas studiert). Von hier aus geht es nach Europa oder nach Afrika.

Etwas wie Fernweh überkam sie, eine heiße Sehnsucht, die schmerzte. Oder war es die Reue, die sicher geglaubte Weltreise per Fahrrad aufgegeben zu haben? Wie die meisten Menschen um sie herum begann nun auch Annie zu winken. Ich wäre gern mitgefahren, dachte sie, und kaum ertappte sie sich bei dem Gedanken, nahm sie den Arm herunter und wandte sich ab.

Weg vom Kai, weg vom Hafen! Nichts wie weg!

Eine lärmende Gruppe von Männern kam ihr entgegen, lauter Seeleute. Einige sangen, viele lachten, die meisten schwankten. Wegen des nahen Hafenbeckens konnte Annie ihnen nicht ausweichen. Einer scherte aus der Gruppe aus und torkelte mit ausgebreiteten Armen auf sie zu.

»Einen Abschiedskuss für den heimwehkranken Matrosen, der aufs weite und gefährliche Meer hinausfahren muss!«, rief er mit schwerer Zunge, und ehe Annie sich versah, umarmte er sie auch schon. »Nur einen einzigen Kuss, schöne Lady!«

Blitzschnell ging Annie in die Knie, wand sich geschmeidig aus der Umklammerung und schlug dem zudringlichen Matrosen links und rechts ins Gesicht (dank Bennett hatte sie von Kindesbeinen an gelernt, sich zu wehren). »Lassen Sie mich in Ruhe, Sie Flegel!«, schrie sie ihn an.

Die Männerhorde brach in schallendes Gelächter aus, was den Zorn des Betrunkenen weitaus mehr reizte als Annies Ohrfeigen. »Du verweigerst mir den Abschiedskuss?« Er stürzte sich auf sie, doch Annie wich zur Seite, schlug mit ihrer Handtasche zu und stellte ihm ein Bein, sodass er stolperte und wie ein nasser Sack zu Boden stürzte.

Während der Kerl sich fluchend und schwankend auf die Knie stemmte, sah Annie zu, dass sie weiterkam. Die Männer grölten und klatschten, als sie an ihnen vorüberhastete. Zwei schwarze Matrosen traten aus der Gruppe und verneigten sich vor ihr. Danach liefen sie lachend zu dem verhinderten Küsser und hielten ihn fest, damit er Annie nicht verfolgen konnte.

Die Männer fragen nicht nach unseren Wünschen und Plänen. Josephines Worte schossen ihr wieder durch den Kopf. *Die Schwarzen in unserem Land haben sie aus der Sklaverei befreit, uns Frauen daraus zu entlassen, kommt ihnen jedoch nicht in den Sinn.* Annie ließ den Hafen hinter sich, huschte in die nächstbeste Gasse, bog in eine beliebige Straße ab.

Sie suchte den Rückweg nach Südwesten, denn der Abend dämmerte schon herauf, doch die Gassen trugen Namen, die sie nicht kannte. Annie hatte sich in einem Stadtviertel verirrt, in dem sie noch nie gewesen war. Sie hörte irischen Akzent, ein paar Ecken weiter italienischen, und endlich entdeckte sie ein Gebäude, das ihr bekannt vorkam, eine große Weberei. Hatte sie dort nicht schon Anzeigenspalten verkauft? Natürlich! Nun wusste sie, in welche Richtung sie sich wenden musste.

Auf einmal stutzte sie, denn ein merkwürdig vertrautes Geschrei näherte sich von irgendwoher. Bei welcher Gelegenheit hatte sie das zuletzt gehört? Sie blickte in den Himmel, doch dort gab es nur vom ersten Abendrot gefärbte Wolken zu sehen. Aus einer Einmündung jedoch bog ein Fuhrwerk in die Straße ein, unter dessen Plane es krähte und schrie. Annie stand still, und wie Fieberhitze kroch ihr die Erinnerung durch den Kopf: Aus einem Traum kannte sie diesen Lärm, aus einem Traum und aus ihrer Kindheit!

Über das Straßenpflaster holperte der Wagen heran, zwei schwere Kaltblüter zogen ihn an Annie vorbei, ihre Hufe knallten auf das Pflaster. Der Fuhrmann auf dem Kutschbock döste mit halb geschlossenen Augen, doch als er Annie am Straßenrand sah, huschte ein Lächeln über seine verwitterten Züge, und er zog die Melone, um sie zu grüßen.

Annie ignorierte ihn. Wie gebannt lauschte sie dem Geschrei unter der Plane. Eine Art Netz verschloss deren Hecköffnung, weiße Köpfe und Hälse streckten sich durch die weiten Maschen, aus aufgerissenen Schnäbeln gellten die Schreie der Angst und Empörung.

Gänse.

Unwillkürlich setzte Annie sich in Bewegung und ging dem Fuhrwerk und seiner krakeelenden Ladung hinterher. Keine dreihundert Fuß weiter lenkte der Fuhrmann sein Gespann nach rechts über den Bürgersteig unter einem Torbogen hindurch. Jemand schloss die beiden Flügel eines Gittertors in genau dem Augenblick, in dem Annie dort ankam. Ein gleichgültiger Blick streifte sie, ein genuschelter Gruß drang in ihr Bewusstsein, dann wandte der Torschließer sich ab und schaukelte zum Fuhrwerk.

Dort lüpfte bereits der Fuhrmann das Netz über der Heckklappe, während ein anderer Mann, ein kahlköpfiger Goliath in brauner Lederschürze, auf die Ladefläche langte und eine flügelschlagende und in Todesangst schreiende Hausgans am Hals über die Klappe zerrte. Eine lange Messerklinge blitzte auf, und schon verstummte das Gezeter der Auserwählten, und ihre Schwingen erschlafften.

Annie wandte sich erschrocken ab, setzte sich in Bewegung und ließ die Schlachterei hastig hinter sich. Einige Atemzüge lang fühlte sie sich in ihre Kindheit zurückversetzt; oder in einen Traum?

Das Gesicht der Großmutter stand ihr vor Augen, und Josephines Stimme gellte ihr in den Ohren: *Wenn du jetzt einen Rückzieher machst, dann verzichtest du auf dein Recht, dein Leben selbst zu gestalten.* Das Gefühlskarussell in ihrem Kopf begann erneut zu rotieren, Angst und Reue hetzten sie über eine Kreuzung. *Dann verzichtest du darauf, eine freie Frau zu sein.*

Fahrradfahrer rasten heran, schrien ihr Flüche und Warnungen zu, bremsten und wichen ihr aus. Annie sprang auf den Bürgersteig. Ihr wurde schwindlig, sodass sie sich gegen den Mast einer Gaslaterne lehnen musste. Noch immer glaubte sie, das Geschrei der zur Schlachtung bestimmten Gänse zu hören. Sie atmete tief, hob den Blick, las ein paar Schritte weiter den Namenszug auf einem Straßenschild.

High Street.

In der High Street war sie gelandet? Ohne es geplant zu haben? Wie das? Sie stieß sich vom Laternenpfahl ab, spähte in alle Richtungen, orientierte sich und lief los. Weit konnte es nicht sein bis zu Alonsos Fahrradladen.

Minuten später stand sie vor der großen Filiale der *Pope Manufacturing Company.* Was wollte sie hier? Etwas in ihr wusste es genau, und sie langte nach der Türklinke. In ihrem Kopf übertönte Josephines Stimme das jämmerliche Gänsegeschrei: *Niemand kann dir helfen, kein Mensch und kein Gott, nur du selbst.*

Alonso zog die Tür auf, noch bevor sie die Klinke herunterdrücken konnte. »Endlich lasst Ihr Euch mal wieder blicken, Lady Anna!« Er strahlte sie an, griff nach ihrer Hand und küsste sie. »Wenn Ihr wüsstet, wie ich mich nach Euch verzehrt habe! Was führt Euch so kurz vor Ladenschluss zum treuesten Eurer Verehrer, Gnädigste?«

Kannst du mir ein Fahrrad leihen?, wollte sie fragen, doch da fasste Alonso sie schon bei der Hand und zog sie durch den Laden. »Komm mit, ich hab' was für Euch.« An zwei Verkäufern und ihren Kunden vorbei führte er Annie in die Werkstatt. Dort schloss er die Tür hinter sich, zog die untere Schublade eines Schraubenregals auf und nahm ein Stoffbündel heraus. Er legte es auf eine Werkbank, trat zur Seite und sagte: »Los, pack's aus.«

Annie schlug das Stoffbündel auf – und wich erschrocken zurück, als auf einmal eine Schusswaffe vor ihr lag.

»Für dich.« Alonso legte den Arm um sie. »Ein Revolver von Remington, Modell achtzehnfünfundsiebzig, noch keine sieben Jahre alt. Die Trommel fasst sechs Schuss.« Er legte zwei Packungen Patronen daneben. »Reichweite hundertfünfzig Fuß, und was sich da so weiß und hübsch aus den Holzblenden des Kolbens wölbt, sind echte Perlen.« Er strahlte sie an und hielt ihr die Wange hin. »Habe ich einen Kuss verdient oder nicht?«

Annie machte sich von ihm los und schob ihn weg. »Ich

brauche ein Fahrrad, keine Waffe.« Sie starrte den Revolver an und wagte nicht, ihn zu berühren.

»Jetzt brauchst du sie noch nicht, klar.« Alonso wickelte den Remington wieder ein. »Doch warte nur ab, bis du erst einmal auf einsamen Wegen fährst und die Tramps aus den Büschen springen, dann wirst du froh sein und an den guten Alonso denken.« Er ließ die Patronenschachteln in ihre Handtasche fallen und reichte ihr das Stoffbündel. »Bezahlen kannst du sie, wenn du das Preisgeld eingefahren hast. Und solltest du es nicht schaffen ...«, er zuckte mit den Schultern, »... kleine Geschenke erhalten die Freundschaft. Wann treffen wir uns zur ersten Schießübung?«

»Ich brauche ein Fahrrad, Alonso. Ich kann nicht mehr trainieren, denn Max hat seins mit einer Kette abgesperrt.«

Alonso runzelte die Stirn. »Wieso denn das?«

»Frag nicht. Hast du ein Fahrrad für mich?«

Lächelnd strich er sich über den Schnurrbart und hob den Zeigefinger. »Ich habe sogar *dein* Fahrrad.« Er winkte sie hinter sich her aus der Werkstatt und durch den Laden bis ins Lager. »Darf ich vorstellen?« Alonso wies auf ein großes schwarzes Herrenfahrrad mit Holzgriffen am Lenker und einem schmalen, spitz zulaufenden Ledersattel. »Columbia vierzig, das neuste Modell. Kugellager, vollständig vernickelt, zweiundvierzig Pfund schwer, hundertfünfunddreißig Dollar.« Voller Stolz klatschte er auf den Sattel. »Dieses Gerät kriegst du auch bei der vierten Weltumrundung nicht kaputt.«

Annie betrachtete das Gefährt mit zweifelnder Miene. »Hast du nicht eines ohne diese lästige Stange?«

»Ach, Annie!« Alonso schnitt eine gequälte Miene. »Einem geschenkten Gaul schaut man nicht ins Maul, verstanden? Das hier ist *dein* Fahrrad!« Wieder schlug er auf den Sattel. »Du brauchst nicht einen Cent dafür zu bezahlen!«

»Wirklich?« Ungläubig schaute sie ihm ins Gesicht.

»Habe ich dir jemals Märchen erzählt? Colonel Pope hat diesen Prototyp extra für dich bauen lassen, damit du Ende des Monats auf ihm zu deiner Weltreise aufbrechen kannst. Die ist übrigens jetzt schon in aller Munde.«

Siebzehn Kerzen

Spring Street, Samstag, den 23. Juni 1894

Mir ist so eng um die Brust, mein Herz schlägt schneller als sonst (oder bilde ich es mir nur ein?), und ständig muss ich auf die Toilette. Noch zwei Tage bis zum Start! Und ich bin so aufgeregt, als ginge es schon in zwei Stunden los.

Vor einer Woche hat mich das Reisefieber endgültig gepackt – und steigt seitdem täglich. Fast jede Nacht radle ich im Traum über Kopfsteinpflaster oder morastige Wege oder entlang staubiger Bahntrassen, fast jede Nacht werde ich von Tramps überfallen oder schiebe mein Fahrrad an Bord eines schwarzen Ozeandampfers. Eine wilde Vorfreude erfüllt mich – und eine riesige Angst.

Ich sitze schreibend am Küchentisch und werde am Schluss meines heutigen Eintrags den Brief von diesem Schriftsteller zurechtschneiden, um ihn in mein Tagebuch kleben zu können. Dort, finde ich, ist der angemessene Platz für ihn – schließlich kommt es nicht alle Tage vor, dass jemand ein Buch über mich schreiben will! Und einen Brief aus Paris habe ich auch noch nie bekommen (von einem Adeligen nicht einmal im Traum).

In der Synagoge feiert die Gemeinde heute und morgen ihr Sommerfest. Ich glaubte nicht, dass irgendjemand mich vermissen wird. Max und Bennett haben die Kinder mitgenommen; nur Jerry nicht, der ist krank.

Nebenan höre ich Berthas einschläfernde Stimme: Sie liest ihrem Sohn aus der Thora vor. Mit mir spricht sie kein Wort mehr, guckt mich auch nicht mehr an, grüßt mich nicht einmal mehr. Das ist nicht angenehm, doch im Grunde bin ich froh darüber. Besser als das Zetern und Beschimpfen.

Auch die anderen bedrängen mich nicht länger. An dem Tag, an dem ich beschlossen habe, einen Rückzieher von meinem Rückzieher zu machen, habe ich in der Küche gewartet, bis Max spät am Abend aus der Synagoge nach Hause kam. Erst hat er sich geweigert, sich zu mir zu setzen, hat wortlos im Zimmer verschwinden wollen, doch da bin ich so laut geworden, dass er Angst gekriegt hat, die Kinder könnten aufwachen. So ist ihm nichts anderes übriggeblieben, als bei mir am Küchentisch Platz zu nehmen, und dann habe ich sehr ernst mit ihm geredet.

»Unten im Hof steht ein nagelneues Fahrrad«, habe ich ihm gesagt, »mit dem werde ich um die Welt fahren. Ich werde das für die Kinder tun und für dich und mich. Wenn du meinst, es mir weiterhin verbieten zu müssen, oder du mich noch ein einziges Mal deswegen beschimpfst, werde ich dich verlassen. Und zwar nicht nur für fünfzehn Monate, sondern für immer.«

Seine Gesichtshaut hat die Farbe alter Asche gekriegt, und er hat mich ganz ungläubig angeguckt. Wie ich mir das denn vorstelle, ihn verlassen, hat er mich gefragt, wovon ich denn leben und wo ich denn unterkommen wolle.

»Vielleicht erinnerst du dich dunkel, dass ich durchaus ein bisschen Geld verdiene«, habe ich geantwortet. »Außerdem habe ich gute Freunde und werde notfalls am Strand schlafen, bis ich losfahre.« Und der Rabbi solle sich unterstehen, auch nur ein einziges Mal unsere Wohnung zu betreten, solange ich noch hier bin.

Genau das habe ich gesagt. Vor drei Wochen. Seitdem lassen sie mich in Ruhe, und der Rabbi kommt auch nicht mehr. Wahrscheinlich hat Max mit allen geredet.

Mollie allerdings schmollt. Sie hat sich von mir zurückgezogen und sagt neuerdings »geh weg!« zu mir, wenn ich sie drücken will. Das tut weh, richtig weh, meine ich. Doch ich werde das schon aushalten.

Eines Tages wird Mollie mich verstehen. Vielleicht schon, wenn ich die Siegesprämie auf den Tisch zählen oder eine Wohnung in New York City für uns gefunden haben werde.

Manchmal zweifle ich daran, diese ungeheure Radreise bewältigen zu können; ziemlich oft sogar, ehrlich gesagt. Und manchmal frage ich mich, ob ich noch ganz richtig im Kopf bin, mich auf ein derart waghalsiges Abenteuer einzulassen. Um die Welt radeln – ich, die kleine Anna Cohen Kopchovsky! Ich, die ich vor sieben Wochen zum ersten Mal auf eine Rollstange gestiegen bin! Ich, die seitdem noch keine längere Strecke hinter sich gebracht hat als die knapp fünfzig Meilen zwischen dem Strand der Massachusetts-Bucht und Marlborough!

Doch ich würde es mir nie verzeihen, wenn ich es nicht wenigstens versuche.

NIE!

Heute ist zum Glück einer der Tage, an dem ich weder an meinem Verstand zweifle noch an meiner Fähigkeit, mit dem Fahrrad auf Abenteuerreise zu gehen. Heute bin ich zur Abwechslung zuversichtlich, was unter anderem an dem Brief dieses deutschen Schriftstellers liegt.

Ich bete zum Universum, dass Sie es schaffen, *hat er geschrieben, ein Mann, der mich gar nicht kennt,* und wissen Sie was?, *ging es weiter,* ich glaube fest daran, dass es Ihnen gelingt.

Vorhin am Küchenfenster habe ich die Zeilen zum ersten Mal gelesen. In der Mittagssonne, die auch jetzt noch den Hof flutet mit ihrem schönen Sommerlicht. Graf Jakob von Waldmann *steht als Absender auf dem Kuvert und darunter der Name eines Pariser Hotels. In die Adresse hat er* Annie Londonderry *geschrieben (es war komisch, zum ersten Mal meinen neuen Namen schwarz auf weiß zu lesen), und dann allerdings nicht die Spring Street, sondern Straße und Hausnummer der Dowes. Josephine hat mir den Brief heute Morgen überreicht, als wir alles Wichtige für den Start am Montag besprochen haben.*

Von Waldmann sei ein deutscher Autor, hat sie gesagt, und ich würde mich doch sicher an Susan Anthony erinnern, die Reporterin der New York World. *Und ob ich mich an die schöne Blonde mit den ernsten Zügen und dem forschenden Blick erinnere! Die jedenfalls, so Josephine, habe dem Deutschen von mir erzählt, und seitdem sei der Mann ganz wild darauf, ein Buch über meine Radreise um die Welt zu schreiben. Ein Freund ihres Professors (Dr. Goldberg) wolle es verlegen.*

Der Deutsche hat mir auf Englisch geschrieben, scheint unsere Sprache perfekt zu beherrschen. Seine Handschrift sieht schwungvoll aus und manche Großbuchstaben (etwa das Z, das B und J) wie gezeichnet. Es hat mich nicht die geringste Mühe gekostet, sie zu lesen.

Inzwischen habe ich den Brief zurechtgeschnitten und eingeklebt. Er ist jetzt ein Teil meines Tagebuchs:

Verehrte Miss Londonderry,

gestern hat mich über Susan eine wunderbare Nachricht erreicht: Sie sind nicht nur damit einverstanden, dass ich ein Buch über Ihre kühne Fahrradreise um den Globus schreiben werde, Sie wollen mich darin sogar unterstützen. Wie habe ich mich gefreut!

Tausend Dank!

Eines darf ich Ihnen schon jetzt mit gutem Gewissen versichern: Diese Unterstützung wird eine gegenseitige sein. Ich schreibe nämlich für verschiedene Zeitungen in Berlin, Paris und Rom und radle wie Sie leidenschaftlich gern, auch für das Organ eines großen europäischen Fahrradclubs. Kurz: Meine

Möglichkeiten, Sie und Ihre Fahrradtour um den Globus bekannt zu machen, können sich sehen lassen.

Außerdem könnte es Ihnen bei Ihrer großen Abenteuerreise zugutekommen, dass einige meiner Verwandten im asiatischen Raum leben. Meine ältere Schwester etwa ist mit einem englischen Geschäftsmann in Indien (Bombay) verheiratet, und einer meiner Onkel dient dem Kaiser als Botschaftsattaché in Japan (Tokio). In beiden Ländern kann ich Ihnen also Anlaufstellen und Quartiere vermitteln.

Da ich als Autor unter verschiedenen Pseudonymen veröffentliche, werden Sie mich in deutschen und italienischen Verlagsprogrammen nicht finden. Mein Name tut auch weiter nichts zur Sache – bitte nennen Sie mich Jakob oder Jake, wenn Sie an mich denken oder mir einen Brief schreiben. Auf einen solchen hoffe ich – darf ich so ehrlich sein? – bis zum Herbst und bitte Sie, mir darin von Ihren derzeitigen Reisevorbereitungen und den ersten tausend Meilen Ihrer mutigen Fahrt zu berichten.

Ich bin zwar nicht katholisch (nicht einmal evangelisch), werde aber am 25. Juni anlässlich Ihres Starts in Boston dennoch siebzehn Kerzen hier in der Kathedrale Notre-Dame entzünden – eine für Sie, eine für mich und eine für jeden der fünfzehn Monate, die Sie, verehrte Miss Londonderry, künftig im Sattel verbringen werden.

Mögen die guten Kräfte des Universums Sie behüten, sicher über den Mississippi geleiten und noch vor Wintereinbruch durch die Rocky Mountains an die Westküste führen. Ich bete zum Universum, dass Sie es schaffen, und wissen Sie was? Ich glaube fest daran, dass es Ihnen gelingt.

In San Francisco werde ich Sie in einem Hotel erwarten, dessen Namen und Adresse ich Ihnen noch zur Kenntnis geben werde.

In großer Vorfreude auf ein persönliches Kennenlernen und mit tiefer Hochachtung grüßt Sie von Herzen

Ihr Jakob Graf von Waldmann

Mein Herz schlägt höher, jetzt, da ich den Brief ein drittes Mal gelesen habe. Ein Adliger, der sich darauf freut, mich, die kleine und unbedeutende Annie, kennenzulernen – das muss man sich einmal vorstellen!

Sobald ich New York City erreicht habe, werde ich den Brief dieses Mannes beantworten. Schließlich bin ich auf Menschen wie ihn angewiesen, wenn ich die Fahrradreise um die Welt durchstehen will. Mir wird ja ganz schwindlig, wenn ich auf meine Reiseziele schaue, die mir die Wettbedingungen für die nächsten fünfzehn Monate vorschreiben: Chicago, San Francisco, Yokohama, Nagasaki, Port Arthur, Shanghai, Saigon, Singapur, Colombo, Bombay, Aden, Alexandria, Marseille, Avignon, Paris …

Lieber nicht so weit in die Zukunft blicken, lieber erst einmal aufs Fahrrad steigen und in Richtung New York City aufbrechen.

Am Montag geht es los – ich kann es kaum erwarten.

Start

Boston, State House, 25. Juni 1894

Ein warmer Sommertag, kein Lüftchen ging. Die Leute standen Schulter an Schulter hier auf der Treppe und am Straßenrand unten, und noch immer drängten Schaulustige von allen Seiten auf den Patz. John Dowe lüftete den Zylinder, fuhr sich durch die roten Locken und wischte sich den Schweiß von der Stirn. Eine Stufe unter ihm gähnte Viktoria, streckte sich aus und blockierte mindestens vier Stehplätze. Hoch über ihm funkelte die goldene Domkuppel des Kapitols im gleißenden Licht der Mittagssonne.

Durch die Rauchschwaden seines Zigarillos hindurch blinzelte John zu ihr hinauf und fand sie noch hässlicher und überflüssiger als sonst. Wie eine durch nichts zu berührende Gottheit thronte sie über dem Menschengetümmel – unerreichbar, kalt und groß. Thronte über Schaulustigen, Presseleuten, Polizisten, Fahrradbegeisterten und in beneidenswerter Gleichgültigkeit auch über ihm und seinen zwischen Gewissensbissen, Zuversicht und Hoffnungslosigkeit hin- und herwankenden Empfindungen.

John Dowe wünschte, er hätte sich niemals von Samuel Thatcher zu dieser unsäglichen Wette provozieren lassen. Dann müsste er jetzt nicht hier in dieser Hitze unter dieser goldenen

Kuppel neben diesem eitlen Salonochsen stehen; dann müsste er jetzt nicht um einen ansehnlichen Teil seines väterlichen Erbes bangen, dann könnte er jetzt in seinem Garten Kirschen pflücken oder Feldsalat ernten.

Auf dem Platz vor dem State House und an der Beacon Street herrschte ein Gedränge, wie John Dowe es sonst nur auf dem Campus oder den Rängen des Baseball-Stadions erlebte. Das Hin und Her der Menge, ihre begierigen Blicke, ihr immer noch anschwellendes Stimmengewirr und die mit Händen zu greifende angespannte Erwartung, die über ihr knisterte, entsprach ganz und gar dem Zustand seines aufgewühlten Gemüts. Das machte es ihm nicht leichter, die Sorgen um Annie und seine fünftausend Dollar zu ertragen; und Samuel Thatchers Gegenwart war selbst unter Feierabendumständen eine Zumutung.

John sehnte bereits den Tag herbei, an dem die junge Radfahrerin nach Boston zurückkehren würde. Sie würde doch zurückkehren? Gesund? Die Angst und das schlechte Gewissen packten ihn jedes Mal, wenn er wie jetzt ins Grübeln geriet und anfing, sich auszumalen, was Annie unterwegs alles zustoßen könnte. War es nicht leichtsinnig, ja geradezu unverantwortlich gewesen, in Thatchers Wette einzuschlagen?

Während er sich hier oben sorgte, warteten die Leute da unten auf den Gouverneur von Massachusetts, der versprochen hatte, den Startschuss zu Annies Weltumrundung abzufeuern. Seine Anwesenheit und das Grußwort, das er hoffentlich mitbringen würde, sollten ihrem Aufbruch regierungsamtlichen Glamour verleihen. So jedenfalls stellten sich Johns Gattin Josephine und ihre Freundinnen das vor.

Der Rauch von Thatchers abscheulich stinkender Zigarre drang John in die Nase, sodass er niesen musste. Manchmal merkte er, dass der Zuckerhändler oder Peter Goldberg oder sogar der heute etwas schläfrig wirkende Colonel Pope ihn verstohlen von der Seite musterten, und dann fragte er sich, ob die anderen ihm seinen aufgewühlten Gemütszustand womöglich anmerkten.

Peter bestimmt, dachte er, denn der kennt dich gut. Außerdem rauchst du heute schon am Vormittag, und zwar einen Zigarillo nach dem anderen.

Viktoria kannte ihn ebenfalls. Und spürte genau, was mit ihm los war. Oder warum sonst hob sie von Zeit zu Zeit den weißen Schädel, äugte zu ihm herauf und stieß dabei heisere Beller aus? John wünschte, sie würde endlich damit aufhören. Vor allem aber wünschte er, der ganze Zirkus hier vor dem Kapitol würde endlich zum Ende kommen. John Dowe fühlte sich ganz und gar nicht zuhause in seiner Haut.

»Schönes Wetter heute, nicht wahr, Gentlemen?« Thatcher gab sich heiter. »Schönes Reisewetter, meine ich.«

Niemand ging darauf ein. »Der Gouverneur lässt sich noch immer nicht blicken.« John zog seine Uhr aus der Westentasche. »Viertel vor elf, Greenhalge müsste längst hier sein.«

»Möglicherweise hat ein Gouverneur von Massachusetts ja doch Wichtigeres zu tun, als einem Mädchen dabei zuzuschauen, wie es auf ein Herrenfahrrad klettert und aus Boston hinausradelt.« Unverhohlener Spott lag im Feixen des Zuckergroßhändlers. »Falls die Kleine es überhaupt bis an den Stadtrand schafft.«

Die Männer standen etwas erhöht auf der Treppe des Telegraphenamtes gegenüber des Kapitols, sodass sie über die Köpfe der Schaulustigen hinweg auf die Beacon Street hinunterschauen konnten. Vor wenigen Minuten hatte dort unter dem Beifall der Menge eine kleine Kalesche mit heruntergeklapptem Verdeck gehalten und die Hauptdarstellerin des heutigen Spektakels an den Startpunkt ihrer verwegenen Fahrradreise gebracht. Noch immer begrüßte Annie Kopchovsky (an ihren neuen Namen Londonderry konnte John sich einfach nicht gewöhnen) die vielen Frauen, die sich heute Vormittag hier eingefunden hatten, um sie moralisch zu unterstützen. Auch seine Josephine entdeckte der Professor dort unten, auch sie umarmte Annie.

»Eine gewisse Pünktlichkeit stünde unserem Gouverneur in der Tat gut zu Gesicht«, sagte Peter Goldberg. »Immerhin ist Miss Kopchovsky die erste Frau, die auf einem Fahrrad die Welt umrunden will.« Auch er schielte auf seine Taschenuhr. »Wenigstens weiß die Presse das zu würdigen.« Mit dem Zigarillo deutete der Verleger hinunter, wo rund um Annie und ihr Fahrrad die Reporter und Fotografen drei Kamerastative aufbauten.

»Greenhalge wird schon noch erscheinen.« Zaghaft winkte John seiner Gattin zu, die ihn eben oberhalb der Menge auf der Treppe entdeckt und ihm eine Kusshand zugeworfen hatte. »Der Mann lässt sich doch sonst keine Gelegenheit entgehen, sein Gebiss vor einem Pressefotografen zu entblößen.«

»Mehr als tausend Bostoner Bürger sind gekommen, um Miss Kopchovsky auf mein Fahrrad steigen zu sehen.« Colonel Pope zuckte gelangweilt mit den Schultern. »Was interessiert mich da der Gouverneur?«

Wie Thatcher und John selbst zog der Fabrikant es vor, nicht dort unten im Brennpunkt des Geschehens in Erscheinung zu treten. Alle drei legten sie Wert darauf, nicht mit der Wette in Verbindung gebracht zu werden. Anstelle des Colonels repräsentierte Alonso Peck die *Pope Manufacturing Company*, und das in der sportlichen Fantasieuniform des Captains des Bostoner Fahrradclubs. Er stand neben Annie und dem Columbia-Modell, das Colonel Pope für die Welttour gestiftet hatte, und gestikulierte in alle Richtungen.

»Tausend Bostoner Bürger sehen Sie?« Thatcher kicherte, als hätte Pope einen schlechten Witz gemacht; zugleich rümpfte er die Nase. »Mit Verlaub, Sir: fünfhundert, großzügig geschätzt.

Höchstens! Wollen wir wetten?« Mit siegesgewissem Lächeln streckte er John die Hand hin. Der ignorierte sie.

»Zwei Vorschläge zur Güte, Gentlemen.« Peter Goldberg saugte an seinem Zigarillo und spähte auf die Beacon Street hinunter, wo in diesem Augenblick die kleine Kutsche wieder anrollte und davonfuhr, die John Dowe in die Spring Street geschickt hatte, um die Radfahrerin abzuholen. »Lassen Sie uns doch erst einmal diese Wette hier durchstehen, bevor wir eine neue abschließen. In fünfzehn Monaten finden wir bestimmt einen anderen Anlass. Und bis dahin einigen wir uns auf siebenhundertfünfzig Bostoner Bürger, die sich heute hier am Startpunkt versammelt haben. Einverstanden?«

»Na gut«, sagte Thatcher gönnerisch. »Ich will ja niemandem ein weiteres aussichtsloses Spiel einbrocken.«

John Dowe hielt es für unter seiner Würde, sich zu dem Thema zu äußern. Es fiel ihm schwer genug, den selbstzufriedenen Großhändler mit seinem kindischen Gekicher, seinem Babygesicht und seiner stinkenden Zigarre so dicht neben sich zu ertragen. Wohl zum zehnten Mal wanderten seine Blicke über die Arkaden auf der Vortreppe des Kapitols, doch das Eingangsportal hinter den Säulen blieb geschlossen, auch auf dem Balkon darüber zeigten sich lediglich ein paar neugierige Abgeordnete und ihre Sekretärinnen, während der Gouverneur weiterhin vor allem durch Abwesenheit auffiel.

Vielleicht kommt Greenhalge gar nicht, dachte John Dowe, und vielleicht ist es gut so. Wer weiß denn, ob sich nicht jemand verplappert und sich dann herumspricht, dass ich es gewesen bin, der mit Thatcher gewettet hat?

Mit ihm und den anderen Gentlemen, die Zeugen des Handschlags gewesen waren, hatte er Stillschweigen vereinbart. Doch dem Zuckergroßhändler traute er im Falle seiner Niederlage zu, ihn gnadenlos bloßzustellen. Und Alonso Peck? Wenn der einen über den Durst trank, plauderte er sogar die Schlüpfergröße seiner Frau aus.

Immer tiefer verlor John Dowe sich in Grübeleien und düsteren Fantasien, die ihn schon seit Wochen plagten. Falls ich die Wette verliere und der Gouverneur erfährt davon, kursiert mein Name bald auch in der Fakultät, machte er sich klar. Schließlich hat Greenhalge Freunde dort, und dann dauert es nicht lang, bis ganz Cambridge davon erfährt, ja, ganz Boston! Ja, er würde zum allgemeinen Gespött.

Er schreckte aus seinen Gedanken hoch, als unten auf der Beacon Street, wo Alonso Peck umgeben von Annie und den Frauen das schwere Columbia-Fahrrad festhielt, grelles Licht aufblitzte.

»Es wird ernst, scheint mir.« Thatcher reckte den kurzen Hals, um über die Schultern der vor ihm Stehenden hinwegsehen zu können. »Die erste Fotografie ist im Kasten. Und Alonso ist voll in seinem Element«, feixte er, »lauter Frauen um ihn herum und er selbst im Mittelpunkt der Aufmerksamkeit.«

Eine der vielen Frauen stieg auf ein Podest, um mit lauter Stimme die Menge zu begrüßen und Annie vorzustellen. Offenbar hatte man dort unten beschlossen, nicht länger auf den Gouverneur zu warten.

»Wir Frauen von der christlichen Abstinenzbewegung sind hier, um Anna Kopchovsky Mut zuzusprechen!«, verkündete die Rednerin.

Thatcher nahm die Zigarre aus dem Mund und runzelte die Brauen. »Wer zum Henker ist denn das?«

»Jane Tubbs, die Vorsitzende der Bostoner *WCTU*«, erklärte Dr. Goldberg.

»Wir sind hier, um diese mutige junge Lady und Bostoner Bürgerin zu unterstützen, die heute als erste Frau der Welt aufbricht, um die Erde auf einem Fahrrad zu umrunden!« Mrs.

Tubbs rief mit lauter und kraftvoller Stimme, die John Dowe dieser kleinen Frau niemals zugetraut hätte.

»›*WCTU*‹?« Samuel Thatcher lugte fragend nach links zu John, und als der stumm blieb, nach rechts zu Goldberg. »Ist das nicht dieser Weiberclub, der uns den Wein madig machen will?«

»Und das Bier.« Colonel Pope, der neben dem Professor stand, nickte, und in seiner griesgrämigen Miene stand in aller Deutlichkeit zu lesen, was er von Frauen solchen Kalibers hielt.

»Wir sind hier, weil wir überzeugt davon sind, dass wir Frauen die gleichen Chancen verdient haben wie Männer!« Wieder und wieder schlug Mrs. Tubbs mit der Faust auf einen unsichtbaren Angreifer ein, während sie ihre Worte herausschrie. Die Frauen rund um das Podest klatschten Beifall, riefen »Bravo!« oder »Yeah!« und sogar »Amen!«, was den Tonfall der Sprecherin nur noch anstachelte.

»Die Chancen und Rechte, die Männer seit Jahrtausenden in größter Selbstverständlichkeit genießen, stehen genauso auch uns Frauen zu!«, brüllte sie. »Denn wir leisten einen unbezahlbaren Beitrag zum Überleben unserer Gesellschaft! Und wir verfügen über die gleichen charakterlichen und geistigen Fähigkeiten wie Männer! Nicht zuletzt, um das zu beweisen, wagt Annie diese tollkühne Radreise!«

Erneut brandete Beifall auf und wurden Bravorufe laut. Die Frauen rund um Annie applaudierten besonders frenetisch. John beobachtete, wie seine Josephine die Hände über den Kopf streckte, um rhythmisch zu klatschen. Der Fotograf des *Boston Globe* tauchte hinter seiner Kamera unter einem schwarzen Tuch ab, im nächsten Augenblick zündete eine Magnesiumladung, und wieder blitzte grelles Licht auf.

»Möge Annies Fahrt diese Botschaft zu vielen Nationen tragen!«, rief Jane Tubbs in die Menge. »Zu Chinesen und Japanern, zu den Beduinen in der Wüste und den Bauern an den Ufern des Ganges! Mögen segensreiche Wellen des Erwachens und Umdenkens von dieser Radreise in die Männerwelt schwappen!«

»Na, na!«, brummte Colonel Pope in seinen schütteren Bart. »Ein paar Nummern kleiner tät's auch.«

»Wo bin ich denn hier hineingeraten?!« Thatchers Gesicht war rot angelaufen, seine Blicke sprühten Empörung, ganz so, als hätte ihm jemand Rotwein über den Sommeranzug geleert. »Bis eben dachte ich, hier bricht ein Mädchen aus dem Ghetto einfach nur zu einer Fahrradtour auf! Und plötzlich komme ich mir vor wie bei einer Kundgebung von fanatischen Feministen!«

»Regen Sie sich nicht auf, Sir – Weiber halt.« Colonel Pope zuckte schon wieder mit den Schultern. »Wenigstens Mr. Peck hat seinen Spaß.«

Das blieb wohl niemandem verborgen, der Augen im Kopf hatte, auch nicht dem Professor: Vor dem Podest der Rednerin wollte Popes Starverkäufer gar nicht mehr aufhören, mit übertriebener Geste zu applaudieren, während er die Frauen um sich herum anstrahlte, als hätten die schönsten unter ihnen ihm soeben ein Rendezvous für die nächsten Abende zugesagt.

»Ist ganz in seinem Element, der schlimme Charmeur!« Thatcher hatte sich schon wieder beruhigt und kicherte nun. »Fühlt sich wie ein Fisch im Wasser unter all den Ladys.«

»Wie ein Hecht, würde ich präzisieren«, sagte Dr. Goldberg.

John Dowe räusperte sich vernehmlich. »Verzeihen Sie, Gentlemen, doch Sie scheinen mir die gesellschaftliche Bedeutung dieser Fahrradtour zu unterschätzen.« War er es Josephine und Annie nicht schuldig, seine üble Laune und seinen Widerwillen zu überwinden und das Wort zu ergreifen? »Sie erinnern sich vielleicht an jenen Thomas Stevens, der vor sieben Jahren als erster Mensch die Welt per Fahrrad umrundet hat. Wenn nun heute Vormittag eine Frau antritt, um dasselbe zu versuchen, scheint mir das ein legitimer Anlass zu sein, für Frauen dieselben Rechte anzumahnen, die wir Männer seit jeher wie selbstverständlich in Anspruch nehmen.«

Colonel Pope blickte flehend zur Goldkuppel des State House hinauf und rief: »Was um alles in der Welt hat denn Fahrradfahren mit vermeintlichen Rechten von Frauen zu tun?!« Er schlug die Hände über dem Kopf zusammen und machte ein Gesicht, als hätte John ihn aufgefordert, seiner Hündin zur Begrüßung künftig die Pfote zu küssen.

»Wo Unrecht herrscht, ist jede öffentliche Gelegenheit recht, es anzuprangern«, sagte John. »Viel zu lange schon versündigen wir uns am schönen Geschlecht.«

»Zum Glück muss der von Ihnen so überaus verehrte Mr. Shakespeare das nicht hören, Sir!« Colonel Pope schien jetzt erst richtig wach geworden zu sein. »Er würde sich sonst im Grab umdrehen, fürchte ich.«

»Vergessen Sie womöglich gerade, dass Sie dieses Spektakel hier nutzen, um für Ihr neustes Fahrradmodell zu werben, Sir?« Mit süffisantem Lächeln deutete John eine Verneigung an. »Die Damen nutzen es eben für ihre eigene Reklame, um endlich uns Männern gleichgestellt zu werden. Wo bitte ist der Unterschied?«

»Der Unterschied? Ich, äh …« Colonel Pope geriet ins Stammeln. »Ich handle aus rein wirtschaftlichem Interesse, während die Weiber da unten aus … äh …« Er fuchtelte in der Luft herum, als schwirrten ihm die richtigen Worte um den Kopf, ohne dass er sie einzufangen vermochte.

»Es wäre durchaus im wirtschaftlichen Interesse unseres Landes, auskömmliche Arbeitsplätze für Frauen zu schaffen«, erklärte John Dowe. »Und ist es etwa kein Unrecht, dass wir unseren Gemahlinnen bis heute nicht einmal das grundlegendste Recht jeder Demokratie zugestehen? Das Wahlrecht?«

»Das kann nicht Ihr Ernst sein, Sir!« Aus weit aufgerissenen Augen schoss Thatcher entsetzte Blicke auf John ab. »Wollen Sie am Ende auch noch von Frauen regiert werden?!«

»Lieber als von gewissen Männern, in der Tat.« John hob vielsagend die rechte Braue, verzichtete jedoch darauf, konkreter zu werden.

Am Straßenrand unten blitzte indessen schon wieder das grelle Licht entzündeten Magnesiumpulvers auf.

»Endlich!«, rief Peter Goldberg. »Das war hoffentlich das letzte Foto. Gleich klettert sie aufs Fahrrad!«

Mrs. Tubbs war inzwischen vom Podest gestiegen, und der Fotograf tauchte unter seiner schwarzen Decke auf und versuchte, die Frauen rund ums Fahrrad zu einem Gruppenbild mit Annie zu drapieren. Doch die war nach wie vor damit beschäftigt, Küsse und Umarmungen zu verteilen. Bis hier herauf konnte John hören, wie sie jede zweite Frau, von der sie sich verabschiedete, fragte, ob auch ihr Hut richtig sitze.

»Das kann ja noch dauern«, bei den vielen Weibern da unten«, knurrte Colonel Pope und schielte auf seine Taschenuhr.

Endlich standen alle Frauen beisammen und schauten in die Richtung des Fotografen. Applaus erhob sich, und dann stand Annie bei ihrem Fahrrad und bei Alonso, der natürlich auch umarmt werden wollte.

Auf einmal tauchte ein Mann auf, den der Professor nicht kannte, und sprach Annie an. Als die das Futter ihrer Jackentaschen nach außen kehrte, begriff er.

»Was soll das?« Vorwurfsvoll wandte er sich nach rechts. »Eine Leibesvisitation? Das geht doch wohl auf Ihr Konto, Mr. Thatcher.«

»Es stehen immerhin fünftausend Dollar auf dem Spiel, verehrter Professor Dowe«, sagte der Zuckergroßhändler ungerührt. »So viel habe nicht einmal ich in der Portokasse.«

Unten an der Straße wandte Thatchers Helfer sich nun Annies Tasche auf dem Gepäckträger des Fahrrads zu. Während er sie durchsuchte, rief Annie so laut, dass alle es hören konnten: »Sie werden genau so viel Ersatzkleidung darin finden, wie die Wettbedingungen erlauben: eine einzige Garnitur Unterwäsche!«

Ein Raunen ging durch die Menge. Thatchers Kontrolleur zog einen Revolver aus der Tasche, und wieder tuschelte es.

»Die Wettbedingungen verbieten keine Waffe!«, rief Annie. Der Mann legte den Revolver zurück in die Tasche und nickte ihr zu, bevor er sich zu den Schaulustigen am Straßenrand gesellte.

Alonso Peck hielt das Columbia-Fahrrad fest, damit Annie auf den Sattel steigen konnte.

»Wie klein und zierlich sie ist«, sagte Peter Goldberg mit leiser Stimme, in der für John unüberhörbar ein besorgter, fast ein wenig mitleidiger Unterton schwang.

»Sag ich's doch!«, zischte Thatcher. »Einfach unverantwortlich, so ein zartes junges Ding auf eine derart halsbrecherische Fahrt zu schicken!«

John Dowe, der die vorwurfsvollen Blicke spürte, blieb stumm, doch das Gewissen schlug ihm.

»Ich frage mich, wie jemand in dieser Kleidung über lange Strecken Fahrrad fahren will.« Wieder klang Peter Goldberg besorgt, und John, der sich darüber noch nie Gedanken gemacht hatte, musste ihm insgeheim recht geben, denn Annie war gekleidet, als würde sie zu einem Empfang ins Kapitol oder zu einem Wohltätigkeitsball fahren: Sie trug einen langen schwarzen Rock, eine dunkelblaue taillierte Jacke mit Ballonärmeln über einer weißen Hemdbluse mit gestreiftem Kragen und farbigem Binder, dazu lange schwarze Handschuhe. Ihr dunkles Haar hatte sie zu einem Dutt zusammengebunden und einen hellen flachen Hut darübergestülpt.

»Kannst die Weiber ja nicht in solche Sportuniformen stecken, wie Mr. Peck eine anhat!«, sagte Colonel Pope gleichgültig und schulterzuckend.

Mrs. Tubbs trat vor Annie und das Fahrrad und streckte den Arm über den Kopf, sodass John eine Münze zwischen ihren Fingern glänzen sah. »Ein Glückspenny für Annie Londonderry!«, rief sie.

»Den muss ich leider zurückweisen!« Es war inzwischen so ruhig geworden in der Menge, dass man hier oben, auf der Treppe des Telegraphenamtes, jedes Wort verstand, das unten beim Fahrrad gesprochen wurde. »Die Wettbedingungen verbieten mir, Spenden oder Geschenke anzunehmen!«

»Arbeitslohn aber darfst du zulassen.« Die Vorsitzende des Bostoner Frauenvereins drückte Annie die Münze in die Hand. »Der Penny sei dein Lohn dafür, dass du das Emblem unserer Frauenunion durch die Welt trägst.« Mit diesen Worten heftete Mrs. Tubbs ein weißes Band an Annies Jackenrevers.

Aus dem Augenwinkel beobachtete John den Zuckergroßhändler, doch der verzog keine Miene.

Viktoria erhob sich und strich an seinen Beinen vorbei. John beachtete es nicht weiter, denn am Straßenrand unten fesselte Dr. Reeder seine Aufmerksamkeit. Der befestigte ein bedrucktes Tuch an Annies Jackenärmel und zog anschließend seine Brieftasche aus dem Frack, um ihr einen Geldschein zu überreichen.

»Kann einer von Ihnen lesen, was auf dem Tuch steht, Gentlemen?«, fragte Colonel Pope.

»Was schon?« John, dem Josephine von dem Werbeband ihres Arztes erzählt hatte, schmunzelte. »›Jung, stark und ausdauernd durch Dr. Reeders Methusalem-Kapseln‹ natürlich.« Neben sich hörte er den Zuckergroßhändler unwillig schnauben.

Wieder trat ein Mann zu Annie, die bereits auf dem Sattel

des noch immer von Alonso gehaltenen Rades saß, und überreichte ihr ein ganzes Bündel von Geldscheinen.

»Wer ist das jetzt?«, wollte Thatcher wissen.

»Mr. Rutherford«, antwortete Peter Goldberg, »Geschäftsführer bei der Mineralwasser-Company *Londonderry*.«

»Und warum zum Henker gibt *er* dem Mädchen Geld?« Ungehalten stemmte Thatcher die Fäuste in die Hüften und blitzte John an.

»Ihnen ist sicher aufgefallen, Sir, dass die Zeitungen in den letzten Wochen nicht mehr über Anna Kopchovskys, sondern über Annie Londonderrys geplante Weltreise berichtet haben«, erklärte John in größter Ruhe. »Was glauben Sie, warum?«

Die Zigarre zwischen den Zähnen und John mit stechendem Blick fixierend verharrte Thatcher sekundenlang. »Soll das heißen, dass die Mineralwasserfritzen dem armen Ding seinen Familiennamen abgekauft haben?«

»So kann man es auch umschreiben«, antwortete Peter Goldberg anstelle von John. »Das Geschäft entspricht jedoch zu hundert Prozent den Wettbedingungen, Sir. Miss Kopchovsky kann ja nicht darauf warten, dass fünftausend Dollar vom Himmel regnen, wie seinerzeit das biblische Manna.«

Unten am Straßenrand entdeckte John plötzlich eine schneeweiße Hündin, die vor dem leeren Podest einen hässlichen Boxer beschnüffelte. Er starrte auf die leere Stufe zu seinen Füßen und begriff, dass seine edle Viktoria dort unten im Begriff war, sich mit einem räudigen Rüden einzulassen. »Entschuldigen Sie mich, Gentlemen!« Im Loslaufen lüpfte er kurz den Zylinder.

Josephine kam ihm zuvor, packte Viktoria am Halsband und zerrte sie weg von dem Boxer, der sie bereits in eindeutiger Absicht beschnüffelte. Sie hinkte John entgegen, und als er der Hündin die Leine angelegt hatte, hakte sie sich bei ihm unter.

»Arme Annie«, seufzte sie. »Von ihrer Familie ist niemand gekommen, um sie zu verabschieden.«

In diesem Augenblick schoss Alonso Peck in die Luft, und tosender Beifall erhob sich. Ein Mann drängte sich an John und Josephine vorbei. »Warten Sie, Miss Kopchovsky, einen Augenblick noch!« Mit einem Briefbogen wedelnd rannte er zu Alonso. »Der Gouverneur schickt eine Grußbotschaft!« Doch Annie radelte schon durch die Menge, die sich hinter ihr schloss.

John nahm Josephine die Krücke ab, stieg mit Viktoria aufs leere Podest und fasste von dort aus ihre Hände, um ihr heraufzuhelfen. Von diesem leicht erhöhten Aussichtspunkt aus konnten sie noch eine Zeitlang beobachten, wie Annie die Beacon Street hinunter in Richtung Westen radelte. Ein großer blonder Bursche, den John noch nie gesehen hatte, fuhr neben ihr, und beiden folgten Alonso Peck und gut zwei Dutzend Mitglieder des Bostoner Fahrradclubs auf ihren Rädern.

»Wenn Annie das schafft, kannst du ihr ein Denkmal setzen, John«, sagte Josephine. »Fang schon mal an zu sparen.«

»Dieser deutsche Schriftsteller wird ihr ein Denkmal setzen.« John Dowe hatte seinem Verleger versprochen, sich an der Finanzierung des Autorenhonorars zu beteiligen. »In Buchform. Annie wird diesen Jakob von Waldmann in San Francisco treffen.«

»Bis dahin liegen einige tausend Meilen vor ihr«, seufzte Josephine, und zum ersten Mal glaubte John so etwas wie Zweifel in ihrer Stimme zu vernehmen.

»Die spinnt doch, die Annie!«, hörte er da einen Mann rufen, der unter ihnen rechts neben dem Podest stand. Als er hinschaute, tippte der Mann sich gerade an die Stirn. »Die ist doch vollkommen übergeschnappt, die Annie, sag selbst, Esther!«

»Da siehst du mal, was du an mir hast, du Idiot«, antwortete die Frau neben ihm.

II

Die Frau, die nicht aufgab

Schwester Thaddea

Saskatoon, Kanada, Herbst 1940

»Mein erstes Ziel war eine Farm südwestlich von Boston, in Dedham unten, falls du dich an das Dorf erinnerst. Ein Mann, der zum Bostoner Fahrradclub gehörte, hat dort Ponys gezüchtet, ein Freund von Alonso Peck.«

»Selbstverständlich erinnere ich mich!« Ein flüchtiges Lächeln huschte über die harten Züge der Nonne. Fast zwei Stunden lang hatte sie Anna zugehört, ohne ein Wort zu sagen, doch jetzt schienen Kindheitserinnerungen ihr die Zunge zu lösen. »Auf einer Farm dort haben wir den letzten Sommer verbracht, bevor wir nach New York City gezogen sind. Meinst du vielleicht sogar diese Farm?«

»Genau die meine ich.« Anna musterte die Frau, die darauf bestand, *Schwester Thaddea* genannt zu werden. Musste sie das akzeptieren? War das der Preis für dreißig Jahre Schweigen? »Wir kamen am späten Nachmittag dort an, nach nicht ganz vierzig Meilen Wegs.«

»Wir?«

»Alonso Peck und seine Fahrradclub-Kameraden. Viele von denen hatten sich unterwegs bereits verabschiedet, doch sieben Männer und eine Frau begleiteten mich bis zu jener Pony-Farm. Und natürlich Joshua, der mir auf jener Trainingsfahrt durchs Ghetto den Hinterreifen vom Rad deines Vaters aufgepumpt hat. Er wollte mich unbedingt bis zur Grenze nach Connecticut begleiten.«

»Der Mann hatte doch bestimmt ein Auge auf dich geworfen, oder? War er nicht verheiratet?«

»Nein.« Anna wich dem Blick der anderen aus und schaute an ihr vorbei zum Fenster. Am Himmel über der Bibliothek zog bereits die Abenddämmerung herauf. »Doch du hast recht: Tatsächlich hatte Joshua sich in mich verguckt.«

Der große blonde Bursche aus der Spring Street war bei weitem nicht der Einzige, der sich während Annas Reise in sie verliebt hatte. Doch ob sie dieser gestrengen Nonne, die sich weigerte, als ihre Tochter angesprochen zu werden, wirklich von diesen Männern (und von ihren eigenen Empfindungen für sie) erzählen sollte? Besser nicht, oder?

»Und?«, fragte die Frau in der schwarzen Ordenstracht mit nun wieder ausdrucksloser Miene. »Hat er dir gefallen?«

»Sicher hat er mir gefallen, aber *ich* war ja verheiratet.«

»Und hattest drei kleine Kinder.«

»Ja.« Anna hielt dem strengen Blick der fremden und zugleich so vertrauten Frau stand. Der stumme Vorwurf darin tat ihr weh. Was wusste eine, die mit Anfang zwanzig in ein Kloster geflüchtet war, denn vom Leben? Und hatte ihre Tochter wirklich das Recht, ihr zu verbieten, sie bei dem Namen zu nennen, auf den sie bis in ihr zwanzigstes Lebensjahr hinein gehört hatte? »Drei Kinder: Simon, Libbie und meine große Mollie.«

Die Frau, die sich seit dreißig Jahren *Schwester Thaddea* nannte, senkte den Blick. Anna konnte sehen, wie sie schluckte, bevor sie zur Teetasse griff und trank. Sie selbst hatte ihren Tee nicht einmal angerührt, die gesamten zwei Stunden über nicht, während sie erzählend die alten Zeiten heraufbeschworen hatte.

»In der Woche vor meinem Aufbruch hatten Josephine und Alonso einen Fotografen in den Fahrradladen in der High Street bestellt, damit er mich mit dem Columbia-Modell fotografierte. Außerdem hatten sie eine Postkarte mit einem Bild von mir in Auftrag gegeben. Unter dem Bild stand: *Annie Londonderry, die erste Frau, die den Globus mit einem Fahrrad umrundet.* Auf der Rückseite war die geplante Route meiner Reise skizziert. Die Fotos und die Karten hatten der Fotograf und die Druckerei nach Dedham zu der Ponyfarm geschickt, wo Alonso sie mir überreichte, damit ich sie unterwegs verkaufen konnte. Dazu bekam ich tütenweise Karamellbonbons, die einige Frauen des Bostoner Fahrradclubs für mich gekocht und abgepackt hatten. Zu meiner eigenen Überraschung fanden sich überall, wo ich Rast machte, Menschen, die mir das Zeug abkauften. Zum Glück, denn von irgendetwas musste ich ja leben während der langen Tour. Und fünftausend Dollar liegen auch nicht einfach so auf der Straße.«

»Sie haben dir Fotos und Bonbons mitgegeben?« Wieder zeigte sich die steile Falte zwischen den Brauen der Nonne. »Du durftest doch keine Geschenke annehmen!«

»Das waren keine Geschenke!« Anna schüttelte energisch den Kopf. »Das habe ich alles von dem Geld bezahlt, das ich mit der Werbung für Dr. Reeders Methusalem-Kapseln verdient hatte. Am nächsten Tag nahm ich noch mal ein Bad, mein letztes für viele Tage. Danach gab es ein Abschiedsessen, und dann klemmte ich mein spärliches Gepäck aufs Rad und fuhr los. Joshua begleitete mich tatsächlich bis über die Grenze nach Connecticut, bevor er an einer Kreuzung bei Providence umkehrte. Von dort radelte ich allein weiter. Nach einer Woche kam ich in New York City an.«

»Nach einer Woche schon?«, staunte die Nonne. »Du hattest erst zwei Monate zuvor Fahrradfahren gelernt und hast nur eine Woche bis nach New York gebraucht? Das sind doch bestimmt mehr als dreihundert Meilen!«

»Ich habe mich selbst gewundert, doch die ersten beiden Tage bin ich über befestigte und teilweise gepflasterte Straßen gefahren, hab' mich fast neun Stunden im Sattel gehalten und gut acht Meilen in der Stunde zurückgelegt, manchmal sogar zehn. Ab dem dritten Tag wurde es dann mühsamer, weil die Wege sandig waren oder von Kies bedeckt. Manchmal kam ich kaum voran. Außerdem wurde es von Tag zu Tag wärmer, und ich hab' furchtbar geschwitzt unter meinem Mieder, meinem Korsett und meinem schwarzen Rock. Überhaupt erwies sich meine Kleidung als sehr unpraktisch: Wenn es bergab ging und das schwere Fahrrad immer schneller rollte, musste ich die Schuhsohlen auf die Fußstützen an der Vordergabel aufsetzen, denn die Pedale kurbelten ja genauso schnell, wie das Hinterrad sich drehte. Wenn ich da meinen langen Rock nicht schnell genug über die Knie gerafft bekam, verfing er sich in den wirbelnden Pedalen. Zweimal bin ich deswegen gestürzt.«

»Hast du dich verletzt?«

»Zum Glück nicht ernsthaft, doch mir ist schnell klar geworden, dass ich es mit diesem Rock nicht unfallfrei bis nach Chicago schaffen würde.«

»Hast du dich denn gar nicht verirrt?« Die Frau, die nicht *Mollie* genannt werden wollte, konnte noch immer kaum glauben, dass Anna in nur sieben Tagen ihr erstes Zwischenziel erreicht hatte. »Ich meine, woher kanntest du den Weg?«

»Alonso hatte mir einen Fahrradführer geschenkt, ein Taschenbuch, in dem Radfahrer alles Wissenswerte fanden: Landkarten, Routenvorschläge, Angaben über Wegbeschaffenheit, Brücken, Eisenbahntrassen, Entfernungen, Hotels oder Fahrradclubs. Da konnte selbst eine Anfängerin wie ich sich nicht verfahren, jedenfalls nicht zwischen Boston und New York.«

Insgeheim freute sich Anna über die Fragen der anderen. Völlig gleichgültig war sie ihrer Tochter also nicht. Auch die Miene der strengen Frau wirkte nun weniger verschlossen und hart. Ob es ihr doch noch gelingen würde, Mollie ein wenig näherzukommen? Ob sie es noch einmal wagen sollte, sie mit ihrem eigentlichen Namen anzusprechen?

»Fahrradfahren war damals groß in Mode, musst du wissen«, fuhr sie fort, »und die *Liga amerikanischer Radmänner* gab schon seit Jahren solche hilfreichen Fahrradführer heraus. Dank dieses Büchleins habe ich auf dem Weg nach New York auch nur einmal in einer Scheune übernachten müssen, die anderen Nächte habe ich in Pensionen oder in Clubhäusern der Radliga geschlafen. Dort konnte ich die ersten Bonbons, Fotos und Postkarten verkaufen. Sogar mit Vorträgen habe ich ein bisschen Geld verdient.«

»Mit Vorträgen? Du?« Die Frau in der schwarzen Kutte lächelte bitter, fast ein bisschen zynisch. »Über Kinderpflege und die Pflichten einer jungen Ehefrau?«

»Nein.« Der Seitenhieb ärgerte Anna, doch sie ließ sich ihren aufbrandenden Unmut nicht anmerken. »Alonso hat mir eine Menge Tipps für das Radtraining gegeben, und Mrs. Tubbs, die Vorsitzende der Frauenunion, ein Buch über Gymnastik und Gesundheitsvorsorge. Mit Alonso hatte ich dreimal ein Fahrrad in sämtliche Einzelteile zerlegt und wieder zusammengebaut. Und bei Josephine habe ich einiges über Schönheitspflege gelernt. Sport und Gesundheit, Fahrradtechnik- und Reparatur, Gymnastik und Körperpflege – über diese Themen hielt ich die ersten beiden Vorträge meines Lebens. Ich ahnte ja damals nicht, wie viele noch folgen sollten!«

Es klopfte, und die greise Nonne, die Anna das Tor geöffnet

hatte, schaute herein. »In einer halben Stunde gibt es Abendessen, Schwester Thaddea. Für dich und deine Mutter wird im Nebenzimmer des Refektoriums gedeckt.«

»Danke, Schwester Katharina.« Während die Greisin sich zurückzog, stand die Angesprochene auf. »Wollen wir uns vor dem Essen ein wenig die Beine vertreten? Wir haben einen wunderschönen Garten hinter der Klausur.«

Anna nickte und erhob sich ebenfalls. Die Aussicht auf frische Luft beflügelte sie, und als sie die stickige Bibliothek mit ihrem Geruch nach Bohnerwachs, altem Leder und vergilbtem Papier hinter sich ließen, atmete sie auf.

Sie folgte der Jüngeren aus dem Haus, über den Hof und in den Obstgarten hinein. Dort luden Nonnen Körbe voller Äpfel und Birnen auf Schubkarren und Leiterwagen, um sie zu einer Rampe zu fahren, die einen Steinwurf weit entfernt in den Keller eines Wirtschaftsgebäudes hinunterführte. Etwas abseits trieben drei Ordensschwestern mit Stöcken die Gänse zusammen. Saatkrähen sammelten sich auf dem Dachfirst der Klosterklausur, und der Abendhimmel darüber leuchtete rötlich. Die Weite der Obstwiese und der Anblick des bunten Herbstlaubes taten gut, sodass Annas Brust sich weitete und sie tief die kühle, nach Laub und Schnee duftende Luft einsog. Ein lange nicht empfundenes wohliges Gefühl strömte ihr durch die müden Glieder, eine Ahnung von Seelenfrieden.

Die Frau, die sie dreißig Jahre lang nicht gesehen hatte, ging mit gesenktem Kopf und schneller als sie. Was sie wohl dachte? Was sie wohl empfand? Zwischen zwei Birnbäumen blieb sie plötzlich stehen, drehte sich um und wartete, bis Anna aufgeholt hatte und neben ihr stand.

Zwei, drei Atemzüge lang verharrten sie und schauten einander schweigend in die Augen. Etwas wie Wehmut flog durch die Miene der anderen, ein schmerzlicher Ausdruck bebte kurz um ihre Lippen, und ihr Blick wurde auf einmal weich, ja beinahe zärtlich. Sie schluckte, als würde sie gegen aufsteigende Tränen ankämpfen.

Anna griff nach ihren Fingern – sie konnte nicht anders – und hielt sie fest. »Mollie«, flüsterte sie und drückte die Hand ihrer Tochter an ihre Brust. »Mollie, Kind …« Die Nonne ließ es geschehen, wenigstens ein paar Wimpernschläge lang, während sie Anna aus dunklen Augen anschaute, traurig und liebevoll zugleich.

Dann war es vorbei, die Nonne entzog ihr ihre Hand, wandte sich ab, und der Augenblick der Nähe verflog, als hätte es ihn nie gegeben.

»Du bist also in New York City angekommen«, sagte sie mit noch heiserer Stimme und räusperte sich, während sie weiterging, ohne sich nach Anna umzuschauen. »Und was geschah dann?«

»Am zweiten Juli 1894 radelte ich entlang des Hudson River nach New York hinein.« Verstohlen wischte Anna sich die Augen aus und schloss wieder zu ihrer Tochter auf. »Sämtliche Knochen taten mir weh, als ich in Manhattan vom Rad stieg.« Sie atmete tief und hüstelte ebenfalls, denn ihre Stimme drohte zu brechen. »Und der Hintern sowieso. Susan, also Mrs. Anthony, hatte mir ein Hotelzimmer besorgt und lud mich zum Essen ein. Ein Fotograf und ein Journalist ihrer Zeitung aßen mit uns und fragten mir Löcher in den Bauch. Sie wollten alles erfahren über die ersten sieben Tage meiner Fahrradreise.«

Unter den Obstbäumen hindurch schritten sie einem Gemüsegarten entgegen, den eine hüfthohe Mauer aus Feldsteinen umgab. An ihr entlang trieben drei Nonnen die flügelschlagenden und schreienden Gänse mit Stockschlägen einem flachen Stall entgegen, an dessen offener Tür eine vierte Nonne stand. Die warf Maiskörner in den Stall, um das Federvieh hineinzulocken. Als die letzte Gans an ihr vorbei in die Dunkelheit des Stalles gesprungen war, warf sie die Tür zu. Das metallene Geräusch des rasselnden Riegels sorgte dafür, dass Annas Nackenhaare sich aufrichteten und ihr ein kalter Schauer über den Rücken rieselte.

»Am nächsten Tag fand ich ein Foto von mir in Susans Blatt, der *New York World*.« Sie riss ihren Blick vom Stall los, der vom Schnattern und Tröten der Hausgänse tönte. »Den Artikel darunter kann ich noch heute fast auswendig hersagen: *Gestern Morgen kam Mlle. Londonderry in Manhattan an. Auf dem Weg in unsere Stadt habe sie viel Freundlichkeit und Hilfsbereitschaft erfahren, berichtet sie. Radelnde Männer und Frauen haben sie über viele Meilen begleitet, sogar Tramps seien ihr zuvorkommend begegnet.* So ungefähr begann er, bevor er von der Wette, meiner Arbeit, meinem Start in Boston und von euch, meiner Familie, berichtete. Am Schluss hieß es: *Dem hübschen Gesicht der Fahrradfahrerin, aus dem zwei wunderschöne braune Augen leuchten, sieht man ihre slawische Herkunft an.*«

Anna erzählte von Susan Anthony, deren Zeitungsredaktion und von dem Vertrag, den Josephines Freundin damals mit ihr abgeschlossen hatte. »Der verpflichtete mich, ein Reisetagebuch zu führen, im Gegenzug garantierte mir die *New York World* die Veröffentlichung meiner Einträge. Dafür zahlte sie mir einen derart ansehnlichen Vorschuss aus, dass ich ein Konto in Manhattan einrichten musste. Und für jeden Beitrag sicherte man mir zusätzlich ein sehr gutes Honorar zu. Nach drei Wochen in Manhattan stieg ich aufs Rad und fuhr endlich weiter.«

»Nach drei Wochen erst?« Annas Tochter blieb stehen und musterte sie zweifelnd. »Warum um Himmels willen hast du dich solange in New York aufgehalten, wo du doch bloß fünfzehn Monate hattest, um die Welt zu umrunden und die Wette zu gewinnen?«

»Vergiss nicht, dass mich die Wettbedingungen dazu verpflichteten, im selben Zeitraum auch fünftausend Dollar einzunehmen. Der Vertrag mit Susans Zeitung und die Honorare für meine Reiseberichte waren ein solider Grundstock für diesen Betrag. Aber ich konnte das Konto dafür nur mit dem Einverständnis deines Vaters einrichten, und das dauerte. Josephine musste ihn tagelang beknien, bis er mir endlich seine Einwilligung nach New York schickte.«

Die andere, die bis hierher reglos zugehört hatte, wandte sich ab, ging weiter und öffnete das Gatter zum Gemüsegarten.

»Noch länger allerdings dauerte es, bis Susans Schneider meine neue Garderobe genäht hatte.« Vorbei an Beeten und Äckern folgte Anna ihr mit zwei Schritten Abstand.

»Du hast dir neue Kleider schneidern lassen?« Wieder blieb die Nonne, die ihre Tochter war, stehen und schüttelte fassungslos den Kopf. »Warum das denn!? Das muss doch den Großteil deines Geldes sofort wieder verschlungen haben!«

»Das kannst du laut sagen! Doch was blieb mir übrig? Mit Korsett, Mieder, enger Bluse und langem Rock wäre ich nicht einmal bis nach Chicago gekommen!« Vorbei an Salatbeeten und einem halb abgeernteten Kohlacker gingen sie nebeneinanderher auf ein flaches Gebäude zu, das an eine turmlose Kapelle grenzte. »Ich ließ mir eine weite Hemdbluse und einen kürzeren und weiteren Rock nähen und dazu eine Bloomers, die ich darunter tragen konnte.«

»Bloomers?«

»Eine Art Pluderhose. So etwas trugen damals nur besonders mutige Großstädterinnen, vielleicht erinnerst du dich.«

»Ich erinnere mich jedenfalls noch genau, wie entsetzt Vater war, als er in der Zeitung las, dass du in Männerkleidung unterwegs bist.« Ein Lächeln huschte über Mollies Miene, das gefiel Anna und entspannte sie ein wenig. »Tante Bertha und Esther Glass konnten sich gar nicht mehr beruhigen. Sie schimpften wie die Rohrspatzen, als sie einmal ein Zeitungsfoto fanden, auf dem du in Hosen zu sehen warst.« Sie deutete zu dem Flachbau auf der anderen Seite des Gemüsegartens, das Refektorium offenbar, und fasste nach Annas Arm, um sie auf den Weg zu lotsen, der dorthin führte. Es war das erste Mal seit dem Wiedersehen, dass sie Anna von sich aus berührte.

»Geschimpfe und Getratsche begegneten mir auf Schritt und Tritt, nachdem ich mich einmal entschieden hatte, Hosen zu tragen.« Anna blies verächtlich die Backen auf und winkte ab. »Damit konnte ich umgehen. Wirklich schlimm jedoch war die Hitze, die New York City in jenen Tagen lähmte. Die hielt mich lange in der Stadt fest, denn an Fahrradfahren ist bei Temperaturen weit über dreißig Grad nicht zu denken, jedenfalls nicht mit dem schweren Columbia-Rad. New York war ein Backofen im Sommer 1894, und nicht nur die Stadt – der ganze Staat, ja die ganze Ostküste! Unmöglich, weiterzufahren! Erst, als die Hitzewelle Ende Juli nachließ, habe ich mich wieder in den Sattel getraut.«

»Um nach Chicago zu fahren, nicht wahr? Onkel Bennett musste mir jeden Zeitungsartikel über dich vorlesen, den er fand. Leider berichteten die Bostoner Blätter mit der Zeit immer seltener.«

Anna nickte. »Je weiter ich nach Westen kam, desto weniger Kontakt hielten die Regionalzeitungen untereinander.« Wie glücklich dieser Umstand für sie selbst war, verschwieg sie lieber. Denn hätten die Redaktionen in Boston oder New York City gute Verbindungen zu den Zeitungen in Rochester oder Cleveland gepflegt, wären die Widersprüche in ihren Interviews schnell aufgefallen.

»An die Fahrt nach Chicago denke ich nur ungern zurück«, sagte Anna, »und an die Stadt selbst lieber gar nicht. Sie war damals ein schmutziger, chaotischer Moloch, erfüllt vom Getümmel und Geschrei unüberschaubarer Menschenmassen, die Tag für Tag hineinströmten. Ich kam in der letzten Septemberwoche dort an, ich glaube, es war der vierundzwanzigste.«

»So lange hast du für die sechshundertfünfzig Meilen nach Chicago gebraucht?«, staunte die Nonne. »Zwei Monate? Wie ist das möglich, wo du doch für die knapp dreihundert Meilen nach New York nur eine Woche unterwegs warst!?«

»Es ist eine entsetzliche Fahrt gewesen, kräftezehrend und ekelhaft.« Anna schüttelte sich und atmete tief. »Nichts als Verzweiflung und Erschöpfung, wenn ich zurückdenke, nichts als Staub, Dreck, Kälte und Hunger. Ich habe nur wenige glückliche Stunden erlebt auf jener Strecke, dafür viel zu viele Tage voller Schmerzen und Gefahr. Als ich schließlich wie durch ein Wunder dennoch in Chicago ankam, war mir klar, dass ich es unmöglich schaffen konnte, in fünfzehn Monaten um die Welt zu radeln. Es würde mir ja nicht einmal gelingen, vor dem Winter den Mississippi und die Prärie zu überqueren, geschweige denn die Rocky Mountains.« Sie seufzte und winkte ab. »Um es kurz zu machen: Ich kapitulierte, noch bevor ich die ersten Rauchsäulen über den Dächern Chicagos zu sehen bekam.«

»Du hast aufgegeben?« Verblüfft schaute die andere sie an. »Ist das wahr?«

»Wenn ich es dir sage!«

»Und bist trotzdem weitergefahren?«

»Ich kann es selber nicht begreifen, bis heute nicht.«

»Du hättest auf deine innere Stimme hören und wirklich aufgeben sollen. Gott selbst hat durch sie zu dir gesprochen, da bin ich ganz sicher!«

»Erschöpfung und Schmerzen sprachen zu mir.«

»Es war Gottes Stimme!«, widersprach Mollie. »Schon, dass du einen Rückzieher machen wolltest, als du noch in Boston gewesen bist, ist ganz gewiss durch Seine Eingebung geschehen!«, erklärte sie im Brustton der Überzeugung. »Was für ein Jammer, dass die Frau des Professors dir dann doch wieder den Kopf verdreht hat! Aber spätestens in Chicago hättest du in einen Zug nach Boston steigen und zu uns zurückkehren müssen.«

»Ich kann's mir kaum verzeihen, dass ich's nicht getan habe«, sagte Anna leise, »doch hätt' ich's getan, könnt ich's mir noch weniger verzeihen.«

»Wegen des vielen Geldes, das auf dem Spiel stand?«

Anna zuckte mit den Schultern. »Vielleicht auch deswegen, ja.«

Vor der Hintertür des Refektoriums blieb Mollie stehen und musterte Anna so kühl, dass es wehtat. »Viele in der Spring Street waren arm, eigentlich alle unsere Nachbarn.« Nicht nur in ihre Miene, auch in ihre Stimme waren Vorwurf und Abweisung zurückgekehrt. »Und dennoch hatten alle genug, um zu leben. Genau wie wir.«

Anna ballte die Fäuste und rief: »Aber wenn sich doch die Möglichkeit bietet, Ghetto und Armut zu entfliehen?!« Beschwörend schaute sie ihrer Tochter ins Gesicht.

»Gott hätte uns weiterhin zukommen lassen, was wir brauchten.«

»Mit einem Vater und Gatten, der jeden Tag in die Synagoge rennt und selbst auf den offensichtlichsten Betrüger reinfällt?«

»Man muss sich in sein Schicksal fügen.«

»Nein!« Anna schlug mit der Faust gegen den Türpfosten. »Man hat nur *ein* Leben, Mollie, und aus diesem einen, unwiederholbaren Leben muss man so viel machen wie nur irgend möglich! Diese Überzeugung hat mich weit mehr angetrieben als die Aussicht auf Reichtum und eine anständige Wohnung in einem lebenswerten Stadtviertel.«

Die andere betrachtete sie schweigend, während sie die Hand auf die Türklinke legte. Nicht die geringste Spur von Verständnis zeigte sich in ihrem Blick – als hätte Anna Chinesisch gesprochen, so schaute ihre Tochter sie an.

Schließlich drückte sie die Klinke herunter und sagte mit gesenkter Stimme: »Achte bitte wenigstens im Speisesaal darauf, mich nicht Mollie, sondern Schwester Thaddea zu nennen.« Sie trat zur Seite, um Anna vorbeizulassen, und schloss dann die Tür hinter sich. Und wieder dieser Blick voller Befremden und Ablehnung, doch diesmal wenigstens ein wenig nachdenklicher.

»Wie kam es denn dazu, dass du am Ende doch nicht kapituliert hast?«, fragte sie, bevor sie den Speisesaal betraten.

»Das war keine plötzliche Entscheidung, sondern eher eine schleichende Entwicklung. Etwas in mir weigerte sich einfach aufzugeben, und zwar, ohne dass es mir gleich bewusst wurde. Vielleicht hatte es mit dem neuen Fahrrad zu tun, vielleicht gab die alte Indianerin den Anstoß.«

»Was denn für eine alte Indianerin?« Mollie runzelte die Brauen.

»Sie saß vor der Bahnstation von Chicago mitten im Menschengewimmel und unter einem Verschlag aus Latten und Bisonfellen. Sie war mindestens achtzig Jahre alt, eher neunzig. Auf dem niedrigen Tisch vor ihr stand eine halbvolle Whiskyflasche, daneben lagen zwei Ledersäckchen. Aus dem einen stopfte sie gerade Tabak in ihre Pfeife, als ich sie entdeckte …«

Zukunft

Chicago, Illinois, 25. September 1894

Die alte Indianerin fiel ihr auf, weil sie nahezu reglos unter einem Felldach hockte und weil ein paar Männer vor ihrem niedrigen Tischchen stehen geblieben waren. Niemand sonst hier auf dem Bahnhofsvorplatz saß oder stand – alles rannte, schlurfte, hetzte, hinkte, lief. Wie ein verkrüppelter Baum wirkte die Greisin in all dem Gewoge und Getümmel, wie eine düstere Skulptur. Annies Schritt stockte, während sie zu ihr hinsah.

Die Luft dröhnte vom Rattern einfahrender Züge, vom Geblöke unzähliger Rinder, vom Stampfen anrollender Lokomotiven. Aberhunderte Menschen strömten von den Bahnsteigen und aus der Bahnhofshalle oder in sie hinein, tausende schoben sich in langen Kolonnen die Straße zur Innenstadt hinunter oder von dort herauf zum Bahnhofsvorplatz. Annie, die eigentlich nur zwei Briefe zur Poststation bringen wollte, hatte das Gefühl, mitten in eine Völkerwanderung geraten zu sein. Wohin wollten sie, all diese Leute? Woher kamen sie? Die Greisin, die dort ungerührt von Lärm und Gewühl an ihrem schiefen Tischchen hockte, schien die Einzige zu sein, die keinem Ziel entgegenhastete.

Annie blieb stehen, vergaß ihren schmerzenden Rücken

und ihren wunden Hintern und lugte zu ihr hinüber, denn etwas an der Indianerin zog sie an. Wahrscheinlich ihr dunkles von tausend Furchen durchzogenes Gesicht, das eher einem verwitterten, aus uralten Zeiten gefallenen Felsbrocken ähnelte als einer menschlichen Miene. Oder lag es an ihrem langen, zu zahllosen Zöpfen geflochtenen Weißhaar, dass Annie ihren Weg zur Poststation nicht fortsetzen mochte? Oder an der Art, wie die Greisin ihre Pfeife stopfte?

Während sie nämlich mit den Fingern der Rechten den Tabak aus einem Lederbeutel pulte und ihn in den Kopf ihrer Pfeife stopfte, hielt sie die mit derselben Hand fest. Kein einziges Mal schaute sie hin dabei, denn ihre ganze Aufmerksamkeit galt der Handfläche eines Mannes, die in ihrer Linken ruhte. Der Kerl, ein Cowboy mit speckigem Hut, schmutzigem Hemd und staubigen Lederchaps, hockte seltsam steif auf einer Kiste der Alten gegenüber an dem niedrigen Tischchen und beobachtete sie mit lauerndem Blick.

Annie vermutete, dass er mit dem langen Zug aus dem Westen gekommen war, der etwas abseits des Bahnhofs bei den Viehkoppeln gehalten hatte und aus dessen Waggons noch immer die dampfenden Leiber blökender Longhorn-Rinder quollen.

Jetzt klemmte die Indianerin die Pfeife zwischen ihre schwärzlichen Zähne, während sie sich tiefer über die Hand des Mannes beugte.

Irgendetwas geschah zwischen den beiden, etwas Spannendes, etwas, das Annie glaubte, sich nicht entgehen lassen zu dürfen. Also machte sie kehrt, drängte sich zwischen die Schaulustigen, die sich vor dem Verschlag der alten Indianerin versammelt hatten, und steckte die beiden Briefe erst einmal zurück in ihre Jackentasche.

Einer war an Josephine und John Dowe gerichtet, der andere an den deutschen Grafen und Schriftsteller Jakob von

Waldmann. *Es tut mir unendlich leid*, hatte Annie den Dowes geschrieben, *doch ich schaffe es nicht. Ich kann nämlich mit geschlossenen Augen meine Knochen zählen, dazu muss ich in Gedanken einfach nur von Schmerz zu Schmerz springen. Lieber gebäre ich noch einmal drei Kinder, als auch nur eine weitere Meile nach Westen zu radeln.*

Dem Deutschen hatte sie einen Bericht über ihre qualvolle Radreise von Manhattan nach Chicago ins Kuvert gesteckt und nur wenige Zeilen dazugeschrieben: *Warten Sie bitte nicht in San Francisco auf mich, Jakob, ich schaffe es vor Wintereinbruch nicht über die Rocky Mountains. Oder, um gleich die ganze Wahrheit zu schreiben: Ich werde sie niemals überqueren, denn ich habe die Weltumrundung aufgegeben. Sobald ich ein wenig Kraft geschöpft habe, werde ich hier in Chicago in die Eisenbahn steigen und nach Hause fahren.*

Es waren ausschließlich Männer, die bei der alten Indianerin stehen geblieben waren: Viehhändler, Eisenbahner, Agenten der Chicagoer Schlachthäuser und zwei Cowboys. Alle machten Annie bereitwillig Platz, wobei sie die hübsche junge Frau mit dem schwarzen Haar und der schlanken, beinahe dürren Gestalt (die knapp siebenhundert Meilen nach Chicago hatten Annie acht Kilogramm gekostet) neugierig musterten; zunächst mit wohlgefälligem Lächeln, dann, als ihre Blicke Annies Pluderhosen entdeckten, mit Befremden und kritisch gerunzelten Brauen.

Annie, die sich angewöhnt hatte, Männerblicke nur beiläufig zu registrieren, beobachtete die greise Indianerin, die jetzt mit den Fingern ihrer Rechten ein Schwefelholz aus einer Schachtel fummelte, es am Tischbein anriss und ihre Pfeife entzündete.

»Ich will wissen, wann ich endlich eine Frau finde«, sagte der Cowboy, dessen Hand auf ihrer Linken lag.

Die Männer um Annie herum feixten. Die Indianerin aber studierte mit ernster, nahezu feierlicher Miene die Handfläche ihres Gegenübers, wobei sie stumm die Lippen bewegte. Nur manchmal drang ein heiseres Krächzen aus ihrer Kehle. Schließlich klemmte sie die dampfende Pfeife zwischen die Zähne, fuhr mit krummen, knochigen Fingern die Handlinien des Cowboys nach, der unruhig auf seiner Kiste hin- und herrutschte, und begann, unverständliches Zeug zu murmeln. Dabei malte sie vor seinem Gesicht ein paar Zeichen in die Luft, bevor sie kräftig an ihrer Pfeife saugte und den Rauch erst auf die Männerhand, dann gegen die Bisonfelle über sich blies und schließlich ins Gesicht des Mannes.

Der musste husten, wobei er die Greisin aus tränenden Augen so erwartungsvoll anstarrte, als hielte er sie für eine Botin des Allmächtigen. Die Männer um Annie herum schmunzelten, die beiden Cowboys lachten sogar laut.

Als Nächstes öffnete die Indianerin das Ledersäckchen neben ihrem Tabaksbeutel und bedeutete dem immer noch Hustenden hineinzugreifen. Der Mann holte ein paar kleine weiße Stäbchen heraus, und als er erkannte, dass es Handknöchelchen waren, ließ er sie vor Schreck auf den Tisch fallen. Die Indianerin blies den Rauch darüber, beugte sich in die Rauchwolke und betrachtete die Knöchelchen ähnlich konzentriert wie zuvor die Handfläche des Mannes.

Es wurde still am Tisch, und Annie spürte, dass es den meisten Männern ging wie ihr: Sie hielten den Atem an.

»Ihr seid zu dritt«, krächzte die Alte schließlich in gebrochenem Englisch.

Es war das erste Mal, dass sie überhaupt etwas sagte, und ein Tuscheln ging durch die Menschentraube. Die beiden Lacher, die seitlich des Tisches standen, guckten einander verblüfft an. Sie waren ähnlich gekleidet wie der Mann, für den die Greisin in die Zukunft schaute, und Annie begriff, dass die drei zusammengehörten.

»Ich seh' Reichtum«, sagte die Indianerin mit einer Stimme wie das Rascheln des Vorjahrslaubes unter den Sohlen, »gefährlichen Reichtum. Ich seh' eine Reise, gefährliche Reise. Und ich seh' einen gefährlichen Mann. Zu dritt brecht ihr auf, aber jeder kommt allein an sein Ziel, und für einen von euch ist das Ziel sein Grab.«

Annie erschauerte und beobachtete erschrocken den Cowboy, während es um sie herum wieder auffällig still wurde. Dem Mann sank der Unterkiefer nach unten, und in den Gesichtern seiner beiden Begleiter erlosch auch die letzte Spur von Heiterkeit.

»Verdammte Rothaut!« Der Cowboy klang wütend und weinerlich zugleich. »Ich will einfach nur wissen, wann ich heiraten werde!«

»Woher soll ich's wissen, Trottel?«, zischte die Schamanin (dafür jedenfalls hielt Annie sie inzwischen). »Wenn's der Große Geist mir doch nicht sagt?« Unwillig griff sie erneut nach seiner Hand und beugte sich darüber. »Hab' gesagt, was ich sehe, einer von euch muss ins Grab. Kann ich wissen, ob du's bist, wenn der Große Geist mir's nicht verrät?«

Die Männer um Annie herum feixten nun wieder oder lachten ganz offen, nur die beiden Freunde des Cowboys fanden die Worte der Schamanin wenig lustig. Der eine guckte sehr griesgrämig, der andere lächelte gequält. Die Wahrsagerin aber nahm plötzlich die Pfeife aus dem Mund und beugte sich tiefer über die Männerhand, wobei ihre verwitterte Miene verriet, dass sie etwas Unerwartetes in deren Linien entdeckt hatte. »Selbst wenn *du's* sein solltest –«, verkündete sie feierlich, während sie sich aufrichtete, »– zuvor wirst du noch heiraten. Oder wenigstens ein Kind machen.«

»Wirklich?« Ins Gesicht des Cowboys kehrte die Farbe zurück. »Bist du ganz sicher?« Die Greisin nickte und streckte ihm fordernd ihre ledrige Hand hin. Er strahlte sie an und fragte: »Wie viel?«

»Was es dir wert ist.«

Der Mann drückte ihr ein paar Münzen in die Hand, stand auf und ging mit seinen beiden Kumpanen davon, die sich plötzlich heiter schwatzend gegenseitig auf die Schultern klopften, als hätte die zweite Voraussage der Greisin die erste ungesagt gemacht.

Da saß Annie schon vor dem Tischchen der Indianerin – nur halb, denn die andere Hälfte der Kiste machte ihr einer der Männer streitig, ein Eisenbahner mit rußigem Gesicht und schmutzigen Fingern.

»Ich hab zuerst gesessen«, blaffte er.

»Irrtum, Mister«, entgegnete Annie. »Außerdem stand ich lange vor Ihnen hier.«

»Red keinen Quatsch, Mädel.« Mit Schultern und Hüfte versuchte der Mann, sie von der Kiste zu drücken. »Verpiss dich schon.«

»Flegel!«, zischte Annie und stand blitzartig auf, wobei sie die Kiste mithochriss, sodass der Mann in den Staub stürzte. Ringsum erhob sich Gelächter, manche klatschten, einer pfiff. Die alte Indianerin saugte seelenruhig an ihrer Pfeife und blinzelte in die Menge.

Die Kiste in der Rechten schaute Annie zu, wie der Mann sich fluchend auf den Knien aufrichtete. Weil er Anstalten machte, auf sie loszugehen, hielten zwei andere ihn fest, und ein dritter, besonders großer Kerl, schob sich zwischen ihn und Annie.

»Zur Abwechslung benehmen wir uns jetzt mal, wie es sich für einen Gentleman gehört, und lassen der Lady den Vortritt«, sagte er mit drohendem Unterton, »oder was meinst du, Freundchen?« Er klopfte dem wütenden Eisenbahner auf die Schulter, ließ seine Hand dort liegen und schob ihn zurück in die Menge der Schaulustigen. Annie stellte die Kiste ab, setzte sich und streckte der Indianerin die Rechte hin.

Was um alles in der Welt war bloß in sie gefahren? Sie hatte doch kapituliert, hatte längst beschlossen, ihre Radtour um die Welt abzubrechen! Was tat sie dann hier, was sollte die Indianerin ihr denn außerdem aus der Hand lesen? Annie konnte sich selbst nicht erklären, warum sie Prügel riskierte, um möglichst schnell an diesem Tisch, vor dieser Wahrsagerin sitzen zu können. Sie wusste nur, dass sie unbedingt hören wollte, was die Alte über ihre Zukunft zu sagen hatte.

Die zog erst einmal den Rotz hoch, spuckte neben den Tisch und entkorkte dann ihre Whiskyflasche. Nachdem sie einen kräftigen Schluck genommen hatte, saugte sie ein paarmal an ihrer Pfeife, bevor sie sich endlich über Annies Handfläche beugte. Minutenlang betrachtete sie die Linien darin, bewegte dabei hin und wieder stumm die Lippen, pustete von Zeit zu Zeit Rauch aus ihrer Pfeife dagegen.

Annie vergaß die Männer hinter sich, vergaß das Menschengewimmel auf dem Bahnhofsvorplatz, vergaß sich selbst. Ihre Welt schrumpfte auf den Tabakrauch über ihrer Hand zusammen, auf die verwitterten Züge der Greisin, auf deren zuckende Lippen. Bis die Alte sich aufrichtete, die Knöchelchen zusammenschob, sie in Annies Hand legte und sie aufforderte, sie auf den Tisch fallen zu lassen.

Annie gehorchte, und plötzlich kroch es ihr kalt durch die Glieder: Angst! Angst, die Indianerin könnte ihr ähnlich zwiespältige Zukunftsaussichten verheißen wie dem Cowboy. Das Atmen fiel ihr schwer, so eng fühlte ihre Brust sich an.

»Du verlierst einen Kampf, wenn du so weitermachst«,

krächzte die Indianerin, während sie den Rauch gegen die ausgebleichten Knochen blies. »Ein Mann wartet auf dich.«

»Ein Mann?«, entfuhr es Annie, während sich hinter ihr Geraune und Getuschel erhob. Natürlich dachte sie an Max (an wen sonst?), hoffte aber zugleich, dass die Greisin genau ihn nicht meinte. »Was für ein Mann?«

»Weiß ich's? Kennst ihn nicht und kennst ihn doch. Musst nach Sonnenaufgang, um ihn zu sehen.«

»Nach Osten? Ich muss zurück an die Ostküste?«

»Nach Sonnenaufgang, sagt der Große Geist. Vor allem musst du deinen Mustang wechseln.«

»Was?!« Annie hatte es befürchtet: Die Alte war verrückt, redete Unsinn. Hinter sich hörte sie die Männer lachen, einer rief kichernd, dass *er* der Mann sei, den die Alte meine, ganz bestimmt, und mit einem Gaul könne er auch aushelfen.

»Lass die lachen, such du dir einen neuen Mustang.« Die Greisin blies ihr den Rauch ins Gesicht und streckte ihr fordernd die offene Hand hin.

Annie musste husten. »Plappermaul, dämliches!« Sie kramte die kleinste Münze heraus, die sie in ihrer Tasche finden konnte, und knallte sie auf den Tisch. »Altes Schwatzweib, elendes!« Unter dem Gelächter der Männer sprang sie auf, zog ihre Briefe heraus und tauchte in die Menschenmenge auf dem Bahnhofsvorplatz ein.

Sterling E Light Roadster

Auf den Straßen Chicagos flammten bereits die Gaslaternen auf, als Annie später in das große Haus des Chicagoer Fahrradclubs zurückkehrte, wo sie übernachtet hatte. Eine Menge Leute hatten sich im Untergeschoss des Clubhauses versammelt, alle wollten die Frau sehen, die sich vorgenommen hatte, um die Welt zu radeln.

Noch hatte sie ja niemandem verraten, dass daraus nichts werden würde. Nur geschrieben hatte sie es, doch die Dowes und jener deutscher Schriftsteller würden es erst in ein paar Tagen erfahren, wenn die Briefe bei ihnen ankamen. Also tat Annie, als wäre alles im Lot und sie bester Dinge.

Die Fahrradfreunde von Chicago waren wirklich nett, lauter patente Männer und Frauen. Sie gratulierten Annie zur erfolgreichen Bewältigung ihres ersten großen Streckenabschnitts, sagten, dass sie ihren mutigen Reiseplan bewunderten, versicherten, dass sie an sie glaubten, kauften ihr die letzten Autogramme und Postkarten ab. Unter elektrischer Deckenbeleuchtung hatten sie ein Buffet mit vielen Leckereien angerichtet: Sandwichs, Bohnensuppe, Birnenkompott, Würstchen, Kuchen und Bier. Sie machten es Annie leicht, ihre Schmerzen und ihre Erschöpfung mit guter Laune zu überspielen und ihren Ärger über die verlogene Indianerin endgültig zu vergessen. Zeitweise vergaß sie sogar, dass sie gescheitert war und ihren Weltumrundungsversuch aufgegeben hatte.

»Wir haben eine Überraschung für Sie, Miss Londonderry«, erklärte der Captain des Chicagoer Fahrradclubs während des Essens. Er trug eine ähnliche Fantasieuniform wie Alonso während Annies Start in Boston drei Monate zuvor. »Eine Einladung in die *Sterling Fahrradwerke* in der Carroll Avenue, morgen Vormittag. Mr. Sterling gehört unser Club seit dem Gründungstag und hat für das Treffen morgen einige Reporter eingeladen.«

Annie bedankte sich und tat erfreut, doch hinter ihrer fröhlichen Fassade rutschte ihr das Herz in die Pluderhosentasche. Ein Fahrradfabrikant? Reporter? Interviews? Sie hatte genug von Fahrrädern! Der Schmerz in Knie und Hintern wollte nicht vergehen, und die Vorstellung, als Gescheiterte nach Boston zurückkehren zu müssen, machte ihr das Herz schon schwer genug. Wie sollte sie da morgen über Fahrräder fachsimpeln und Zeitungsleuten Rede und Antwort stehen?

In der folgenden Nacht lag sie stundenlang wach und grübelte darüber nach, wie sie es anstellen könnte, dem Besuch in den Sterling-Werken zu entgehen. Doch überzeugendere Gründe als eine plötzliche Erkrankung fielen ihr beim besten Willen nicht ein.

Als sie lange nach Mitternacht endlich in unruhigen Schlaf sank, ritt sie im Traum auf einem gescheckten Longhorn-Rind einen Strand entlang. Das Rind, ein schwerer alter Bulle, trottete durch Sand und Brandung und kam kaum voran.

Am Horizont, wo Brandung und Strand mit dem Himmel verschwammen, tauchten plötzlich zwei dunkle Punkte auf. Die kamen näher, wurden zu Flecken, kamen noch näher, wurden zu Pferden. Eines war schwarz, das andere weiß.

Auf dem schwarzen saß die greise Indianerin und zog das

weiße reiterlose Pferd hinter sich her. »Du musst deinen Mustang wechseln«, krächzte sie und gab den Zügel des Schimmels frei. Der trabte zu Annie und ihrem Bullen, und Annie fuhr aus dem Schlaf.

»Mir ist übel«, sagte sie, als sie sich eine Stunde später an den gedeckten Frühstückstisch setzte, wo bereits einige Männer und Frauen des Fahrradclubs auf sie warteten. »Ich glaube, ich habe Fieber. Wir müssen den Besuch in der Carroll Avenue leider verschieben.«

Ausrufe des Bedauerns erhoben sich rund um den Tisch. Zwei Frauen und ein Mann sprangen auf und die Treppe hinauf in die Privaträume des Captains. Eine der Frauen kam mit einem Fieberthermometer zurück, die andere mit einer Tinktur gegen Magenverstimmung und der Mann mit einem Glas Cognac.

Wehrlos der Hilfsbereitschaft ihrer Gastgeber ausgeliefert, musste Annie die Tinktur einnehmen, den Cognac hinterherkippen und auf dem Thermometer ablesen, dass sie nur leicht erhöhte Temperatur hatte. Der Captain, Reverend einer Methodistenkirche, legte ihr die Hände auf den Scheitel und betete zu Jesus Christus, damit er »unsere tapfere Radfahrerin« heile, sodass sie »die Gabe, die in den Sterling-Werken auf sie wartet«, empfangen könne.

»Es geht schon viel besser, habe ich recht?«, fragte er gleich nach dem Amen.

Annie nickte ergeben und zugleich ein wenig verstört – noch nie hatte jemand in ihrer Gegenwart zu Jesus Christus gebetet; und von was für einer Gabe in den Sterling-Werken hatte der Reverend gesprochen?

Die Gattin des Captains bestellte per Fernsprecher eine Droschke, und eine halbe Stunde nach dem Frühstück zog ein Gespann von vier Pferden Annie, den Captain, seine Frau und drei weitere Chicagoer Fahrradfreunde in die Carroll Avenue zum Sitz der *Sterling Cycle Company.*

In der großzügigen Eingangshalle des Bürogebäudes begrüßte sie umgeben von einem guten Dutzend Männern ein braungebrannter drahtiger Endfünfziger mit silbergrauem Haar – der Firmenchef Mr. Sterling persönlich. »Sie glauben gar nicht, wie sehr ich mich freue, Sie kennenzulernen, Miss Londonderry!« Er küsste Annie die Hand und wollte sie danach gar nicht mehr loslassen. »Ich habe jeden Zeitungsartikel über Ihr wagemutiges Abenteuer gelesen, das können Sie mir glauben, wirklich jeden. Ich kann Ihnen gar nicht sagen, wie sehr ich Sie bewundere!«

Annie schmolz dahin unter so viel sprühendem Charme und all den Komplimenten, die der Fabrikant ihr machte. Das hatte sie lange nicht erlebt. Oder noch nie? Auf einmal schämte sie sich ihrer Entscheidung, die Radreise um die Welt aufgegeben zu haben – wegen schmerzender Glieder und einem wunden Hintern? Wo doch so viele gescheite Menschen an sie glaubten!

Äußerlich strahlend, innerlich jedoch verunsichert, blickte Annie von einem Gesicht zum anderen. Jeder hier schien von ihr gehört zu haben, jeder schien sie für eine Art heldenhafte Exotin zu halten, jeder wähnte sie unterwegs auf einer Reise um die ganze Welt. Ihr wurde heiß und kalt.

»Weil ich überzeugt davon bin, dass es sich lohnt, noch ausführlicher und vor allem professioneller über Sie und Ihre kleine Radtour zu schreiben«, fuhr Sterling fort, »habe ich diese Gentlemen hier eingeladen, die sich außerordentlich für Sie interessieren, Miss Londonderry.« Jetzt erst gab er ihre Hand frei und wandte sich den Männern zu, die ihn umgaben. Nacheinander stellte er ihr einige Reporter und Fotografen vor. Sie arbeiteten unter anderem für den *Daily Inter Ocean*, die *Chicago Sunday Times* und den *Buffalo Courier*. Einer nach dem anderen reichte Annie die Hand und erklärte ihr, wie sehr er sie bewunderte. Annie wurde es ganz schwindlig.

»Und das hier ist mein Chefingenieur Dr. Mercury.« Zuletzt wies Sterling auf einen kleinen, schmächtigen Mann in Frack und Zylinder und mit langem rötlichem Schnurrbart. Der verbeugte sich vor Annie und küsste ihr die Hand. Sie errötete.

»Kommen Sie, Miss Londonderry, Dr. Mercury wird Ihnen das Geschenk unserer Firma präsentieren, kommen Sie.« Er nahm ihren Arm und führte sie zu einem Podest, auf dem mitten in der Eingangshalle einige fabrikneue Fahrräder funkelten.

»Ich bekomme ein Geschenk?« Annie musste an die Gabe denken, die der Captain in seinem Gebet erwähnt hatte. »Ich habe doch noch gar nicht Geburtstag!« Sie lachte laut, ein wenig schrill vielleicht, doch Mr. Sterling strahlte sie an.

»Mehr als ein Geschenk, Miss Londonderry, ich werde Ihnen sogar einen Vertrag anbieten. Doch dazu später mehr, kommen Sie bitte.«

An seiner Seite ging Annie zu dem Podest, und als sie die funkelnagelneuen Fahrräder darauf sah, schwante ihr, was ihr blühte.

Der Chefingenieur und ein Mann in braunem Anzug stiegen auf die kleine Bühne und schoben eines der Räder an dessen Rand. »Ich habe alles über Sie gelesen, wie gesagt, und wissen Sie was, Miss Londonderry?« Sterling machte eine bekümmerte Miene und legte die Hand aufs Herz. »Ich habe mir Sorgen um Sie gemacht, ja, wirklich. Sie haben mir sogar herzlich leidgetan!«

»Aber warum das denn?« Annie erinnerte sich nicht daran, irgendeiner Zeitung erzählt zu haben, in welche Gefahren sie auf dem Weg zwischen New York City und Chicago geraten war und wie viel Mühe er sie gekostet hatte.

»Weil Sie auf einem schweren und unhandlichen Fahrrad reisen müssen wie das neue Columbia-Modell von Colonel Pope leider, leider eines ist. Wie kann man einer jungen, zarten Frau wie Ihnen nur zumuten, ein zweiundvierzig Pfund schweres Gerät zu lenken! Ein wahrer Elefant, dieser Columbia-Koloss. Dieses Prachtstück hier –«, er wies auf das Fahrrad, das die beiden Männer auf dem Podest festhielten, »– ist dagegen ein Rennpferd. Bitte, Dr. Mercury, erläutern Sie Miss Londonderry unser Geschenk.«

»Das Goldstück nennt sich *Sterling E Light Roadster* und wiegt nur zwanzig Pfund«, erklärte der Chefingenieur. »Extra für Sie gebaut, verfügt es über Hartholzfelgen und eine spezielle Bremse, die greift, wenn Sie rückwärtstreten, und den lästigen Bremshebel an der Lenkstange überflüssig macht. Damit ist unser *Sterling E Light Roadster* jedem anderen auf dem Markt angebotenen Vehikel um ein Vielfaches überlegen.«

Mercurys Loblied auf seine Konstruktion rauschte an Annie vorbei, so hingerissen war sie vom Anblick des eleganten Gefährts. Zwar war es ein Herrenrad wie das Columbia-Modell auch, doch mit seinem grazilen elfenbeinfarbenen Rahmen und den goldgeprägten Namenszügen darauf sah es unvergleichlich schöner aus.

Sie schwang sich in den Sattel, nachdem Mercury seine Lobpreisung beendet und sie das Fahrrad eigenhändig vom Podest gehoben hatte. Es fühlte sich so leicht an, dass sie es erst einmal ein paar Schritte weit tragen musste, bevor sie unter dem Beifall der Männer und Frauen schließlich drei Runden um das Podest herum radelte.

»Es fährt sich wunderbar!«, rief sie. »Es rollt wie von selbst!«

»Ein rassiges Rennpferd!«, rief Sterling. »Habe ich's nicht gesagt?«

Und da zuckte es wie ein Kugelblitz durch Annies Kopf: ihr

Traum heute Nacht! Die Weissagung der Greisin gestern! Ihre Rede vom Mustang, den sie wechseln sollte! Die Einsicht ging ihr durch und durch, und etwas wie ein heiliger Schrecken ergriff sie, sodass sie mit dem neuen Fahrrad ins Trudeln geriet, zu stürzen drohte und gerade noch abspringen konnte.

»Um Gottes willen!« Händeringend lief Sterling zu ihr. »Macht mein Geschenk Ihnen etwa Probleme?«

»Aber nein, Sir!« Annie überspielte ihre Verwirrung mit hellem Lachen. »Es überwältigt mich einfach. Außerdem habe ich schlecht geschlafen und bin ein wenig unpässlich heute.«

»Oh! Das tut mir leid!« Sterling dreht sich um und klatschte in die Hände. »Bringt den Sekt und das Gebäck bitte, Miss Londonderry braucht dringend eine Stärkung!«

Annie schob ihr neues Fahrrad zu einer Sitzecke, die man am Durchgang zur Werkshalle aufgebaut hatte. Bei Sekt, Biskuits und Käsehäppchen schlug Sterling ihr vor, ihre Reise mit dem Werbebanner der *Sterling Cycle Company* fortzusetzen, und bot ihr 3.500 Dollar dafür an. »Sie müssten nichts weiter tun, als mit dem Namenszug meiner Firma durch die Welt zu radeln.« Er grinste wie ein listiger kleiner Junge. »Und sich hin und wieder lobend über mein Rennpferd zu äußern.« Er legte den Kopf schief und deutete eine Verbeugung an. »Vorausgesetzt natürlich, Dr. Mercurys Konstruktion überzeugt Sie?«

Insgeheim glaubte Annie zu träumen. Sie fühlte deutlich, wie der Boden unter ihrem Sessel schwankte. Verwirrung ergriff sie, denn Schmerzen und Erschöpfung waren wie weggeblasen und ihre Kapitulation nur noch eine blasse Erinnerung.

Äußerlich ließ sie sich ihre Erschütterung nicht anmerken, im Gegenteil: Sie lachte ihr anmutigstes Lachen, hob ihren Sektkelch, stieß mit Sterling an und erklärte: »Wie könnte ich so ein Angebot ablehnen? Darf ich dennoch eine Nacht darüber schlafen, Mr. Sterling?«

Inzwischen hatten die Zeitungsfotografen ihre Kameras aufgebaut. Annie musste sich neben ihr nagelneues Fahrrad stellen und fotografieren lassen und, während Magnesiumladungen die Halle erleuchteten, weitere Runden um das Podest drehen. Sie ahnte ja nicht, dass in diesen Minuten Bilder entstanden, die bald um die Welt gehen würden.

Sterling persönlich schenkte ihr neuen Sekt ein, nachdem sie wieder in ihrem Sessel Platz genommen hatte, und dann schlug die Stunde der Reporter.

»Erzählen Sie, Miss Londonderry.« Die Männer zückten Notizblöcke und Stifte. »Wie ist es Ihnen ergangen, seit Sie in Boston zu Ihrer Weltreise aufgebrochen sind?«

Das ist inzwischen vollkommen gleichgültig, wollte Annie eigentlich sagen, *darüber muss kein Mensch mehr schreiben, ich habe die elende Plackerei auf dem Fahrrad nämlich aufgegeben. Soll doch sonst wer so wahnsinnig sein, mit dem Fahrrad um die Welt fahren zu wollen!* Aber keiner dieser Sätze fand den Weg über ihre Lippen. Stattdessen leerte sie ihr Sektglas zur Hälfte, dachte an ihren neuen Mustang, schaute in die leuchtenden Augen von Mr. Sterling und der Männer ringsum und fragte: »Wollen Sie das wirklich wissen, Gentlemen?«

»Aber ja doch!«, rief ein junger blonder Journalist aus Buffalo, der sie an den hübschen Joshua erinnerte. »Bitte erzählen Sie, Miss Londonderry!«

Annie winkte ab. »Der Weg nach New York City war ein Spaziergang gegen die Fahrt hierher in Ihre Stadt.« Es gefiel ihr, als Miss angesprochen zu werden, als unverheiratete Frau; auch stieg ihr der Sekt allmählich in den Kopf. »Schrecklich, sage ich Ihnen, alles andere als ein Honigschlecken! Glauben Sie mir bitte: Diese zwei Monate werde ich mein Leben lang nicht vergessen.«

Bisher hatte Annie Einzelheiten ihrer Erlebnisse auf dem

Weg zwischen New York City und Chicago lediglich ihrem Reisetagebuch anvertraut, das sie für die *New York World* führte. Diese nun vor den Ohren von Zuhörern (und gleich so vielen!) zu schildern fiel ihr schwer. Schon, während jetzt erste Erinnerungen in ihr hochstiegen, kroch ihr ein schlechter Geschmack auf die Zunge, ein Geschmack nach Versagen, Resignation und Verzweiflung. Wie hasste sie diese Gefühle!

»Welche Erfahrung erscheint Ihnen im Rückblick als die schlimmste, Miss Londonderry?«, wollte der Blonde wissen.

»Von schlimmen Erfahrungen gab es so viele, dass ich gar nicht weiß, mit welcher ich beginnen soll.« Wieder winkte Annie ab, seufzte und nahm noch einen Schluck Sekt. Das half, und schließlich begann sie zu erzählen. »Erinnern Sie sich nur an die Hitze, die noch Ende Juli die gesamte Ostküste gelähmt hat, Gentlemen! Und ich mit Korsett, Strümpfen, langem Rock und schwerem Fahrrad in praller Sommersonne! Und dann: Außer in einigen größeren Städten wie Buffalo oder Cleveland finden Sie ja kaum befestigte oder gar gepflasterte Straßen zwischen New York City und Chicago. Aber radeln Sie mal tagelang über einen Ascheweg zwischen zwei Bahngleisen, auf denen alle zwei Stunden Fernzüge in beiden Richtungen an Ihnen vorbeidonnern, da kommen Sie aus dem Husten gar nicht mehr heraus und preisen Gott, wenn Sie endlich einen Teich oder einen Fluss finden, in dem Sie Ihre Kleider und sich selbst waschen können …«

Story vom Strauchdieb

Eine Scheune in der Gegend von Pittsburgh, 27. August 1894

Der Fluss ist nicht tief, ich kann bis auf den Grund sehen. Irgendein Nebenarm des Ohio (den Namen verrät mir mein Radführer nicht). Die Mündung in den Ohio kann nur wenige hundert Schritte entfernt liegen, ich höre nämlich das Stampfen eines Flussdampfers. Ich schau' mich um, nach allen Seiten, und das mindestens dreimal, denn ich bin splitternackt.

Mit den Zehenspitzen taste ich mich zum Ufer voran, bieg' das Schilf zur Seite, werfe meine zusammengeknüllten Kleider ins Gras, steig' in den Fluss. Gütiger Himmel, was für eine Wohltat! Noch jetzt, drei Tage später, während ich vor dieser alten Scheune sitze und schreibe, spüre ich die Erfrischung auf meiner erhitzten Haut.

Ich lass mich sinken, tauch' ein bis zur Hüfte, bis zu den Brüsten, bis zum Hals. Herrlich! Prickelnde Kühle dringt in meine schmerzenden Kniegelenke, lindert das Brennen auf meinem wunden Hintern.

Das Wasser um mich herum färbt sich grau. Ich tauche unter, wasche mein heißes Gesicht, meine Füße, meinen Hintern, mein Geschlecht. Zum Schluss rubbele ich mir das Haar. Beim Auftauchen tragen die Wellen dunkle Schmutzschlieren davon. Das wundert mich nicht: Der Aschestaub setzt sich vor allem in den Haaren fest, das habe ich schon an den ersten Tagen gemerkt.

Und natürlich in meinen Kleidern. Obwohl die Strömung nicht besonders stark ist, muss ich ein paar Meter flussaufwärts schwimmen, um wieder dorthin zu gelangen, wo ich sie abgelegt habe. Ich ziehe sie vom Ufer, tauche sie ins Wasser – wringe und tauche und wringe und spüle und wringe wieder; Stück für Stück: die Bluse, den Rock, die Hose, die Wäsche, die Strümpfe, und jedes Mal breiten sich graue Wolken im klaren Wasser aus.

Anschließend werfe ich die leidlich gesäuberten Kleider so weit wie möglich in die Uferwiese hinein. Eine Weile lass ich mich noch treiben, tauche zur Flussmitte hin, schwimme, lass mich von den der sanften Strömung auf dem Rücken wiegen, blinzle in die Abendsonne und spüre, wie mir die Kühle in die Glieder, in die Knochen sickert, wie sie die Erschöpfung aus meinen Muskeln treibt.

Ein Schwanenpaar schwimmt vorüber und beäugt mich streng, als ich im Schilf aus dem Fluss steige. Ich klaube meine Kleider aus dem Gras zusammen, drücke das nasse Knäuel gegen Brüste und Geschlecht und laufe ein Stück flussabwärts zu dem alten Hausboot, in das ich mein Fahrrad gestellt habe. Oben auf der Bahntrasse stampft eine Lokomotive heran, schon sehe ich ihre Rauchsäule über den Baumwipfeln aufsteigen. So schnell ich kann springe ich durchs Gras, niemand soll mich nackt sehen, und wenn die Lok einen Personenzug zieht, könnte das passieren. Das Stampfen wird lauter, zu spät: Ich ducke mich ins Gras, bis die Eisenbahn vorübergerattert ist.

Danach ab ins Hausboot, noch einmal die Kleider auswringen, sie glatt ziehen und in die Weiden am Ufer hängen. Ein wenig Abendsonne werden die feuchten Sachen ja noch abkriegen. Ich wickle mich in die Decke, die mir Susan in Manhattan besorgt hat, lege mich ins Heu, das ich mitten im Hausboot aufgeschichtet habe, und weil ich todmüde bin von der stundenlangen Strampelei, schlafe ich sofort ein.

Sicher habe ich mich erst daran gewöhnen müssen, alle drei oder vier Tage im Freien zu schlafen. Anfangs hat die Angst mich im Griff gehabt – jeder Vogelruf, jedes Rascheln, jedes noch so leise Knacken hat mich aus oberflächlichem Schlaf gerissen. Doch schon nach zwei Wochen fand ich in Scheunen, unter Brücken und in alten Jagdhütten genauso tiefen Schlummer wie in Hotelzimmern oder den Schlafkammern der Fahrradclubs. Wer müde genug ist, kann überall schlafen. Und das bin ich: müde genug. Und jeden Tag werde ich müder.

Im ersten Morgenlicht schäle ich mich aus meiner Decke, springe kurz in den Fluss und esse dann das Obst, das ich am Vortag auf einem Markt gekauft habe (den Namen der Stadt habe ich vergessen). Nach dem Frühstück trinke ich Wasser aus dem Fluss (wie eine Füchsin oder ein Reh), zupfe die Kleider aus dem Geäst der Weide und winde mich hinein. Ein Stündchen Morgensonne haben sie noch abgekriegt, die Restfeuchtigkeit muss ihnen der Fahrtwind austreiben.

Ich friere, während ich das Fahrrad zur Bahntrasse hinaufschiebe, ich friere so sehr, dass ich zittre. Nasse Kleider wärmen nicht, nicht einmal an einem warmen Augustmorgen, und vor lauter Bibbern brauche ich drei Anläufe, bis es mir gelingt, das schwere Rad über Schotter und Gleise zu schieben und zu zerren. Seit einer Woche fahre ich nämlich auf der Bahntrasse zwischen den Gleisen auf einem von Asche bedeckten Weg, den mein Radführer für den Fall empfiehlt, dass die reguläre Straße verschlammt ist. Und nach vier Regentagen ist sie mächtig verschlammt.

Die Sonne steigt ihrem Zenit entgegen, die Luft flimmert vor Hitze, saugt die Morgenfeuchte aus dem Ascheweg, und bald zieht mein Columbia-Rad wieder eine Staubwolke hinter sich her. Hinter mir stört sie mich nicht, doch manchmal habe ich Rückenwind, dann radle ich mittendrin und huste mir die Seele aus dem Leib.

Am Abend wasche ich mich und meine Kleider an der Pumpe

eines Brunnens auf einer Farm am Südrand von Youngstown. Knechte beobachten mich von der Veranda des Farmhauses aus, doch ich bin zu müde, um mich zu genieren.

Unterwegs hat meine Monatsblutung eingesetzt, herzlichen Glückwunsch! Gott sei Dank hilft mir die Frau des Farmers mit Binden aus – für einen Dime. Zum Essen lädt sie mich nicht ein, und Schmierseife für meine Wäsche will sie nur gegen einen Penny rausrücken. Für ein Stück Brot und eine Schüssel Bohnensuppe verlangt sie einen Quarter. Gnadenloser Wucher! Meinem knurrenden Magen ist das allerdings egal. Immerhin gestatten mir die Farmerleute, für eine Nacht Quartier in ihrem Pferdestall zu beziehen. Gratis. Wie überaus gnädig!

Am nächsten Tag dann, am frühen Nachmittag, geschieht, wovor ich mich seit langem fürchte: Abgerissen und verwahrlost wirkende Männer stapfen mir auf den linken Gleisen entgegen. Zwei Tramps. In Haltung und Gestik lese ich: An uns kommst du nicht ungeschoren vorbei.

Sie müssen von einem Waggon des Zuges gesprungen sein, der vor einer Stunde an mir vorbei in Richtung Westen gerattert ist. Ich bin Dutzenden Tramps begegnet, seit ich Boston hinter mir gelassen habe, passable Burschen die meisten. Doch die hier sind schlimme Finger, das sehe ich schon von weitem, wie gesagt.

Ich trete in die Pedale, was ich kann, will versuchen, schnell an ihnen vorbeizufahren. Beide tragen Rucksäcke, tief in die Stirn gezogene Hüte, und in ihren Mundwinkeln klemmen qualmende Zigaretten. Sie feixen erwartungsvoll, während ich mich ihnen nähere. Der Größere winkt mit einer halbleeren Flasche und tritt aus dem Gleisbett auf den Ascheweg, um mir den Weg zu versperren. Ich muss halten, was bleibt mir übrig? Von fern höre ich das Stampfen einer Lokomotive.

»Zollstation, Baby!«, ruft der Kleinere. »Absteigen und blechen!«

»Wir nehmen Küsse in Zahlung!«, ruft der Große mit der Fla-

sche (bräunlicher Schnaps – Whisky, vermute ich). »Und gern auch ein bisschen mehr.«

»Lassen Sie mich in Ruh!«, schreie ich die Kerle an, während ich absteige. »Und gehen Sie mir gefälligst aus dem Weg!« Die Tramps lachen nur, und ich zerre mein Fahrrad vom Weg auf das rechte Gleisbett, vielleicht kann ich sie umgehen. Die Rauchsäule einer Lokomotive nähert sich, doch was nützt mir ein vorüberrollender Zug? Ich kann kaum hoffen, dass ein Bremser mich sieht und meine Lage erfasst.

»Was haben wir denn da in dem Täschchen auf dem Gepäckträger?« Der Große mit der Flasche hält meine Lenkstange fest. »Doch nicht etwa ein paar grüne Scheinchen?«

Der andere kommt auf mich zu, streckt seine schmutzigen Hände nach mir aus.

»Rühren Sie mich nicht an!« Ich weiche bis zum Hinterrad zurück. »Ja, ich habe Reisegeld dabei! Wenn Sie mich in Ruhe lassen, gebe ich's Ihnen!«

»Oh, wie vernünftig von dir, Täubchen!«, sagt der Kleinere.

»Ob das Täubchen denn auch einsehen will, dass es ohne ein paar Küsse nicht davonkommt?« Der mit der Flasche grinst so schmierig, dass mir schlecht wird.

»Moment bitte, Sir.« Wut und Angst zerren an meinen Nerven, während ich in meiner Tasche krame. Das Herz klopft mir bis zum Hals. Endlich taste ich unter Wäsche und Jacke die Perlen am Revolverkolben. Ich packe ihn, spanne den Hahn und reiße die Waffe heraus.

Der Große mit der Flasche sperrt erschrocken Mund und Augen auf und lässt die Lenkstange los, sodass mein Fahrrad auf die Gleise stürzt. Der Kleine steht wie festgefroren.

Ich schieße irgendwohin, und der Große rennt davon wie ein Hase. Der andere, als er merkt, dass ich nicht getroffen habe, flucht und stürzt sich auf mich.

Ich stolpere nach hinten über die Schienen, falle rücklings neben mein Fahrrad aufs Gleisbett. Der fluchende Kerl kniet neben mir und versucht, mir den Revolver aus der Hand zu winden, während er nach seinem Komplizen schreit. Ich spucke nach ihm, beschimpfe ihn, ziehe die Knie an und trete ihm mit aller Kraft in die Rippen. Schreiend lässt er mein Handgelenk los und stürzt zur Seite.

Der Hahn ist schnell gespannt, im Liegen drück ich ab, es knallt entsetzlich.

»Nicht mehr schießen!«, schreit der Dreckskerl, ich schieße trotzdem noch mal. Er stemmt sich hoch, hält sich den Schenkel, hinkt vom Gleisbett. »Nicht schießen! War doch nur Spaß!« Ich richte mich auf den Knien auf und schieße wieder, sogar zweimal – und zweimal daneben!

Der elende Strauchdieb rutscht die Trasse hinunter, verschwindet im Gebüsch. Der Große, der schon auf dem Rückweg ist, um seinem Komplizen zu helfen, macht kehrt, rennt ebenfalls von der Trasse. Vorsichtshalber jage ich ihm noch eine Kugel hinterher. Habe ich ihn erwischt? Keine Ahnung.

Plötzlich spüre ich, wie das Gleisbett unter mir vibriert, und dann sehe ich's: Die Lokomotive stampft heran!

Todesangst packt mich, schell auf die Beine und mein armes Rad von den Gleisen ziehen. Es ist so schwer, so elend schwer, und dann hängt auch noch das Pedal an der Schiene fest! Ich ziehe, ich zerre, ich stürze nach hinten weg, als das Fahrrad endlich aus dem Gleis rutscht.

Da donnert die Lokomotive vorüber. Hinter ihr ein Kohlewaggon nach dem anderen. Wie ein ungeheures Tier – eine eiserne Riesenschlange! – zieht der Zug an mir vorüber, während ich nach Luft ringe und keuche wie eine, die im wirklich allerletzten Moment den Giftzähnen entkommen ist.

Als der letzte Waggon vorübergerollt ist, schaue ich mich um: keine Spur mehr von den Tramps.

»Verdammte Strauchdiebe!«, flüstere ich. Tränen stürzen mir aus den Augen. »Saubande!«, schreie ich. »Gottverdammte Dreckskerle!« Ich brülle mich heiser, heule noch Schlimmeres heraus, schreie, bis mein Herz nicht mehr rast.

Auf der anderen Seite des Gleisbettes lese ich die Sachen zusammen, die aus meiner Tasche gefallen sind. Meine Knie sind weich, meine Hände zittern. Bevor ich ans Weiterfahren überhaupt denke, drücke ich die Trommel aus dem Revolver. Ein einziger Schuss steckt noch darin.

Ich habe fünfmal geschossen und nur einmal getroffen? Enttäuschung, Wut und Angst treiben mir erneut Tränen in die Augen. Ich schreie, während ich die Schachtel mit den Patronen aus der Tasche wühle. Mit fahrigen Fingern fummele ich eine nach der anderen aus der Verpackung und schiebe sie in die Schusskammern, fünf insgesamt. Dabei geht mir alles durch den Kopf, was Alonso mir über Revolver und Schießen erklärt hat. Drei, vier Stunden lang hat er mit mir geübt. Warum um alles in der Welt habe ich dann fünfmal danebengeschossen? Das hätte mein Ende bedeuten können!

Irgendwann steige ich endlich wieder aufs Rad. In diesem Augenblick stehen mir meine drei kleinen Kinder so deutlich vor Augen, als balancierten sie direkt neben mir auf den Gleisen. Und schon wieder muss ich heulen.

Wem danke ich in dieser Stunde? Gott, dem Allmächtigen und Barmherzigen, gelobt sei er? Nein, Alonso Peck danke ich, dem Mann, der mir den Revolver aufgeschwatzt hat. Gelobt sei er!

Gegen Abend, ein paar Meilen hinter der Grenze von Ohio, finde ich auf einer Koppel an einem Bachufer einen Heuschober. Doch bevor ich mich waschen gehe, übe ich erst einmal eine Runde schießen.

Elchleder

Boston, Massachusetts, Anfang Dezember 1894

Der Professor traute seinen Augen nicht: Eben peitschte der Wind noch dichte Wirbel aus Schneeflocken ans Fenster, jetzt riss der Himmel auf, und Sonnenlicht glitzerte auf der weißen Pracht, die Straßen, Gärten und Dächer zugedeckt hatte.

»Das Schneetreiben hört so plötzlich auf, wie es eingesetzt hat.« Eine Zeitung in den Händen stand John Dowe am Fenster und staunte lächelnd in den winterlichen Nachmittag hinaus. »Ist das zu fassen?«

»Leichter jedenfalls als Annies Eskapaden«, sagte Josephine hinter ihrer Zeitung. Sie saß am Lesetisch, den Dutzende von Presseblättern bedeckten. »Ihrer Stimmungen scheinen abrupter zu wechseln als das Wetter. Und ihre Absichten auch.« Seufzend ließ sie die Zeitung sinken und zog an ihrem Zigarillo. »Ich habe es aufgegeben, verstehen zu wollen, was ich alles über sie lese.«

Neben Josephines Stuhl erhob sich Viktoria, trottete zum Fenster und richtete sich neben John Dowe auf den Hinterläufen auf, um die Vorderpfoten auf die Fensterbank zu legen und den Wintereinbruch zu beäugen. Der Professor riss sich los vom erhebenden Anblick der weißen Landschaft und drehte sich zu seiner Frau um. »Wo bist du gerade?«

»In Buffalo, Ende Oktober. Laut *Buffalo Express* hat sie da ein Radfahrer namens Bliss begleitet.« Susan Anthony aus New York City hatte den Dowes ein Paket mit einem Stapel Zeitungen aus Städten der Staaten Pennsylvania, New York, Ohio und Indiana geschickt. Seitdem nahmen sie sich jeden Tag eine Stunde Zeit, die Regionalblätter nach Neuigkeiten über Annie zu durchforsten.

»Ein Mann? In Cleveland war sie doch noch mit einer Frau unterwegs!«

»Ihre Begleiter wechseln wie ihre Pläne.« Josephine zog ihre Tasse heran und schlürfte ihren kalt gewordenen Kaffee. »In ihrem Brief Anfang Oktober wollte sie noch in den Zug nach Boston steigen, hat ihre Schmerzen bejammert und ihre Kapitulation verkündet, und Mitte des Monats …«

»Nach diesem Brief konnte ich zwei Nächte nicht schlafen.« John schüttelte den Kopf und winkte ab. »Ich hatte Angst, dass sie sich im Lake Michigan ertränkt.«

»… Mitte Oktober hieß es plötzlich, sie sei mit einem Sterling Fahrrad unterwegs zurück an die Ostküste. Hier –« Josephine zog eine aufgeschlagene Seite aus dem Zeitungsstapel und las vor. »– ›Mademoiselle Londonderry ist entschlossen, die Strecke von Chicago nach New York City in sechs Wochen zu bewältigen und damit einen neuen Fahrradrekord für ihr Geschlecht aufzustellen.‹ Das schreibt die *New York Times*. In diesem Artikel wird nicht einmal mehr erwähnt, dass Annie ursprünglich um die Welt fahren wollte.«

»Wahrscheinlich tut sie jetzt alles, um irgendwie ihr Gesicht zu wahren.« John wandte sich ab und schaute wieder in die Winterlandschaft hinaus, diesmal unglücklich und zerknirscht. Die Hündin winselte traurig zu ihm hinauf. »Sollte mich ja freuen, wenn ihr der Rekord gelingt, doch *mir* nützt er gar nichts.« Er atmete tief durch und blies die Backen auf, während er Viktoria das Nackenfell kraulte. »Meine fünftausend Dollar kann ich so oder so in den Wind schreiben. Dass die Wette verloren ist, war mir schon klar, als ich Anfang Oktober Annies Brief las.«

»*Unsere* fünftausend Dollar, Teuerster!« Josephine machte eine strenge Miene, während sie an ihrem Zigarillo zog und die leere Tasse zur Seite schob. »Aber langsam, John, ich bin noch nicht fertig.« Sie suchte eine andere Zeitung heraus. »Ende Oktober schließlich bezeichnet der *Buffalo Courier* Annie als, ich zitiere: ›furchtlose kleine Radfrau mit einer Menge Grips und Schneid genug, den gefährlichsten Fahrradtrip, den eine Frau jemals unternommen hat, zu einem glücklichen Ende zu bringen‹.«

»Wirklich?« Stirnrunzelnd drehte John sich erneut um. »Das klingt ja schon fast wieder so, als wollte sie doch um den Globus radeln!«

»Richtig, Liebster. Der *Buffalo Courier* hat sie gefragt, ob sie nicht um Leib und Leben fürchtet, wenn sie demnächst durch fremde Länder und wilde Gegenden radeln wird. Hör dir ihre Antwort an.« Josephine legte ihren Zigarillo in den Aschenbecher, hob das Blatt in ihren Händen und las vor: »›Zehntausend Dollar sind eine Menge Holz, wissen Sie? Mir ist durchaus bewusst, dass ich ein großes Risiko eingehe und mein Heimatland möglicherweise niemals wiedersehe, doch hängt der grimmige Schatten des Todes nicht über jedem von uns, und zwar immer? Egal ob wir zu Hause bleiben oder durch fremde Länder reisen. Nein, mein Risiko müsste noch ein ganzes Stück größer sein, um mich von diesem Experiment abzubringen.‹« Josephine ließ die Zeitung sinken. »Originalton Annie.«

»Das hat sie gesagt?« John konnte es kaum glauben. »Ist das wahr?«

»Hier steht es.« Josephine schlug auf die Zeitung und zuckte mit den Schultern. »Klingt dramatisch, doch der *Buffalo Courier* zitiert sie so.« Sie langte nach ihrem Zigarillo und lehnte sich rauchend zurück. »Ganz schön selbstbewusst, was?«

»Resignation hört sich jedenfalls anders an.« Ein Stein fiel John vom Herzen. »Dann versucht sie es also doch!«

»Sieht so aus. Noch brauchst du deine Wette also nicht aufzugeben.«

»Gott sei Dank!« John warf seine eigene Zeitung auf den Tisch. »Darauf müssen wir eine Flasche Champagner köpfen!« Er eilte zur Tür, Viktoria sprang hinterher. »Ich habe es ja schon nicht mehr zu hoffen gewagt.«

»Sie trägt jetzt übrigens Hosen.«

»Himmelblaue Bloomers, ich weiß.« Die Türklinke bereits in der Hand wandte John sich noch einmal um. »Die hat sie laut der *Chicago Sunday Times* schon in Chicago angehabt.«

»Inzwischen trägt sie aber richtige Männerhosen.« Josephine klemmte ihren Zigarillo zwischen die Lippen und kramte ein anderes Blatt aus dem Stapel. »Der *Buffalo Illustrated Express* berichtet Ende Oktober ausführlich darüber und hat sogar eine Fotografie abgedruckt, eine ziemlich gelungene, finde ich. Hier – sieht Annie nicht süß aus?«

John kam zurück und beugte sich über Josephines Schulter. »Kesses Mädchen, würde ich sagen.« Die Fotografie zeigte Annie in Kniebundhosen, Gamaschen und mit Männerkappe auf einem eleganten Fahrrad. »Colonel Pope wird mächtig fluchen, wenn er hört, dass sie auf eine Sterling-Rollstange umgestiegen ist.«

»Soll er doch. Hauptsache, es fährt sich besser und trägt Annie sicherer um den Globus, und darin sind sich die meisten Zeitungen einig.« Josephine deutete auf Annies Beinkleider. »Sie hat sie über den Waden abgeschnitten und wie Knickerbockers mit Gummizügen unter den Knien befestigt. Darunter trägt sie schwarze Männerstrümpfe und auf dem Kopf eine Matrosenmütze.«

»Hm.« John zerwühlte seine roten Locken. »Sieht gewöhnungsbedürftig aus.«

»Der *Buffalo Express* berichtet, dass der Sheriff eines Kaffs in Indiana ihr mit Gefängnis gedroht hat, als sie in diesem Aufzug durch die Stadt radeln wollte. Daraufhin musste sie sich erst die Erlaubnis des Polizeichefs von Buffalo besorgen.«

»Ein Passierschein wegen Hosen?« John verdrehte die Augen und schlug fassungslos die Hände zusammen. »Unglaublich! Jetzt brauche ich erst recht Champagner.« Gefolgt von Viktoria verließ er die Bibliothek und stieg in den Weinkeller hinunter. Als er auf dem Rückweg in der Küche die Sektkelche holte und Zange und Korkenzieher suchte, stand die Hündin plötzlich knurrend und mit aufgestellten Ohren am Treppenabgang. Im nächsten Moment hörte John, dass jemand an der Haustür klopfte.

»Beruhige dich, Mädel«, sagte er in Viktorias Richtung. »Ist nur der Postmann. Du weißt doch, dass er immer um die Zeit kommt.« Während er das Tablett in die Bibliothek trug, hörte er Lester die Haustür öffnen und danach mit einem Fremden sprechen, dessen undeutliche Stimme John nicht kannte. Also doch nicht der Postmann.

Er hoffte, dass es nicht schon wieder Reporter waren. Kurz nach Annies Start hatte die Bostoner Presse nämlich begonnen, nach den Männern zu suchen, die die leidige Wette geschlossen hatten. Letzte Woche waren zum ersten Mal Reporter vor Johns und Josephines Tür erschienen und hatten sich nur mit Mühe wieder abwimmeln lassen. Offensichtlich hatte einer der Gentlemen nicht dichtgehalten.

»Danke für das freundliche Angebot, Sir«, hörte er Lester

unten in seiner unnachahmlich höflich-steifen Art sagen, »aber die Herrschaften dieses Hauses sind bestens ausgestattet.«

Doch keine Presse? Erleichtert drückte John die Bibliothekstür mit dem Rücken zu. »Bevor du mir die nächste polizeiliche Blödheit vorliest, stoßen wir erst einmal an.« Er stellte das Tablett auf dem Tisch vor seiner in eine neue Zeitung vertieften Frau ab und machte Anstalten, dem Drahtgeflecht über dem Champagnerkorken mit der Zange zu Leibe zu rücken.

»Ich muss staunen, wie geschickt Annie vorgeht«, sagte Josephine. »Sie sendet Telegramme an die Redaktionen der Städte, die auf ihrem Routenplan stehen, steigt bei einem Fahrradhändler oder im örtlichen Clubhaus der Radliga ab und empfängt dort die Lokalreporter.«

»Interessant.« John guckte verbissen, weil er Mühe hatte, die Agraffe von Korken und Flaschenhals zu lösen. »So viel strategisches Denken hätte ich ihr gar nicht zugetraut.«

»Spricht nicht gerade für dich, denn immerhin hat Annie neben ihrer Arbeit für die Zeitung einen Haushalt mit drei Kindern organisiert und außerdem ihr Geld mit Werbung verdient. Sie ist gewissermaßen eine Expertin in Sachen Organisation und Reklame.« John erntete einen spöttischen Blick von seiner Frau. »Weniger geschickt finde ich allerdings die Widersprüche und Ammenmärchen, die sie den Reportern auftischt.«

Es klopfte, und Lester trat ein. »Verzeihen Sie, doch ein Hausierer steht unten.« Er deutete eine Verbeugung an. »Der Mann will einen Mantel verkaufen, ein recht gutes Stück, wie mir scheint.«

»Einen Mantel? An der Haustür?« Josephine runzelte die Brauen. »Gebraucht womöglich?« Lester nickte. »Um Himmels willen!«

»Schick ihn weg.« Endlich hatte John den Drahtverschluss

aufgezwirbelt. »Wir brauchen keinen Mantel, schon gar keinen getragenen.«

»Sehr wohl, Sir.« Lester zog sich wieder zurück.

»Widersprüche und Ammenmärchen?« John steckte den Muselet in seine Hosentasche (er sammelte die kleinen Blechdeckelchen mit den Kellerei-Emblemen) und drehte den Korken aus dem Flaschenhals. »Was meinst du damit?«

»Dem *Buffalo Express* erzählt sie, sie habe nur ein einziges Mal unter freiem Himmel schlafen müssen, im *Buffalo Courier* dagegen klagt sie, sie habe ständig in Heuschobern, Futtertrögen, unter Brücken und in Obstgärten übernachten müssen. Und weißt du, was der *Express* schreibt? Sie würde von Deutschen abstammen und fließend Deutsch und Schwedisch sprechen. Solchen Unsinn erzählt sie der Presse!« Josephine wühlte schon wieder in ihrem Stapel. »Irgendein Reporter hat sie als Medizinstudentin bezeichnet, ein anderer als früh verwaiste reiche Erbin, der nächste als Juristin. Das saugen die sich doch nicht aus den Fingern, John! Das hat Annie ihnen auf die Nase gebunden! Und zu allem Überfluss tut sie, als wäre sie ledig!«

»Nun, sie ist noch sehr jung.« Väterlich lächelnd füllte John die Champagnerkelche. »In ihrem Alter ist man halt noch auf der Suche nach sich selbst.« Er zuckte mit den Schultern. »Und probiert verschiedene Rollen aus.«

»Tu nicht so pädagogisch, Dowe! Annie ist verheiratet!« Josephine schlug mit der Faust auf den Tisch. »Und wenn die Wahrheit herauskommt, ist sie beim Zeitungspublikum unten durch!«

»Oh, ich verstehe, Teuerste.« Jetzt war John mit Spotten an der Reihe. »Du sorgst dich um den guten Ruf der feministischen Bewegung.«

»Das noch dazu.« Josephine blätterte die nächste Zeitung

auf. »Den Gipfel ihrer Dreistigkeit habe ich in der *Rochester Post* gefunden. Der Reporter fragt sie, was sie vorhat, wenn die Reise um die Welt hinter ihr liegen und sie das Preisgeld gewonnen haben wird. Und weißt du, was Annie geantwortet hat?«

»Dass sie ein ganz neues Leben anfangen will, nehme ich an.« John stellte die Flasche in den Sektkühler.

Josephine las Annies Antwort vor: »›Ich werde einen wohlhabenden Mann heiraten, mich in einer großen Stadt niederlassen und ein gutes Leben führen.‹«

John lachte und schüttelte den Kopf. »Hast du nicht neulich selbst angemerkt, dass sie wohl ihre Jugend nachholen will? Da ist es doch praktisch, als unverheiratet zu gelten.« Er reichte Josephine einen gefüllten Kelch. Die strafte ihn mit einem strengen Blick, während sie mit ihm anstieß, kam aber nicht dazu, ihn für seinen leichtfertigen Kommentar zu kritisieren, denn es klopfte wieder. »Herein?«

Lester öffnete und deutete eine Verneigung an. »Er lässt sich nicht abweisen.«

»Der Hausierer?« Josephine machte eine empörte Miene. »Du wirst doch den Mann loswerden, ohne dass wir die Polizei rufen müssen!«

Lester räusperte sich, während er den nächsten Diener andeutete. »Er hat ein Kind dabei, Ma'am.«

»Ein Kind?!« John guckte genauso ungläubig wie seine Frau.

»Ein kleines Mädchen, Ma'am. Er sagt, Sie würden die Mutter gut kennen.« Wieder eine kleine Verneigung nebst Räuspern. »Seine Gattin.« John konnte zusehen, wie Josephine erbleichte. Er selbst spürte, wie ihm ein Kloß im Hals schwoll. »Er sagt, sein Mantel sei irokesische Handarbeit und aus gut gegerbtem Elchleder.« John schaute seiner Frau in die Augen und sie ihm. »Ich kenne mich aus mit Leder, Ma'am«, erklärte der Butler unter erneuter Verbeugung. »Der Mantel ist wirklich von hervorragender Qualität.«

John musterte ihn erstaunt. Es war nicht Lesters Art, so hartnäckig auf etwas zu bestehen. Aus irgendeinem Grund legte er Wert darauf, dass sie sich Zeit für den Mann nahmen, der da unten an der Haustür stand. Ob er wusste, wer der Hausierer war? John jedenfalls ahnte es. Wortlos stellte er seinen Champagnerkelch ab und schritt am Butler vorbei aus der Bibliothek. Wortlos stand Josephine auf, nahm ihre Krücke und hinkte ihm hinterher. Wortlos stiegen sie Seite an Seite die Treppe hinab.

Die Haustür war nur angelehnt. John zog sie auf, und lediglich eine Handbreite trennte ihn dann noch von dem Hausierer und dem Mädchen an seiner Hand, so nah an der Schwelle standen die beiden. Der erwartungsvolle Blick der höchstens Fünfjährigen fesselte ihn geradezu. Sie hatte die Augen ihrer Mutter: groß, leuchtend, dunkelbraun. Die drahtigen Locken, die unter ihrer blauen Wollmütze hervorquollen, glänzten so schwarz wie Annies. Schneeflocken schmolzen auf ihnen.

»Danke, dass Sie zu uns heruntergekommen sind, Sir, danke, danke.« Der Mann, dem ein rötlich brauner Wildledermantel über dem Arm hing, machte ein paar Diener. »Danke, Ma'am, wirklich sehr freundlich von Ihnen, wirklich freundlich, Gott, gelobt sei er, segne sie.« Er selbst trug einen für diese Jahreszeit zu dünnen Baumwollmantel, auf dem Kopf eine Fellmütze mit Ohrenklappen und um den Hals einen verfilzten Wollschal.

Er ließ die Kleine los und breitete den Wildledermantel mit erhobenen Armen vor John und Josephine aus. »Dieser Prachtmantel hier ist das beste Stück, das der Allmächtige, gelobt sei er, mir jemals hat zukommen lassen, glauben Sie mir bitte. So etwas wird Ihnen nur einmal im Leben angeboten: Elchleder, sorgfältig gebürstet und gegerbt, ungefärbt und dick. Fühlen

Sie nur, tasten Sie nur! Und schauen Sie sich diese herrlichen Stickereien an!«

John fasste die Knopfleiste an, drückte am Ärmel herum, konnte nicht anders. Josephine neben ihm stand hingegen wie festgewachsen, hatte nur Augen für die Kleine.

»Irokesische Handarbeit«, sagte der dürre und nicht besonders große Hausierer, dem schmelzender Schnee aus dem langen grauen Bart tropfte. »Ein Cowboy aus Cheyenne hat ihn aus Kanada mitgebracht.« Wortreich schilderte er, wie er dem Westmann das gute Stück für vier Dollar abgekauft hatte, obwohl es mindestens das Doppelte wert sei, wie er schwor. Er erzählte, dass er es einem englischen Lord verkauft habe, der allerdings mit dem wertvollen Stück geflohen sei, ohne zu bezahlen, und dass ein jüdisches Gemeindemitglied, das bei der Polizei arbeitete, ihm den eigentlich unbezahlbaren Elchledermantel wiederbeschafft und den englischen Lord eingesperrt habe.

John nahm an, dass der Mann aus reiner Verlegenheit so viel redete. Unerklärlicherweise konnte er sich nicht dazu durchringen, den Wortschwall zu unterbrechen, und Josephine offenbar auch nicht. Hilfe kam schließlich von ganz unerwarteter Seite.

»Wo ist meine Mom?«, fragte das Mädchen unvermittelt, und augenblicklich verstummte sein Vater.

Zwei, drei Atemzüge lang schwiegen alle. Der hellwache und zugleich doch traurige Blick der Kleinen wanderte zwischen John und Josephine hin und her, und John begriff: Man hatte dem Kind erzählt, dass *sie* für die Weltreise seiner Mutter verantwortlich seien. Er räusperte sich umständlich und suchte nach Worten, doch Josephine kam ihm zuvor, indem sie dem Kind ihre Hand hinstreckte und mit weicher und auffallend heiserer Stimme sagte: »Du darfst mich Josephine nennen,

Mollie. Ich glaube, deine Mutter ist in der großen Stadt New York City. Komm, ich zeige dir ein paar Fotografien von ihr.«

John hätte nicht damit gerechnet, aber das Mädchen ergriff tatsächlich Josephines Hand und ließ sich von ihr ins Haus führen.

»Lester!«, rief sie, während sie mit Annies Tochter die Treppe hinaufstieg. »Würdest du unserem kleinen Gast bitte eine heiße Schokolade zubereiten?«

»Kommen Sie herein, Mr. Kopchovsky.« John blieb gar nichts anderes übrig, als auch Annies Gatten ins Haus zu bitten. »Nehmen Sie ebenfalls heiße Schokolade oder lieber einen Kaffee?«

»Lieber einen Kaffee, wenn es nicht allzu viel Mühe macht, Herr Professor, Mr. Dowe, danke, Sir, danke, danke.«

John nahm dem Mann Mantel, Mütze und Schal ab, führte ihn ins Kaminzimmer und bot ihm einen Platz am runden Tisch im Erker an.

»Zu gütig, Mr. Dowe, Herr Professor, zu gütig, zu gütig. Sie glauben ja nicht, wie meine Kindlein ihre Mutter vermissen.« Er redete auf dem Weg zur Sitzecke, er redete, während er Platz nahm, er redete die ganze Zeit, während er John gegenüber im Erker saß. Dabei starrte er John unentwegt ins Gesicht; kein einziges Mal blickte er zum Fenster hinaus in den von weißer Winterpracht verhüllten Garten. John durchaus und zwar ausgiebig, denn er konnte den beschwörenden Blick und die klagende Miene des Mannes irgendwann nicht mehr ertragen.

»Nach dem Aufstehen fragen meine Kindlein nach ihrer Mutter, wenn ich von der Arbeit nach Hause komme, fragen sie nach ihrer Mutter, abends vor dem Nachtgebet fragen sie nach ihrer Mutter. Und die arme Schwägerin! Die muss die ganze Arbeit allein stemmen, muss putzen, kochen, waschen, muss die Kinder versorgen. Hat ja selbst zwei, die Ärmste! Doch jetzt kommt meine Annie ja bald wieder nach Hause, dem Allmächtigen, gelobt sei er, sei Lob und Dank! Es ist doch so, verehrter, lieber Professor, nicht wahr? Der Rabbi hat mir eine Zeitung gegeben, darin hab ich's gelesen. Mein Schwager Bennett hat's auch gelesen. Es ist doch wahr, lieber Professor, Mr. Dowe, Sir, oder?«

John saß plötzlich ganz steif. Der Gedanke, der arme Mann könnte auch erfahren haben, was Annie der Presse sonst noch alles erzählte, erschreckte ihn.

»Ja, ich habe ebenfalls davon gehört«, antwortete er, so gelassen er konnte, »allerdings bin ich nicht ganz sicher, was man den Zeitungen glauben kann.« Zum Glück kam Lester herein und servierte den Kaffee.

»Was wollen Sie denn für den Irokesenmantel haben, Mr. Kopchovsky?«, fragte John, als der Butler den Raum wieder verlassen hatte.

»Im Grunde ist er unbezahlbar, Herr Professor, das haben Sie auch gleich gesehen, nicht wahr, Mr. Dowe?« Kopchovsky schaufelte einen Löffel Zucker nach dem anderen in seinen Kaffee. »Aber weil Sie so ein freundlicher Mann sind, würde ich Ihnen den Mantel für nur fünfzehn Dollar geben, ach was!« Er winkte energisch ab. »Für zehn Dollar!«

John stand auf, schlüpfte in den indianischen Mantel hinein, den Kopchovsky ihm entgegenhielt. Er roch zwar ein wenig komisch, passte aber wie angegossen. Rechte Freude über das exotische und wunderschöne Stück wollte sich trotzdem nicht einstellen, denn Johns Gedanken kreisten um Annie und ihre neusten Reisepläne, die er den alten Zeitungen entnommen hatte. Wie sollte er ihrem Gatten beibringen, dass seine Frau möglicherweise doch noch nicht nach Hause kommen würde?

In den Elchledermantel gehüllt ging der Professor grübelnd hinüber in sein Arbeitszimmer, um die zehn Dollar zu holen, denn es war klar, dass er den Mantel kaufen würde – so oder so, ob er ihn brauchte oder nicht, ob er schlecht roch oder gut. Mit dem Geld würde Kopchovsky seine Kinder und sich selbst zwei Wochen lang satt kriegen, mindestens. Und war er das Annies Gatten nicht schuldig? Auf dem Weg zurück ins Kaminzimmer begegnete John seiner Frau und der Kleinen in der Eingangshalle. Sie standen beim Rollstuhl, und Josephine erklärte Annies Tochter, warum sie auf das Vehikel angewiesen war. Das Mädchen hielt die Zeitungsfotos seiner Mutter in der Hand.

»Wie läufst du denn herum?«, staunte Josephine.

»Das ist ein Häuptlingsmantel«, behauptete John im Vorübergehen. Zurück im Kaminzimmer zahlte er Kopchovsky zehn Dollar in die Hand und hängte den Elchledermantel seiner Sir-Falstaff-Statue über. Das Standbild des großen Sekttrinkers und Rabauken erinnerte ihn an seinen Champagner, der unangerührt oben in der Bibliothek stand. »Was meinen Sie, Mr. Kopchovsky – trinken wir ein Glas auf unser Geschäft und auf Ihre mutige Frau?«

Der Hausierer überschlug sich schier vor Begeisterung und Dankbarkeit.

Annie scheint ein ähnliches Schlitzohr zu sein wie Shakespeares Falstaff, dachte John, während er die Treppe zur Bibliothek hinaufstieg. Und eine ähnlich fantasievolle Geschichtenerzählerin wie dieser deutsche Schriftsteller, der über Indianer schreiben konnte, als hätte er Blutsbrüderschaft mit ihnen geschlossen, obwohl er nie einem begegnet war.

Zurück im Kaminzimmer stieß er mit Kopchovsky an. Sie tranken, und der Champagner tat John gut, sodass er sich ein wenig entspannte. Er erzählte dem anderen, was er über Annie gehört und gelesen hatte, seit sie im Sommer nach Chicago aufgebrochen war. All das, was den armen Mann hätte beunruhigen oder kränken können, sparte er natürlich aus.

Einmal, als er zum Fenster hinaus in den Garten schaute, sah er Lester und das Mädchen Schneekugeln über die verschneiten Beete und Wege rollen. Lächelnd machte er den Hausierer auf die schöne Szene aufmerksam. »Schauen Sie nur, Mr. Kopchovsky, unser Butler baut einen Schneemann mit Ihrer Tochter!«

Doch der blinzelte nur kurz hinaus.

Irgendwann klopfte es wieder an der Haustür. Josephine öffnete, und diesmal war es wirklich der Postmann. John schenkte Champagner nach und überlegte, wie er den geschwätzigen Kopchovsky loswerden konnte, ohne unhöflich zu werden. Zwar standen an diesem Tag keine Vorlesungen mehr an, doch in seinem Arbeitszimmer wartete das Falstaff-Manuskript darauf, überarbeitet zu werden.

Schlurfende Schritte und das Klopfen von Josephines Krücke näherten sich. An der halb offenen Tür blieb seine Frau stehen. »Ich muss dich kurz sprechen, John.«

Ihr ungewöhnlich ernster Blick alarmierte ihn. Er entschuldigte sich bei Kopchovsky und ging zu ihr in die Eingangshalle hinaus. Josephine, die ein geöffnetes Großkuvert und einige Briefbögen in der Hand hielt, drückte die Tür zum Kaminzimmer hinter ihm zu. »Susan Anthony hat Auszüge aus Annies Reisetagebuch geschickt«, sagte sie mit gesenkter Stimme. »Und einen Brief hat sie auch geschrieben.«

»Neuigkeiten über Annie, schätze ich.«

Josephine nickte. »Susan hat ein Treffen zwischen Annie und Nelly Bly arrangiert.«

»Nelly Bly?« Irgendwo hatte John den Namen schon gelesen oder gehört, wusste ihn jedoch nicht einzuordnen.

»Die Journalistin, die vor sechs Jahren in Rekordzeit um die Welt gereist ist, in zweiundsiebzig Tagen.«

»Und sechs Stunden und elf Minuten, ich erinnere mich.« John hob die Brauen und schaute seine Frau fragend an. »Und diese überzeugte Feministin hat Annie endgültig davon überzeugt, ihre Fahrradtour um jeden Preis fortzusetzen – richtig?«

»Richtig. Sie hat sie sehr ermutigt.«

John hätte jubeln mögen. »Kopchovsky glaubt, sie sei schon auf dem Weg nach Hause.« Er deutete mit einer Kopfbewegung zur Kaminzimmertür hin. »Wir müssen es ihm sagen.«

Josephine schluckte und nickte. Und öffnete die Tür. Fast wäre sie mit dem Hausierer zusammengestoßen, denn der hatte am Schlüsselloch gelauscht.

»Sie kommt doch nicht?«, flüsterte er. »Mein Annielein bleibt fort?«

Josephine nickte.

»Sie wäre gar nicht erst aufs Fahrrad gestiegen, wenn Sie ihr nicht den Kopf verdreht hätten«, sagte Kopchovsky mit zitternder Stimme. Er war aschfahl. »Und jetzt hat schon wieder so ein Mannweib ihr Flausen in den Kopf gesetzt!« Annies Ehemann wurde laut und raufte sich das Haar. »Sie *muss* nach Hause kommen!« Er schrie. »Sie müssen ihr ein Telegramm schicken!«

Wäre John nicht dazwischengegangen, hätte Annies Gatte Josephine bei den Schultern gepackt und geschüttelt. »Bitte! Sie müssen! Bitte, bitte! Annie soll nach Hause kommen! Schicken Sie ein Telegramm, Ma'am! Noch heute!«

»Zu spät«, sagte Josephine mit hohler Stimme. »Sie ist vor vier Tagen auf einen Dampfer nach Europa gestiegen.«

»Gott sei mir gnädig!« Kopchovsky fiel auf die Knie. »Der Allmächtige, gelobt sei er, sei mir gnädig!« Er legte den Kopf in den Nacken, streckte die Hände der Decke entgegen und schrie: »Strafe die Verführer meines armen Weibes, o Gott! Bring mir mein Annielein zurück nach Boston, Allmächtiger! Ich will mein Annielein wiederhaben!«

Blondes Gift

Atlantischer Ozean, 2. Dezember 1894

Sie sah alles, immer, und manchmal tat das weh.

Jetzt zum Beispiel, während sie ihr Sterling-Fahrrad in die zweite Runde über das Außendeck der *La Touraine* steuerte und die Stelle an der Heckreling passierte, wo der schwarz gekleidete Blonde mit dem dunkelroten Schal zwischen vier Ladys aus der Luxusklasse stand; jetzt sah Annie die schmachtenden Blicke der Frauen genauso deutlich wie sein Lächeln und das Leuchten seiner blauen Augen. Obwohl die Frauen (ledig, jung und liebeshungrig) ihr zuwinkten wie die anderen Passagiere auch – ja sogar Konfetti auf sie warfen! –, himmelten sie doch nur ihn an. Und obwohl er von diesen Grazien umzingelt war, leuchteten seine Augen nur für sie, Annie.

Beides sah sie genau. Und beides tat weh: Die hübschen Ladys um ihn herum machten Annie eifersüchtig, sein verliebter Blick traurig. Je offener dieser Mann seine Gefühle für sie zeigte, desto unglücklicher fühlte sie sich.

Ich bin verheiratet!, dachte sie, und trat kräftiger in die Pedale, um ihn und die Frauen möglichst schnell hinter sich zu bringen. Lieber Gott, ich bin doch verheiratet! Ich darf mir doch nicht anmerken lassen, dass er mein Herz berührt!

Vorerst tröstete sie sich mit dem Applaus der vielen Zuschauer, die sich entlang der Reling versammelt hatten. Frauen winkten mit Tüchern oder klatschten, wenn Annie an ihnen vorüberradelte. Kinder rannten eine kleine Strecke neben ihr her, Männer schwenkten ihre Hüte, und die jungen unter ihnen ließen sie hochleben und applaudierten lauter als alle anderen. Beifall und Bewunderung von allen Seiten, und Annie badete darin.

Als wäre sie bester Stimmung, lachte sie in die vorübergleitenden Gesichter. Und das besonders fröhlich, als sie das nächste Mal an Dr. Chancellor, dem amerikanischen Botschafter, vorbeikam; und dann wieder besonders charmant an der Treppe zur Brücke, wo der Kapitän mit dem französischen Baron und dem italienischen Prinzenpaar stand; und erst recht hundert Fuß weiter vor der Bugreling, wo der Reporter einer Pariser Zeitung und sein Fotograf einmal mehr gestikulierten, sie solle absteigen und für eine Fotografie posieren.

Annie fuhr an ihnen vorbei, Annie lachte fröhlich, Annie lachte tapfer.

Bloß keine Empfindungen zeigen!, mahnte sie sich selbst. Bloß diesem blonden Franzosen (er war doch Franzose, oder?) nicht zu nahe kommen! Bloß keinen Fehler machen vor den Augen der Zeitungsleute! Du bist die Frau, die um die Welt fährt! Du hast eine Wette zu gewinnen! Du willst in zehn Monaten fünfzehntausend Dollar zurück in die Spring Street bringen!

Sie drehte eine dritte Runde auf dem Dampfer. Die Werbebänder auf ihrem Rücken, an ihren Ärmeln und am Fahrradlenker flatterten im Wind, der ihr so eisig ins Gesicht blies, dass es bereits puterrot war. Eine kräftige Böe bauschte ihre Jacke und ihre Hosenbeine auf und fegte ihr die Mütze von den schwarzen Locken. Machte nichts, irgendeiner ihrer Bewunderer würde sie schon aufheben und ihr hinterhertragen.

Annies morgendliche Rundfahrt auf hoher See hatte der Botschafter vorgeschlagen – spontan, beim Frühstück. Bereits vor vier Tagen hatte Dr. Chancellor sie im Kasino an seinen Tisch gebeten. Da nämlich hatte es sich allmählich auf allen Decks der *La Touraine* herumgesprochen, dass eine junge Amerikanerin an Bord war, die auf ihrer Radreise um die Welt nun Frankreich ansteuerte. Der Baron de Sellières, der noch heute die vielen Firmennamen auf Annies Rücken, Brust und Ärmeln um ein Werbeband für seine Champagnerkellerei ergänzen wollte (für umgerechnet neunzig Dollar), Monsieur de Sellières also hatte es dem italienischen Prinzenpaar erzählt, und die Prinzessin wiederum hatte den zufällig an Bord befindlichen US-Botschafter Dr. Chancellor auf Annie aufmerksam gemacht. Und die hatte sein Herz im Sturm erobert. Auch seines.

So ging das schon, seit sie ihr Rad auf die *La Touraine* geschoben hatte: Die meisten Passagiere, die sie näher kennenlernte, waren ihr zugetan. Menschen aller sozialen Schichten öffneten sich ihr und wollten mehr über sie und ihre Weltreise erfahren. Annie vermutete, dass dies mit der Besonderheit einer Hochseereise zu tun hatte, wo man tagelang auf engstem Raum zusammenlebte. Doch sie spürte auch, dass sie das Talent besaß, Menschen für sich zu gewinnen und zu begeistern; ein Talent, das regelrecht aufblühte, seit sie vor fünf Monaten aus Boston und ihrem bescheidenen Leben dort aufgebrochen war.

Wie sie allerdings die Zuneigung des Blonden gewonnen hatte (und er ihre), blieb ihr ein Rätsel. In der ersten Nacht auf dem Atlantik hatte er zufällig neben ihr an der Reling gestanden und wie sie in den Sternenhimmel geschaut. Sie hatten nur ein paar Sätze gewechselt – über die Flüchtigkeit menschlichen Lebens angesichts der Unendlichkeit des Universums und über die

Notwendigkeit, die glücklichen Stunden so gründlich wie möglich auszuschöpfen. Danach war jeder seines Weges gegangen.

Vorgestern dann hatte er nach dem Abendessen im Kasino Klavier gespielt. Das hatte Annie so gut gefallen, dass sie auf dem Weg in ihre Kajüte am Flügel stehen geblieben war, sich bedankt und nach dem Komponisten gefragt hatte.

»Ein Pole namens Chopin«, hatte der Blonde geantwortet und ihren Blick mit seinen blauen Augen gefesselt; und ihr Herz ebenfalls, wie sie nun feststellen musste. »Ich spiele noch etwas von ihm, Mademoiselle, und das ist nur für Sie.« Was er dem Flügel daraufhin entlockt hatte, war so schön gewesen, dass Annie Mühe gehabt hatte, die Tränen zurückzuhalten.

Jetzt bremste sie lachend kurz vor den beiden Pariser Zeitungsmännern, die auf der *La Touraine* reisten, weil sie an einer Reportage über den Dampfer arbeiteten. Annie war entzückt gewesen, als sie von diesem glücklichen Zufall erfuhr, denn kaum etwas kam ihr gelegener als Menschen, die sie und ihre Fahrradreise in der Öffentlichkeit bekannt machten.

Sie scherzte mit den Umstehenden, während sie aus dem Sattel stieg und der Fotograf hinter der Kamera unter einem schwarzen Tuch verschwand. Die Linke in die Hüfte gestemmt hielt Annie das Fahrrad mit der Rechten und guckte in die Linse wie eine, der kein Berg zu steil und kein Weg zu weit war. Ihre Art, sich zu bewegen, wirkte anmutiger als noch im Sommer, ihre Haltung lässiger. Die weite Kleidung verbarg, wie drahtig ihre Gestalt nach knapp dreitausend Meilen Radfahren geworden war und wie sehr ihre Glieder an Muskelmasse gewonnen hatten.

Obwohl die Wolken aufgerissen waren und die Sonne schien, zündete jemand eine Ladung Blitzlichtpulver neben Annie, und sie hustete. Kaum hatte der Wind die Rauchwolke und den Gestank von Schwefel und verbranntem Magnesium verweht, tauchten der Botschafter, das Prinzenpaar, der Kapitän und der Baron mit ihrem Anhang auf, machten Annie Komplimente, bestaunten ihr elfenbeinfarbenes mit Goldprägungen verziertes Fahrrad und verwickelten sie in zwanglose Plaudereien.

Annie hatte sich inzwischen daran gewöhnt: Adlige, mächtige, reiche oder hochgebildete Menschen begegneten ihr wie Ihresgleichen. Auch das eine Erfahrung, die sie zwar schon seit ihrem Aufbruch aus der Spring Street machte, die ihr aber erst auf der *La Touraine* richtig bewusst geworden war; hier, in der Enge des Dampfers und unter zahllosen Menschen verschiedenster Herkunft. Es kam ihr vor, als würde ihre gewagte Radreise sie aller Klassenschranken entheben – man begegnete ihr nicht mehr als mittelloser Jüdin aus dem Ghetto, sondern als bewundernswerter Frau.

Wohl ein Dutzend Männer und Frauen scharte sich um sie. Es wurde gescherzt, gelacht und geplant: Der Kapitän, der ihr den Hof machte, seit sie an Bord gekommen war, lud sie zu sich auf die Brücke ein; Dr. Chancellor schlug Annie vor, am Abend im Kasino über ihre Reise zu berichten, und die italienische Prinzessin bat sie in arg gebrochenem Englisch, ihr am Nachmittag das Radfahren beizubringen.

Annie zögerte keinen Augenblick und verabredete sich mit der Adligen, zumal die beiden Pressemänner von der unverhofften Aussicht begeistert waren, ihren Lesern in Wort und Bild eine Prinzessin als Fahrschülerin auf einem Rad präsentieren zu können – noch dazu auf einem Hochseedampfer!

Annie versuchte der etwas Älteren zu erklären, welche Kleidung für die Übungsstunde angemessen sei, doch die adelige Frau verstand nicht, was sie ihr sagen wollte, bis ein blonder Mann neben Annie auftauchte und ihre Empfehlungen übersetzte.

»Wenn Ihre Durchlaucht keine Hosen im Gepäck hat, möge sie in einem möglichst kurzen Kleid antreten und ja kein Korsett tragen«, wandte er sich danach auf Englisch an Annie. »Das habe ich doch richtig gedolmetscht, Mademoiselle?«

Annie schaute verblüfft in leuchtend blaue Augen und merkte kaum, wie sie nickte. Einen Atemzug lang fiel ihr das zur Schau getragene Lächeln aus dem Gesicht, denn das Herz schlug ihr mit einem Mal im Hals, und sie fühlte sich wie ein hilfloses kleines Mädchen. Doch nur für einen Augenblick.

»Danke«, sagte sie knapp und machte Anstalten, ihr Fahrrad zurück in den Gepäckraum schieben. Doch der in einen schwarzen Anzug gehüllte Blonde mit dem roten Schal trat ihr in den Weg.

»Ich glaube, Sie haben etwas verloren, Mademoiselle.« Er reichte ihr ihre Matrosenmütze. Annie brachte kein weiteres Wort des Dankes über die Lippen, so aufgeregt war sie. »Mein Name ist Tomaso di Cipolla. Darf ich Sie zum Mittagessen einladen, Mademoiselle Londonderry?«

»Sehr freundlich von Ihnen, Mr. Cipolla«, erwiderte sie heiser, räusperte sich und fuhr mit etwas festerer Stimme fort: »Doch ich bin schon verabredet.« Sprach's, packte ihr Fahrrad und schob es an ihm vorbei zum Gepäckraum.

Später zog sie sich in die Einzelkajüte im oberen Mitteldeck zurück, die man ihr gleich am zweiten Tag an Bord der *La Touraine* auf Betreiben des Kapitäns zugewiesen hatte.

»Wer um die Welt radeln will, sollte gut schlafen«, hatte er gesagt, und bei Gott: Die erste Nacht im Massenquartier des Unterdecks war eine Tortur gewesen. Schnarchen und Stöhnen links neben ihr, Seufzen und Raunen rechts neben ihr. Dazu der Dunst von zu vielen lebenden Leibern auf zu engem Raum. Sie hatte kein Auge zugetan und mehrmals geglaubt, ersticken zu müssen.

Nun schickte der Kapitän seinen persönlichen Diener mit einem Mittagessen. Unter der Karaffe Rotwein, die auf dem Tablett stand, lag eine Karte mit einem Gruß und einer Einladung auf die Brücke und in sein Haus nach Brest. Annie beachtete sie kaum. Auch brachte sie nur zwei Bissen der gereichten Köstlichkeiten herunter, denn ihre Gedanken kreisten um den blonden Mann in schwarzem Anzug mit rotem Schal und leuchtend blauen Augen. Sie zog sich aus und verkroch sich in ihre Koje.

Das zauberhafte Bild in ihrem Kopf wollte nicht weichen, wühlte sich tiefer in ihre Brust (verdammtes Bild!). Wie ein Fieber ergriff es sie, ihr war übel, und ihr Herz klopfte. Sollte das womöglich jenes Gefühl sein, das Menschen heimsuchte, die sich als verliebt bezeichneten? Annie hatte nur eine vage Ahnung, wie sich das anfühlte, denn bisher wusste sie von diesem Zustand nur aus Büchern, Zeitungen und vom Hörensagen.

Ein Italiener also? Jedenfalls sprach er Italienisch genauso fließend wie Französisch und Englisch. Di Cipolla? Eindeutig ein italienischer Name. Annie war stolz darauf, ihm einen Korb gegeben zu haben.

»Tomaso di Cipolla«, murmelte sie jede Silbe betonend. Dann stöhnte sie laut auf und raufte sich das Haar, weil sie seine Einladung ausgeschlagen hatte.

»Mach um Himmels willen einen Bogen um ihn!«, rief sie, während sie an die Kajütendecke starrte. »Dieser Mann ist Gift für dich.« Sie warf sich auf die Seite, langte ihr Französischbuch von der Konsole über der Koje und versuchte, sich ein paar französische Worte und Sätze einzuprägen. Französisch sprechen durfte sie laut Wettbedingungen nicht, doch sie wollte die Leute wenigstens ein bisschen verstehen, wenn sie ab morgen in Frankreich unterwegs sein würde.

Schon nach wenigen Minuten legte sie das Buch wieder beiseite – sie konnte sich nicht konzentrieren. Außerdem hätte sie lieber Italienisch gelernt statt Französisch. Und am liebsten von diesem Italiener, diesem blonden Gift.

Seufzend und schlecht gelaunt stand Annie auf, zog sich an, schrieb einen Brief an ihre Familie in Boston (wie sie es jeden Monat zweimal tat) und ging dann hoch aufs Außendeck, wo die italienische Prinzessin schon auf sie wartete.

Die zweite Tageshälfte rauschte an ihr vorbei, als wäre sie lediglich eine lächelnde Hülle, die der Prinzessin Radfahren beibrachte und am Abend in der Messe hunderten Passagieren die tollsten Geschichten von ihrer abenteuerlichen Radreise vortrug. Doch auch ohne dass sie bei der Sache war: Die Prinzessin machte Annie dennoch glücklich, und ihre Zuhörer begeisterte sie ebenfalls.

Natürlich stand der gefährliche Italiener an der Reling und beobachtete sie aus seinen gefährlich blauen Augen, während sie das Rad mit der Adligen übers Deck schob. Und natürlich saß er am Abend während ihres Vortrags in der ersten Reihe, hing mit seinen liebenswerten Blicken an ihren Lippen und schrieb von Zeit zu Zeit sogar mit. Annie schlief nicht gut in dieser Nacht.

Am Vormittag des nächsten Tages stand sie auf der Kommandobrücke neben dem Kapitän. Der erklärte ihr die Instrumente auf dem breiten Armaturenpult, wobei er strahlte, als würde er Annie in Gedanken bereits unter seinen erotischen Eroberungen verbuchen. Sie versuchte, sich auf seine Worte zu konzentrieren, doch ihre Blicke suchten die Menge an der Bugreling nach einem Zylinder über blondem Haar ab.

Der Hafen von Le Havre rückte näher und näher, sodass Annie bald Kräne, Hallen und Fuhrwerke voneinander unterscheiden konnte und dahinter Kirchtürme und die Dächer von Wohnhäusern.

»Das hier ist ein hochmoderner Sextant«, dozierte neben ihr der Kapitän in recht passablem Englisch. »Unerlässlich für die astronomische Navigation auf See, falls Ihnen das etwas sagt, Mademoiselle.«

Annie, die nur mit halbem Ohr zuhörte, schaute wohl etwas ratlos, denn sofort erläuterte der Kapitän in aller Breite, was sie sich unter *astronomischer Navigation* vorzustellen hatte.

Annie war entschlossen, die Brücke erst wieder zu verlassen, wenn der letzte Passagier von Bord gegangen war. Ihr spärliches Gepäck hatte sie bereits auf ihr Sterling-Fahrrad geschnallt, doch um dem Italiener aus dem Weg zu gehen, wollte sie ihr Gefährt keinesfalls vorher die Landungsbrücke hinabschieben. Unter keinen Umständen durfte sie di Cipolla noch einmal begegnen (seit wann waren Italiener eigentlich blond?). Und zugleich sehnte alles in ihr sich danach, ein letztes Mal in sein schönes Gesicht zu schauen, in seine leuchtend blauen Augen.

»Habe ich schon erwähnt, dass meine *La Touraine* das sechstgrößte Schiff ist, das jemals gebaut wurde, Mademoiselle?« Die Stimme des Kapitäns drang in ihr Bewusstsein. »Sie ist fünfhundertsechsunddreißig Fuß lang und wiegt mehr als neuntausend Tonnen.«

Annie nickte geistesabwesend. Die *La Touraine* dampfte bereits in den Hafen von Le Havre, und sie musste an ihre Abreise von New York City vor einer Woche denken. Zum ersten Mal in ihrem Leben hatte sie da die neue Kolossalfigur im Hafen gesehen, die sogenannte Freiheitsstatue – ein erhebender Anblick! Als sie achtzehn Jahre zuvor mit ihren Eltern und Geschwistern an Bord eines Dreimasters ins Hafenbecken von New York City gesegelt war, hatte diese gigantische Frauenskulptur mit der in den Himmel gereckten Flamme der Freiheit noch nicht dort aufgeragt.

»Sicher haben Sie gestaunt, wie schnell wir den Atlantik

überquert haben, Mademoiselle«, sagte der Kapitän voller Stolz. »Meine *La Touraine* ist mit sage und schreibe neunzehn Knoten unterwegs, falls Ihnen das etwas sagt. Glauben Sie mir, es gibt nur wenige Schiffe, die so viel Fahrt entwickeln!«

»Großartig«, erwiderte Annie, die keine Ahnung hatte, wie schnell oder langsam neunzehn Knoten waren.

Dennoch hielt der Kapitän sie wohl für eine ähnlich aufmerksame wie hübsche Zuhörerin, denn er erging sich in ausufernden Beschreibungen zunächst »seiner« *La Touraine* und anschließend aller anderen Schiffe, die er jemals kommandiert hatte.

Derweil hing Annie ihren Gedanken nach. Die Begegnung mit Susan Anthonys Freundin Nelly Bly hatte den Ausschlag dafür gegeben, ihre Radreise um die Welt doch zu wagen. Eigentlich hatte sie einfach nur nach Hause gewollt, der Ehre halber zwar doch nicht wie erst geplant mit dem Zug, sondern mit ihrem neuen Sterling-Rad, aber nach Hause. Doch dann hatte sie in einem New Yorker Eckcafé Nelly Bly gegenübergesessen, und die Journalistin, die 1888 per Schiff und Eisenbahn einmal rund um den Globus gereist war, hatte Annie geradezu beschworen, das Abenteuer fortzusetzen. Annie hatte sich fast nicht getraut, von ihrem Kuchen zu kosten, den Nelly Bly ihr spendiert hatte, so energisch war Susan Anthonys Freundin auf sie eingedrungen.

»Es geht um mehr als nur um einen Rekord«, hatte sie gesagt, »es geht darum, der Welt zu beweisen, dass wir Frauen zu gleichen Leistungen fähig sind wie Männer. Es geht um die Befreiung unseres Geschlechts aus Geringschätzung und Unterdrückung! Leiste deinen Beitrag dazu, Annie, ich bitte dich im Namen aller Frauen! Bring deine Welttour erfolgreich zu Ende!«

Mit den Worten dieser bewundernswerten Frau in Ohr und

Herz war Annie vor einer Woche an Bord gegangen, entschlossen und voller Zuversicht. Auch jetzt zweifelte sie keineswegs an sich und ihren Reiseplänen, allerdings hatte sie sich, als die *La Touraine* an der Freiheitsstatue vorbeifuhr, deutlich glücklicher und ausgeglichener gefühlt als jetzt. Bis ihr am dritten Tag auf See der blonde Italiener über den Weg gelaufen war. Seitdem raubte ihr dieser Mann den Seelenfrieden.

»Der blonde Italiener mit dem roten Schal«, rutschte es ihr heraus, »der neulich Abend Klavier gespielt hat – was macht der eigentlich beruflich?«

Der Kapitän war so verblüfft, dass seine Miene drei Wimpernschläge lang erschlaffte; Annie hätte sich auf die Zunge beißen mögen.

»Di Cipolla?« Das Lächeln kehrte in seine Züge zurück, doch kein charmantes wie zuvor, sondern ein verächtliches. »Der lebt vom Geld seines Vaters. Und betreibt irgendeine brotlose Kunst. Vielleicht Musik?« Er zuckte mit den Schultern, tat, als hätte er eine gefährliche Unregelmäßigkeit auf seiner Anzeigentafel entdeckt, und sagte eine Zeitlang kein Wort mehr. Er brach sein Schweigen erst, als sie später durch das große Frontfenster beobachteten, wie die Passagiere über den Landungssteg auf den Kai hinunterströmten.

»Schätzen Sie einmal, wie viele Leute da unten von Bord gehen«, forderte er Annie auf.

Die zuckte mit den Schultern. »Tausend?« Sie entdeckte den Zylinder des Blondschopfs in der Menge, und es ging ihr wie ein Stich durch die Brust, als er sich umdrehte und zur Brücke heraufschaute. Annie hoffte, di Cipolla würde sie hier oben neben dem Kapitän stehen sehen und seine Hoffnungen endgültig begraben. Schließlich hatte es sich herumgesprochen, dass der Schiffsführer um sie warb.

»Sehr gut!«, rief dieser. »Zählen sie noch neunzig dazu, dann ist die Zahl exakt.« Er strahlte sie an. »Meine Adresse haben Sie, Mademoiselle Londonderry. Gewiss wird Ihr Weg Sie durch Brest führen.« Er reichte ihr die Hand. »Ich würde mich freuen, Sie als Gast in meinem schönen Haus begrüßen zu dürfen.«

»Daraus wird nichts, Sir, denn ich will noch heute nach Paris aufbrechen.« Während seines kräftigen Händedrucks musste sie daran denken, wie schwächlich sich Max' Hand anfühlte.

»Schade. Doch vielleicht auf dem Rückweg?«

»Ich werde in Japan einen Dampfer nehmen, der mich über den Pazifik an die amerikanische Westküste trägt. Von San Francisco aus geht es dann zurück ans Ziel nach Chicago.« Chicago war der Startpunkt zu Annies zweitem Anlauf gewesen und galt deswegen auch als neues Ziel. »Welches Datum schreiben wir heute, Sir?«

»Den dritten Dezember.« Ein Ausdruck tiefen Bedauerns hatte das selbstgewisse Lächeln aus der Miene des Kapitäns vertrieben.

»Den dritten …?« Annies Stimme erstarb. Das Datum zu hören fühlte sich an wie ein Schlag in die Magengrube. Mollies Geburtstag, dachte sie, heute wird meine Große sechs Jahre alt.

»Schon?« Sie räusperte sich, bis ihre Stimme ihr wieder gehorchte. »Dann muss ich in neun Monaten und dreiundzwanzig Tagen nach Chicago hineinfahren. Leben Sie wohl, Sir.« Annie entzog dem Kapitän ihre Hand. Als sie kurz darauf ihr Sterling-Fahrrad auf den inzwischen leeren Landungssteg schob und sich noch einmal umdrehte und hinaufschaute, stand der enttäuschte Mann noch immer hinter dem Frontfenster seiner Kommandobrücke.

Die von Bord gegangenen Passagiere hatten sich zum größten Teil zerstreut. Einige warteten noch jenseits der Zollschranke am Rande des Kais darauf, abgeholt zu werden, andere stiegen gerade in Droschken oder Automobile. Den blonden Italiener sah Annie nirgendwo mehr.

Gott sei Dank, dachte sie, vergiss ihn und halte dich fern von Männern, die dir schöne Augen machen.

Zu diesen gehörten die Beamten am Durchgang der Zollschranke nicht. Im Gegenteil: Streng musterten sie Annie, runzelten angesichts ihrer Männerkleidung sogar unwillig die Stirn. Barsch und natürlich auf Französisch forderten sie Annie zu etwas auf, das sie erst nach einigen Gesten begriff: Sie wollten Papiere sehen.

Während sie ihre Tasche auf dem Gepäckträger nach dem Portemonnaie durchwühlte, bedeutete einer der Männer ihr, dass sie ihr Fahrrad nicht nach Frankreich einführen dürfe, jedenfalls nicht, ohne Zollgebühren zu bezahlen. Mit den Fingern zeigte ein anderer eine horrende Summe an.

»So viel?!« Annie erschrak. »Ihr seid ja vollkommen übergeschnappt!« Sie stritt mit den Beamten herum, während sie noch immer hektisch nach ihrem Portemonnaie suchte. Nachdem sie die Tasche zum vierten Mal durchwühlt hatte, ohne das Gesuchte zu finden, leerte sie kurzerhand deren gesamten Inhalt neben dem Fahrrad auf dem Pflaster des Kais aus. Doch wieder durchwühlte sie ihre Sachen vergeblich: nirgendwo auch nur die Spur eines Portemonnaies.

»Mein Geld …« Schier versagte ihr die Stimme. »Mein ganzes Geld ist weg.« Schier blieb ihr das Herz stehen, als sie begriff: Sie war bestohlen worden!

Alles Jammern und Schimpfen nützte nichts: Die Zollbeamten dachten gar nicht daran, die Gendarmerie zu rufen. Stattdessen beschlagnahmten sie das Fahrrad und schoben es zum Zollhaus.

Wie vom Donner gerührt und mit Tränen in den Augen stand Annie auf dem Kai: allein, ohne Geld und ohne Fahrrad.

Bettlerin und Königin

Der Kerker war düster und kalt, die Frau, zu der man Annie gesperrt hatte, eine Nervensäge. Sie jammerte und schimpfte ununterbrochen. Annie verstand kein Wort, denn die Frau jammerte und schimpfte auf Französisch, und das mit ziemlich schwerer Zunge.

Annie jammerte und schimpfte ebenfalls, allerdings still und nur in Gedanken: über Josephine, die sie zu dieser Reise ermutigt hatte, als sie einen Rückzieher machen wollte; über die alte Indianerin, die ihr in Chicago lauter Unsinn aus der Hand gelesen hatte, als sie drauf und dran gewesen war aufzugeben.

Jetzt war alles vorbei, endgültig vorbei, und Bitterkeit und Wut erfüllten sie.

Manchmal stemmte die Betrunkene sich von ihrer Pritsche hoch, wankte zur Gittertür und rüttelte daran, wobei sie schreiend kurze Sätze ausstieß. In ihrer hasserfüllten Grimasse konnte Annie lesen, was in etwa sie den Zollbeamten mitzuteilen hatte; Segenssprüche oder Schmeicheleien jedenfalls nicht.

Hin und wieder reagierten die Männer auf das Gerüttel und die Beschimpfungen, stürmten aus ihrem Kontor in den Zellentrakt, brüllten die Betrunkene an und traktierten sie mit Schlagstöcken, wenn sie nicht schnell genug von der Gittertür zurückwich. Wenn sie dann jammernd auf ihre Pritsche sank, versuchte Annie, sie mit beschwichtigenden Gesten und einem lettischen Kinderlied zu beruhigen. Meistens gelang ihr das sogar, wenigstens vorübergehend.

Wie erbarmungslos und grob die Uniformierten waren, hatte sie am eigenen Leib erleben müssen. Verzweiflung und Wut hatten sie ins Zollhaus getrieben, ihrem Sterling-Rad und den Beamten hinterher.

»Ich bin bestohlen worden!«, hatte sie drinnen geschrien. »Rufen Sie gefälligst die Gendarmerie!« Zeternd hatte sie versucht, den Männern das unentbehrliche Fahrrad zu entreißen. »Loslassen!« Getobt hatte sie, geheult, getreten und um sich geschlagen. »Ohne mein Rad bin ich verloren! Ohne Geld komme ich nirgendwo mehr hin!«

Die Zollbeamten konnten sie leicht überwältigen (natürlich, sie waren ja zu dritt!), und ehe Annie sich versah, hatte sie sich in dieser Kerkerzelle neben der nach Schnaps stinkenden Frau wiedergefunden, die doppelt so schwer und mindestens zehn Jahre älter war als sie.

Aus und vorbei. Ihre Reise war zu Ende.

Anfangs hatte Annie noch genauso getobt wie die Betrunkene, hatte geschrien und gegen die Gittertür getreten, doch inzwischen hockte sie erschöpft und mit hängenden Schultern der anderen gegenüber auf einer eigenen Pritsche. Finster stierte sie auf den schmutzigen Zellenboden und dachte an Dowes Frau und die Wahrsagerin.

Josephines Stimme gellte ihr in den Ohren: *Wenn du jetzt einen Rückzieher machst, dann verzichtest du auf dein Recht, dein Leben selbst zu gestalten.* Was sie damals euphorisiert hatte, klang nun wie Hohn. *Dann verzichtest du darauf, eine freie Frau zu sein.* Annies zorniger Blick wanderte zur Kerkertür und von dort über die jammernde Betrunkene bis zu den Spinnennetzen, die vor dem schmalen Kerkerfenster von der Decke hingen und in der Zugluft pendelten.

»Eine freie Frau«, flüsterte sie und lachte bitter auf. Wie eine Bettlerin fühlte sie sich! Arm, verloren, ohne Ziel und Zuhause. Und von Freiheit konnte schon mal gar nicht die Rede sein!

Ihre Wohnung im Bostoner Judenghetto stand ihr plötzlich vor Augen. Ihre enge Küche, das Zimmerchen, das sie mit Max und den Kindern teilte, der Hinterhof und das Menschengetümmel auf der Spring Street. Und Simon, Libbie und Mollie. Sogar Bennett und seine keifende Frau.

»Wäre ich bloß zu Hause geblieben.« Sehnsucht und Reue krochen ihr durch die Brust wie eine Entzündung durch eine Schnittwunde. »Und dann dieses Plappermaul!« Die Erinnerung an die Indianerin auf dem Bahnhofsvorplatz schürte Annies Wut. »Diese verdammte Rothaut!« *Du verlierst einen Kampf, wenn du so weitermachst*, hatte sie ihr geweissagt, und dass irgendwo im Osten ein Mann auf sie warte.

»Elendes altes Schwatzweib!« Sie schlug sich an die Stirn. »Wie konntest du dich nur mit einer Indianerin einlassen, die nicht ganz richtig im Kopf ist!? Wie konntest du nur auf eine Professorenfrau hören, die keine anderen Sorgen quälen, als den Verlust von fünftausend Dollar zu vermeiden!?«

Die Betrunkene verstummte, hob den Blick und schaute aus trüben Augen zu ihr herüber. Jetzt erst merkte Annie, dass sie laut mit sich selbst redete. Sie presste die Lippen zusammen.

Was bin ich für eine Närrin!, dachte sie. Um zu erfahren, dass an der Ostküste mein armer Mann auf mich wartet, hätt' ich doch den Hokuspokus dieser alten Indianerin nicht gebraucht! Und der Kampf ist von Anfang an aussichtslos gewesen, nun habe ich ihn endgültig verloren.

In Gedanken zählte sie das Geld, das man ihr gestohlen hatte – siebenhundert Dollar und fünfundfünfzig Cent! Allein dreihundert davon hatte ihr Susan Anthony von der *New York World* als Honorar für die Artikel aus ihrem Reisetagebuch auszahlen lassen, knapp hundert hatte sie mit Vorträgen in Manhattan verdient. Und nun? Keinen Penny besaß sie mehr! Alles weg: ihr Geld, ihr Fahrrad, ihre Freiheit. Wahrhaftig: Sie war eine Bettlerin. Und eine Gefangene noch dazu.

Ihre vorwurfsvollen Gedanken kreisten noch eine Zeitlang um Josephine Dowe in Boston und die greise Indianerin in Chicago. Bis in ihrer Brust Sehnsucht und Reue die Oberhand gewannen und sie an ihr Geburtstagskind dachte, an Mollie. Annie wünschte, sie wäre bei ihrem Kind in der Spring Street. Wünschte, sie hätte Anzeigen verkauft, statt über das Deck eines Hochseedampfers zu radeln und eitel in die begeisterte Menge zu winken. Mit dem Honorar für verkaufte Inserate hätte sie Zutaten kaufen können für einen Geburtstagskuchen. Wer weiß, vielleicht hätte der Drogist, der so begeistert von ihrem fantastischen Slogan gewesen war, jetzt zum Winter einen neuen bestellt, und davon hätte sie Sahne spendiert und ein kleines Geschenk noch dazu; Stoff, um daraus ein Kleidchen zu nähen für Mollies Lieblingspuppe.

Annie sah die glänzenden Augen ihrer Großen vor sich, spürte beinahe die dünnen Ärmchen um ihren Hals, hörte das »Danke, liebe Mom, danke, danke« in ihrem Ohr. Traurigkeit kroch ihr aus dem Magen heraus und die Kehle hinauf, legte sich schwer auf ihre Zunge und ließ Annie schlucken. Schlecht kam sie sich vor, schlecht und elend. Am liebsten hätte sie sich übergeben.

Irgendwann wurde ihr bewusst, dass sie sich immer tiefer in Selbstmitleid verstrickte. Sie schämte sich dafür, setzte sich aufrecht auf die Kante ihrer Pritsche und zwang ihre Gedanken zurück in die Gegenwart. Während draußen im Kontor die Zollbeamten lachten und auf der anderen Pritsche die betrunkene Frau vor sich hin grummelte, suchte Annie grübelnd einen Weg, auf dem sie ihrer scheußlichen Lage entrinnen könnte.

Sie sah keinen.

Dafür fielen ihr schon wieder Worte ein, die Josephine ihr gepredigt hatte: *Niemand kann dir helfen, kein Mensch und kein Gott, nur du selbst.* Was für ein Irrtum, dachte Annie und versuchte zu beten. Doch selbst das gelang ihr nicht, denn sie fühlte sich nicht nur schlecht, sondern obendrein schuldig.

Ich bin zu Recht hier in diesem Kerker gelandet, dachte sie irgendwann, der Allmächtige, gelobt sei er, bestraft mich dafür, dass ich meine Kinderchen und meinen lieben Max verlassen habe, dass ich mehr sein wollte als Mutter, Gattin und Hausfrau. Ich bin zu Recht zur Bettlerin geworden, ich habe diese Strafe verdient.

Sie warf sich auf die Pritsche und weinte bitterlich.

Neben ihr torkelte die Betrunkene erneut zur Zellentür und packte die eisernen Gitterstäbe. Doch statt ihres wütenden Geschreis hörte Annie zwischen zwei Schluchzern plötzlich ihre schlurfenden Schritte. Im nächsten Moment bebte Annies Pritsche, und Schnapsgeruch umgab sie. Die Frau hatte sich neben sie auf das Gestell fallen lassen und beugte sich über sie. Unter beruhigendem Gemurmel streichelte sie Annies Wange und Rücken. Überwältigt von so viel Erbarmen einer Betrunkenen musste Annie erst recht und noch lauter weinen. Da nahm die Frau sie in die Arme, drückte sie an ihre Brust und weinte mit ihr.

Eine Zeitlang wiegte die andere sie summend und murmelnd, wie man ein trauriges Kind wiegt – hin und her und hin und her. Annie überließ sich dem Geschaukel, dem Gemurmel und der Wärme des fremden Körpers. Gab sich Hoffnungslosigkeit und Selbstmitleid hin, bis Erschöpfung und Resignation ihre Glieder schwer machten und sie keinen Funken Kraft mehr in sich spürte.

Wie sie so in den Armen der betrunkenen Frau lag, ganz still jetzt und ergeben, hörte sie auf einmal eine Männerstimme draußen im Kontor, die sie vorher noch nicht gehört hatte. Jemand war ins Zollhaus gekommen, jemand, der nicht zum Zoll gehörte, denn die neue Stimme stritt mit den Beamten.

Annie machte sich von der Frau los, setzte sich auf und lauschte. Weil die andere immer noch schluchzte und murmelte, stand Annie auf und ging zur Gittertür, um von dort vielleicht besser verstehen zu können, wer da mit wem debattierte.

Die Männer draußen beschimpften einander auf Französisch, wenigstens klang es nach Beleidigungen. Obwohl Annie die fremde Sprache nicht verstand, lauschte sie aufmerksam, denn die fremde Stimme kam ihr vertraut vor. Die Hoffnungslosigkeit wich von ihr, ihr Herz klopfte schneller, sie hielt den Atem an und glaubte zu träumen.

Im nächsten Moment rückte die bekannte Stimme näher, und Schritte wurden laut. Jemand riss die nur angelehnte Tür zum Zellentrakt auf und stürmte herein – ein Mann mit Zylinder, schwarzem Anzug und rotem Schal.

Tomaso di Cipolla!

Die Zollbeamten schrien und rannten ihm hinterher. Einer griff nach den Schößen von di Cipollas Jackett und wollte den feinen Herrn zurück ins Kontor zerren, doch da stand er schon vor der Zellentür und hielt sich an den Gitterstäben fest.

»Halten Sie durch, Mademoiselle!«, rief er atemlos und auf Englisch. »Ich hole Sie hier raus!«

Die Zollbeamten stürzten sich auf ihn, alle drei. Zwei packten ihn, um ihn von der Tür wegzuzerren, einer schlug mit seinem Stock auf di Cipolla ein. Der tauchte unter den Angreifern weg, stieß einen gegen die Wand, den anderen zu Boden und riss den dritten, den Stockschläger, mit blitzschnellem Griff und geschickter Körperdrehung über die Schulter, sodass er auf dem Steinboden aufschlug und ächzend liegen blieb.

Die betrunkene Frau stand neben der sprachlosen Annie, jubelte und klatschte in die Hände, und di Cipolla wiederholte: »Ich hole Sie hier raus, Mademoiselle!« Dann rannte er aus dem Zellentrakt zurück ins Kontor, aus dem Annie eine Sekunde später die Außentür zufallen hörte.

Das Geschrei, das Erscheinen des Italieners, der Kampf – alles ereignete sich derart unverhofft und schnell, dass Annie noch immer zu träumen glaubte. War es wirklich geschehen, was sie da eben gesehen und gehört hatte? Oder gaukelten ihre erschöpften Sinne ihr bereits Schimären vor?

Doch die Zollbeamten vor der Zellentür und die jubelnde Frau neben ihr waren so wirklich wie sie selbst – in keinem Traum konnte jemand so grässlich nach Schnaps riechen wie diese Frau, in keinem Traum so bösartig (und französisch) fluchen wie die drei Uniformierten, die sich vor der Zellentür hochstemmten und die schmerzenden Glieder rieben.

Zwei von ihnen verfolgten den Italiener zu Pferd, wie Annie eine halbe Stunde später erfuhr, als man sie aus dem Kerker holte, grob in das Kontor stieß und dort auf einen Stuhl drückte. Doch die Reiter kehrten bald zurück, und zwar allein, woraus Annie erleichtert schloss, dass di Cipolla entkommen war.

Seit Monaten hatte sie keine Synagoge von innen gesehen, gebetet zuletzt, als die beiden Tramps auf der Eisenbahntrasse sie angegriffen hatten. Jetzt schaute sie lächelnd zur Ausgangstür hin und dankte Gott im Stillen dafür, dass da draußen einer war, der ihre verzweifelte Lage kannte.

Die Zollbeamten steckten die Köpfe zusammen und berieten sich in gedämpfter Tonlage. Sie waren jetzt zu fünft, und was immer sie ausheckten, für Annie konnte es nichts Gutes bedeuten. Alle belauerten sie mit rachsüchtigen Blicken, alle redeten durcheinander.

Die zwei hinzugekommenen Beamten, ältere Herren mit wichtigen Mienen, bauten sich vor ihr auf, musterten sie streng und herrschten sie an. Einer beherrschte ein paar Brocken Englisch und schoss eine Frage nach der anderen auf sie ab – wie sie heiße, woher sie komme, was sie in Le Havre zu treiben habe, wer der Mann sei, der in den Zellentrakt eingedrungen war, und so weiter. Annie nannte ihren Namen und den Grund ihrer Reise, wobei sie sehr ruhig und ohne Zorn und Angst sprach. Sie beklagte den Diebstahl ihres Geldes, verlangte ihr Fahrrad zurück und gab sich ansonsten unwissend.

Die Uniformierten ließen nicht locker, verhörten sie geschlagene zwei Stunden lang, wie die quälend langsam vorrückenden Zeiger der großen Wanduhr verrieten, die Annie immer dann besonders aufmerksam betrachtete, wenn der Englisch sprechende Beamte sich besonders weit zu ihr herabbeugte oder besonders laut wurde. Obwohl er aus dem Mund roch, gelang es ihr in solchen Augenblicken manchmal sogar zu lächeln, denn sie dachte dann an den Italiener, an Tomaso die Cipolla. Was um alles in der Welt fand dieser elegante Adlige nur an einer einfachen Frau, wie sie eine war? Was wollte er von ihr?

Was auch immer – es tat gut, an ihn zu denken. Was für ein Mann! Wie hatte er nur von ihrer Festnahme erfahren? Und was würde er wohl unternehmen, um ihr zu helfen? Annie träumte sich eine spektakuläre Befreiung zurecht, während der Zollbeamte nicht müde wurde, sie der Landstreicherei, des Anarchismus und der Prostitution zu beschuldigen.

Die Männer hätten das Theater wohl noch weitere zwei Stunden fortgesetzt, wenn nicht plötzlich ein Gendarm die

Eingangstür aufgestoßen hätte und hereinmarschiert wäre. Ihm folgten zwei weitere Gendarmen und zwischen ihnen ein elegant gekleideter Mann in langem Pelzmantel und mit Melone und edlem Gehstock.

»Mr. Chancellor!« Annie sprang auf und starrte den amerikanischen Botschafter an wie eine himmlische Erscheinung. »Allmächtiger und gütiger Gott, gelobt sei er! Wie bin ich froh, dass Sie kommen! Stellen Sie sich vor: Man hat mir mein Portemonnaie gestohlen und mein Fahrrad weggenommen!«

»Ich weiß, ich weiß.« Der amerikanische Botschafter schob sich zwischen Annie und den Zollbeamten, der eben noch auf sie eingeredet hatte und dessen Blick nun halb verblüfft, halb empört zwischen dem Botschafter und den Gendarmen hin- und herflog. »Der Kapitän und Mr. di Cipolla haben mir alles erzählt.« Übergangslos und auf Französisch wandte Dr. Chancellor sich an die beiden älteren der fünf Zollbeamten.

Was er ihnen in kühlem Tonfall und unter Verweis auf ein Telegramm, das er aus der Tasche zog, erklärte, konnte Annie nur ahnen. Das Ergebnis der erfreulich kurzen Unterredung dagegen ließ an Eindeutigkeit nichts zu wünschen übrig: Die Zollbeamten benahmen sich plötzlich höflich, gaben ihr die Tasche mit ihrem Gepäck zurück, trugen ihr Fahrrad hinaus vor das Zollhaus, und schließlich nahm einer der Gendarmen noch den Diebstahl ihres Portemonnaies zu Protokoll.

Bevor sie ging, verabschiedete Annie sich von ihrer betrunkenen Zellengenossin.

»Danke«, flüsterte sie, während sie ihr durch die Gitterstäbe hindurch die Hand drückte und ihr zärtlich übers Haar strich. »Leben Sie wohl, Madame, Gott segne Sie und helfe Ihnen, das Saufen aufzugeben.«

Die Frau lächelte und nickte, als hätte sie jedes Wort verstanden.

»Der Kapitän hat alles beobachtet«, erzählte der Botschafter, als die grenzenlos erleichterte Annie später neben ihm in einer Droschke saß, die sie vom Hafen zur Eisenbahnstation brachte. Einer der Zollbeamten schob Annies Fahrrad neben der Kutsche her. »Der gute Mann hat seinen Diener in den Hotels der Stadt nach mir und Mr. di Cipolla suchen lassen.«

»Warum gerade nach ihm?«, staunte Annie.

»Fragen Sie mich etwas Leichteres, Miss Londonderry. Jedenfalls hat der Diener Mr. di Cipolla vor mir gefunden, und der wiederrum wusste, wo ich zum Essen abgestiegen war.« Dr. Chancellor lächelte zufrieden. »Ich habe sofort ein Telegramm ans französische Außenministerium geschickt, nachdem er mir Ihre missliche Lage geschildert hatte, und von dort telegraphierte man postwendend eine Anweisung an das Zollamt, Sie samt Ihrem Fahrrad ziehen zu lassen. Den Rest haben Sie selbst erlebt.«

Annie bedankte sich überschwänglich, verkniff es sich jedoch, nach di Cipolla zu fragen und nach Dr. Chancellors Verbindung zu diesem rätselhaften italienischen Künstler.

In der Eisenbahnstation von Le Havre lud der Zollbeamte ihr Sterling-Fahrrad in den Gepäckwagen. Sie stieg mit dem amerikanischen Botschafter in den Luxuswaggon und fuhr mit ihm und seiner Frau nach Paris. Nein, dachte sie, während der Botschafter ihr Champagner einschenkte, der Kampf ist noch lange nicht verloren.

In diesem Moment kam Annie sich vor wie eine Königin.

Reporter

Paris, Mitte Dezember 1894

Der Speisesaal leerte sich. Es war mitten in der Woche, die Arbeit rief, und die Frühstücksgäste hatten es eilig. Der Reporter an Annies Tisch auch – hastig stürzte er seinen Kaffee hinunter, drückte seine Zigarette aus und schaute dann von seinem Notizbuch auf. »Eine allerletzte Frage noch, Mademoiselle Londonderry.« Er sprach ein einigermaßen verständliches Englisch, auch wenn sein Akzent fürchterlich klang. »Könnte es sein, dass Sie Ihrer Heimatsstadt Boston den Rücken gekehrt haben, um eine Romanze hinter sich zu lassen?«

Annie verschlug es erst einmal die Sprache. Mit offenem Mund und aus großen Augen schaute sie den Mann so ungläubig an, als hätte der sie gebeten, ihm ihr Strumpfband zu signieren und zu schenken. Dann aber brach das helle Lachen aus ihr heraus, das so typisch für sie war. »Haben Sie sonst noch Fragen, Monsieur?«

Jetzt war es der junge Reporter, der ratlos nach Worten suchte. »Nein«, sagte er schließlich, wobei er sich zu einem Lächeln zwang und Stift, Zigaretten und Notizbuch in den Taschen seiner leicht abgewetzten Anzugjacke verschwinden ließ. »Keine Fragen mehr, Mademoiselle Londonderry, vielen Dank auch.« Er verabschiedete sich höflich und etwas steif, schlüpfte in seinen langen Mantel, griff nach seiner Melone und ging.

»Schwachkopf«, murmelte Annie, während sie ihm hinterherschaute. Er schrieb für *Le Matin*, ein eher konservatives Blatt, wie sie von Dr. Chancellor wusste. Gestern hatte ein Journalist des *Figaro* ihr beim Frühstück Gesellschaft geleistet, der ähnlich dumme Fragen stellte. »Fantasielose Schwachköpfe!« Der Reporter hatte den Speisesaal verlassen, sodass Annie nun etwas lauter schimpfen konnte. »Können sich nicht vorstellen, dass eine Frau auf ein Fahrrad steigt und um die Welt fährt, einfach weil sie es möchte. Und Geld braucht.«

Sie ließ sich Zeit mit ihrer letzten Tasse Kaffee, denn anders als die meisten Gäste hier konnte sie sich Zeit lassen. Dr. Chancellor erwartete sie nicht vor zehn Uhr in der amerikanischen Botschaft, und ihr Vortrag im Pariser Frauenfahrradclub war erst für den späteren Abend angesetzt.

Ein Flügel der Speisesaaltür öffnete sich, der Rezeptionist schaute herein, entdeckte Annie und kam zu ihrem Tisch, wobei er mit einem Kuvert winkte. »Post!« Mit einem Morgengruß auf den Lippen überreichte er ihr einen Brief, bevor er kehrtmachte und in Richtung Eingangshalle davoneilte.

Der Blick auf den Absender vertrieb Annies Ärger über die Pariser Reporter endgültig – Jakob Graf von Waldmann hatte ihr aus Berlin geschrieben! Sie fragte sich, woher der Mann wissen mochte, dass sie in diesem Hotel wohnte, und fand es heraus, als sie die Adresse musterte: Waldmann hatte an die amerikanische Botschaft in Paris geschrieben, und die hatte den Brief an ihre Hoteladresse weitergeleitet.

Mit dem unbenutzten Messer des Reporters öffnete sie das Kuvert, zog den Briefbogen heraus und las:

Verehrte Miss Londonderry,

von Herzen danke ich Ihnen für die lebhaften und sehr an-

schaulichen Berichte über Ihre Reisevorbereitungen in Boston und Ihre anschließende Tour von der Ostküste an den Michigansee und nach Chicago. Obwohl Sie mir von dort mit Ihren Aufzeichnungen auch eine ›Kapitulationserklärung‹ geschickt haben, vermochte ich nie, wirklich an das vorzeitige Ende Ihrer Reise zu glauben. Und Sie, verehrte Miss Londonderry, konnten es im Grunde Ihres Herzens doch auch nicht (wenn Sie mir die Einschätzung gestatten), denn hätten Sie mir sonst Ihren so sorgfältig verfassten Reisebericht geschickt?

Wie dem auch sei – auf seiner Grundlage und mit Hilfe zahlloser Zeitungsartikel, die Susan mir regelmäßig aus New York zukommen lässt, habe ich inzwischen die erste Version von drei Kapiteln meines Buches über Sie und Ihre wagemutige Reise zu Papier gebracht. Für meine weitere Arbeit bin ich sehr zuversichtlich, nicht mehr auf Ihre schriftlichen Berichte und die Presse angewiesen zu sein, sondern schon bald von Ihnen persönlich zu erfahren, was Sie erlebt haben. Susan nämlich hat mir Mitte November geschrieben, dass Sie mitnichten kapituliert haben, sondern entschlossen sind, Ihre Weltumrundung zu einem erfolgreichen Ende zu bringen.

Hat mein Gefühl mich also nicht getrogen!

Inzwischen weiß ich aus sicherer Quelle, dass die La Touraine *Sie wohlbehalten nach Le Havre gebracht hat, wo Dr. Chancellor Sie aus großen Schwierigkeiten retten konnte. Ich freue mich sehr für Sie und uns alle, die wir mit Ihnen fiebern, dass Sie wieder in den Besitz Ihres eleganten Fahrrads gelangt sind.*

Mehr und Genaueres erfahre ich hoffentlich bald aus Ihrem eigenen Mund, denn ich plane bereits meine Frankreichreise und hoffe, Sie, verehrte Miss Londonderry, spätestens in Marseille zu treffen. Möglicherweise wird es mir sogar schon früher gelingen, zu Ihnen zu stoßen.

In großer Vorfreude und tiefer Hochachtung grüßt Sie von Herzen

Ihr Jakob Graf von Waldmann

PS: Und grämen Sie sich bitte nicht allzu sehr wegen des Diebstahls Ihres Portemonnaies – es ist nur Geld, und wie ich inzwischen weiß, verfügen Sie über genügend Talent, sich davon jederzeit so viel zu verdienen, wie Sie brauchen.

Ein glückliches Lächeln auf dem Gesicht las Annie den Brief ein zweites Mal, bevor sie ihn zurück ins Kuvert steckte. In New York City hatte ihr Susan Anthony zwar schon erzählt, dass der Graf die Arbeit an seinem Buch über sie trotz ihres Kapitulationsschreibens nicht abgebrochen hatte, doch es jetzt aus seiner eigenen Feder zu erfahren machte sie froh.

Ein Buch! Über sie, die kleine Anna Kopchovsky aus dem Judenghetto von Boston! War das denn wirklich wahr oder doch nur ein dummer Mädchentraum? Und wie liebenswürdig Graf von Waldmann ihr erneut geschrieben hatte! Spätestens in Marseille also würde sie diesen Schriftsteller kennenlernen. Sie war gespannt.

Als sie wenig später auf dem Weg zurück in ihr Zimmer durch den inzwischen leeren Speisesaal schlenderte, kam sie an einem noch gedeckten, aber schon verlassenen Tisch vorüber, auf dem eine aufgeschlagene Zeitung lag. Ihr Blick blieb an einer großen Fotografie hängen, und sofort erkannte sie – sich selbst.

Annie blieb stehen, nahm die Zeitung hoch und betrachtete die Fotografie genauer: Es war eines der Bilder, die der Pressefotograf eine Woche zuvor auf der *La Touraine* gemacht hatte. Der Kollege, der mit ihm an Bord des Dampfers gereist war, hatte seinen Bericht gleich nach Annies Ankunft veröffentlicht. Seitdem verging kaum ein Tag, an dem nicht Journalisten irgendwelcher Pariser Zeitungen mit ihr sprechen wollten.

Heute berichtete also wieder ein Blatt über die inzwischen stadtbekannte Annie Londonderry. Nun, sie hatte nichts dagegen – je bekannter sie wurde, desto vielfältiger die Einnahmequellen, die sich ihr öffnen würden, und die brauchte sie nach dem Diebstahl ihres Geldes dringender denn je.

Die Aufmerksamkeit der Pariser Presse hatte sich bereits ausgezahlt: Drei Vortragsabende hatte Annie bestritten, seit sie vor acht Tagen in Paris angekommen war. Einen hatte die Französische Fahrrad-Union organisiert, einen Dr. Chancellor und den dritten die Pariser Sektion der WCTU, der weltweiten Frauenvereinigung also, der auch Mrs. Tubbs und Mrs. Obertowne angehörten.

Annie hatte ihren Augen kaum getraut, als sie die Menge der Zuhörerschaft sah, die in den Fahrradclub, die Turnhalle und das Theater strömte, wo sie jeweils aufgetreten war. Allerdings fürchtete sie, dass kaum einer dieser Pariser Bürger genügend Englisch verstand, um ihren Vorträgen wirklich folgen zu können. Doch die Leute kamen ja vor allem, um sie zu sehen. Und wenn Annie während ihrer Rede hin und wieder ein kräftiges *Vive-la-France!* in das Auditorium schmetterte, klatschten sie umso begeisterter.

Zufrieden betrachtete sie das Zeitungsfoto; sie fand, dass sie eine gute Figur machte, wie sie sich da mit wehendem Haar und flatternden Werbebändern über die Lenkstange ihres eleganten Sterling-Rads beugte und an der dicht bevölkerten Reling entlangfuhr.

Annie versuchte die Schlagzeile unter dem Bild zu übersetzen – die Begriffe *Fahrrad* und *Welttour* kamen darin vor, so weit reichte ihr Französisch mittlerweile. Auch die Worte für *Mann* und *Frau* waren ihr vertraut, doch was hatte das Fragezeichen am Schluss der Zeile zu bedeuten?

Ihr Blick wanderte über die vier langen Spalten – ausgeschlossen, auch nur halbe Sätze zu verstehen! Immerhin erkannte sie einzelne französische Worte wieder, die sie gelernt hatte, und aus denen musste sie schließen, dass es in dem Artikel um ihr Aussehen ging.

Um ihr Aussehen?

Sie holte tief Luft und runzelte die Brauen – der Zeitungsbericht beschäftigte sich mit so etwas Nebensächlichem wie ihrem Äußeren? Der Verdacht beunruhigte Annie. Und das Fragezeichen hinter der Schlagzeile sowieso. Kurzerhand rollte sie die Zeitung zusammen, klemmte sie unter den Arm und rauschte aus dem Speisesaal. Irgendjemand musste ihr das Geschreibsel übersetzen!

Vor dem Windfang der Empfangshalle hatte der Hoteldirektor gerade einen Gast verabschiedet und stelzte nun zurück zum Rezeptionstresen. Annie wusste, dass der kleine, kahlköpfige Mann mit dem weißgrauen Backenbart und dem dicken Bauch nahezu fließend Englisch sprach.

»Einen Augenblick bitte, Mister Directeur!« Mit der Zeitung winkend lief sie zu ihm. »Könnten Sie mir wohl diesen kleinen Bericht auf Englisch vorlesen?« Sie drückte ihm das Blatt in die Hand und deutete auf die Textspalten unter dem Foto.

Der Hoteldirektor war ein Freund von Dr. Chancellor. Der Botschafter vermittelte seinem Etablissement praktisch wöchentlich Gäste aus Nordamerika, weswegen der Direktor Annie ein kleines Zimmer im Souterrain zum Freundschaftspreis überlassen hatte. Dr. Chancellor bezahlte es nicht nur (»Selbstverständlich sind Sie Gast der Botschaft der Vereinigten Staaten von Amerika!«), sondern hatte Annie auch genügend Geld vorgestreckt, um ein paar Tage davon leben zu können.

»Mon Dieu!« Der Hoteldirektor lächelte, als er sie auf dem Zeitungsfoto erkannte. »Sie sind ja in kürzester Zeit zum Stadtgespräch geworden, Mademoiselle Londonderry!« Er klemmte sich seinen Zwicker auf die Nase. »›Welttour mit Fahrrad‹, übersetzte er so flüssig, wie er las. »›Tritt hier wirklich eine Frau in die Pedale oder doch ein Mann?‹« Er stutzte, unterbrach sich, und eine Spur Unsicherheit schlich sich in sein Lächeln.

»Weiter bitte«, forderte die schon jetzt verärgerte Annie ihn auf.

»›Ein radelndes Wesen aus der Neuen Welt namens Annie Londonderry ist zu Gast in Paris‹«, fuhr der Direktor zögerlich zu lesen fort. »›Bei seinem Aufbruch von Boston hatte es angeblich nur einen Penny in der Tasche, aber zahllose Torturen vor sich: Hitze, Hunger, Unwetter, eine Lokomotive, die es beinahe zermalmt hätte, und eine Rotte Wegelagerer, die ihm Ehre und Leben zu nehmen gedachten. Mit seinen Fäusten und seinem Revolver schlug unser radelndes Wesen die Mordbuben …‹«

»Die Zeitung schreibt tatsächlich ›Wesen‹ statt ›Frau‹?!«, entfuhr es Annie.

Der Direktor nickte, ohne sich zu unterbrechen. »›… in die Flucht. Man glaubt es sofort, wenn man … wenn man …‹« Der Hoteldirektor geriet ins Stocken und räusperte sich umständlich. »›… wenn man dieses drahtige Bündel aus Muskeln und Nerven vor sich sieht und sich unwillkürlich fragt: Steckt wirklich ein weibliches Wesen in diesen Männerkleidern? Oder am Ende …?‹« Der Hoteldirektor legte die Stirn in Falten, ließ die Zeitung sinken und schüttelte bedauernd den Kopf. »Pardon, Mademoiselle, ich kann Ihnen das nicht …« Sein rundes Gesicht lief rot an, als er Annie die Zeitung zurückgab: »An der Stelle lässt mein Englisch mich leider im Stich.« Er machte einen flüchtigen Diener, entschuldigte sich wortreich und hatte es plötzlich sehr eilig, hinter der Deckung seiner Rezeption zu verschwinden.

Annie spürte deutlich, dass er sich mit einer Notlüge vor dem Weiterlesen gedrückt hatte. Zögernd wandte sie sich der

Treppe zu. Waren die noch folgenden Zeilen des Zeitungsartikels denn derart peinlich, dass er sie nicht übersetzen wollte? Unruhe ergriff sie, während sie in ihr Zimmer hinabstieg. Hatte dieses Blatt so kritisch über sie berichtet?

Einzelne Passagen des Artikels gingen ihr durch den Kopf: *radelndes Wesen aus der Neuen Welt; tritt hier wirklich eine Frau in die Pedale?; drahtiges Bündel aus Muskeln und Nerven.* Was um alles in der Welt sollten diese vagen Andeutungen, diese gespreizten Formulierungen?! Ließ dieser Autor sich womöglich abfällig über ihre Weiblichkeit aus?

Sie musste es erfahren, also schnitt sie den Artikel aus – und zwar ohne das Foto – und steckte ihn in ihre Handtasche. In der amerikanischen Botschaft würde sie schon jemanden finden, der ihr das Geschreibsel dieses unverschämten Reporters übersetzte.

Überraschungen

Eine halbe Stunde später lenkte Annie ihr Sterling-Fahrrad an der Seine entlang durch den sonnigen, aber kalten Pariser Vormittag. Sie war gespannt auf das Treffen mit dem Botschafter, denn Dr. Chancellor erwartete sie mit einer Überraschung, hatte er am Fernsprecher gesagt.

Wie schon an den Vortagen staunte sie über die zahlreichen Radfahrer auf den Straßen – und vor allem über die vielen Radfahrerinnen. Deren Kostüme bestätigten, was Annie im Frauenradclub bereits gehört und bewundert hatte: Es gab Schneider in Paris, die sich auf elegante Fahrradkleidung für Frauen spezialisiert hatten.

Sie hatte ja nicht geahnt, dass Fahrradfahren in Europa noch beliebter war als in ihrer amerikanischen Heimat. Wie es aussah, frönte man dieser Mode zumindest in Paris weitaus hingebungsvoller als in Boston oder Manhattan, denn ganze Pulks von Fahrradfahrern beiderlei Geschlechts rollten hier über die Straßen und Seine-Promenaden. So etwas hatte Annie weder in Massachusetts noch in New York gesehen.

Sie fuhr langsamer, um die Garderobe der Frauen, die an ihr vorbeifuhren, genauer betrachten zu können. Besonders die kurzen, eng geschnittenen und doppelt geknöpften Jacken taten es ihr an. Dunkelgraue, schwarze oder blaue Stoffe schienen am beliebtesten zu sein, und der ballonartige Schulter- und Oberarmschnitt fehlte bei den wenigsten. Am vorderen Saum liefen manche Modelle von der Knopfleiste aus spitz nach unten zu, um den Wespentaillenschnitt der Jacke zu betonen, der Annie allerdings ganz und gar nicht gefiel, ja sogar ihren Unwillen erregte. Diese Frauen zwängten sich offenbar weiterhin in das altmodische Korsett, mit dem sich bereits ihre Großmütter und Urgroßmütter gequält und geschadet hatten, und Annie beschloss, in ihren Vorträgen künftig vor dieser Folterwäsche zu warnen, am besten gleich heute Abend.

Als Beinkleider trugen die Pariser Radfahrerinnen etwas, das Annie hingegen recht praktisch fand, weil es den Kniebundhosen, die sie selbst trug, ziemlich nahekam: eine Art Glockenrock, der dem aufmerksamen Beobachter zwei pludrige Hosenbeine enthüllte, wenn die Radlerinnen die Knie öffneten. Doch obwohl diese Mode – im Grunde eine moderne Variation der Bloomers – Annies Wohlwollen weckte (besonders, wenn er aus kariertem Stoff geschneidert und in warmen Farben gehalten war), fand sie ihn für lange Touren viel zu weit geschnitten.

Manche Frauen hatten sich Tücher um den Kopf gebunden, viele jedoch trugen einen kleinen, meist dunklen Hut, an dessen schmaler Krempe ein Seidentuch oder ein Netz vernäht war, mit dem man ihn unter dem Kinn festbinden konnte. Das sah anmutig aus und war wiederum ganz nach Annies Geschmack.

An den Waden der meisten Geschlechtsgenossinnen zu Rad sah sie Gamaschen in Braun oder Schwarz; einige Frauenbeine steckten auch in Schnürstiefeln, die Annie nicht nur praktisch, sondern auch elegant fand. Sie beschloss, sich solche Stiefel für die winterlichen Monate im Sattel anzuschaffen, sobald sie wieder bei Kasse war. Und unbedingt musste so ein Hut her, am besten ein Modell mit einem Baumwolltuch.

Als sie die US-Botschaft erreichte, öffneten die Uniformierten in den Wachhäusern ihr ungefragt einen Flügel des gusseisernen Tores – man kannte sie hier bereits. Vor dem Seiteneingang im Hof stellte Annie ihr Sterling-Fahrrad ab und betrachtete es einen Atemzug lang voller Stolz. Das elfenbeinfarbene Prachtstück mit der Goldprägung glänzte wie neu, nachdem sie es am Nachmittag des vergangenen Tages zwei Stunden lang geputzt hatte. Zärtlich strich sie über Sattel und Lenkstange, bevor sie die Botschaft betrat.

Auf dem Weg durch die Zimmerflucht, in der das Botschaftskontor lag, kreisten ihre Gedanken um den Brief des deutschen Schriftstellers. Seit Annie ihn gelesen hatte, spürte sie so viel Kraft und Zuversicht in sich wie lange nicht mehr. Selbst die unsinnigen Bemerkungen in dieser Tageszeitung konnten ihre gute Stimmung nicht ernsthaft trüben. Wenn einer wie dieser Deutsche an sie glaubte – ein Adliger, ein Freund von Susan, ein Schriftsteller! –, dann musste ihr Abenteuer einfach gelingen!

Sie fragte sich allerdings, woher Jakob von Waldmann wissen mochte, dass man ihr Fahrrad beschlagnahmt und der Botschafter sie aus dem Gefängnis geholt hatte. Von Susan Anthony? Immerhin hatte Annie ihr gleich nach ihrer Ankunft in Paris zwei weitere Kapitel ihres Reisetagebuches für die *New York World* geschickt. Andererseits hielt sie es für unwahrscheinlich, dass ihr Brief schon bei der Journalistin eingetroffen war. Oder pflegte der deutsche Graf womöglich engen Kontakt zu Dr. Chancellor?

Sogar, dass man ihr das Portemonnaie gestohlen hatte, wusste Jakob von Waldmann. Und was machte diesen fremden Mann so sicher, dass sie geschickt darin war, genügend Geld zu verdienen? Wirklich seltsam.

Mit der *sicheren Quelle*, aus der er von ihrer Reise auf der *La*

Touraine erfahren haben wollte, konnte der Schriftsteller allerdings nur Susan gemeint haben. Vermutlich hatte sie es ihm nach Berlin telegraphiert.

Vor der Tür mit dem Schild *Dr. C. W. Chancellor, Konsul der Vereinigten Staaten von Amerika* blieb Annie stehen und klopfte. »Hereinspaziert!« Der Botschafter selbst öffnete ihr und begrüßte sie strahlend wie immer.

Dr. Chancellor hatte Besuch. Beim Teetisch erhob sich ein bulliger Mann mittleren Alters von der Chaiselongue, als Annie in das saalartige Kontor trat. Er trug braunen Zwirn, hatte einen buschigen Schnurrbart und dichte dunkle Locken, die ihm bis auf die Schultern fielen. Eine lange Zigarre qualmte zwischen seinen Lippen.

»Das ist sie, Victor!« Der Botschafter nahm ihren Arm und führte sie zum Teetisch. »Das ist Miss Londonderry, unsere amerikanische Fahrradheldin!« Er wies auf seinen Besucher. »Darf ich Ihnen Mr. Sloan vorstellen, Miss Londonderry? Er leitet die Pariser Niederlassung der *Sterling Cycle Company*.«

Der Besucher namens Sloan nahm seine Zigarre aus dem Mund und drückte Annie die Hand. »Unser Mutterwerk in Chicago kennen Sie ja bereits, wie ich gehört habe.« Er sprach mit tiefer, schleppender Stimme, und sein breites Englisch klang ganz und gar amerikanisch. »Und eine Luxusausgabe unseres neusten Modells fahren Sie auch. Mehr kann kein Irdischer sich wünschen, sagen Sie selbst.« Er stieß ein raues Lachen aus, während er sich wieder auf der Chaiselongue neben seinem braunen Zylinder und unter dem Ölporträt von Benjamin Franklin niederließ.

»Es fährt sich leichter als das Columbia-Modell der *Pope Manufacturing Company*.« Annie lächelte kühl, aber höflich. »Und schöner ist es auch.« Sie setzte sich in den Lehnstuhl, den Dr. Chancellor ihr ein Stück vom Teetisch wegzog. War dieser vierschrötige Mann etwa die Überraschung, die der Botschafter ihr angekündigt hatte? Seine Zigarre stank entsetzlich.

»Das will ich meinen.« Sloan musterte sie von den Kniebundhosen bis zur Matrosenmütze. »Sie fallen nicht groß auf hier in Paris, Miss«, sagte feixend, »weder mit ihrem einzigartigen Luxusfahrrad noch mit ihrer Männerhose.« Sein Blick war gleichmütig. »Hier muss man schon in einer dieser gottverdammten modernen Stinkkisten durch die Stadt tuckern, damit die Leute sich nach einem umdrehen.« Er begann über Automobile zu schimpfen, verglich sie mit Fahrrädern und Pferdedroschken und zählte ungefähr zehntausend Vorteile auf, die diese gegenüber den neuartigen Kraftwagen hätten.

Annie langweilte sich. Und gab ihren Plan auf, Dr. Chancellor um die Übersetzung des ärgerlichen Zeitungsartikels zu bitten. Sollte der Reporter tatsächlich ihre Weiblichkeit infrage gestellt haben, mussten die Männer es nicht unbedingt erfahren. Vor allem Sloan gegenüber wäre ihr das unangenehm gewesen.

Der merkte wohl, dass sie ihm nicht richtig zuhörte, denn übergangslos erkundigte er sich nach ihren Reiseerfahrungen, seit sie in Boston losgefahren war. Annie speiste ihn mit ein paar knappen Sätzen ab und lud ihn zu ihrem Vortrag im Frauenfahrradclub ein. »Heute Abend werde ich ausführlich über meine Erlebnisse berichten«, schloss sie und wandte sich dann an den Botschafter. »Vielen Dank für Ihre großzügige Hilfe, Mr. Chancellor.« Sie reichte ihm ein Kuvert, in dem ein paar Dollarscheine steckten. »Ohne Ihre Unterstützung hätte ich nach dem Diebstahl aufgeben müssen, jetzt kann ich Ihnen bereits die Hälfte des Kredits zurückzahlen.«

»Ich bitte Sie, Miss Londonderry!« Dr. Chancellor winkte ab. »Das ist doch selbstverständlich gewesen. Ich habe schließlich allergrößtes Interesse daran, dass es eine Amerikanerin sein wird, die als erste Weltumradlerin in die Annalen eingeht.« Ohne nachzuzählen, steckte er das Geld ein und reichte Annie seinerseits ein Kuvert. »Und das hier ist für Sie – ein beglaubigtes Dokument, mit dem Sie beweisen können, dass Ihre Reise sie immerhin schon bis nach Paris in meine Botschaft geführt hat.«

»Sie haben Schulden?« Der Agent von *Sterling Cycle Company* nahm die Zigarre aus dem Mund und zog die Brauen hoch.

»Nicht mehr viel«, sagte Annie.

»Und nicht mehr lange, wenn Sie mein Angebot annehmen, Miss«, entgegnete Sloan trocken und mit einem Seitenblick auf den Botschafter. »Chris hat mich nämlich in die Botschaft gebeten, um Sie zu einer großen Fahrradmesse einzuladen, die ich noch vor Weihnachten im Siebten Arrondissement veranstalten will.«

Wieder hob er zu einer längeren Rede an, diesmal jedoch langweilte Annie sich nicht, denn Victor Sloan stellte ihr Honorare für Vorträge, Interviews und die Teilnahme an einem Radrennen in Aussicht, sollte sie die Messe besuchen. Er nannte sogar konkrete Summen pro Vortrag und Rennen.

Im Kopfrechnen machte Annie so schnell keiner etwas vor, weswegen sie nicht lange nachdenken musste: Obwohl ihr Victor Sloan wenig sympathisch war, nahm sie sein Angebot an. Das Geld nämlich, das sie auf seiner Messe verdienen konnte, würde sie in die Lage versetzen, nicht nur die bevorstehende Frankreichfahrt, sondern auch ihre Reise nach Asien zu finanzieren. Davon abgesehen würde sie ihre Schulden beim Botschafter begleichen und ihre ausgeraubte Reisekasse wieder füllen können.

Sie verabredeten sich für den nächsten Tag in Sloans Fahrradhandlung.

»Wunderbar!«, rief Dr. Chancellor und rieb sich die Hände.

»Das Baby hätten wir also auch in trockenen Tüchern.« Er erhob sich. »Und nun habe ich wie versprochen noch eine Überraschung für Sie, Mademoiselle Londonderry.« Er ging zu seinem wuchtigen Schreibtisch, nahm ein Stoffbündel, das darauf lag, und breitete es zwischen seinen weit geöffneten Armen aus.

Annie betrachtete die sichtbar gewordene amerikanische Flagge ein wenig ratlos, während der Sterling-Agent plötzlich kerzengerade auf der Kante der Chaiselongue saß. Viel fehlte nicht, und Sloan hätte sich die Rechte aufs Herz gelegt.

»Ein Sternenbanner!«, rief Dr. Chancellor. »Für Sie.« Er rollte die Fahne wieder zusammen, während er zurück zum Teetisch schlenderte. »Die Flagge wird Ihnen Glück bringen, Miss Londonderry. Vorausgesetzt natürlich, Sie tragen sie gut sichtbar bei sich. Vielleicht auf dem Rücken, wenn Sie in eine fremde Stadt hineinfahren.« Er reichte ihr das kleine Stoffbündel, und als Annie es berührte, merkte sie, dass die Fahne aus Seide war.

»Und noch etwas will ich Ihnen auf Ihrer Reise durch Frankreich mitgeben.« Dr. Chancellor griff ein kleines Plakat von seinem Schreibtisch und präsentierte es Annie und Sloan. »Laut Wettbedingung dürfen Sie unterwegs ja nicht Französisch sprechen.«

»Verdammt gute Idee, was?« Das breite Gesicht des Sterling-Agenten verzog sich zu einem zufriedenen Grinsen. Annie hingegen schaute den Botschafter fragend an, denn der französische Text auf dem Plakat sagte ihr gar nichts.

»Der Einfall stammt von mir«, verkündete Sloan und übersetzte: »›Miss Annie Londonderry aus Boston, Amerika, reist mit nur einem Penny in der Tasche um die Welt, und zwar auf einem Fahrrad, das so zuverlässig konstruiert ist wie ein Uhrwerk: einem Sterling-Fahrrad. Bitte zeigen Sie ihr den Weg nach Marseille.‹« Er feixte Annie ins Gesicht. »Na?«

»Wirklich sehr hilfreich«, gab sie zu. »Ich werde es im Futter meiner Jacke befestigen. Dann brauche ich unterwegs nur die Knopfleiste aufzuschlagen, und schon wissen die Leute, wohin ich will.«

»Und welches Fahrradmodell sie sich anzuschaffen haben«, ergänzte Sloan, woraufhin er und Dr. Chancellor in schallendes Gelächter ausbrachen.

Annie bedankte sich bei beiden, steckte Fahne und Plakat in ihre Handtasche und stand auf. »Und nicht vergessen«, erinnerte sie Sloan. »Heute Abend werde ich im Clubhaus des Frauenfahrradclubs sprechen.«

»Ich werde da sein«, antwortete der Geschäftsführer der Pariser *Sterling Cycle Company*, »vorausgesetzt, Sie versprechen mir, Ihr Sterling-Fahrrad an Ihr Rednerpult zu lehnen und während Ihrer Rede mindestens dreimal seine Vorzüge zu preisen.«

»Verlassen Sie sich drauf, Sir.« Annie verabschiedete sich mit einem knappen Nicken und ging zur Tür.

»Und vielleicht noch dies, Miss!«, rief Sloan ihr hinterher. »Gucken Sie besser in keine Zeitung, solange Sie in der Stadt sind – die Pariser Reporter haben wenig Ahnung vom Fahrradfahren und von amerikanischen Frauen gar keine.«

Schmierfinken

Statt die Botschaft zu verlassen, stieg Annie die Treppe zur nächsten Etage hinauf. Die Menschen in diesem Haus sprachen beides: Englisch und Französisch, und sie wollte unbedingt erfahren, was genau diese verdammte Tagezeitung über sie geschrieben hatte. Sloans Warnung hatte sie hellhörig gemacht. Wahrscheinlich hatte er den Artikel gelesen, den sie gerade in ihrer Handtasche in die zweite Etage hinauftrug. Und wahrscheinlich wusste er mehr über sie, als sie ahnte.

Annie hätte Dr. Chancellor gern noch nach Tomaso di Cipolla gefragt und nach einer Möglichkeit, dem Italiener ihren Dank auszurichten, doch durch Sloans Anwesenheit hatte es sich einfach nicht ergeben wollen. Wahrscheinlich war das gut so. Ganz bestimmt war das gut so. Oder etwa nicht? Sie musste seufzen, während sie die letzten Stufen nahm – der Blonde wollte ihr einfach nicht aus dem Kopf.

Weil sie jemanden suchte, der sie nicht kannte (niemand sollte wissen, dass der Zeitungartikel sich auf sie bezog), klopfte Annie an eine Tür, hinter der laut Türschild eine Botschaftssekretärin saß, deren Namen sie noch nie gehört oder gelesen hatte. Sie dachte immer noch an Tomaso di Cipolla, während sie auf die Aufforderung zum Eintreten wartete. Wie entschlossen er in den Zellentrakt eingedrungen war, wie kraftvoll er sich gegen die Zollbeamten durchgesetzt hatte! Und in welch wunderbarem Blau seine Augen leuchteten …

Schade eigentlich, diesen liebenswerten und so attraktiven Italiener nicht mehr gesehen zu haben. Andererseits: welch ein Glück! Dieser Mann (das hatte sie schon bei der kurzen Begegnung an der Reling unter dem Sternenhimmel gespürt) hätte ihr gefährlich werden können. In seiner Gegenwart hätte sie wohl irgendwann endgültig vergessen, dass sie verheiratet war.

Endlich erlaubte eine Stimme Annie einzutreten, und sie öffnete die Tür. »Sie sind Amerikanerin, schätze ich?«, fragte sie die blutjunge Frau, die hinter einem Schreibtisch saß.

Die nickte, wobei sie skeptisch Annies Hosen und Matrosenmütze musterte. Annie drückte die Tür hinter sich zu, trat zu der Brünetten und sagte: »Jane Miller mein Name. Der Botschafter schickt mich zu Ihnen.« Sie reichte der Sekretärin den Zeitungsartikel, der den Hoteldirektor in Verlegenheit gebracht hatte. »Dr. Chancellor sagt, Sie würden besonders gut Französisch sprechen und könnten mir diesen Text übersetzen.«

»Dr. Chancellor hat Sie zu mir hochgeschickt?« Die Skepsis in der Miene der jungen Frau wich einer Mischung aus Verblüffung und Genugtuung. »Wirklich?« Als Annie nickte, wies sie auf einen freien Stuhl, lehnte sich zurück und vertiefte sich in den Zeitungsartikel.

»›Welttour mit Fahrrad‹«, begann sie zu übersetzen, nachdem Annie sich gesetzt hatte. »›Tritt hier wirklich eine Frau in die Pedale oder doch ein Mann?‹« Schnell kam sie zu der Stelle, die dem Hoteldirektor die Schamesröte ins Gesicht getrieben hatte, und Annie richtete sich unwillkürlich auf. »›Steckt wirklich ein weibliches Wesen in diesen Männerkleidern? Oder am Ende doch nur ein junger, geschickt getarnter Mann? Der burschikose Charme jedenfalls und das äußere Erscheinungsbild unseres radfahrenden Wesens aus Übersee legt diesen Verdacht nahe: kräftiger Körperbau, männlich funkelnde Augen, knochiges Gesicht, energisches Kinn und keine Spur von den Reizen eines weiblichen Körpers.‹«

Annie stockte der Atem, und zwar buchstäblich. Sie war versucht, der Sekretärin den Artikel zu entreißen, beherrschte sich aber. Vielleicht hatte diese Zeitung ja noch etwas Versöhnliches in petto. Doch es kam noch schlimmer.

»›Hier hat doch nicht etwa ein gewöhnlicher Mann sich des weiblichen Namens *Annie Londonderry* bedient, um möglichst viel Geld und Aufmerksamkeit für seine Fahrradtour um die Welt zu gewinnen?‹«, übersetzte die junge Frau, die Annies Regung nicht bemerkt hatte. »›Dieser Verdacht scheint uns zumindest nicht völlig abwegig zu sein, denn ein derart abenteuerliches, ja gewagtes Unternehmen ist dem schönen Geschlecht schwerlich zuzutrauen. Zumal Frauen im Alter der angeblichen Annie Londonderry gewöhnlich zu Hause ihre Männer und Kinder umsorgen, statt in der Weltgeschichte herumzuradeln.‹«

»Ist ja ulkig!« Kichernd hielt die Sekretärin ihr den Artikel hin. »Diese Radfahrerin aus Boston ist in Wirklichkeit ein Mann?«

»Sie ist eine Frau wie Sie und ich!« Annie sprang auf und zog der anderen den Zeitungsausschnitt aus der Hand. Es kostete sie alle Beherrschung, ihre Wut und ihre Fassungslosigkeit hinter einer gleichgültigen Miene zu verbergen. »Das können Sie mir ruhig glauben, Ma'am, denn ich kenne Annie Londonderry gut, sehr gut sogar. Danke und leben Sie wohl.«

Voller Empörung stürmte sie aus dem Zimmer, die Treppe hinunter und aus dem Botschaftsgebäude. Voller Empörung und laut schimpfend radelte sie zurück in ihr Hotel. Annie war dermaßen aufgebracht, dass sie kaum merkte, wie die Fassaden von Paris an ihr vorüberflogen, die Kutschen, die Radfahrer, die Passanten, die Automobile. Am liebsten hätte sie geschrien. Als sie sich im Hinterhof des Hotels von ihrem Sterling-Rad schwang, wunderte sie sich, dass sie bereits angekommen war.

Elende Schmierfinken!, dachte sie, während sie in ihr Zimmerchen hinabstieg. Zu Hause in Amerika hatten die Zeitungen ihre Weiblichkeit und Attraktivität gelobt, und zwar alle! Als hübsch, anmutig und reizvoll hatte man sie beschrieben, und hier in Frankreich zweifelte man sogar daran, dass sie überhaupt eine Frau war!

Wartet nur!, dachte sie erzürnt, so viele Bären, wie ich euch aufbinden werde, gibt es in ganz Europa nicht!

*

Am Abend, auf dem Weg zu ihrem Vortrag im Frauenfahrradclub, entdeckte sie vor einem Lichtspielhaus eine Menschentraube, die sich um einen Zeitungsjungen drängte. Annie hielt an und kaufte die Spätausgabe des *Le Matin*.

Sie schob ihr Fahrrad in den Lichtkegel einer Gaslaterne, lehnte es gegen den Laternenpfahl und blätterte in der Zeitung. Auf der fünften Seite entdeckte sie schließlich ihren Namen in einer Schlagzeile über einem kleinen Artikel. Allerdings war *Londonderry* auch schon alles, was sie verstand.

Mehr als zehn Passanten hielt sie an, bis sie endlich einen Studenten fand, der gut genug Englisch beherrschte, um ihr den Artikel übersetzen zu können. Dieser junge Mann stammelte zwar mehr, als dass er las, doch Annie verstand gut genug, was sie verstehen musste.

Der Reporter, der sie beim Frühstück interviewt hatte, beschrieb sie als selbstbewusst, tollkühn und athletisch gebaut. Allerdings würden ihre derbe Art, ihr burschikoses Auftreten und ihr herbes Aussehen ganz und gar zu ihrer Männerkleidung passen.

»›Annie Londonderry ist mutig und zum Äußersten entschlossen wie ein Mann‹«, übersetzte der Student. »›Tatsächlich findet man so gar nichts Weibliches an dieser Amerikanerin. Nicht einmal von Romantik und Liebe scheint sie etwas wissen zu wollen. Danach gefragt, lacht sie nur laut und verächtlich, ganz so, als hätte sie dergleichen nicht nötig und wüsste kaum, was das ist: Liebe.‹«

»Es reicht! Tausend Dank, Monsieur.« Annie schenkte dem jungen Mann die Zeitung, stieg aufs Fahrrad und fuhr zum Clubhaus. Sie kochte vor Wut.

Der Versammlungssaal des Frauenradclubs platzte schier aus den Nähten, denn an die hundert Leute wollten die Frau sehen und hören, die sich vorgenommen hatte, mit einem Fahrrad um die Welt zu radeln. Wie sie es Victor Sloan versprochen hatte, schob Annie ihr Sterling-Rad in den Saal hinein bis ganz nach vorn, wo sie es gegen das Rednerpult lehnte.

Die Vorsitzende des Fahrradclubs wartete, bis die letzten Besucher sich gesetzt hatten, begrüßte dann das Publikum und stellte die Rednerin vor, wobei Annie bereits den ersten und überraschend lebhaften Beifall einheimste. Danach begann Annie über ihre Fahrt von New York City nach Chicago zu erzählen, schilderte die schreckliche Hitzewelle jener Wochen, beschrieb mit dramatischen Worten die miserablen Wege und Straßen und bauschte kleinere Zwischenfälle zu gefährlichen Bedrohungen auf. Sie vergaß auch nicht, ihr Sterling-Rad zu loben, obwohl sie doch erst in Chicago darauf umgestiegen war.

Kaum die Hälfte des Publikums verstand, was sie sagte, das sah Annie den Gesichtern ihrer Zuhörer an, der Begeisterung der Lauschenden tat das jedoch keinen Abbruch. Als die Männer und Frauen nach dem zweiten *Vive-la-France!*, das Annie ihnen entgegenschmetterte, erneut in Jubel ausbrachen, entdeckte sie den Sterling-Agenten in der letzten Reihe.

Da unterbrach sie ihren Vortrag und rief über die Köpfe ihrer Zuhörerschaft hinweg: »Wären Sie so freundlich, nach vorn zu kommen und zu dolmetschen, Mr. Sloan?«

Der Sterling-Agent war so freundlich, und offenbar übertrug er Annies Vortrag sehr gut ins Französische, denn die Leute wollten kaum aufhören zu klatschen, als sie fertig war.

Danach geschah, was Annie gehofft hatte: Drei Reporter drängten sich um ihr Rednerpult und wollten alles Mögliche von ihr wissen – ob es stimme, dass eine Wette der Grund ihrer Reise sei, warum sie denn nicht verheiratet sei, ob sie einen Beruf habe und ob wirklich vier entflohene Häftlinge versucht hätten, sie zu vergewaltigen und zu ermorden.

»Vier?!«, rief Annie. »Die waren zu sechst!« Sie zeigte die Zahl mit den Fingern. »Zwei sind baumlang gewesen und schwarz wie die Nacht.« Mit dramatischen Worten und in grellsten Farben schilderte sie den Überfall auf der Bahntrasse. »Wenn ich gewollt hätte, hätte ich sie alle sechs erschossen, denn in einer Revolvertrommel stecken in der Regel sechs Patronen, wie Sie wissen, Messieures, und mein Verlobter hat mir zielgenaues Schießen beigebracht.«

»Sie sind verlobt?«, staunte einer der Reporter.

»Ich war es, und zwar schon vor Beginn meines Medizinstudiums.« Annie senkte die Stimme und fiel in einen leicht bedrückten Tonfall. »Mein Verlobter hat auf einem Schönheitswettbewerb in Houston, Texas, um meine Hand angehalten. Noch während der Siegerehrung, ich hatte den ersten Preis gewonnen. Der gute Mann, ein reicher Rinderzüchter, hat mir den Umgang mit wilden Pferden und das zielgenaue Schießen beigebracht und mir so das Leben gerettet, wie sich später herausstellen sollte. Leider hat er getrunken, weswegen ich ihn kurz vor der Hochzeit in die Wüste geschickt habe.«

Die Gesichter der Reporter glühten vor Eifer. Hastig stenographierten sie jedes Wort mit, das über Annies Lippen kam. Noch kein Pressemann vor ihnen hatte Gelegenheit gehabt, derart private Einzelheiten aus dem Leben der Annie Londonderry zu erfahren und in seiner Zeitung zu veröffentlichen. Annie zweifelte keinen Augenblick daran, dass den Schreiberlingen dieses Privileg durchaus bewusst war.

Victor Sloan stand indessen hinter den Schreiberlingen und saugte feixend an seiner Zigarre.

»Ihr Name ist ja nicht gänzlich unbekannt in den Vereinigten Staaten, Mademoiselle Londonderry«, hob einer der Reporter zur nächsten Frage an. »Sind Sie eventuell verwandt mit dem Mineralwasserproduzenten Londonderry aus New Hampshire?«

»Keineswegs! ›Annie Londonderry‹ ist ein Pseudonym, müssen Sie wissen, mein wirklicher Name klingt wesentlich schöner …«

Die Reporter lachten, und Annie unterbrach sich für einen Augenblick, um ihnen Zeit für ihre Erheiterung zu geben. Sloan lachte nicht, feixte nicht einmal mehr, sondern machte ein ziemlich verblüfftes Gesicht hinter seiner Zigarrenrauchwolke.

»Doch, das können Sie mir schon glauben!«, fuhr Annie schließlich fort. »Meinen wahren Namen werde ich zu gegebener Zeit enthüllen, doch während meiner Weltreise möchte ich meinem Onkel väterlicherseits unangenehme Fragen ersparen. Als Senator der Vereinigten Staaten steht er nämlich auch ohne seine um die Welt radelnde Nichte viel zu oft im Licht der Öffentlichkeit.«

»Wenn ich Sie recht verstehe, verdanken wir Ihre kühne

Reise also einer zerbrochenen Liebe?«, hakte einer der Reporter nach.

»Wenn Sie so wollen.« Annie zuckte mit den Schultern. »Ich habe lange um diese Liebe getrauert, weiß Gott.« Sie seufzte. »So tief getrauert, dass ich mein Studium unterbrechen musste. Und nicht nur das – ein halbes Jahr nach der Entlobung sah ich mich überdies gezwungen, den Verlag zu verkaufen, den ich während unserer Verlobung gegründet hatte. Eine Zeitlang habe ich nämlich nebenbei ein medizinisches Fachmagazin herausgegeben. Als ich dann von dieser Wette in Boston hörte, schickte ich sofort meine Bewerbung los. Das war *die* Gelegenheit für etwas ganz Neues.«

»Dann sind Sie inzwischen also auch offen für eine neue Liebe?«, wagte der unverschämteste unter den Reportern zu fragen.

Sloan nahm die Zigarre aus dem Mund und lauerte gespannt auf Annies Antwort.

»Wer nicht offen ist für alles, was das Leben zu bieten hat, an dem geht es schlicht und ergreifend vorbei«, verkündete Annie und zuckte erneut gleichmütig mit den Schultern. »Was Ihre Frage betrifft: Es kommt, wie es kommt. Dabei ist es keineswegs so, dass ich meinen Exverlobten nicht mehr liebe, doch man muss vernünftig sein, und wer will seine Lebenszeit schon an einen Trinker verschwenden? Dabei verdanke ich diesem Mann im Grunde mein Leben, wie gesagt. Denn stellen Sie sich vor, ich hätte nicht schießen können, als die sechs Lustmörder auf der Bahntrasse über mich herfielen! Und wenn er mir den Umgang mit Pferden nicht beigebracht hätte, könnte ich heute genauso wenig vor Ihnen stehen. Auf dem Weg zwischen Cleveland und Buffalo passierte mir nämlich Folgendes …«

Story vom durchgegangenen Gespann

Zwischen Cleveland und Buffalo, Mitte Oktober 1894

Das Wetter ist trocken und sonnig, milder Wind weht vom See her. Wir fahren zu zweit, schon seit Tagen. Links der glitzernde Spiegel des Erisees, rechts Viehweiden und abgeerntete Felder bis zum Horizont.

Mein Begleiter heißt Bliss (so, ohne Vornamen, hat er sich mir in Cleveland vorgestellt, so habe ich ihn die ganz Zeit genannt). Er hält sich für den perfekten Radfahrer und radelt neben mir, wenn der Weg breit genug ist. Meistens ist er breit genug.

Ich will nicht sagen, dass Bliss ein schlechter Fahrradfahrer ist, er redet nur ein bisschen viel und hält es höchstens drei Stunden ohne Essen und Trinken aus. Sprich: Wir müssen ziemlich oft halten.

Eine halbe Stunde bevor es passiert, kommen wir aus einem Gasthaus, in dem Bliss zwei Steaks mit einem Liter Bier heruntergespült hat. Dorf und Gasthaus liegen schnell hinter uns, doch bald bricht uns der Schweiß schon aus, wenn wir nur eine Schnecke überholen wollen: Der in den Fels gehauene Weg steigt gewaltig an, und wir haben mächtig zu treten, um voranzukommen.

Links fallen die Steilklippen hundert Fuß zum Seeufer ab, rechts begrenzt Felsen den Weg, acht bis zwölf Fuß hoch, schätze ich. Wir könnten zwar nebeneinander fahren (gerade noch so), tun es aber nicht – aus Respekt vor der Steilklippe.

Bliss hält an und lehnt sein Rad in die Dornen, die vor dem Fels wuchern (Brombeeren). Er muss sich entleeren (das Bier). Ich fahre weiter, denn kein Mensch hält am Berg, wenn's nicht unbedingt sein muss. Bliss wird mich schon einholen, der tolle Radfahrer, der er zu sein glaubt.

Nach ein paar Minuten dann eine Staubwolke über mir auf dem Weg. Ich gucke, ich blinzle, und was sehe ich? Ein Gespann aus vier Pferden. Vom Hügelkamm her donnert es heran, dahinter poltert ein mit Steinen beladener Wagen das Gefälle herunter. Der Fuhrmann scheint ein Anfänger zu sein, denn er schreit und drischt mit der Peitsche auf sein Gespann ein, als wolle er es noch schneller den Berg hinabjagen.

Das wird eng, denke ich, schau nach links auf den See unterhalb der Klippen, schau nach rechts, wo die Felswand aufragt. Das wird elend eng!

Ich trete trotzdem weiter in die Pedale, rufe und winke dem Fuhrmann zu, damit er endlich aufhört, zu brüllen und zu peitschen, und damit er mich bemerkt. Doch Pferde und Wagen rasen mit unverminderter Geschwindigkeit auf mich zu. Sieht der Kerl mich denn nicht, oder was ist da los auf dem verdammten Fuhrwerk?

Natürlich sieht er mich, er reißt ja an den Zügeln wie verrückt und brüllt wie einer, dem der Teufel selbst im Nacken sitzt, und seine Pferde preschen den schmalen Fahrweg hinunter, als sei eine Kompanie Pferdemetzger hinter ihnen her.

Dann fällt es mir wie eine Binde von den Augen: Der Fuhrmann hat die Kontrolle über sein Gespann verloren! Seine Gäule sind ihm durchgegangen!

Als ich das endlich begreife, trennen mich noch hundertfünfzig Fuß Wegstrecke von ihnen, höchstens zweihundert.

Ich drehe mich um, rufe Bliss eine Warnung zu. Der schwingt sich auf sein Rad, macht Anstalten, den Berg wieder hinunterzu-

fahren. Das versuche ich auch – wende, trete in die Pedale, was ich kann, denke: Nur weg von dem wild gewordenen Gespann!

Da sehe ich, wie Bliss vor lauter Hast schwankt, kippt, stürzt und bäuchlings übers Geröll schlittert. Ich könnte an ihm vorbeirasen, habe eine echte Chance, vor dem Fuhrwerk zurück im Dorf zu sein. Doch wenn ich es tue, ist Bliss so gut wie tot.

Ich höre auf zu denken, irgendwas in mir schreit: Bremsen! Absteigen! Das Gespann anhalten! Und schon schwinge ich mich aus dem Sattel, packe mein Sterling-Rad und stemme es in die Dornen hinein (zum Glück fahre ich nicht mehr das schwere Columbia-Modell!).

Kein klarer Gedanke mehr in meinem Kopf, nur noch Gefühl (Angst), nur noch Instinkt (Überlebenswille): aufs Pedal gestiegen, am Sattel festgehalten, auf die Stange geklettert, irgendwie Halt in den verdammten Dornen gefunden. Und alles gerade noch rechtzeitig, denn das rasende Gespann ist jetzt fast auf meiner Höhe.

Einen Atemzug lang sehe ich das aschfahle Knabengesicht des Kutschers – er guckt mich an, als brächte ich *den Tod und nicht er. Im nächsten Moment springe ich ab und auf den Rücken des linken vorderen Pferdes. Von dort schwinge ich mich aufs rechte Pferd, denn das ist das Leittier, wie ich von weitem erkannt habe.*

Ich kralle mich im Zaumzeug fest, in der Mähne, am Zügel, ich beuge mich weit vor bis an die Ohren des Tiers. Der Klippenrand ist jetzt nur noch eine halbe Armlänge von mir entfernt. Bloß nicht schreien, denke ich, obwohl ich nicht wüsste, was ich lieber täte.

»Ganz ruhig«, flüstere ich dem Gaul ins Ohr. »Gemach, gemach, sonst musst du fliegen«, flüstere ich, »und so ein Absturz in den See ist nichts für mich, und für dich sowieso nicht. Mach langsam, ganz ruhig.«

Das Pferd neben uns stolpert über Bliss' Fahrrad, der Wagen holpert drüber hinweg, ich höre Metall klirren und Blech splittern, und keine neunzig Fuß vor uns rennt Bliss wie ein Hase.

»Gemach, gutes Pferdchen«, flüstere ich, »ganz ruhig, hörst du?« Ich streichle dem Tier über den Hals, die Kieferknochen, die Schläfe. »Ich bin bei dir, alles wird gut.«

Ich summe der panisch galoppierenden Kreatur die Melodie eines lettischen Kinderliedes ins Ohr, schlinge meine Arme um ihren Hals, summe und flüstere und summe und flüstere und spüre dabei, wie das Pferd sich entspannt, wie es ruhiger wird, wie es langsamer wird, langsamer und immer langsamer.

Und dann steht das Gespann still.

Ich zittere, als ich den Kopf hebe. »Gutes Pferdchen.« Meine Stimme vibriert. »Liebes Pferdchen.« Ich kämpfe mit den Tränen, ich tätschle dem Gaul den Hals. Fünf Schritte vor uns steht Bliss, er atmet schwer, bebt und keucht.

Ich drehe mich nach dem Fuhrmann um, einem Burschen von kaum sechzehn Jahren. Er stiert über die Steilklippen zum See hinunter. Von uns dreien zittert er am heftigsten.

»Schwachkopf«, sage ich sehr leise (damit die Pferde nicht erschrecken). »Bist du eigentlich vollkommen mit Blödheit geschlagen, dass du in Panik gerade Gäule auch noch anbrüllst?« Er schaut mich an und guckt, wie er wohl erst wieder gucken wird, wenn er am jüngsten Tag vor Gottes Richterstuhl steht. »Und sie sogar noch mit der Peitsche traktierst?« Der Junge antwortet nicht, kann nicht antworten, denn er muss sich übergeben.

Das muss ich mir nicht angucken, stattdessen klettere ich vom Leitpferd. Da steht Bliss schon oberhalb des Fuhrwerks und betrachtet, was von seinem Fahrrad übriggeblieben ist. Er macht ein Gesicht, als würde er in das noch offene Grab seiner Mutter starren.

Zusammen mit dem jungen Fuhrmann (der bebt immer noch) lädt er später das Fahrradwrack auf den mit Steinblöcken beladenen Wagen. Er klettert hinauf und setzt sich neben das bedauernswerte Rad auf einen Stein. Der Fuhrmann wird ihn bis zur nächsten Stadt mitnehmen.

»Von dort fahr ich mit dem Schiff nach Buffalo«, sagt Bliss. »Mach's gut und Hals- und Beinbruch.«

Eine Zeitlang schaue ich dem Gespann hinterher. Bliss, auf dem Steinstapel neben seinem demolierten Fahrrad, grinst seltsam schief und winkt mir zu. Ich winke zurück.

Irgendwann ziehe ich mein Sterling-Rad aus den Dornen. Bis zur Kuppe hinauf schiebe ich lieber. Es ist ziemlich ruhig ohne Bliss. Meine Knie sind weich, in meinem Bauch rumort noch der Schrecken, meine Hände sind von Dornen zerstochen. Doch ein gutes Gefühl durchströmt mich, wie ich mein Fahrrad so den Berg hinaufschiebe. Das Gefühl, ich könnt's schaffen.

Oben angekommen streiche ich über Sattel und Stange. »Gutes Fahrrad«, flüsterte ich, »liebes Fahrrad.« Dann steige ich auf und fahre weiter.

Franzosen

Paris, Valence, Marseille: 30. Dezember 1894 – 20. Januar 1895

Mehr als zwei Wochen später, einen Tag vor Silvester, stieg Annie kurz nach acht Uhr morgens vor dem Porte-Doreé-Café auf ihr Sterling-Fahrrad, um der französischen Hauptstadt den Rücken zu kehren. Schon seit dem Abend plagte das Reisefieber sie, sodass an Schlaf kaum zu denken gewesen war.

Obwohl es nieselte und ein kalter Nordwestwind wehte, hatten sich vor dem Café neben hunderten von Schaulustigen etliche Dutzend Männer und Frauen mit ihren Fahrrädern auf der Avenue Daumesnil versammelt, unter ihnen auch Victor Sloan und sein Bruder James. Niemals hätte Annie damit gerechnet, dass so viele Radfreunde sie aus Paris hinauseskortieren würden. Überglücklich lachte und winkte sie nach allen Seiten.

Als die Sloan-Brüder ihre Räder neben sie schoben und aufstiegen, zog sich Annie die Kapuze ihres Regenmantels über den neuen Hut, band sich die US-Flagge um die Schultern und winkte ein letztes Mal dem Botschafter und seiner Familie zu, bevor auch sie ihre Lenkstange ergriff. Dr. Chancellors vergnügtes Lächeln mitten in der wintermüden Menge ließ eine ganze Kaskade von Bildern in ihrer Erinnerung aufleuchten: Dr. Chancellor, wie er sie im Kasino der *La Touraine* an seinen

Tisch bat; Dr. Chancellor, wie er an der Reling stehend ihre Deckrundfahrt beklatschte; wie er in das Verhör im Zollhaus von Le Havre hineinplatzte, wie er ihr ungefragt fünfzig Dollar in die Hand drückte und so die Basis für ihre nun wieder gut gefüllte Reisekasse legte.

Nie würde sie vergessen, was der Mann für sie getan hatte, ihr ganzes Leben lang nicht.

Sloan gab das Startzeichen, tosender Applaus erhob sich, und mehr als achtzig Fahrradfahrer schwangen sich auf ihre Sättel und begannen in die Pedale zu treten. Flankiert von den Sloans führte Annie die Kohorte an. Schon nach wenigen hundert Metern waren ihre Müdigkeit und ihre Nervosität wie weggeblasen.

An jeder größeren Kreuzung stießen neue Radfahrer hinzu, und als Annie in die Rue Coquillière einbog, folgten ihr bereits an die zweihundert fahrradbegeisterte Frauen und Männer. Erst nach und nach begriff sie, dass sie die große Anteilnahme an ihrem Start dem Organisationstalent der Sloans zu verdanken hatte.

Mit Handzeichen und Zurufen lotsten die Brüder sie in Straßen und Gassen, über Plätze, durch Parks, vorbei am neuen Wahrzeichen von Paris, dem Eiffelturm, und ein letztes Mal über eine Seine-Brücke. Danach ging es in südöstlicher Richtung Meile für Meile heraus aus der Großstadt.

Während des gesamten Weges aus Paris gab Victor Sloan den Fremdenführer und erzählte Annie alles, was er wusste über die Entstehung des gigantischen Turms, über die Geschichte der Stadt, über ihre Plätze, Museen und all die Sehenswürdigkeiten, an denen die Fahrradkohorte vorüberrollte. Und er wusste alles; wenigstens hörte er sich so an.

Annie lauschte ihm gern an diesem Morgen, denn seine Art zu erzählen erzeugte lebhafte Bilder in ihrem Kopf, und die lenkten sie ab von Kälte und Regen und von der drückenden Sorge um ihre Kinder, die in der schlaflosen Nacht wie so oft über sie hergefallen war. Überhaupt hatte sie den redseligen Sterling-Agenten schätzen gelernt während der drei Wochen seit ihrer ersten Begegnung in Dr. Chancellor's Büro. Auf seiner Fahrradmesse kurz vor Weihnachten hatten sie sich sogar ein wenig angefreundet.

Der Weg aus Paris heraus gestaltete sich ungefähr so mühsam, wie Annie es erwartet hatte – Gegenwind peitschte den Radlern Regen ins Gesicht, die Kälte kroch ihnen unter Mäntel und Hosenbeine, und je weiter sie sich vom Zentrum der Hauptstadt entfernten, desto unwegsamer wurde die Strecke. Zwanzig Meilen weit kämpften sie sich über schlammige Straßen voran, bis die Sloans gegen Mittag in einem Ort namens Lieusaint das Zeichen zur Rast gaben. Niemand wollte sich darüber beschweren, die erschöpfte und vor Kälte schon ganz steife Annie am wenigsten.

Laut dem Tagesplan der Sloans hatten die durchgefrorenen Radfahrer eine Dreiviertelstunde lang Zeit, sich im Tanzsaal eines Gasthauses aufzuwärmen und ihre Kleider leidlich zu trocknen. Nach exakt fünfundvierzig Minuten erteilte James Sloan (anders als sein Bruder Victor verlor er nie ein überflüssiges Wort) das Kommando zum Aufbruch, und alle leerten ihre Gläser und Tassen, kratzten ihre Teller aus, schlüpften in ihre nassen Regenmäntel und humpelten aus dem Saal zu ihren Fahrrädern hinaus.

Hier, in Lieusaint, verabschiedeten sich die ersten Pariser Radfahrer von Annie, und neue Begleiter schlossen sich ihrer rollenden Kohorte an. Weiter ging es nach Melun, wo gegen halb drei erneut gerastet wurde und ein Fotograf auf sie wartete, den die Sloans dort hinbestellt hatten. Nach dem Fototermin fuhr die stetig schrumpfende Gruppe durch den berühmten

Eichen- und Pinienwald von Fontainebleau, bis sie am frühen Abend das Städtchen Nemours erreichte. Dort, vor einem Hotel an einem Flüsschen namens Loing, stiegen nur noch knapp vierzig über und über mit Schlamm bespritzte Frauen und Männer erschöpft von ihren Rädern, denn ein Großteil von Annies Begleitern war unterwegs nach Paris umgekehrt.

Annie konnte kaum glauben, dass sie in so kurzer Zeit fünfzig Meilen weit durch Kälte und Regen gefahren waren. Todmüde fiel sie nach dem Abendessen ins Bett und schlief sofort ein.

Am nächsten Morgen nach dem Frühstück verabschiedeten sich die Sloan-Brüder von ihr. Sie wollten Silvester mit ihren Familien feiern. Zusammen mit den Parisern, die bis Nemours durchgehalten hatten, radelten sie zurück in die Hauptstadt. Mit einer Handvoll Männern aus den Fahrradclubs der Umgebung setzte Annie ihre Tour fort. Bis nach Marseille hatten sie noch knapp 450 Meilen zu bewältigen.

Tagelang radelten Annie und ihre wechselnden Begleiter durch Regen und Kälte von Stadt zu Stadt, von Dorf zu Dorf, schliefen in Clubhäusern, schlecht beheizten Wanderhütten, Gemeindesälen, Gasthäusern und einmal auch auf dem Bauernhof einer Großfamilie. An manchen Tagen schaffte Annies Truppe sechzig und mehr Meilen, an anderen nicht einmal zwanzig.

Auf ihrem Nachtlager abends trug sie die Namen der Orte und Städte in ihr Reisetagebuch ein, in denen sie nach den Tagesetappen abstiegen. Von ihren Reisegefährten ließ sie sich die Namen vorsagen und sprach sie nach, bis sie ihr fehlerlos über die Lippen kamen. In ihren amerikanischen Ohren klangen sie wie kleine geheimnisvolle Gedichte: Nemours, Montargis, Cosne-Cours-sur-Loire, Charité-sur-Loire, Saint Rambert …

Annie musste das im Jackenfutter befestigte Plakat nicht

ein einziges Mal aufklappen, denn immer fuhren Radfahrer mit ihr, die nicht nur ihre Heimatregion, sondern auch den schnellsten Weg nach Süden kannten, nach Marseille. Die Tour geriet zum Staffellauf – in jeder neuen Stadt, an jedem neuen Ort verabschiedeten sich vorübergehende Mitglieder ihrer rollenden Kohorte und neue stießen hinzu; durchweg Männer, und immer fand sich einer darunter, der ein Lied anstimmte, wenn Annie glaubte, dass Regen und Kälte gar nicht mehr zu ertragen waren.

So ging das Tag für Tag; manchmal fuhren nur zwei oder drei Begleiter an Annies Seite, manchmal so viele, dass sie den Überblick über Namen und Gesichter verlor. Niemals jedoch radelte sie allein. Dafür hatten die Sloans gesorgt, die über Kontakte zu Fahrradclubs in fast allen Städten Frankreichs verfügten.

Annie war so dankbar für die Unterstützung der französischen Fahrradfreunde, dass sie zeitenweise regelrecht in Hochstimmung geriet. Nach den kränkenden Artikeln in der Pariser Presse hätte sie niemals mit so viel Hilfsbereitschaft gerechnet. *Die Franzosen sind das liebenswürdigste Volk auf Gottes Erdboden*, schrieb sie in ihr Reisetagebuch und an die Dowes.

Am fünften Tag ihrer Frankreichfahrt begannen Husten, Schnupfen und Fieber Annie zu plagen. Im Dorf Charité-sur-Loire stieg sie mit vier Reisegefährten in einem kleinen Gasthaus ab und kam kaum die Treppe in ihr Zimmer hinauf, so schwach fühlte sie sich. Die Gastwirtin legte ihr Brustwickel gegen den Husten an und Wadenwickel gegen das Fieber.

Am folgenden Morgen stand sie auf, um ihr Fahrrad aus dem Kuhstall zu holen, doch schon auf der dritten Treppenstufe machte sie kehrt und verkroch sich wieder ins Bett. Das Fieber raubte ihr alle Kraft.

Am Nachmittag fing es an zu schneien, und stürmischer

Wind peitschte dicke Schneeflocken an ihr Fenster. Zwei Tage später las sie in der Zeitung, dass der gesamte Südosten Frankreichs unter einer geschlossenen Schneedecke lag.

Das Gasthaus gehörte einem Regionalbotschafter der französischen Radfahr-Union, der in diesen Tagen mit ihr geradelt war. Weil Annies Zustand bedenklich war und keine Hoffnung auf Wetterbesserung bestand, schlug der Mann ihr vor, die knapp hundertfünfzig Meilen bis nach Lyon, wo es Ärzte und Medizin gab, mit dem Zug zurückzulegen.

Annie fühlte sich so elend, dass ihr Gastgeber keine großen Überredungskünste aufbieten musste. Zumal die Wettbedingungen ihr ja gestatteten, in bestimmten Notfällen eine festgelegte Anzahl von Meilen (knapp tausend alles in allem) per Zug oder Fuhrwerk zurückzulegen. Zur drei Meilen entfernten Eisenbahnstation allerdings fuhr sie am nächsten Morgen mit dem eigenen Fahrrad, wovon ihr die Gefährten vergeblich abzuraten versuchten. Die Zugfahrt nach Lyon rauschte dann an ihr vorbei wie ein Fiebertraum im Halbschlaf.

Nach fernmündlicher Absprache mit Victor Sloan in Paris quartierte der Fahrradclub von Lyon seine kränkelnde Matadorin in einem Hotel mit dem sinnigen Namen *Universum* ein. Beides gefiel Annie sehr gut – das gemütliche Hotel und sein Name. Dort behandelte sie ein Arzt, der seine Kunst glücklicherweise bestens verstand und den sie aus ihrer gut gefüllten Reisekasse bezahlen konnte.

Ihre Ankunft hatte sich schnell in den fahrradbegeisterten Kreisen der Stadt herumgesprochen, sodass ein halbes Dutzend Reporter der Lyoner Presse sich zum Interview anmeldete. Um der kranken Annie viele einzelne Besuchstermine zu ersparen, organisierte der Vorstand des Fahrradclubs eine Pressekonferenz im Foyer des Hotels.

Im Großen und Ganzen erzählte die nach wie vor Fiebernde

den Schreiberlingen bei diesem Anlass, was sie auch deren Kollegen in Paris erzählt hatte, allerdings mit der einen oder anderen Variante. So gefiel es ihr etwa, sich als Doktorandin der Rechtswissenschaften zu präsentieren, und in der Geschichte vom Überfall auf der Bahntrasse verjagte sie die Wegelagerer, ohne einen einzigen Schuss abgeben zu müssen. Auch machte es ihr Spaß, das durchgegangene Gespann über die Steilklippe in den Erisee stürzen zu lassen; selbstverständlich erst, nachdem sie im letzten Moment vom Pferd gesprungen war.

Die meisten Blätter feierten sie als furchtlose Heroin. Weder Schmerzen noch Fieber, Wegelagerer oder klirrende Kälte könnten sie aufhalten, las Annie über sich selbst, und sie las es mit Vergnügen.

Über einen Kolumnisten allerdings ärgerte sie sich dermaßen, dass sie laut aufschrie, als sie in einer Sonntagszeitung seine Zeilen entdeckte und sich von einem anderen Hotelgast übersetzen ließ. Der Autor lobte zwar ihre Kühnheit und ihre athletische Leistung, unterstellte ihr jedoch eine »maskuline Ausstrahlung« und bezeichnete sie als »weiblichen Herkules«. Wörtlich schrieb er: *Mademoiselle Londonderry muss wohl einem bisher unbekannten dritten Geschlecht angehören, denn sie scheint uns weder Mann noch Frau zu sein.*

Am Tag vor ihrer Weiterreise las sie in einer anderen Lyoner Zeitung, dass sie Regen und Schneetreiben getrotzt, das Fahrrad nicht stehen gelassen und die knapp dreihundert Meilen von Paris nach Lyon in nur fünf Tagen zurückgelegt habe. Vielleicht ein Druckfehler, vielleicht hatte der Reporter auch nicht richtig zugehört. Oder hatte sie schlicht vergessen, die Zugfahrt zu erwähnen? Wie auch immer: Annie verzichtete darauf, den Fehler zu korrigieren, denn inzwischen hatte sie begriffen, dass die Franzosen Heldinnen liebten, also lieferte sie ihnen eine.

Nach drei Tage war sie fieberfrei und stieg wieder auf ihr Sterling-Rad. Trotz Schnee und Kälte eskortierte eine radfahrende Schar von Verehrern sie hinaus aus Lyon. Wieder ging es von Stadt zu Stadt nach Süden, und wie schon nach der Abfahrt aus Paris wechselten jedes Mal ihre Begleiter. Annie entdeckte ständig neue Gesichter, hörte ständig neue Namen, sah sich manchmal von zehn und mehr Radfahrern (fast nur Männern) begleitet, mal von nur zwei oder drei. Ihre Erkältung machte ihr kaum noch zu schaffen, dafür meldete sich ein brennender Schmerz im linken Unterschenkel.

Während mancher Rasten ließen ihre sangesfreudigen Reisegefährten Wein- oder Sektflaschen kreisen und brachten Annie französische Lieder bei, die sie unterwegs mir ihr sangen: die *Marseillaise* sowie einfache Kanons wie *Le coq est mort* oder *Frère Jaquces*. Die Wettbedingungen verboten ihr zwar, Französisch zu sprechen, nicht jedoch, Französisch zu singen.

Nach einer solchen feuchtfröhlichen Rast geschah es schließlich in der Gegend von Vienne, dass die ganze Kohorte singend einen Hügel hinabraste und die Schneedecke auf der Talsohle übersah. In voller Fahrt pflügten die Radler hindurch, wobei einige in das kalte Weiß stürzten. Einem schauten sogar nur noch die strampelnden Beine aus dem Haufen.

Annie steckte sie alle mit ihrem hellen Lachen an, während sie den Mann ausgruben. Auf den Schrecken stießen sie mit eiskaltem Rotwein an, und kaum saßen sie wieder in den Sätteln, begann einer, die *Marseillaise* zu singen. Die Bürger von Vienne öffneten staunend die Fenster oder traten vor ihre Türen, als der singende Fahrradchor durch ihre Hauptstraße rollte. Im größten Gasthaus des Städtchens gab der Präsident des örtlichen Fahrradclubs ein Essen zu Ehren Annies, als er davon erfuhr.

In Vienne und am Tag darauf in Saint Rambert schlossen

sich der rollenden Kohorte besonders viele fahrradbegeisterte Männer an. Einmal, etwa vierzig Meilen vor Valence, blickte Annie hinter sich und bemerkte am Ende einer schier unübersichtlichen Kolonne von Begleitern einen Mann in schwarzem Regenmantel und mit rotem Schal. Sofort stand ihr der Italiener vor Augen, Tomaso die Cipolla, zumal dem Radfahrer dort hinten im Fahrtwind langes blondes Haar um den Kopf flatterte. Der Unbekannte musste sich ihrer fröhlichen Truppe irgendwo unterwegs angeschlossen haben, denn bei der letzten Rast hatte Annie ihn noch nicht gesehen.

Während sie weiter in die Pedale trat, gab sie sich der wehmütigen Erinnerung an den so anziehenden wie liebenswürdigen Mann gar nicht erst hin. Es war gut für sie gewesen, ihm begegnet zu sein, noch besser für sie war es jedoch gewesen, ihn hinter sich zu lassen.

Um ganz sicherzugehen (einzig deswegen!), fragte sie den Radfahrer an ihrer Seite, ob er den Blonden am Ende der Kohorte kenne.

»Flüchtig«, antwortete dieser, nachdem er sich umgedreht hatte. »Paul Seigneuret. Ich glaube, er ist Mitglied des Fahrradclubs von Avignon.«

Die Auskunft beruhigte Annie und trieb die Erinnerung an den Italiener dorthin zurück, wo sie hingehörte: in die Kellergewölbe ihrer Seele.

Je weiter südlich Annie und ihre Radfahrer gelangten, desto wärmer wurde es und desto größere Lücken klafften in der Schneedecke. Sie kamen immer schneller voran. Allerdings hatte Annie Mühe, den quälenden Schmerz im Unterschenkel zu ignorieren, da halfen auch keine Lieder mehr. Immer, wenn sich vor ihr ein Gefälle auftat, war sie froh, das schmerzende Bein entlasten und ihr Fahrrad den Berg hinunterrollen lassen zu können.

Kurz vor Valence ging es besonders steil bergab. In einer Kurve, die den ganzen Tag über im Schatten lag, glitzerte Eis auf der Straße. Annie erkannte es zu spät und konnte ihm nicht mehr ausweichen, geschweige denn bremsen. Das Fahrrad rutschte unter ihr weg, sie schlitterte an den Straßenrand und stürzte in einen schmelzenden Schneehaufen.

Halb betäubt richtete sie sich auf, kam wegen der Schmerzen im Unterschenkel jedoch nicht auf die Beine. Die Männer waren inzwischen abgestiegen und scharten sich um sie. Einer zog sie hoch, der Blonde mit dem roten Schal und dem schwarzen Regenmantel. Annie vergaß zu atmen, als sie ihm ins Gesicht sah – es sah aus wie Tomaso di Cipollas Gesicht.

Der Fremde und doch so Vertraute half ihr aufs Fahrrad, und Annie schaute ihm zum zweiten Mal ins Gesicht – kein Zweifel: Es *war* Tomaso di Cipolla.

Tandem

Während der letzten Meilen nach Valence fuhr der Blonde die ganze Zeit neben ihr. Manchmal, wenn es bergauf ging oder sie vor Schmerzen nicht mehr konnte, legte er die Hand auf ihren Rücken, um sie anzuschieben. Das fühlte sich unwirklich an; unwirklich gut.

»Danke, dass Sie den Botschafter ins Zollhaus geschickt haben«, sagte Annie, als sie endlich ihre Fassung wiedergefunden hatte.

»Dr. Chancellor hat mir am Fernsprecher erzählt, dass er Ihnen helfen konnte. Glauben Sie mir, Mademoiselle – ich war unendlich erleichtert.«

Das klang ehrlich in Annies Ohren, klang nicht einmal übertrieben. »Einer der Kameraden sagte mir, sie heißen Paul Seigneuret und stammen aus Avignon.«

»Ich habe Freunde in Avignon.« Weil es bergauf ging, legte er ihr wieder die Hand auf den Rücken, trat kräftiger in die Pedale und schob sie an. »Wenn ich dort wohne, nenne ich mich so.«

»Aber warum?«

»Gegenfrage: Warum benutzen Sie ein Pseudonym?« Er grinste ihr ins Gesicht. »Ich habe davon gelesen. Übrigens auch von Ihrer bevorstehenden Promotion in Jura.«

»Ich heiße wirklich Anna mit Vornamen«, wich sie aus. »Annie ist die Koseform davon.«

»Und ich bin in der ganzen Welt unterwegs, wissen Sie, Mademoiselle Londonderry? Da gebe ich mir gern einheimisch klingende Namen. Und Paul Seigneuret klingt französischer als Tomaso di Cipolla.«

»Vielleicht sind Sie auch einfach nur ein steckbrieflich gesuchter Verbrecher, der sich mit falschen Namen und Scheinidentitäten tarnt.«

Er zuckte mit den Schultern. »Vielleicht.«

Vor und hinter ihnen plauderten und scherzten ihre Begleiter, während sie jetzt eine Zeitlang wortlos nebeneinanderher bergab rollten.

»Ich bin übrigens sehr glücklich, Sie wiederzusehen«, sagte Tomaso di Cipolla, als die Kirchtürme und Dächer von Valence in Sicht kamen. »Sie glauben nicht, wie sehr ich mir das gewünscht habe.«

Was hätte Annie darauf antworten sollen? Dass sie erleichtert gewesen war, ihn vergessen zu können? Dass sie nicht aufhören konnte, an ihn zu denken, seit sie von Bord der *La Touraine* gegangen, seit er so unverhofft im Zellentrakt des Zollhauses aufgetaucht war? Lieber sagte sie gar nichts.

In Valence hatte Victor Sloan ein Zimmer für Annie reserviert – in einem Hotel mit dem hübschen Namen *Gasthaus zum goldenen Haupt*. An der Rezeption wartete ein Telegramm des Sterling-Agenten auf sie: *Kabine für Sie auf der* Sydney *gebucht – stop – Dampfer legt am 20.1. in Marseille ab – stop – 12 Uhr Mittags – stop – Zielhafen: Alexandria – stop – Hals und Beinbruch V. Sloan.*

Annies Hand begann zu zittern, während sie die Neuigkeit las. Di Cipolla sah es wohl, war aber diskret genug, sie nicht auf das Telegramm anzusprechen. Er kümmerte sich um ihr Fahrrad, half ihr die Treppe hinauf und besorgte einen Arzt.

»Eine gute und eine schlechte Nachricht, Mademoiselle«,

erklärte der, nachdem er sie gründlich untersucht und bandagiert hatte. »Die gute zuerst: Der Sturz hat Ihnen lediglich ein paar Schürfwunden und Prellungen beschert.«

»Und die schlechte?«

»Sie haben sich eine massive Entzündung der linken Achillessehne eingehandelt. Damit können Sie unmöglich weiterfahren.«

»Ich muss aber nach Marseille.«

Der Arzt hob bedauernd die Achseln, wünschte gute Besserung und ging.

Am nächsten Morgen half Paul Seigneuret alias Tomaso di Cipolla ihr die Treppe hinunter und in den Frühstücksraum. Danach verschwand er in der Stadt und tauchte erst nach einer Stunde wieder auf. Als Annie nach dem Frühstück mit gepackter Tasche aus dem Hotel in den Hof hinkte, hockte ein Mann des städtischen Fahrradclubs auf ihrem Sterling-Rad und grinste sie an. Neben ihm stand der Italiener (war er überhaupt Italiener?), hielt ein fabrikneues englisches Tandem an der Lenkstange fest und wies auf den hinteren Sattel.

»Normalerweise sitzt der Mann vorn und übernimmt die Lenkstange«, sagte er schulterzuckend, »doch dann müsste ich Ihnen den Rücken zuwenden, was ich nur ungern tue. Außerdem verstößt es gegen die gängige Höflichkeitsetikette.«

»Etiketten sind nicht in Stein gemeißelt, oder? Und was ist heutzutage schon normal.« Annie stieg auf den vorderen Sattel. »Ich lenke für zwei, und Sie treten für zwei. Einverstanden?«

Nachdem er ihre Tasche auf dem Gepäckträger verstaut und auf dem Sattel hinter ihr Platz genommen hatte, drehte Annie sich nach ihm um und schaute in seine blauen Augen, wobei ihr durchaus bewusst war, dass ihr Blick einer Kapitulationserklärung gleichkam: In ihm würde dieser Mann alles lesen können, was ihr Mund ihm verschwieg.

»Danke.« Sie sprach so leise, dass nur er es hören konnte. »Ich weiß nicht, aus welchem Hut Sie dieses tolle Gefährt gezaubert haben, doch dafür weiß ich, dass Sie ein wunderbarer Mann sind.«

Kaum hatte sie sich abgewandt und die Lenkstange ergriffen, hätte Annie sich auf die Zunge beißen mögen für diese Worte, doch sie hatten herausgemusst.

Di Cipolla stieß sich ab, trat in die Pedale, und das schwere Tandem rollte an. Neben ihnen setzte der Mann vom Fahrradclub Annies Sterling-Rad in Bewegung.

»Mit einem schöneren Geschenk als Ihrem Vertrauen können Sie mich nicht beglücken, Annie«, sagte di Cipolla von hinten, als sie unter dem steinernen Torbogen auf die Straße hinausfuhren. »Ich habe Ihnen zu danken. Und was dieses Tandem betrifft: Es hat auf uns beide gewartet. Finden Sie nicht, dass es wie für uns gemacht ist? Es gehört einem britischen Kollegen, der hier in Valence ein Haus besitzt. Wenn wir in Marseille angekommen sind, muss ich es zum Hafen auf seine Yacht bringen.«

Er fährt also mit bis nach Marseille, dachte Annie, wie soll ich das aushalten?

Die Strecke nach Montélimar führte an einem breiten Strom mit dem Namen Rhône entlang. Es begann wieder ein wenig zu schneien, und weil Annie der kalte Wind die Schneeflocken ins Gesicht blies, nahm sie di Cipollas Angebot an, die Plätze zu wechseln und sich hinter seinem Rücken zu bergen.

Nun sah sie ihn direkt vor sich, und seine unmittelbare Nähe machte es ihr schwer, klar zu denken. Doch das brauchte sie nicht, denn er lenkte ja das Tandem und übernahm den größten Teil der Pedalarbeit, sodass sie sich ungestört ihren aufgewühlten Gedanken und Gefühlen überlassen konnte, während hinter ihr der Mann auf ihrem Sterling-Rad schnaufte.

Annie machte sich nichts vor: Sie war bis über beide Ohren verliebt. Und sie spürte, dass es di Cipolla genauso ging, las es in seinen Augen! Wäre es anders, hätte er sich kühl ihr gegenüber verhalten (oder wenigstens nicht ganz so herzlich), hätte sie seine Gegenwart bis zur endgültigen Trennung wahrscheinlich ertragen, denn Marseille war ja nicht mehr weit. Aber so?

Nach den kränkenden Bemerkungen über ihre Weiblichkeit in der Pariser Presse tat es ihr zwar gut, von einem Mann – von einem klugen und attraktiven noch dazu – als Frau wahrgenommen und begehrt zu werden. Doch wohin um alles in der Welt sollte das führen? Sie war doch verheiratet!

»Wie fühlen Sie sich, Annie?«, fragte Paul (so nannte sie ihn inzwischen), als sie zwei Tage später das Städtchen Orange hinter sich ließen. Da hatte Annie längst wieder die Lenkstange übernommen. Heute fuhr der Mann des Fahrradclubs – Robert – vor dem Tandem her, und Annie heftete den Blick auf seinen Rücken, während sie sprach.

»Die Schmerzen wollen einfach nicht nachlassen. Ich werde dem Himmel danken, wenn wir in Marseille ankommen und ich endlich auf einen Dampfer steigen kann.« Diese Vorstellung schmerzte weitaus heftiger als ihre Ferse, denn dann würde sie Paul endgültig aus den Augen verlieren. »Und Sie? Wie fühlen Sie sich?«

»Wie in einem Märchen, Annie. Keine Ahnung, was mit mir los ist: Ich könnte mit Ihnen bis nach Bangkok radeln, ja bis nach Kalkutta oder Yokohama von mir aus.«

Annie brach in ihr helles Gelächter aus, als hätte er einen Scherz gemacht. In Wahrheit jedoch lachte sie ihre aufsteigenden Freudentränen hinweg. Seine Worte gingen ihr mächtig unter die Haut; Angst und Erregung ließen ihr Herz schneller schlagen und ihren Atem fliegen. Wo sollte das enden?

Nach der nächsten Rast erlaubte sie ihm, die Lenkstange zu übernehmen.

Etwa zehn Meilen vor Avignon fuhr ihnen eine Schar Radfahrer des dortigen Fahrradclubs entgegen. Zwei von ihnen machten sofort wieder kehrt, um die Nachricht von Annies baldiger Ankunft in die Stadt zu tragen. Die anderen begrüßten Annie, Paul und ihren Gefährten mit Madelaines und heißem Kaffee, den sie aus einem nahen Dorf besorgt hatten. Annie erfuhr, dass die meisten Mitglieder des Fahrradclubs von Avignon Schauspieler waren. Zu ihren Ehren hatten sie für den Abend ein Theaterfest vorbereitet.

Nach der Rast band sie sich die US-Flagge um die Schulter, klatschte als Zeichen zum Aufbruch in die Hände und setzte sich hinter Paul aufs Tandem. Ihre Ferse stach und brannte, doch die Zeit bis nach Avignon verging wie im Flug: Annie und ihre Begleiter scherzten, lachten und sangen den ganzen Weg über.

Bei der Einfahrt nach Avignon standen bereits außerhalb der Stadtmauer kleine Gruppen von Männern und Frauen am Straßenrand und klatschten und winkten. Zunächst hielt Annie sie für zufällige Passanten, doch je weiter ihre rollende Kohorte in die prachtvolle alte Stadt hineinfuhr, desto dichter drängten sich die Menschen. Sie standen regelrecht Spalier, applaudierten, klopften mit Kochlöffeln auf Töpfe, schlugen Trommeln, bliesen in Posaunen und riefen ihren Namen. Etliche wedelten sogar mit französischen und amerikanischen Fähnchen, die sie zu einem Strauß zusammengebunden hatten.

Annie kam gar nicht mehr aus dem Staunen heraus. Standen all diese Menschen wirklich ihretwegen an der Straße? Nach und nach erst konnte sie es fassen: Die Leute von Avignon hatten tatsächlich auf sie gewartet.

Später erfuhr sie, dass die regionalen Zeitungen schon seit

Tagen über ihre bevorstehende Ankunft berichteten. Noch abends auf dem Theaterfest fühlte sie sich regelrecht euphorisiert von dem triumphalen Empfang, den die Bürger von Avignon ihr bereitet hatten. Lachend und nach allen Seiten winkend saß sie neben dem Mann, in den sie verliebt war, und kam sich vor wie eine gefeierte Diva.

»Gewöhn' dich dran«, raunte er ihr ins Ohr. »Denn übermorgen in Marseille wird es ähnlich zugehen. Auch dort bereiten sie sich auf deine Ankunft vor, wie ich höre.«

Nach der musikalischen Komödie, die einige Mitglieder des Fahrradclubs aufführten, rief man schließlich auch sie auf die Bühne. Paul Seigneuret alias Tomaso di Cipolla übersetzte ihre kleine Ansprache, in der sie mit wenigen Worten von ihrer Reise berichtete und mit vielen Worten Frankreich, die Franzosen und ihre Gastfreundschaft lobte.

»Ihr Franzosen seid das liebenswürdigste Volk auf Gottes Erdboden!«, schloss sie. »Vive la France!«

Die Leute sprangen von ihren Sitzen auf und wollten gar nicht mehr aufhören zu applaudieren.

Anschließend richteten Stadtrat und Fahrradclub ein festliches Essen aus. Der Wein floss in Strömen, der Festsaal hallte wider von Gelächter und Gesang, das Theaterorchester spielte zum Tanz auf. Bis nach Mitternacht flog Annie über die Tanzfläche, und meistens mit Paul, der ihr Walzer beibrachte. Die rauschhafte Stimmung, die sie ergriffen hatte, betäubte sogar den Schmerz in ihrer Achillessehne, sodass sie während des Tanzens nicht viel mehr als einen dumpfen Druck darin spürte.

Zwei Männer hakten sich bei ihr unter, als sie spät in der Nacht inmitten ihrer Fahrradgefährten zu ihrem Hotel zurückkehrte. Links neben ihr sang einer, den sie nicht kannte, rechts lächelte der Mann, den sie begehrte, still in sich hinein. Annie schwebte, Annie war glücklich, Annie fühlte sich, als hätte ein wunderbarer Traum sie in zauberhafte Gefilde entführt. Nie zuvor hatte sie einen Abend wie diesen erlebt, auch nicht während der Monate, seit sie der Enge der Spring Street entflohen war.

Im Hotel umarmte und küsste jeder jeden, und jeder wünschte jedem eine gute Nacht, bevor sich alle in ihre Zimmer zurückzogen; alle, bis auf Annie und Paul alias Tomaso di Cipolla. Sie blieben allein unten an der Treppe, flüsterten einander zu, was sie bisher tapfer verschwiegen hatten, hielten einander bei der Hand und hörten nicht auf, sich zu küssen.

Irgendwann legte er den Arm um Annie und führte sie von der Treppe weg in den Flur, auf dem sein Zimmer lag. Und dann, angesichts seiner Hand auf der Türklinke, zerriss der betäubende Schleier des Rausches über Annies Geist, und die Verzweiflung erhob wieder ihr Haupt. Annie zog seine Hand von der Klinke weg und schaute ihm ins Gesicht. Das Gaslicht des Wandleuchters spiegelte sich in seinen wundervollen blauen Augen.

Was sollte sie tun? Ihn noch leidenschaftlicher umarmen? Mit ihm in sein Zimmer gehen und ihn küssen, bis die Sonne aufging? Sie war jung, sie hatte Hunger nach Liebe, in ihrem Blut pulsierte die Lust. Und Max war weit weg. Und Max war vor allem – nur Max. Was also sollte sie tun?

Sie zog Pauls Kopf zu sich herunter, küsste ihn noch einmal auf den Mund, wandte sich ab und flüchtete hinauf in ihr Zimmer.

Dort lag sie später schlaflos und stolz auf sich, es ohne Paul in ihr Bett geschafft zu haben. Dort lag sie schlaflos und wütend auf sich, weil sie Paul nicht mit in ihr Bett genommen hatte.

Abschied

Die Tage in Marseille flogen dahin, und ehe Annie recht zu sich kam, zeigte der Kalender im Speisesaal ihres Hotels den 20. Januar 1895 an.

»Die *Sydney* liegt zur Abfahrt bereit«, sagte Paul, als er sie dort abholte. »Noch drei Stunden.«

Annie war ein wenig enttäuscht, weil er ihr kein Abschiedsgeschenk mitgebracht hatte. War die Überraschung, die er ihr gestern für heute angekündigt hatte, denn so klein, dass sie in seine Jackentasche passte? Für einen Augenblick drängte sich ihrer Fantasie ein schöner, goldener Ring auf, vielleicht mit einem roten Edelstein. Doch schon im nächsten Moment verscheuchte sie das verlockende Bild wieder – zu anmaßend kam es ihr vor.

Er trug ihre Tasche hinaus auf die Straße, wo sich annähernd hundert Männer und Frauen des Marseiller Fahrradclubs mit ihren Rädern versammelt hatten. Sie applaudierten, als Annie hinter Paul aus dem Hotel trat. In der Menge erkannte sie zwei Männer, für die sie in den letzten Tagen gearbeitet hatte: einen Drogisten und einen Schneider.

Für den einen hatte Annie Parfümproben vom Fahrrad aus verteilt, für den anderen war sie in dessen neuestem Abendkleid-Modell und mit seinem Werkstattschild auf dem Rücken durch die Stadt gefahren. Von dem Honorar, das diese Männer ihr gezahlt hatten, würde sie bis nach Japan reisen können.

Paul befestigte ihre Tasche auf dem Gepäckträger; ihr Sterling-Rad hatte er am Tag zuvor geputzt und gewartet. Sie stieg in den Sattel, er schob sein Fahrrad neben ihres, und dann rollten sie Seite an Seite und eskortiert von den Marseiller Fahrradfreunden zum Hafen hinunter.

Paul hatte recht behalten: Marseille hatte sie mit weit offenen Armen empfangen, als sie eine Woche zuvor mit ihrer rollenden Kohorte in die Stadt hineinfuhr. Tausende hatten die Straßen des Stadtzentrums gesäumt und Annie zugejubelt, während sie auf ihrem Sterling-Rad mit wehender US-Flagge und nur mit einem Bein das Pedal tretend zum Fahrradclub der Hafenstadt gefahren war. Das kranke linke Bein hatte sie publikumswirksam über die Lenkstange gehängt.

Die Bürgerschaft hatte Empfänge, Konzerte und Festbankette für sie vorbereitet. Annie konnte sich kaum retten vor Einladungen, und die ganze Woche über mussten die Zeitungen Uhrzeiten veröffentlichen, zu denen Reporter, Fahrradfreunde und Verehrer sie im Foyer ihres Hotels besuchen konnten. Und selbstverständlich waren die Marseiller Blätter voll von ihren Reiseberichten.

»Du wirst schon erwartet«, sagte Paul, als sie die ersten Hafenkais erreichten und die Schornsteine der *Sydney* sich in Annies Blickfeld schoben. Es stimmte – hunderte, ja tausende von Menschen hatten sich an der Landungsbrücke des Dampfers versammelt. Als die Leute sie und ihre rollende Kohorte erkannten, erhoben sich Jubel und Applaus.

»Ich werde ganz wehmütig, wenn ich in all die fröhlichen und warmherzigen Gesichter schaue«, sagte Annie. »Wird es jemals wieder so schön werden wie in Avignon oder hier in Marseille? Ich fürchte, die Höhepunkte meiner Weltreise werden hinter mir liegen, wenn ich nachher auf dem Dampfer stehe und den Leuten zuwinke.«

»Man soll den Tag nicht vor dem Abend tadeln.« Paul drosselte das Tempo und schob sie an sich vorbei in die Menschengasse hinein, die sich vor ihnen öffnete.

Sie blickte sich nach ihm um. »Und wenn ich daran denke, dass ich mich gleich von dir trennen muss, könnte ich heulen!«, rief sie ihm über die Schulter hinweg zu (natürlich auf Englisch).

»Wir müssen uns nicht trennen! Ich werde mit dir aufs Schiff gehen!«

»Was?!« Für einen Augenblick verlor Annie die Kontrolle über ihr Fahrrad und wäre gestürzt, wenn nicht von allen Seiten hilfreiche Hände nach ihr gegriffen und sie gehalten hätten. Paul rief ihr noch mehr hinterher, während ein paar Männer sie wieder anschoben, doch Jubel und Applaus links und rechts tönten so laut, dass Annie kein Wort verstand. Er würde mit ihr an Bord der *Sydney* gehen? Hatte er das wirklich gesagt? Tränen rannen ihr über die Wangen. War das die angekündigte Überraschung?

Du Idiot!, dachte sie. Das hättest du mir früher sagen müssen! Geliebter Idiot, du!

So manche schlaflose Nachtstunde hätte ihr das erspart. Flammende Traurigkeit hatte sie immer wieder befallen, weil sie an den bevorstehenden Abschied von dem geliebten Mann hatte denken müssen. Trauriger hätte sie sich kaum fühlen können, wenn ihr jemand den Tod eines ihrer Kinder angekündigt hätte. Oder ihren eigenen. Und jetzt erklärte ihr dieser Kerl quasi zwischen Tür und Angel, dass er mit aufs Schiff ginge!

Hin- und hergerissen zwischen Wut und Freude hielt Annie vor einem Podest und stieg vom Fahrrad. Die Gefährten vom Fahrradclub halfen ihr die Stiege hinauf, denn sie hinkte stark. Ihr heimlicher Geliebter folgte ihr, um ihre Abschiedsrede zu übersetzen.

Er hatte ihr romantische Verse geschrieben und sie ihm Liebesbriefe. Und natürlich hatten sie sich schließlich doch getroffen: erst zwar nur in Cafés und Restaurants, dann jedoch heimlich in ihrem oder seinem Hotelzimmer. Sogar auf der Yacht seines Kollegen aus Valence, dem er das Tandem gebracht hatte, doch nur einmal, denn die Kajüte war schwer zu heizen gewesen.

Sosehr Annie Marseille auch liebgewonnen hatte, im Grunde war es höchste Zeit, die Stadt zu verlassen: Alle Dämme waren gebrochen, und viel länger hätten sie ihre Affäre nicht geheim halten können.

Doch war es wirklich nur das – eine Affäre? Wenn er mit ihr aufs Schiff ginge, wenn er wirklich mit ihr reiste, dann würde sie Max endgültig vergessen, das wusste Annie jetzt schon.

»Ich danke euch!«, rief sie in die jubelnde Menge. »Ich danke euch von ganzem Herzen!« Mit warmen Worten fasste sie ihre überwältigenden Erfahrungen in Avignon und Marseille zusammen, und Paul übersetzte. »Als ich am Tag vor Silvester in eurer Hauptstadt aufs Fahrrad stieg, haben die Pariser mich vor euch gewarnt«, schloss sie. »›Unsere Südfranzosen sind lausige Gastgeber‹, haben sie prophezeit. ›Sie werden dir die kalte Schulter zeigen‹, haben sie behauptet. Sie müssen mit dem falschen Fuß aufgestanden sein an diesem Tag, denn sie haben sich als miserable Propheten erwiesen!«

Die Leute lachten, klatschten und jubelten, und Annie musste brüllen, um sich Gehör zu verschaffen. »So viele liebenswerte und gastfreundliche Menschen wie in Südfrankreich habe ich nämlich noch an keinem Ort der Welt getroffen! In meinem ganzen Leben nicht! Gott segne die Bürger von Marseille! Vive la France!« Tränen erstickten Annies Stimme, als von allen Seiten Jubel, Applaus und Hochrufe über sie hinwegbrandeten.

Später, als die *Sydney* ablegte, stand sie neben Paul an der Reling und winkte zur Menge hinab. Männer, Frauen und Kinder drängten sich auf dem Kai, schwangen weiße Tücher, warfen ihr Handküsse zu und riefen ihren Namen.

»Das glaubt mir keiner.« Annie war vollkommen überwältigt. »Kein Mensch wird mir das glauben!«

»Warum denn nicht?« Paul lächelte schelmisch. »Dir nimmt man ja sogar ab, dass du sechs Mörder in die Flucht geschlagen hast, ohne einen Schuss abzufeuern.«

»Das hier ist etwas ganz anderes«, flüsterte Annie mit Tränen in den Augen. »Das hier werde ich mein ganzes Leben lang nicht vergessen.«

Um den Leuten von Marseille und Annie einen angemessenen Abschied zu ermöglichen, manövrierte der Kapitän den schweren Dampfer so lange wie möglich und so nahe wie möglich an der Kaimauer entlang. Als er dann irgendwann doch Kurs auf die Hafenausfahrt nahm, hörte Annie auf zu winken und sah ihrem heimlichen Geliebten ins Gesicht.

»Du willst also auch in den Nahen Osten?«, fragte sie kühl. »Schön, dass ich das auch mal erfahre.«

»Ich fahre überall mit dir hin, Annie, bis nach Yokohama und San Francisco, wenn du mich lässt.«

»Warum sagst du mir das erst jetzt, verdammt noch mal?!«

»Hatte ich das nicht angedeutet?«

Scharf sog Annie die Luft durch die Nase ein. »Ich werde darüber nachdenken.« Sie musterte ihn aus schmalen Augen. »Doch vorerst solltest du dich fernhalten von mir, denn ich bin so wütend auf dich, dass ich dich schlagen könnte.« Sie wollte in ihre Kajüte gehen, doch er hielt sie am Arm fest.

»Ich muss dir noch ein Geständnis machen, Annie, und wenn du sowieso wütend auf mich bist, mache ich es besser jetzt als später.«

Sie glaubte zu wissen, was sie zu hören bekommen würde: dass er verheiratet war. Wie sollte ein Mann wie er auch keine Frau haben? Und wie dumm war sie gewesen, dass sie nicht früher daran gedacht hatte.

Einerseits hielt sie den Atem an und stand auf einmal stocksteif, andererseits regte sich Erleichterung in ihr.

»Ich arbeite an einem Buch über dich und deine Reise«, erklärte er.

»Bitte?!« Annie zuckte zurück und verzog das Gesicht, als hätte sie auf eine Knoblauchzehe gebissen.

Er zog einen Brief aus der Innentasche seines Jacketts, entfaltete ihn und reichte ihn ihr. »Ich habe dir doch gesagt, dass ich unter vielen Namen reise. Hier liest du meinen wirklichen.«

Annie richtete ihren Blick auf das arg zerlesene Blatt. *Lieber Jakob,* las sie da, *heute schreibe ich Ihnen aus Chicago, und jedes Wort, das ich diesem Blatt anvertrauen muss, fällt mir schwer …*

Sie überflog den Brief und begriff nach und nach, dass er in ihrer eigenen Handschrift verfasst war. Ihr Blick huschte zum Briefkopf: *Chicago, 24. September 1894*. Ihr Blick wanderte ans Ende des Blattes. *Warten Sie bitte nicht in San Francisco auf mich, Jakob, ich schaffe es vor Wintereinbruch nicht über die Rocky Mountains. Oder, um gleich die ganze Wahrheit zu schreiben: Ich werde sie niemals überqueren, denn ich habe die Weltumrundung aufgegeben.*

Stumm hob sie den Kopf. Mit bebenden Lippen schaute sie dem Mann neben sich in die blauen Augen. »Du bist …?« Sie knüllte den Brief zusammen, holte aus und schleuderte ihn mit aller Kraft in sein Gesicht. Dann ließ sie ihn stehen und marschierte mit stampfenden Schritten in ihre Kabine.

Sünder

Boston, Massachusetts, Februar 1895

Es klingelte. Wieder und wieder und in exakt gleichen Abständen. John Dowe hob den Blick von seinem Buch, lehnte den Kopf gegen die Rückenlehne seines Lesesessels und schloss die Augen. Zufrieden lauschte er dem rhythmischen Läuten. Es gellte durch das ganze Haus: durchdringend, unerbittlich, schrill. Und genau so musste es sich anhören.

Irgendwo unten bellte Viktoria. Sie hatte dieses Geräusch von Anfang an nicht gemocht.

»John!« Aus der Küche rief Josephine. »Wir haben die Hände voller Teig! Gehst du ran, John?!«

Anfangs, als Josephine den Fernsprechapparat angeschafft und ihm den Platz im Kaminzimmer auf dem runden Kirschbaumtischchen neben der Tür zugewiesen hatte, war John sein schrilles Klingeln noch aufregend, fantastisch, ja zauberhaft erschienen – wie die Verheißung einer paradiesischen Zukunft, in welcher der technische Fortschritt die letzten Probleme der Menschheit gelöst haben würde. Heute, nach nicht ganz einem Jahr, konnte er dieses futuristische Geräusch zwar noch immer genießen, fand es aber nur noch hin und wieder fantastisch. Jetzt zum Beispiel.

»John! Bitte!«

Und war es das nicht im Grunde – fantastisch? Und zwar buchstäblich? Irgendwo in der Stadt steckte ein Telefonist Stecker in Buchsen mit bestimmten Nummern, und plötzlich klingelte es in einem Haus mit Wohnungsanschluss, ohne dass jemand an einem Glockenseil zog oder eine Kurbel drehte! Vor noch wenigen Jahren hätte doch kein Mensch vermocht, sich so ein Wunder vorzustellen! Und noch fantastischer war, dass man, wenn man die Hörmuschel ans Ohr drückte, die Stimme eines Menschen so deutlich hörte, als stünde er neben einem, obwohl er sich einige Häuser oder Straßen oder Städte weit entfernt aufhielt ...

»John! Warum zum Teufel gehst du nicht an den Apparat!« Die ungehaltene Stimme seiner Frau riss John Dowe endgültig aus seinen Betrachtungen.

»Bin doch längst unterwegs!« Er legte sein Buch weg, stemmte sich aus dem Sessel, verließ seine Buchgrotte und stieg die Treppe hinunter. Durch die offene Küchentür sah er die vier von Mehl bestäubten Bäcker hantieren: Josephine und Lester kneteten Brotteig, die beiden Kopchovsky-Mädchen rührten in einer Schüssel voller Kuchenteig herum. Viktoria hockte zwischen ihnen auf den Hinterläufen – sie liebte die Kinder und wich kaum von ihrer Seite, wenn sie im Haus waren. In der Eingangshalle sortierte der Vater der Mädchen, Max Kopchovsky, die ausrangierten Mäntel, Fräcke und Abendkleider, die Josephine im Freundeskreis für ihn gesammelt hatte.

John trat ins Kaminzimmer. Statt jedoch den hölzernen Hörer vom klingelnden Fernsprechapparat abzunehmen, betrachtete er ihn aufmerksam. Zusammen mit der Messinggabel vibrierte er im Rhythmus des Klingeltons, und das sah interessant aus. Unglaublich, was so ein kleiner elektrischer Impuls zustande bringen konnte!

John fragte sich, in welcher Weise es Shakespeares Stücke wohl verändert hätte, wenn es zu dessen Zeit bereits Elektrizität und Fernsprechapparate gegeben hätte. Sir Falstaff hätte sich fernmündlich mit Prinz Henry zu ihren nächtlichen Streichen und Sauftouren verabreden können, und Lady Macbeth hätte …

»Warum nimmst du nicht ab, John!?« Schon wieder Josephines ungeduldige Stimme. »Alles in Ordnung mit dir?«

»Alles bestens.« John griff nach dem Hörer und drückte die ledergepolsterte Hörmuschel ans Ohr. »John Dowe?«

»Goldberg hier. Wie geht es dir, John?«

»Hervorragend. Und dir, Peter? Lass mich raten: Du ersäufst mal wieder in Arbeit.«

»Dem Himmel sei Dank, John! Deswegen schaffe ich es morgen auch nicht in den Club. Darum also auf diesem Weg: Ich will diesen deutschen Erzähler nicht veröffentlichen. Seinen Indianergeschichten merkt man zu deutlich an, dass er den Westen unseres schönen Landes noch nie mit eigenen Augen gesehen hat. Außerdem sind sie mir eine Spur zu fantastisch.«

»Aber er schildert seine Figuren und ihre Welt doch ausgesprochen glaubhaft!«

»Ungefähr so glaubhaft, wie unsere wackere Radfahrerin ihre Tour von Alexandria über Port Said und Jerusalem nach Aden schildert. Ich habe Miss Londonderrys erstaunlichen Bericht in der *New York World* gelesen, wie du merkst.«

»Und du glaubst ihr nicht?«

»Mehr als Karl May, aber nur ein bisschen. Kommt es dir nicht merkwürdig vor, dass ein Radfahrer diese Strecke in so kurzer Zeit zurücklegt? Bedenke doch: Alexandria, Port Said und von dort der Umweg nach Jerusalem in den Jemen nach Aden!«

»Die Zeitungen und ihre Leser glauben Annie. Du scheinst mir eine Spur zu kritisch zu sein, Peter.« John zog die Tür zu – Max Kopchovsky draußen in der Eingangshalle musste nicht unbedingt mithören, wenn sie über seine Gattin sprachen.

»Es ist mein Beruf, kritisch zu sein, John. Und um die Wahrheit zu sagen: Ich glaube nicht einmal, dass sie überhaupt in Jerusalem gewesen ist.«

»Ich bitte dich!« John Dowe schielte zur Sitzecke im Erker, wo seine Zigarillos auf dem Tisch lagen. »Kein Jude reist in diese Weltgegend, ohne Jerusalem zu besuchen!« Das Kabel zwischen Fernsprecher und Hörer war zu kurz, um den Tisch auch nur berühren zu können. »Und Annie *ist* Jüdin!«

»Sie ist vor allem eine glänzende Geschichtenerzählerin – eine bessere nebenbei als dieser Karl May. *Sie* werde ich drucken lassen, ihn nicht. Es reicht, wenn ich *ein* Buch mit fantastischen Geschichten …«

»Jetzt gehst du aber entschieden zu weit, Peter!«

»… veröffentliche. Wann kriege ich übrigens den versprochenen Durchschlag mit einer Leseprobe von diesem deutschen Schriftsteller? Der Mann ist doch hoffentlich inzwischen zu ihr gestoßen? In den Zeitungen, die ich lese, wird er leider mit keinem Wort erwähnt.«

»Er hat sie in Europa getroffen, in Frankreich, auf dem Weg ans Mittelmeer. Nach allem, was wir aus New York hören, verfolgt er ihre Reise seitdem aus nächster Nähe.«

»Das lässt ja hoffen. Und wo stecken sie jetzt?«

»Schwer zu sagen. Laut Susan Anthony von der *New York World* haben sie Anfang Februar in Indien an einer Safari teilgenommen. Zuletzt seien sie zusammen von Sri Lanka nach Singapur gereist. Inzwischen müssten sie eigentlich auf dem Weg nach China sein. Mrs. Anthony rechnet jeden Tag mit einer Leseprobe von Jakob von Waldmann.«

»Hoffen wir das Beste. Ich drück dir jedenfalls die Daumen, dass sie es schafft. Es wäre mir wirklich unangenehm, wenn es am Ende an mir hinge, deinen Bankrott abzuwenden.«

»An dir?« John Dowe runzelte die Stirn. »Wie meinst du denn das jetzt wieder?«

»Ist das so schwer zu verstehen? Wenn du die Wette verlierst, müsste ich, um dich zu retten, eine unrealistische Zahl deiner Bücher verkaufen.«

»Ich werde diese Wette nicht verlieren.« John Dowe senkte die Stimme, denn ihn beschlich auf einmal das bestimmte Gefühl, Annies Gatte würde an der Tür lauschen. »Und du verkaufst mindestens zehntausend meiner Falstaff-Bücher, was hältst du davon?«

»Dein Optimismus raubt mir den Atem, John. Einen angenehmen Sonntag wünsche ich dir noch.«

Der Professor verabschiedete sich, legte auf und ging zum Erkertisch, wo er sich einen Zigarillo anzündete. Er war enttäuscht, weil die Indianergeschichten dieses deutschen Autors nun doch nicht in Amerika erscheinen würden. »Noch nicht«, murmelte er. »Alles eine Frage der Zeit.« Rauchend verließ er das Kaminzimmer.

In der Halle nickte er dem irgendwie verlegen grinsenden Max Kopchovsky zu, der auffallend emsig in dem Haufen geschenkter Kleider wühlte, und winkte zur Küche hin, wo Josephine den Mädchen half, ihren Teig in eine Kuchenform zu füllen. »Das war Peter. Er hat diesen May endgültig abgelehnt.«

»Habe ich es dir nicht prophezeit?«

Nachdenklich stieg John Dowe die Treppe hinauf. Im Geist stellte er sich eine Landkarte des Orients vor und fragte sich, wie ein Radfahrer es schaffen konnte, in vier oder fünf Tagen von Alexandria nach Port Said und von dort über Jerusalem nach Aden zu fahren. Abgesehen davon spazierte man durch

Jerusalem ja auch nicht in einer halben Stunde. Sollte man Annie eine derartige Meisterleistung wirklich zutrauen?

Vielleicht hatte sein Verleger nicht ganz unrecht. Alles, was er und Josephine über Annie Londonderry lasen – in Zeitungen, in Susans Briefen und vor allem in den Auszügen aus Annies Reisetagebuch –, klang tatsächlich ein wenig, nun ja: sagenhaft. Diesem deutschen Erzähler, diesem Karl May jedenfalls konnte Annie durchaus das Wasser reichen.

Zurück in seiner Büchergrotte blieb John vor der Falstaff-Büste stehen und blies ihr den Rauch ins breite Grinsegesicht. »So viel Sekt wie Ihr gesoffen habt, wärt Ihr auch ein fantastischer Erzähler geworden, Sir John«, sagte er leise. »Vielleicht sogar ein besserer als Euer Meister Shakespeare mit seinem Hang zum Dramatischen.« Schritte auf der Treppe ließen ihn aufhorchen, und kurz darauf klopfte es. »Wer da?«

Die Tür öffnete sich. »Ich bin es, Professor Dowe.« Max Kopchovsky kam herein, verschränkte die Arme auf dem Rücken und räusperte sich. »Am Fernsprecher eben – ging es da vielleicht um meine Frau? Es kam mir nämlich vor, als hätte ich Sie Annies Namen sagen hören.«

»Indirekt ging es tatsächlich um Annie, ja.« John unterdrückte ein Seufzen; hatte Kopchovsky also wirklich gelauscht. »Mein Verleger Mr. Goldberg hat sich nach ihr erkundigt. Ich habe Ihnen ja erzählt, dass sich ein Autor gefunden hat, der ein Buch über Annie und ihre Reise schreiben will, und Mr. Goldberg soll das Werk veröffentlichen.«

»Ein Buch über Annie?« Kopchovsky schlug die Hände zusammen, als hörte er zum ersten Mal davon. »Ist das denn die Möglichkeit?!« Treuherzig schaute er John ins Gesicht. »Das wird sicher einen Batzen Geld einbringen, nicht wahr, Sir?«

»Vor übertriebenen Hoffnungen kann ich nur warnen, Mr. Kopchovsky, und ich kenne mich aus mit der Büchermacherei. Außerdem muss Annie sich den möglichen Gewinn ja mit dem Autor teilen. Mit ein bisschen Glück wird ungefähr so viel herausspringen, wie Sie mit den Luxuskleidern verdienen, die wir Ihnen geschenkt haben.« John kam sich ein wenig schäbig vor, den Hausierer daran zu erinnern, dass er und Josephine ihm Almosen gegeben hatten, doch er hatte keine Lust, mit Annies Mann über Geld und das geplante Buch zu sprechen. Er mochte Kopchovsky nicht besonders.

»Es kommt, wie es kommt, nicht wahr, Herr Professor?« Der andere lachte unsicher. »Vielleicht wird der Allmächtige, gelobt sei er, uns ja gnädig sein und das Buch segnen, damit es etwas Geld abwirft.« Seufzend betrachtete er die Statue. »Wer ist das, wenn ich fragen darf?«

»Der englische Ritter Sir John Falstaff.«

»Kenn ich nicht. Der Gentleman sieht aus, als hätt' man ihm gerade einen guten Witz erzählt.«

»Falstaff ist eine Figur von Shakespeare. Und auf mich wirkt er eher, als hätte er gerade etwas Gutes gegessen und getrunken.« Und eine schöne Frau geliebt, fügte John in Gedanken hinzu.

»Eine Figur, sagen Sie, Sir? Von wem?«

»William Shakespeare, einem englischen Dramatiker. Der hat Sir John Falstaff vor dreihundert Jahren erfunden.«

»Erfunden?« Verblüfft schaute Kopchovsky wieder zum Professor auf. »Ach so, den Gentleman gibt es gar nicht wirklich.«

»Der ist wirklicher als die meisten Menschen.« John lächelte wehmütig in sich hinein.

Max Kopchovsky staunte ihn an und machte dann eine Miene, als würde er angestrengt nachdenken. »Was ist denn so besonders an diesem Falstaff, Professor Dowe?«

»Er ist ziemlich lustig gewesen und ziemlich klug. Außerdem ist er keiner Flasche Sekt aus dem Weg gegangen. Und schließlich hat er gemeinsam mit dem Prinzen und späteren König von England den Frauen nachgestellt und die Gassen unsicher gemacht.«

»Wirklich?!« Als hätte er Sorge, sich an der Falstaff-Büste schmutzig zu machen, wich Kopchovsky einen Schritt zurück. »Ein Sünder also?«

»Wenn Sie so wollen. Ein lebenskluger und liebenswerter Sünder, wahrhaftig.«

Max Kopchovsky sagte nichts mehr. Eine Zeitlang stand er schweigend neben John und trat von einem Fuß auf den anderen, bevor er lautlos aus der Bibliothek huschte. Dem Professor schwante, dass er den frommen Juden möglicherweise überfordert hatte.

Später verabschiedeten sie Max Kopchovsky und seine Töchter draußen auf der Vortreppe. Viktoria drückte den Mädchen winselnd die Schnauze in die Kehle, und Kopchovsky bedankte sich überschwänglich für die feinen Kleider, die er zu einem Ballen geschnürt auf seinem Handkarren verstaut hatte. Dann setzte er Libbie vor den Ballen, drückte ihr den noch warmen Kuchen in die Arme, den Josephine ihr eingepackt hatte, und zog den Karren durch das Gartentor auf die Straße hinaus. Mollie, mit einem Brotlaib unter dem Arm, drehte sich noch einmal um und winkte.

»Susan hat geschrieben«, sagte Josephine, als Annies Familie um die Ecke gebogen war und sie mit John und Viktoria zurück ins Haus ging. »Sie schickt einige englischsprachige Zeitungsartikel aus Ceylon und Singapur. Dazu zwei Auszüge aus Annies Reisetagebuch. In einem schreibt Annie, dass inzwischen knapp achthundert Dollar auf ihrem New Yorker Bankkonto liegen. In der Tasche habe sie zweihundert, die sie verdient hat, seit sie in Marseille an Bord der *Sydney* gegangen ist.«

»Das ist bestürzend wenig!« Die Enttäuschung brannte in Johns Brust wie ein Schmerz. »Ihr bleiben kaum noch sieben Monate Zeit, um die restlichen viertausend Dollar zusammenzukriegen.« Er schloss die Haustür und folgte seiner Frau ins Kaminzimmer.

»Den Löwenanteil wird sie wohl erst einnehmen, wenn sie zurück auf dem Kontinent ist.« Josephine griff nach einem dicken Kuvert und ließ sich in einen Sessel vor dem Kamin fallen. »Zwischen San Francisco und Chicago. Da kann sie höhere Eintrittsgelder nehmen als in Asien. Und vor allem wird sie eine Menge Anekdoten aus dem fernen Osten zu erzählen haben, wie ich sie kenne. Die Zeitungen reißen sich ja jetzt schon um ihre Berichte und Interviews, und die Säle sind voll, wenn sie spricht. Sogar in Bombay, Kalkutta, Ceylon und Singapur.«

»Schreibt Susan das?« John legte Holz nach und schürte das Kaminfeuer.

»Annie berichtet das in ihrem Reisetagebuch, und die englischen Kolonialblätter schreiben es auch, sogar die seriösen.« Josephine zog den Inhalt des Kuverts heraus und blätterte in Zeitungsseiten und Briefbögen. »Alles, was englische und französische Zeitungen liest, will die Fahrradfrau in Männerkleidung sehen und hören.« Sie hielt inne, strich eines der Blätter glatt und überflog die Seite. »Die Presse in Malaysia ist allerdings weitaus kritischer als die bei uns oder in Frankreich, und bei ihrem öffentlichen Auftritt dort ist Annie mächtig ins Fettnäpfchen getreten.«

John ließ sich in den Sessel neben dem seiner Frau fallen und riss ein Schwefelholz an, um seinen erloschenen Zigarillo wieder anzuzünden. Mutlos starrte er ins Kaminfeuer. »Lass hören.«

»›Vorgestern Abend im Hafen ging die NEUE FRAU von Bord der *Sydney*, und viele unserer Mitbürger versammelten sich am Kai, um einen Blick auf ihre Garderobe zu erhaschen‹«, las Josephine. »›Und was bekamen sie zu sehen? Die Frau der Zukunft verzichtet auf überflüssige Oberbekleidung, sogar auf einen Rock, der die Knie bedeckt, und trägt stattdessen Knickerbockers, deren Kniebänder so wirkungsvoll drapiert sind, dass man die Ratschläge darauf deutlich lesen kann: Man möge einen bestimmten Fahrradreifen benutzen und zum Nähen die unzerreißbaren Stoffe eines gewissen Herstellers verwenden …‹«

»Unglaublich – sogar in Asien kann sie Werbefläche verkaufen.« John inhalierte tief. »Welche Zeitung schreibt das?«

Viktoria legte den Kopf auf sein Knie, damit er sie kraulte.

»Die *Singapore Free Press* am vierzehnten Februar. Es geht noch weiter: ›In diesem Aufzug erschien Annie Londonderry, wie sich jene amerikanische Vertreterin der Gattung neue Frau nennt, auch am gestrigen Abend zu einem Vortrag im Saal der US-Botschaft. Sie wolle von Singapur aus zur nächsten Station ihrer Weltumfahrung radeln, nach Hongkong, erklärte sie, und man möge ihr bitte eine direkte Route dorthin beschreiben, auf der sich ihr Fahrrad über möglichst gut befestige Straßen lenken ließe …‹«

»O weh!« John verdrehte die Augen.

»›… womit aufs Neue bewiesen wäre, wie einfach es ist, Malaysia zu bereisen, ohne das Geringste darüber zu wissen‹«, schloss Josephine und legte den Zeitungsausschnitt zur Seite.

»Entweder hat sie gelernt, auf dem Wasser zu radeln, oder sie hat tatsächlich keine Ahnung von der geographischen Lage ihrer Reiseziele.«

»Ich würde von Letzterem ausgehen, Teuerster.« Josephine blätterte schon wieder in dem Papierstapel auf ihrem Schoß. »Allerdings frage ich mich, warum der Deutsche ihr nicht hilft, solche Peinlichkeiten zu vermeiden. Der muss doch wissen, dass Malaysia weitgehend vom Indischen Ozean umschlossen ist.«

»Von Waldmann? Hast du in den Zeitungsausschnitten etwas über ihn gefunden? Peter wartet nämlich sehnlichst auf eine Leseprobe von ihm, doch nirgends findet sich ein Hinweis auf unseren Autor.«

Josephine überflog mehrere Ausschnitte. »In den Artikeln steht nichts, doch er hat Susan geschrieben. Offenbar begleitet er Annie auf Schritt und Tritt.«

»Na, also«, seufzte John. »Dann wird sein Buch ja wohl allmählich Form annehmen.« Hingebungsvoll kraulte er seiner Hündin das Nackenfell.

»Ich bezweifle, dass er groß zum Schreiben kommt.«

»Wieso das?«

»Susan schreibt mir, er würde sich in einer Weise über Annie äußern, die sie beunruhigt.«

»Sie verstehen sich nicht?« Überrascht wandte John sich seiner Frau zu. »Haben sie sich etwa zerstritten?«

»Im Gegenteil. Susan glaubt, dass der Graf sich in Annie verliebt hat.«

»Um Himmels willen!«

»Das hat schon so mancher getan, und es wäre nicht weiter schlimm«, sagte Josephine, während sie die Postsendung aus New York City durchsuchte. »Was Susan befürchtet, ist vielmehr, dass Annie sich auch in ihn verliebt hat.«

John verdrehte die Augen und ließ den Kopf gegen die Sessellehne fallen. »Auch das noch!«

Viktoria richtete sich auf und kläffte. »Keine Sorge, altes Mädchen, hier droht keine Gefahr. In Malaysia dagegen …« Seufzend brach er mitten im Satz ab.

»Einer Zeitung in Ceylon hat sie von einer Tigerjagd mit einem deutschen Adligen erzählt …« Josephine blätterte hektischer in dem Stapel auf ihrem Schoß. »Warum zum Henker finde ich den Artikel nicht? Warte!« Schließlich zog sie drei eng beschriebene Briefbögen hervor. »Hier, in ihrem Reisetagebuch berichtet Annie ausführlich von einer gemeinsamen Tigerjagd mit ihrem Grafen und dessen Schwager irgendwo in Südindien …«

Story vom Menschenfresser

Fischerdorf am Periyar-River, Südindien, Anfang Februar 1895

Vor zwei Tagen ist hier die Hölle los gewesen: schreiende Männer, Hundegebell, heulende Frauen, Schüsse. Ein Kind ist verschwunden, Blut zwischen Bananenstauden, ein Kinderschuh am Flussufer, daneben Spuren des Menschenfressers.

»Menschenfresser?« Ich hab's nicht glauben können, als die ersten Rufe durchs Dorf hallten. »Hier in Indien?«

»So nennen die Eingeborenen Tiger, die Menschen reißen«, hat mein Graf mir erklärt. »Ein Tiger, der einmal auf den Geschmack gekommen ist, hört nicht mehr auf, Menschenfleisch zu fressen.«

Du meine Güte, was für eine Vorstellung! Jakobs Auskunft jagte mir eine Heidenangst ein, und ich wagte es kaum noch, von seiner Seite zu weichen.

Gestern Nachmittag dann habe ich den Menschenfresser mit eigenen Augen gesehen und vor allem – gehört. Wem das entsetzliche Gebrüll dieser Raubkatze einmal in die Knochen gefahren ist, der vergisst es sein ganzes Leben lang nicht mehr. Ich kann kaum weiterschreiben, wenn ich daran denke, denn sofort fange ich wieder an zu zittern.

Doch eines nach dem anderen.

Wir reiten durch den Regenwald, so nennt mein Graf diese feuchtwarme Wildnis, in der die Temperaturen jetzt im Februar auf zwanzig Grad klettern und morgens, nach kalter Nacht, der Dunst in den Wipfeln kirchturmhoher Bäume hängt. Vögel pfeifen, Wildhunde beäugen uns vom anderen Ufer des Flusses aus, Pfauenhähne spreizen ihre Schwanzfedern im Geäst weit ausladender Akazien, und ein riesiger schwarzer Bär springt ins Gebüsch, als er uns kommen sieht.

Wir reiten (mein Sterling-Rad habe ich im Dorf stehen lassen) nicht auf Pferden, sondern auf Elefanten, auf wahrhaftigen Elefanten! Ich kann es selbst immer noch kaum glauben, und doch sitze ich hinter einem halbwüchsigen Eingeborenen, der nur aus Knochen, Haut und Sehnen zu bestehen scheint und das riesige Tier, das uns durch den Wald trägt, offenbar mit der Kraft seiner Gedanken lenkt. Jedenfalls bewegt er weder seine Rute, noch kommt irgendein Ton über seine Lippen.

Wie ein Magier kommt der Bursche mir vor und ich mir selbst wie in einem Traum. Von Elefanten habe ich zuvor nur gehört, und nun kriege ich nicht nur jeden Tag welche zu sehen, sondern reite auch noch auf ihnen! Ach, könnten die Kinder das doch sehen!

Links von mir redet Jakobs Schwager auf seinen Elefantenführer ein. Nicht so laut, dass ich jedes Wort verstehen könnte, aber laut genug, um den kleinen Inder vor ihm auf dem Nacken des Elefanten durchgehend auf Trab zu halten. Der Schwager stützt ein Gewehr auf den Schenkel und späht höchst wachsam zu allen Seiten, während er redet und redet. Manchmal schaut er zu mir herüber, winkt mir zu und fragt, ob mir schon schwindlig sei, ob ich Angst hätte und ähnliches Zeug.

Ich gefalle ihm, das habe ich schon in Bombay gemerkt, als Jakobs Schwester und er uns vom Hafen abgeholt haben. Jakob selbst, den adligen Schriftsteller und Bruder seiner Frau, verehrt er regelrecht. Also hat er uns beide zur Tigerjagd in Südindien eingeladen.

Wenn ich meinen Grafen richtig verstanden habe, hat sein Schwager noch nie einen Tiger erlegt, was mich nicht weiter wun-

dert: Nur ein tauber Tiger liefe Gefahr, einen Dauerredner wie den Schwager näher als eine halbe Meile an sich heranzulassen.

Wie auch immer: Der Menschenfresser kommt dem Schwager gerade recht, denn so, wie er guckt, brennt er darauf, endlich einen Tiger zu erschießen.

Auch mein Graf auf dem Elefanten rechts von mir trägt ein Gewehr mit sich, eines mit Doppellauf, allerdings hängt es noch auf seinem Rücken. Insgesamt wirkt er entspannter als sein Schwager; manchmal scherzt er leise mit dem Jungen, der seinen Elefanten lenkt, manchmal schaut er zu mir herüber, und seine Blicke sagen jedes Mal dasselbe: Wunderbar, dass du da bist.

Ich habe ja nicht geahnt, wie gut es sich anfühlt, mit einem Mann ein Herz und eine Seele zu sein! Sicher – auf dem Mittelmeer haben wir uns oft gestritten. Ich konnte ihm nicht gleich verzeihen, dass er sich mir gegenüber so lange als Tomaso di Cipolla und Paul Seigneuret ausgegeben hat. Erst als die Sydney *durch den Suezkanal dampfte, haben wir uns versöhnt.*

Und was war das für eine Versöhnung …!

Ich hab' ja nicht geahnt, wie süß die Liebe schmeckt! Ich hab' ja nicht geahnt, auf welch vielfältige und aufregende Weise man ›eheliche Pflichten‹ erledigen kann! Überhaupt nichts hab' ich geahnt. Ich muss mich zusammenreißen, damit die Gedanken verschwinden und ich nicht vergesse, dass ich durch den Dschungel reite.

Die Fährtenleser, die vor uns hergehen, tragen ihre Gewehre schussbereit in der Armbeuge. Sie untersuchen jeden abgeknickten Ast, jeden Kothaufen, jeden mit Wasser gefüllten Abdruck im Waldboden. Hinter uns und neben uns her laufen einige Fischer aus dem Dorf am Periyar-Ufer. Sie glauben, der Menschenfresser habe sich ein paar Meilen entfernt in einem Reisfeld versteckt, wo er vermutlich gerade das bedauernswerte Kind frisst, das er aus dem Dorf gestohlen hat. Die Männer wollen uns helfen, ihn dort aufzuscheuchen.

Über mich hinweg sucht mein Graf Blickkontakt zu seinem Schwager, zieht die blonden Brauen hoch und legt dann den Zeigefinger auf die Lippen. Endlich verstummt der Mann. Mir kommt der Gedanke, dass er so viel redet, damit er seine Angst nicht spürt.

Übrigens habe ich diesem Mann die beglaubigte Bescheinigung des amerikanischen Botschafters zu verdanken, mit der ich beweisen kann, dass ich in Bombay gewesen bin.

Denn zunächst hat sich unser Botschafter benommen wie ein Ekel – mich stundenlang warten lassen, keinen Gruß über die Lippen gebracht, mich nur angeschnauzt. Ich glaube, er mag keine Frauen, jedenfalls keine, die in Männerkleidung auf Fahrrädern unterwegs sind. Jakobs Schwager hat ihn anrufen und ein gutes Wort für mich einlegen müssen. Wahrscheinlich hat der unfreundliche Botschafter nur deswegen nachgegeben, weil der Schwager ein einflussreicher Geschäftsmann mit guten Beziehungen zur Regierung ist. Mir soll's recht sein, Hauptsache, ich habe das Siegel.

Vor uns öffnet sich jetzt eine Lichtung, und dahinter sehe ich ein ausgedehntes Reisfeld. Auf einer Seite begrenzt es ein Flussarm, auf der anderen ein kahler Hügel. Es ist mindestens viermal so groß wie ein Baseballplatz, und der Reis steht brusthoch.

Wir reiten dichter heran, mein Graf macht den Fischern ein Zeichen, sich bereitzuhalten.

Mir wollten die Männer erst kein Gewehr geben, doch ich habe darauf bestanden. Selbst um die Stunde Schießübung habe ich kämpfen müssen, bis mein Graf sie mir schließlich widerwillig gewährt hat. Schießen und kämpfen halten die meisten Kerle für Männersache. Fahrradfahren auch. Hosentragen sowieso.

Vorsichtshalber habe ich meinen Revolver hinten in den Hosenbund gesteckt, denn ich trau der alten Flinte nicht, die mir die Männer gnädigerweise überlassen haben.

Rechts von mir lenkt der Elefantenführer seinen Koloss so nahe an mein Rüsseltier, dass ich in die blauen Augen meines Grafen blicken kann.

»Wenn es gleich losgeht, brauchst du keine Angst zu haben«, sagt er. »Ich bin ein sicherer Schütze. Außerdem sind Menschenfresser meistens alte oder durch Krankheit geschwächte Tiger, die nur noch Beute erwischen, die nicht schnell genug davonlaufen kann. Also Menschen.«

»Wie kommst darauf, dass ich Angst habe?« Ich mache einen Kussmund und zwinkere ihm zu. Wie so oft bei solchen Gelegenheiten schießt mir der Gedanke an Max und die Kinder durch den Kopf. Unmöglich, mich von meinem Grafen zu trennen, wenn ich zurück in Boston bin. Unmöglich, mich überhaupt jemals wieder von ihm zu trennen. Ob wir einen Weg zu dritt finden werden? Doch wie sollte der aussehen?

Darüber denke ich oft nach, und meistens kreisen meine Gedanken dann um die Männer, von denen die Thora erzählt. Hat Abraham nicht zwei Frauen gehabt? Und der König David sogar noch mehr? Ganz zu schweigen von seinem Sohn Salomon. Warum soll das in modernen Zeiten wie unseren nicht auch umgekehrt gehen und Frauen mehrere Männer haben? Oder wenigstens zwei.

Von dem Preisgeld werde ich uns sowieso eine größere Wohnung mieten, und warum nicht gleich eine, die groß genug für uns alle ist? Allerdings kann ich mir nicht vorstellen, dass Jakob und Max sich verstehen werden. Die beiden sind so unterschiedlich wie Tag und Nacht.

Die Fischer, die bisher hinter uns gegangen sind, laufen nun an uns vorüber, denn wir sind endgültig beim Reisfeld angelangt. Sie beginnen auf Trommeln und rostige Töpfe einzuschlagen, werfen Steine und Holz und stimmen ein höllisches Geschrei an.

Mein Graf und sein Schwager weisen die Elefantenführer an, ihre grauen Kolosse ein Stück von mir weg zu lenken, damit der mögliche Schusskorridor größer wird, denn wenn ich alles richtig verstanden habe, flieht ein in die Enge getriebener Tiger nicht, sondern greift an.

Das finde ich sympathisch, und für einen Augenblick hoffe ich, das Tier entscheidet sich dennoch für die Flucht über den Hügel und durch den Fluss. Doch dann denke ich an den Kinderschuh, den sie am Ufer gefunden haben, und lade mein Gewehr.

Auf einmal ist es, als würde eine scharfe Windböe durch das Reisfeld fegen und die Reishalme durchpflügen. Ein rasender schwarz-gelber Fleck wird im Grün sichtbar, und im nächsten Moment sind Luft, Wald und Himmel von dröhnendem Gebrüll erfüllt, sodass es uns allen durch Mark und Bein geht.

Mein dürrer Elefantenführer zuckt zusammen, die Elefanten trompeten und schlagen mit den Ohren. Einer der Männer schießt, und ich fühle mich so starr und gelähmt, dass mir schier das Gewehr aus der Hand rutscht.

Das markerschütternde Gebrüll reißt nicht ab, etwas fliegt heran, etwas Schwarz-Gelbes, prallt gegen die Flanke des Elefanten zu meiner Linken. Das riesige Tier springt rückwärts, und sein Führer stürzt aus dem Sattel. Jakobs Schwager wirft sich hinterher. Unten hat sich der Menschenfresser das Bein des jungen Burschen geschnappt, doch jetzt geben seine Fänge das blutende Fleisch frei, um nach dem größeren Stück zu schnappen, dem Schwager. Ich lege an und drücke ab.

Nichts passiert.

Und dennoch fällt irgendwo unter mir ein Schuss. Brüllend bäumt der Menschenfresser sich auf. Ich ziehe meinen Revolver aus dem Hosenbund und feuere meine gesamte Trommel auf ihn ab.

Da taucht der zweite Schütze unter dem Rüssel meiner Elefantenkuh auf – mein tapferer Graf mit angelegtem Gewehr. Pulverdampf steigt aus seinem Lauf. Und dann ist alles vorbei.

Der Revolver rutscht mir aus der Hand, ich kann mich kaum noch bewegen. Zitternd bleibe ich im Elefantensattel sitzen, während mein Elefantenführer sich ins Gras gleiten lässt und den Männern hilft, seinen schwerverletzten Kumpanen zu versorgen. Der schreit herzzerreißend.

Der Schwager hockt zitternd im Gras, sein Gesicht hat die Farbe uralten Wachses. Irgendjemand ruft, er habe die angefressene Leiche des Kindes gefunden. Ich hoffe, dass ich mir nicht in die Hose mache.

Am nächsten Morgen präsentiert mir Jakobs Schwager das Fell, das er dem Tiger abgezogen hat. »Auch wenn du keine Geschenke annehmen darfst«, sagt er, der unverletzt geblieben ist. »Diese Belohnung hast du dir redlich verdient: Für Tapferkeit vor dem Feind.«

Und mein geliebter Graf flüstert: »Das bringt dir mindestens tausend Dollar.«

Nagel

Saigon, Vietnam, Mitte Februar 1895

Auf der Bühne brüllten sich zwei Männer an, rissen ihre Degen aus dem Waffengurt und gingen aufeinander los. Hinter der Bühne halfen zwei Frauen der Hauptdarstellerin aus ihrem langen, roten Abendkleid – und Annie hinein. Sie hörte das Klirren der Klingen der beiden Kämpfer, die um eine Frau namens Suzette stritten. Während die Männer lautstark aufeinander eindroschen, beugte sich die halbnackte Hauptdarstellerin an Annies Ohr und flüsterte auf Englisch: »Sie sehen entzückend aus, Mademoiselle. Viel Erfolg.«

Das Stück hieß *Suzettes Reise* und wurde zu Annies Ehren aufgeführt, wofür der Chefredakteur des *Courier de Saigon* gesorgt hatte, ein glühender Verehrer der radelnden Welttouristin. Sie fühlte sich geschmeichelt. Mit klopfendem Herzen wartete sie auf den großen Augenblick, und dann war es so weit. Der Gehife des Regisseurs gab Annie einen Wink, und sie stieg auf ihr Sterling-Rad, stimmte die Marseillaise an und fuhr singend auf die Bühne hinaus.

Vier Tage zuvor war sie in der vietnamesischen Hauptstadt angekommen – zusammen mit ihrem Grafen, dessen schottischem Freund Isaac Spencer und sieben Radfahrern, von denen zwei für die US-Botschaft arbeiteten und fünf für die französische Kolonialverwaltung. Saigon hatte Annie von der ersten Stunde an fasziniert. Die Mischung aus fernöstlicher Exotik und französischem Charme überwältigte sie. Obwohl sie von Jakob wusste, dass Vietnam eine Kolonie Frankreichs war, hatte sie nicht erwartet, von so viel französischem Ambiente überrascht zu werden. Als sie im Pulk ihrer Begleiter nach Saigon hineinfuhr, fühlte sie sich sofort an das Straßenbild Marseilles erinnert. Zwar waren ihr die Menschen hier im Fernen Osten bislang ausnahmslos höflich und zuvorkommend begegnet – wo sie hinschaute, blickte sie in lächelnde Gesichter, und nicht ein Kind, das ihr nicht zuwinkte –, doch wahrten die Leute stets eine förmliche Distanz, und selbst die formvollendetste Freundlichkeit konnte es nicht mit der Begeisterung der Franzosen aufnehmen. Anders hier in Saigon.

Schon die französischsprachige Presse der Stadt war ähnlich gut zu ihr wie die in Südfrankreich. Vor allem der Chefredakteur des *Couriers de Saigon* (ein Pariser) überschlug sich schier vor Bewunderung und nannte Annie in seinen Artikeln eine *tollkühne Weltreisende*, pries die *Schönheit ihres Mutes,* schwärmte von ihren *leuchtenden Augen,* rühmte ihr *bezauberndes Lächeln* und bezeichnete es als *strahlenden Schatz.*

Annie und Jakob waren sich einig: So schrieb nur einer, der nicht ganz bei Sinnen war. Oder verliebt (was auf dasselbe hinauslief).

Annie hatte nichts dagegen, denn der Verehrung dieses Mannes verdankte sie es, dass sie nun, an ihrem letzten Abend in Saigon, singend und unter den Blicken hunderter Menschen auf eine Theaterbühne radeln durfte. Die Degenkämpfer erstarrten in ihren Bewegungen, ließen ihre Klingen sinken und schmachteten sie an. Die Zuschauer stimmten in die Marseillaise mit ein und applaudierten begeistert.

Der Regisseur hatte den neunten Akt des Stückes so umgeschrieben, dass Annie in der Rolle der Suzette ihr Fahrrad, sich selbst und ihre Radfahrkünste auf der Bühne darstellen konnte. Sie sollte ein paar Runden drehen, freihändig am Bühnenrand entlangfahren und nach der letzten Kurve auf die Kontrahenten zuradeln, um scharf zwischen ihnen zu bremsen. Sie hatten es zweimal geprobt am Nachmittag, und beide Male war Annie ganz berauscht gewesen von ihrem Auftritt zwischen echten Schauspielern.

Doch nun, als sie die Szene vor echtem Publikum wiederholen sollte und ihr Herz wild in ihrer Brust pochte, drehte Annie nicht einmal eine einzige Runde, denn im Licht der elektrischen Lampen, mit denen sie heute Abend die Bühne ausleuchteten, fielen ihr einige Nagelspitzen auf, die aus den alten Bühnenbrettern ragten – nur knapp zwar, aber weit genug, um ihre Reifen zu gefährden. Am Nachmittag waren sie ihr gar nicht aufgefallen!

Die ersten umkurvte Annie noch, doch je genauer sie hinsah, desto mehr Nägel entdeckte sie. Immer noch singend sprang sie vom Rad und schob es auf kürzestem Weg zum Bühnenrand zwischen die Streithähne. Die sanken links und rechts des elfenbeinfarbenen und goldglitzernden Fahrrads auf die Knie und erklärten Annie (also Suzette) ihre Liebe.

»Ich nehme sie beide!«, rief Annie auf Englisch, und als der Schauspieler rechts von ihr mit verblüffter Miene übersetzte, brachen die Zuschauer in lautes Gelächter aus.

Die Männer erhoben sich, umarmten sie (der linke über ihr Fahrrad hinweg) und bedeckten ihre Wangen, Schultern und Hände mit Küssen, während Annie dem Publikum erklärte, warum sie ihre wertvollen und übrigens sehr zu empfehlenden Dunlop-Reifen keinesfalls dem mit Nägeln gespickten Bühnenboden aussetzen wollte.

Von der Gefahr jener Nagelspitzen aus war es rhetorisch

nur ein kurzer Weg zu all den anderen, weitaus schlimmeren Bedrängnissen, die Annies Reise bisher geprägt hatten. Jede einzelne schilderte sie ausführlich und in den grellsten Farben: das durchgegangene Gespann am Eriesee, die mordlüsternen Tramps auf der Zugtrasse, den menschenfressenden Tiger im indischen Regenwald, die Hitzewelle in New York und einige mehr. An manche, besonders lebensbedrohliche Situationen erinnerte sie sich in diesen Minuten zum allerersten Mal.

Die beiden Schauspieler dolmetschten abwechselnd, wobei sie jeden Satz, den sie übersetzten, mit lebhaften Gesten und Grimassen begleiteten.

Am Schluss ihrer Rede ließ Annie durchblicken, dass eine gut gefüllte Reisekasse ihr schon mehrmals das Leben gerettet habe und der Chefredakteur des *Couriers de Saigon* Wege kenne, auf denen eventuelle Spenden dorthinein gelangten, um ihr auch künftig das Überleben zu sichern.

Streng genommen verstieß diese Andeutung gegen die Wettbedingungen (die verboten es, um Spenden zu bitten), doch da ihre Reisekasse so gut wie leer war, konnte sich Annie allzu große Strenge nicht erlauben. Außerdem hatte ihr Verehrer vom *Courier de Saigon* versprochen, nichts über ihren blumigen Spendenaufruf zu berichten. Wer also sollte ihr auf die Schliche kommen?

Bevor Annie in dieser Nacht zu ihrem Grafen ins Bett kroch, schob sie eine Geldbörse unter die Matratze, die um hundertacht Dollar und fünfzig Cent schwerer war als noch am Morgen. Berauscht dachte sie, dass sie in Boston mindestens drei Monate lang Zeitungsspalten für Werbung hätte verkaufen müssen, um so viel Geld zu verdienen.

Am nächsten Vormittag holte sich Annie in der US-Botschaft die beglaubigte Bestätigung ihres Besuches ab. Danach verabschiedete sie sich von den Fahrradfreunden Saigons und den Reportern des *Courier*, was sich ein wenig hinzog, weil der Chefredakteur einen Fotografen vor das Hotel bestellt hatte und darauf bestand, sich mit ihr fotografieren zu lassen. Bevor sie eine Stunde später auf ihr Sterling-Rad stieg, musste sie schwören, ihm zu schreiben, sobald sie wohlbehalten den Boden der Vereinigten Staaten betreten haben würde. Dann erst ließ er sie und ihre beiden Begleiter weiter in Richtung chinesischer Grenze fahren. Hongkong hieß das nächste größere Ziel.

Gegen Mittag rasteten die Gefährten in einem kleinen Fischerdorf am Mekong-Delta. Eine Gruppe Chinesen hatte sich an einer Anlegestelle niedergelassen, um Fisch bei den Fischern zu erbetteln, die dort anlegten. Diese Menschen erregten sofort Annies Aufmerksamkeit, denn sie wirkten traurig, schmutzig und ausgezehrt, und ihre hungrigen Kinder starrten mit leeren Blicken vor sich hin. Dieses Bild des Jammers schnürte ihr das Herz zusammen.

Jakobs schottischer Freund Isaac Spencer, der als Kriegsreporter für zwei große britische Zeitungen arbeitete und verschiedene chinesische Dialekte beherrschte, kam mit den Chinesen ins Gespräch.

»Es sind Flüchtlinge«, erklärte er Annie und ihrem Grafen. »Sie stammen von der Küste des Gelben Meeres, und zwar exakt aus der Gegend, zu der wir unterwegs sind.«

»Aus Port Arthur?«, fragte Annie.

Isaac nickte. »Aus Dörfern in der Umgebung der Hafenstadt. Soldaten hätten ihre Häuser beschossen, sagen sie, viele ihrer Nachbarn und Angehörigen seien ums Leben gekommen, und sie wären ebenfalls tot, wenn sie nicht geflohen wären.« Erneut sprach er die bedauernswerten Leute an, um Genaueres zu erfahren.

Der Anblick der erschöpften und hungernden Chinesen erbarmte Annie so sehr, dass sie ihre Geldbörse aus dem Gepäck kramte und einige Münzen und Scheine unter ihnen verteilte. Insgesamt fast fünfzehn Dollar, wovon die Flüchtlinge sofort Fisch und Früchte bei den Dorfbewohnern kauften.

Währenddessen redete der Älteste unter ihnen mit dringender Miene und beschwörenden Gesten auf Isaac ein. Der hörte dem Mann aufmerksam zu, nickte ein paarmal und wandte sich schließlich wieder an Annie und Jakob.

»Wir sollen Port Arthur unter allen Umständen meiden, sagt er, in der Gegend dort herrsche bereits seit vier Monaten Krieg.«

»Krieg?« Erschrocken schlug Annie die Hände an die Wangen.

»Eine Division der zweiten japanische Armee sei im November an der Küste gelandet und habe tausende chinesische Soldaten und Zivilisten getötet«, fasste Isaac die Worte des Alten zusammen. »Ich habe schon vor Wochen davon gehört, deswegen bin ich ja unterwegs dorthin. Allerdings überrascht mich die Grausamkeit, mit der die Kämpfe geführt werden sollen: Angeblich schonen die Japaner weder Frauen noch Kinder.«

Annie und ihr Graf schwiegen betroffen. Während sie eine Zeitlang nachdachten, legte am Holzsteg eine kleine Dschunke mit zwei roten Segeln an. Als hätten sie auf das Schiff gewartet, liefen Dutzende Dorfbewohner herbei. Annie fielen ihre erwartungsvollen Gesichter auf, und bald hörte sie die Menge raunen und in erstaunte Rufe ausbrechen.

»Vergessen wir Port Arthur«, brach Jakob irgendwann das Schweigen. »Wir müssen uns in einem anderen chinesischen Hafen nach Japan einschiffen.«

»Kommt nicht infrage!« Annie schüttelte energisch den Kopf. »In diesem Punkt sind die Wettbedingungen eindeutig: Sie schreiben mir Port Arthur als Zielstation zwingend vor.«

»Zu gefährlich, Annie«, erwiderte ihr Graf.

»Ich fahre auf jeden Fall ans Gelbe Meer«, erklärte Isaac Spencer. »Und zwar so nah wie möglich an Port Arthur heran. Aus Kriegsgebieten zu berichten ist mein Beruf.«

»Und ich muss ebenfalls dorthin«, beharrte Annie. »Einen anderen Weg nach Japan lassen die Wettbedingungen nicht zu.«

Ein Halbwüchsiger zog einen einachsigen Karren mit großen Rädern von der Anlegestelle weg. Annie traute ihren Augen kaum, als sie den gewaltigen Fisch darauf sah – er war gut sechs Fuß lang, und der Karren ächzte und quietschte unter seinem Gewicht.

»Allmächtiger Gott, gelobt sei er!«, entfuhr es Isaac. »Habt ihr jemals ein derartiges Prachtexemplar von einem Pangasius gesehen?«

»Was für riesiger Bursche!«, staunte auch Annie, die noch nie einen derartigen Fisch zu Gesicht bekommen, ja nicht einmal den Namen jemals gehört hatte. »Doch mein Preisgeld ist ein unvergleichlich dickerer Fisch. Und wenn ich den fangen will, führt kein Weg an Port Arthur vorbei!«

Jakob von Waldmann senkte den Blick und schwieg.

Ein paar Tage später, kurz vor Hongkong, schloss sich ihnen ein britischer Missionar an, der mit einem Fahrrad zur Küste des Gelben Meeres unterwegs war. Er hieß Frederik Moffat. Seine roten Locken erinnerten Annie an John Dowe, seine hochgewachsene dürre Gestalt an den ermordeten Präsidenten Abraham Lincoln, wie sie ihn von Fotografien kannte.

Ihr geliebter Graf war mit einem Pelzhändler in Hongkong befreundet, dem verkauften sie das Tigerfell. Auch dieser Mann warnte sie eindringlich davor, nach Port Arthur zu reisen.

»Die Japaner sind gnadenlose Schlächter«, knurrte er mit bitterer Miene. »Erbarmen kennen die nicht.«

Leider zahlte er keine tausend Dollar für das Tigerfell, wie Jakob gehofft hatte, sondern nur siebenhundert.

»Immerhin.« Annie war zufrieden, als sie die Pelzhandlung verließen. »Für so viel Geld müssen Max und ich zusammen anderthalb Jahre arbeiten.«

Fünfhundert Dollar des Erlöses transferierte sie noch am selben Tag auf ihr Konto nach New York City. »Den Rest wird die Reise nach Port Arthur und Yokohama verschlingen«, sagte sie danach.

Im Stillen rechnete sie: Tausenddreihundert Dollar lagen inzwischen auf ihrem Konto. Dreitausendsiebenhundert musste sie demnach noch verdienen, um für John Dowe die Wette und für sich das Preisgeld zu gewinnen. Wie sollte sie das schaffen in den knapp sieben Monaten, die ihr noch blieben?

»Wir können unmöglich nach Port Arthur.« Jakob von Waldmann schlug mit der flachen Hand auf die englischsprachige Zeitung, die er am Hafen gekauft hatte. »Dort haben die Japaner schon wieder ein Massaker angerichtet, wie ich gerade lesen muss.«

»Ich fahre auf jeden Fall dorthin«, erwiderte sein Freund, der Kriegsreporter. »Notfalls ohne euch und mit einem Schiff von Shanghai aus.«

»Ich komme mit ans Gelbe Meer.« Der Missionar machte eine entschlossene Miene. »Ich will nach Nagasaki hinüber, denn ich bin es den Japanern schuldig, ihnen das Evangelium zu bringen.«

»Und ich schulde es meiner Familie und den Dowes, meine Fahrradtour um den Globus erfolgreich zu beenden«, erklärte Annie. »Dazu *muss* ich den Weg über Port Arthur nehmen.«

»Dort tobt ein Krieg, Annie!«, beschwor sie ihr Graf. »Begreifst du nicht, was das bedeutet?« Todernst schaute er sie an.

Sie straffte die Schultern und erwiderte seinen Blick. »Gleichgültig. Ich muss.«

»Du setzt dein Leben aufs Spiel.« Seine blauen Augen durchbohrten sie schier. »Einem Nagel kannst du ausweichen, einer Kugel nicht.«

Segen

Shanghai, China, Anfang März 1895

Es roch nach Schweiß, und die Luft wurde allmählich stickig, doch immer noch drängten Menschen in den geräumigen Salon. Europäer oder Perser die meisten, nur drei oder vier Gesichter, die in Annies Augen chinesisch aussahen. Einige Greise und Hinfällige saßen auf Kisten, Truhen und Hockern entlang der Seitenwände, die anderen auf dem Boden. Vielleicht siebzig Männer, Frauen und Kinder alles in allem, oder schon hundert? Annie hatte aufgehört zu zählen.

Salon und Haus gehörten einer Familie namens Abraham. Sabbath für Sabbath versammelte die jüdische Gemeinde von Shanghai sich unter ihrem Dach. Und natürlich an Feiertagen wie heute, dem zweiten Tag des Purim-Festes.

Die halbwüchsigen Mädchen rechts und links von Annie rückten dichter an sie heran, um Platz für Neuankömmlinge zu schaffen, die sich in die Reihe der Sitzenden drängten. Annie konnte sich kaum noch rühren. Das machte ihr nichts aus, im Gegenteil: Sie genoss es, unter so vielen Menschen zu sein, genoss es sogar, die Körperwärme der Mädchen neben sich zu spüren. Es verschaffte ihr ein Gefühl der Geborgenheit, das sie in dieser Intensität nicht einmal in den Armen ihres geliebten Grafen empfand.

An der linken Wand, über den von Tüchern verhüllten Köpfen der Frauen, hing zwischen zwei großen siebenarmigen Leuchtern ein Gemälde der Silhouette Jerusalems; rechts, über den mit Kippot bedeckten Köpfen der Männer und ebenfalls zwischen zwei großen siebenarmigen Leuchtern, ein Bauplan der neuen Synagoge von Shanghai. Die Abrahams wollten sie bauen.

In der ersten Männerreihe, zwischen dem Hausherrn und Isaac Spencer (wie Annie war der Schotte jüdischen Glaubens), saß Jakob von Waldmann. Annie konnte ihren Grafen gar nicht übersehen, denn die Abrahams hatten ihn in einen schwarzen Tallit gesteckt und ihm eine dunkelrote Kippa auf den Kopf gesetzt, und beides war mit goldenen Stickereien verziert, die im Kerzenlicht der Leuchter schimmerten.

Eine dumpfe Beklemmung beschlich sie jedes Mal, wenn sie zu ihm hinüberschaute. Sie hatten nicht gestritten, das nicht, doch Jakob war ganz und gar dagegen, dass Annie trotz des Krieges zwischen China und Japan ans Gelbe Meer fahren wollte. Sie solle noch einmal nachdenken, hatte er sie aufgefordert, gründlich nachdenken, und ihm heute Abend ihre endgültige Entscheidung mitteilen.

Ihr geliebter Graf machte sich große Sorgen – sie las es in seinem Blick, sie hörte es seiner Stimme an, und er formulierte es ja auch. Er klang ganz so, als würde sie ohne ihn weiterradeln müssen, sollte sie ihre Reisepläne nicht doch noch ändern. Diese Aussicht machte Annie Angst. Ohne Jakob weiterfahren? Ohne ihn an ihrer Seite morgens aufstehen, mittags rasten, abends ins Bett schlüpfen? Schlafen, essen, atmen? So selbstverständlich gehörte er inzwischen zu ihr, dass sie sich das absolut nicht vorstellen konnte.

Zu allem Überfluss hatte auch der Patriarch der Abrahams Annie davor gewarnt, nach Port Arthur zu reisen; und zwar genauso dringend wie die Flüchtlinge am Mekong und der Pelzhändler in Hongkong.

»Dort toben sich die niedrigsten menschlichen Instinkte aus«, hatte er gesagt. »Dort geht man nicht hin, es sei denn, man will das Schicksal herausfordern. Und das hat noch keiner ungestraft getan.«

Annie hielt den Hausherrn für einen klugen und seriösen Mann, weswegen sie nun doch ins Zweifeln geraten war. Dabei hatte der amerikanische Botschafter in Hongkong ihnen bereits Papiere aus Japan besorgt, die es ihnen erlaubten, von Port Arthur aus nach Nagasaki zu reisen. Annie spielte mit dem Gedanken, die Wettbedingung zu ignorieren und die knapp vierhundert Meilen nach Port Arthur einfach zu unterschlagen. Boston war weit weg, wer sollte es also merken, wenn sie von Shanghai aus einen Dampfer nach Japan nahm? Isaac Spencer hatte sich sogar bereit erklärt, ihr in Port Arthur ein beglaubigtes Dokument zu verschaffen und nach Nagasaki zu schicken, das ihr bestätigte, in der Stadt gewesen zu sein.

Besser zu betrügen, als zu sterben, oder etwa nicht?

Der Kantor hatte längst zu singen begonnen, und sein kraftvoller Bariton trieb Annie eine Gänsehaut über Nacken und Rücken. Die Melodie kam ihr fremd vor, die hebräischen Worte des Psalms jedoch waren ihr vertraut: *Der Ewige ist mein Hirte, mir wird es an nichts fehlen. Auf grünen Weiden lässt Er mich ruhen; an stille Wasser führt Er mich.*

Schon die ersten Verse machten ihr Herz warm und weit. Das Gefühl, nach Hause gekommen zu sein, trieb ihr die Tränen in die Augen.

Am Sabbath, bevor sie in Boston aufs Fahrrad gestiegen war, hatte sie zum letzten Mal eine Synagoge von innen gesehen, am Abend des 22. Juni. Acht Monate und zwei Wochen war das her. Annie rechnete – nur noch sechseinhalb Monate Zeit blieben ihr, um durch China und Japan zu radeln, mit dem Dampfer nach San Francisco zu fahren, und dann weiter nach Chicago zu strampeln. Nur noch sechseinhalb Monate Zeit, dreitausendsiebenhundert Dollar zu verdienen. Klein kam sich Annie in diesem Moment vor. Und verloren.

Der Gesang des Kantors verstummte, der Rabbi las eine lange Passage aus dem Buch Esther. Von Kindesbeinen an war Annie vertraut mit der Geschichte der schönen Königin: Ein persischer Potentat hatte (wie Dutzende Potentaten vor und hunderte nach ihm) versucht, das jüdische Volk auszulöschen. Doch durch Mut und Klugheit war es Königin Esther gelungen, es zu retten. Über zweitausend Jahre war das her, und seit diesem Tag feierte das jüdische Volk Purim – das Schicksalsfest.

Kein Jude hat damals das Schicksal herausgefordert, dachte Annie, aber würde sie es nicht wirklich tun, wenn sie auf der Reise nach Port Arthur beharrte?

Sie blieb hin- und hergerissen. Würde der allmächtige Gott (gelobt sei Er!) seine schützende Hand über sie halten, auch wenn sie sehenden Auges in die Gefahr radelte? Niemand fordere das Schicksal ungestraft heraus, hatte der Patriarch der Abrahams gesagt.

Andererseits: Sie waren keine Chinesen, sie gehörten keiner Kriegspartei an, und gültige Papiere besaßen sie auch.

Annies Gedanken kreisten um ihre Kinder, während der Rabbi die Geschichte der Königin Esther vorlas; kreisten um die enge Wohnung in der Spring Street, um John Dowe, um fünfzehntausend Dollar und immer wieder um ihre Kinder. Wie groß Mollie inzwischen wohl war? Ob Simon schon auf zwei Beinen umhertapsen konnte? Ob Libbie mittlerweile richtig sprechen konnte?

Der Rabbi beendete die Lesung, woraufhin der Kantor erneut zu singen begann. Wieder gingen Annie die hebräischen Psalmverse seines Liedes mächtig unter die Haut; wie gebannt lauschte sie ihnen, wie verzaubert nahm sie jeden Satz in sich auf: *Selbst wenn ich im Tal des Todesschattens gehe, fürchte ich nichts Böses, denn Du bist bei mir; Dein Stab und Deine Stütze, sie trösten mich.* Der Gesang erfüllte ihre Brust mit Trost und Zuversicht.

Genug jetzt!, dachte sie, während sie sich mit der Gemeinde zum Gebet erhob. Ich fahre nach Port Arthur! Ich muss es tun – für die Kinder, für unsere Zukunft, für mich selbst. Tu ich es nicht, verstoße ich gegen die Wettbedingungen. Und sollte das herauskommen, war alles umsonst. Dann bin ich vergeblich von Chicago bis hierher nach Shanghai gefahren. Eine unerträgliche Vorstellung!

Mit allen anderen wandte sich Annie nach Westen, in die Richtung, in der Jerusalem lag. Der Vorbeter begann zu beten, die Gemeinde sprach Satz für Satz nach, und jedes Mal klang der Gebetschor in Annies Ohren wie eine Bekräftigung ihrer endgültigen Entscheidung.

Schon wegen des Geldes muss ich es tun, dachte sie, während die Stimmen der Beter sie umrauschten. Zurück in der Heimat und auf dem Weg nach Chicago werde ich volle Säle haben, wenn ich von einer Reise durch ein Kriegsgebiet erzählen kann. Zu Hause lieben sie Geschichten über Gewalt und Gefahr, und mit leeren oder nur halb vollen Sälen werde ich es nicht schaffen, die noch fehlenden dreitausendsiebenhundert Dollar einzunehmen.

Das laut heraus geschmetterte *Amen!* des Kantors riss sie aus ihren Gedanken. Nach dem Lobpreis hob der Rabbi die Arme und rief: »Es segne dich der Ewige und behüte dich! Der Ewige lasse dir leuchten sein Antlitz und sei dir gnädig! Der Ewige wende sein Antlitz dir zu und gebe dir Frieden!«

Annie war, als würden warme zärtliche Hände sich um ihr Herz legen, so tief berührten sie die Segensworte.

Als sie später zwischen Spencer und ihrem Grafen das Haus der Abrahams verließ, trübte nicht die Spur eines Zweifels mehr ihr Gemüt: Sie würde nach Port Arthur fahren und von Yokohama aus über den Pazifik zurück in die Staaten; sie würde die Weltumrundung genau so vollenden, wie die Wettbedingungen es vorschrieben; und sie würde pünktlich Anfang September nach Chicago zurückkehren.

Das war es, was sie tun wollte, und sie wollte es um jeden Preis.

*

Spät am Abend, als ihr Graf leise mit den Fingerbeeren gegen die Tür ihres Hotelzimmers trommelte, stand sie nackt am Waschtisch und reinigte sich. Der Schein der Öllampe, die neben dem Wasserbecken brannte, tauchte das Spiegelbild ihres Leibes in warmes flackerndes Licht. Ihre Schenkel waren muskulöser geworden, seit sie in New York an Bord der *La Touraine* gegangen war, ihre Hüften breiter, der Bauch flacher und Arme, Schultern und Hals sehniger.

»Herein mit dir.« Um die Anspannung zu überspielen, die sie beim ersten Fingertrommeln befallen hatte, schlug Annie einen heiteren Tonfall an. Jakob würde eine Antwort fordern – *Wirst du mit mir in Shanghai auf einen Dampfer nach Japan steigen, oder bestehst du weiterhin auf Port Arthur?* –, und er würde sie bekommen. Doch Annie fürchtete seine Reaktion, denn die Vorstellung, ohne ihn weiterfahren zu müssen, fühlte sich an wie ein Stich ins Herz.

Sie hörte, wie er den Schlüssel ins Schloss steckte und die Tür aufschloss (der Portier hatte vor ihrem Charme kapituliert und ihr einen Zweitschlüssel überlassen). Im Spiegel sah sie, wie Jakob den Kopf ins Halbdunkel des Zimmers steckte und zögerte, als er sie unbekleidet vor dem Waschtisch stehen sah.

»Darf ich?«

»Tu nicht so, als hättest du mich noch nie nackt gesehen. Und schließ die Tür hinter dir zu.«

Jakob gehorchte und kam dann zu ihr. Obwohl ihr Hintern und ihre Schultern nass waren vom Waschen, drückte er sich an sie und küsste ihren Hals und ihren Nacken unter dem hochgesteckten Haar. »Wie schön du bist!«

Seine Lippen und seine Worte erhitzten sie. »Das kannst du mir ruhig öfter sagen.« Annie spülte den Lappen aus, um sich die Seife von der Haut zu waschen.

»Ich sage es dir jeden Tag.« Er nahm ihr den Lappen ab und strich ihr damit über Bauch und Brüste.

»Aber jeden Tag nur einmal.« Sie merkte selbst, dass ihre Stimme schon belegt klang vor Aufregung. So ging das jedes Mal – kaum berührte der Graf sie, begann ihr Atem zu fliegen, und sie wollte mehr. Behaglich seufzend legte sie den Hinterkopf auf seine Schulter und ließ ihn gewähren.

»Du bist eine schamlose Lügnerin«, flüsterte er. »Aber eine süße.« Er spülte die Seife aus dem Lappen und wusch ihr Schenkel und Scham. »Ich sage es dir mindestens dreimal am Tag.«

»Das reicht nicht.« Lächelnd drückte sie sich seiner zärtlichen Hand entgegen. »Ich will es noch öfter hören. Ich kann nicht genug von dir kriegen, mein schöner Graf.«

Er raunte ihr Liebesworte ins Ohr, während seine Hand im Rhythmus ihrer Bewegungen zwischen ihren Schenkeln tanzte.

Drei Kinder hatte sie mit Max, fast sieben Jahre war sie mit ihm verheiratet, und niemals hatte er ihr derart Aufregendes ins Ohr geflüstert, niemals auch nur andeutungsweise mit ihr getan, was Jakob mit ihr tat; und das wollte sie nie mehr missen! Doch wie sollte es weitergehen, wenn sie erst in Boston ankamen (sie dorthin zu begleiten, hatte Jakob versprochen)? Würde ihr Graf bereit sein, sie mit Max und den Kindern zu teilen? Darüber dachte Annie oft nach, und irgendwann mussten sie darüber reden.

Aber nicht jetzt.

Annie räkelte sich an der Brust des Geliebten, während er nach dem Handtuch langte und ihren Leib zu trocknen begann, überall. Sie schnurrte wie eine Katze.

»Du hast sehr zufrieden gewirkt, als wir nach dem Gottesdienst zum Essen gegangen sind.« Er rieb ihre Brüste auf eine Weise, die sie nach Luft ringen ließ. »Haben die Worte der Bibel dir einen gangbaren Weg gewiesen?«

Da war sie, die Bitte um eine Antwort, aber sie kam so sanft, wie seine Hände jetzt ihre Hüften und Schenkel tupften.

»Du meinst die Worte der Thora.« Annie öffnete die Augen. »Ja, vor allem der Psalm und der Segen haben mir geholfen, eine Antwort zu finden – ich werde morgen zum Gelben Meer aufbrechen. Ich will nach Port Arthur. Ich muss.«

Jakob ließ das Handtuch auf den Waschtisch fallen, löste sich von ihrem Rücken und Hintern und schritt langsam zum Sessel am Fußende des Bettes, wo drei Kerzen in einem Leuchter brannten. Tief und geräuschvoll atmete er durch, während er sich hineinfallen ließ. »Ich wusste es. Was meine Fahrradkriegerin sich in den Kopf setzt, das zieht sie durch. Bis zum bitteren Ende. Ich wusste es.«

»Bis zum glücklichen Ende.« Annie schaute zu ihm hin – seltsam ermattet wirkte er plötzlich. Breitbeinig und die Arme über die Lehnen gehängt hing er mehr im Sessel, als dass er saß. »Und nun?« Sie schaute ihn an. »Muss ich ohne dich weiterradeln?«

Er antwortete nicht gleich. Vier, fünf Atemzüge lang ließ er sich Zeit und schaute ihr einfach nur ins Gesicht. »Nein«, sagte er schließlich, »ich gehe mit dir. Ich verlass' dich nicht mehr.«

Für einen Augenblick schloss Annie die Augen und lächelte still in sich hinein. Wie eine warme Woge strömte die Erleichterung durch ihre Glieder. Dann öffnete sie die Augen wieder, griff nach dem Fläschchen mit dem Duftöl, das Jakob ihr in Colombo geschenkt hatte, und trat zu ihm. Während sie ihre muskulösen Beine über seinen Schoß schwang, reichte sie ihm das Fläschchen. »Öl mich ein«, flüsterte sie und öffnete ihm Hosen und Hemd. »Meinen ganzen Körper, überall.«

Er tat es, und er tat es gründlich. Annie bog und räkelte sich unter seinen Berührungen. Während er ihr Rücken und Hintern einölte, saugte sie sich an seinen Lippen fest und küsste ihn mit jener Leidenschaft, mit der sie ihn schon auf der *La Touraine* geküsst hatte, Ende Januar, als sie nach ihrem Streit Versöhnung feierten. Während sie mit geöffneten Schenkeln über ihm im Sessel kniete, hörte sie, wie er das Ölfläschchen auf den Tisch stellte. Kaum spürte sie seine Hände wieder auf ihrer Haut, ließ sie sich seufzend auf sein Geschlecht fallen und liebte ihn so wild und hingebungsvoll, wie sie es bisher noch nie getan hatte.

Kurz vor dem Liebesgipfel, als sie sich an seinem Hals festsaugte, um mit ihm zu verschmelzen, stand er mitten in der Umarmung auf und trug ihren bebenden Leib zum Bett. Auf dem kurzen Weg dorthin blitzten die Bilder ihrer Kinder vor ihrem inneren Auge auf – und Max' trauriges Gesicht, doch nur einen Wimpernschlag lang.

Dann hielt sie ihren Grafen mit ihren Schenkeln fest, als wollte sie ihn nie wieder loslassen, und versank rettungslos in der Hitze seiner Atemzüge und der Kraft seiner Stöße.

Story von der Kugel

Kerkerzelle in Nagasaki, Japan, März 1895

Endlich Papier, endlich Stifte! Tagelang habe ich darum betteln müssen. Wie böse Tiere kommen sie mir vor, die Kerkerwächter – unberechenbar, gefühllos, gleichgültig. Gestern haben sie einen Gefangenen in meine Zelle gezerrt, einen Chinesen, und vor meinen Augen zu Tode geprügelt.

Damit ich endgültig überschnappe? Um ihre Macht zu demonstrieren? Zum Zeitvertreib? Damit ich's heute aufschreibe? Ich weiß es nicht. Gar nichts weiß ich mehr, schon gar nicht, warum ich noch am Leben bin. Weil die Kugel mich nur an der Schulter erwischt hat? Weil die Chinesen miserable Gewehre haben? Weil Jakob sie von mir abgelenkt hat? Weil ich eine amerikanische Frau bin?

Um zu fassen, was geschehen ist, muss ich schreiben – alles aufschreiben, alles sortieren: Tag für Tag, Stunde für Stunde, Unglück für Unglück, Schmerz für Schmerz.

Anfangs hat alles nach einer Spazierfahrt ausgesehen: milde Temperaturen, kaum Gegenwind, ausgedehnte Reisfelder, sanfte Steigungen, der Himmel heiter bis wolkig, freundliche Menschen auf den Wegen, hilfsbereite Menschen in den Dörfern. An keiner Tür haben wir vergeblich geklopft.

Wir sind guter Dinge gewesen, viel besser vorangekommen als erwartet. Erst drei Tage lang strikt nach Osten an der Küste entlang, dann hinauf nach Nordosten. Wir haben gesungen, gescherzt und Geschichten erzählt (Isaacs sind fast so gut wie meine), und die Nächte habe ich in den Armen meines Grafen geschlafen und von meinen Kindern, fünfzehntausend Dollar und einer Wohnung in New York City geträumt.

An der Küste des Gelben Meeres dann sind die Straßen unwegsamer geworden, die Hügel steiler, die Täler tiefer, die Eingeborenen misstrauischer, Wind und Wetter ungemütlicher. Oft habe ich vom Rad steigen und auf die Männer warten müssen, wenn ich einen Hügelkamm erreicht hatte.

Vor allem dem Briten haben die Steigungen zunehmend Mühe gemacht, dem Missionar. Auch sonst ist Frederik Moffat nicht der größte Fahrradathlet vor dem Herrn, und wäre er auf ein Pferd oder einen Esel umgestiegen, hätten wir uns nicht beklagt. Die Abstände zwischen den Pausen, die wir seinetwegen eingelegt haben, sind von Tag zu Tag kürzer geworden.

Eines Nachts dann will's mir nicht mehr richtig warm werden in den Armen meines Grafen. Da haben wir in einem buddhistischen Kloster übernachtet, und als ich morgens aus dem Fenster schaue, traue ich meinen Augen nicht: Frost.

Morgens beim Frühstück versucht Mr. Moffat, die beiden uralten Mönche zu bekehren, die als Letzte noch in dem baufälligen Tempel hausen. Er liest aus der Bibel vor, gibt die Worte seines Jesus in ihrer Sprache wieder, doch die Greise lächeln nur höflich und verständnislos.

Isaac scheut sich nicht, Mr. Moffats Predigt zu unterbrechen. Wie weit es bis nach Port Arthur sei, fragt er die Mönche.

»Nicht weit genug«, antwortet einer der Greise und wird blass, ob wir etwa dorthin wollen?

Ich nicke, und der Mönch fragt, warum wir schon sterben wollen.

Jakob zieht die Brauen hoch, mustert mich, und sein Blick sagt: Noch ist es nicht zu spät umzukehren.

Wir kehren nicht um, ich will's nicht. Isaac will's auch nicht und Mr. Moffat sowieso nicht: Gott habe ihn beauftragt, nach Japan zu reisen und das Evangelium zu verkünden, also komme umkehren für ihn nicht infrage. Der Mann kann es kaum erwarten, den ersten Japaner zum Glauben an seinen Jesus zu bekehren.

Also auf die Fahrräder und weiter. Gegen Mittag sehen wir von einem Hügelkamm aus den Ozean.

»Gott sei Lob und Dank!«, ruft Mr. Moffat. »Das Gelbe Meer! Wenn Gott uns gnädig ist, steigen wir morgen auf einen Dampfer nach Japan.«

Nach meinem Geschmack reden manche dieser Christen zu oft von Gott. Und zu viel.

Wir rollen das Gefälle hinunter und sehen eine Ansammlung von Hütten im Tal. Ein paar hundert Fuß vor dem Dorf führt der Weg durch eine Koppel. Links liegen tote Ziegen im Gras, rechts tote Schweine. In der Viehtränke hängt ein toter Mann mit dem Kopf voran im blutigen Wasser. Keiner von uns spricht ein Wort.

Wir fahren weiter, eisiger Wind weht uns Verwesungsgestank in die vor Kälte roten Gesichter. Im Dorfeingang liegt zwischen den ersten Hütten etwas auf der Straße. Jeder von uns sieht schon von weitem, was es ist, doch keiner will es wahrhaben. Langsam rollen wir an das blaugraue Ding heran: ein abgeschlagener Schädel mit weißem Haar in blutgetränktem Staub.

Wir steigen ab. Isaac Spencer zieht Stift und Notizblock aus der Tasche und fängt an zu stenografieren. Mr. Moffat wankt zu einem Kirschbaum und übergibt sich.

Auf der Dorfstraße schieben wir unsere Räder an den Hütten vorbei. Aus einem Fenster baumelt ein erdrosselter Mann, vor einigen Türen liegen Tote, an eine Hüttenwand hat man die nackte Leiche einer Frau genagelt. Leblose auch in den Gärten und auf dem Dorfplatz rund um den Brunnen, die meisten nackt, viele verstümmelt, und Blut, wohin ich schaue.

Nie zuvor habe ich etwas derart Entsetzliches gesehen und will's auch nie wieder sehen.

Wir steigen auf die Räder.

»Zurück zum Kloster«, sagt Jakob, »vielleicht schaffen wir es vor Einbruch der Dunkelheit.« Niemand widerspricht ihm, denn jetzt will sogar Mr. Moffat umkehren.

Wir kommen nicht weit: Vom Hügelkamm aus sehen wir eine lange Kolonne von Reitern im angrenzenden Flusstal, uniformiert und bewaffnet.

Schnell zurück ins Totendorf und von dort in einen nahen Wald hinein, wo wir zwei Stunden später auf drei tote Soldaten stoßen, Chinesen. Sie liegen vor einer Tempelruine, auf deren Treppe man sie erschossen hat. Wir verstecken uns und unsere Fahrräder in den Trümmern.

Zwei Tage und drei Nächte harren wir in dem alten Gemäuer aus. Hin und wieder hören wir Hufschlag und Stimmen, manchmal nicht weit entfernt auf dem Waldweg, der ganz in der Nähe der Ruine vorbeiführt. Bevor die Sonne aufgeht, schleichen Jakob und Isaac zu einem nahen Bach, aus dem sie mit den Helmen der toten Soldaten Wasser schöpfen. Am Morgen nach der zweiten Nacht ist der Bach fast zugefroren.

Der bohrende Hunger ist es, der uns schließlich aus dem Gemäuer und zurück in das Totendorf treibt. In einem Erdloch finden wir einen Tontopf mit getrockneten Reisfladen und eine große Schüssel voller Kohl, der in Salzlake eingelegt ist. Wir sammeln Holz, und Jakob entzündet ein Feuer, damit wir daraus so etwas wie eine Suppe kochen können. Die schmeckt versalzen, macht aber satt.

Von einem der Hügel aus entdecken uns berittene Soldaten, als wir weiterfahren wollen. Chinesisches Militär? Japanisches? Wir wissen es nicht. Tief über die Lenkstangen gebückt rasen wir zurück in den Wald und immer tiefer hinein.

Nach etwa zwei Stunden wird der Weg holpriger. An Geschwindigkeit ist nicht mehr zu denken, doch wir sind froh, dass wir nicht schieben müssen. Irgendwo hinter uns rückt Hufschlag näher und näher.

Mr. Moffat stöhnt, er könne nicht mehr, und will aufgeben. Mein Graf herrscht ihn an, er möge sich zusammenreißen. Spencer ist aschfahl, ich bebe vor Kälte, Übelkeit plagt mich. Die Kohlsuppe ist mir nicht bekommen.

Nach weiteren drei Stunden lichtet sich der Wald, eine Ebene öffnet sich vor uns. Am Ufer eines breiten Flusses halten wir an und steigen von den Rädern. Der Fluss ist zugefroren.

»Das Eis wird nicht halten«, jammert der Missionar, »die Eisdecke ist doch höchstens einen Tag alt.«

»Ein bisschen mehr Gottvertrauen, Sir.« Isaac wird sarkastisch. »Ist Ihr Messias nicht übers Wasser gelaufen? Zum Üben tut's doch für den Anfang auch Eis.«

Mr. Moffat jammert und schimpft: Spencers Spott grenze an Gotteslästerung, ob er nicht wenigstens angesichts des Todes so etwas wie Demut empfinde und ähnliches Zeug.

Doch niemand hört ihm zu, denn der Hufschlag hinter uns ist jetzt deutlich zu hören, und schon können wir die einzelnen Reiter voneinander unterscheiden. Ich schätze, dass mindestens fünfzig Soldaten hinter uns her sind. Die Angst schnürt mir die Luft ab.

»Chinesisches Militär«, sagt Isaac, »seht ihr die Flagge?«

»Aufs Eis!«, befiehlt Jakob, und wir gehorchen ihm – was bleibt uns anderes übrig, als die Flussüberquerung zu wagen, wenn wir nicht in die Hände der Soldaten fallen wollen? Bis wir erklärt haben, dass wir nicht zum Feind gehören, haben sie uns längst erschossen!

Das Eis knackt unter unseren Sohlen, ich schreie auf vor Angst.

Moffat betet laut. Spencer schlägt vor, auf die Räder zu steigen, um unser Körpergewicht auf eine größere Fläche zu verteilen. »Vielleicht hält das Eis dann eher«, sagt er.

Wir probieren es.

Als ich mich auf der Flussmitte umdrehe, sehe ich, dass kaum noch fünfhundert Fuß unsere Verfolger vom zugefrorenen Fluss trennen. Einige Reiter sitzen bereits ab, knien nieder und legen ihre Gewehre an. Die anderen Soldaten jagen in gestrecktem Galopp auf den Fluss zu. Die ersten Schüsse krachen, eine Kugel heult über mich hinweg.

Jakob, dicht hinter mir, schreit: »Fahr schneller, Annie! Ans Ufer mit dir! Schneller!«

Ich höre es knacken und splittern, und als ich mich umdrehe, ragt das Vorderrad von Jakobs Fahrrad aus einem Eisloch. Er selbst kriecht auf allen vieren über die spiegelglatte Fläche und bedeutet mir mit hektischen Gesten, mich ans Ufer zu retten.

Isaac erreicht es vor mir. Er springt vom Rad, lässt es in die Uferböschung fallen und robbt über das Eis zurück zu meinem Geliebten, der schon wieder eingebrochen ist. Ich stehe im Sattel, trete in die Pedale, was ich kann, fahre an Isaac vorbei. Der Missionar ist längst oberhalb der Böschung verschwunden.

Schüsse krachen, Kugeln heulen, Eis splittert, Isaac schreit, und ich trete mein Sterling-Rad mit letzter Kraft die Böschung hinauf. Dort halte ich keuchend neben dem Missionar.

Der steht wie festgefroren neben seinem umgestürzten Fahrrad und starrt auf einen vielleicht dreihundert Fuß entfernten Waldhang. Aus dem Halbdunkel zwischen dessen Bäumen schälen sich die Umrisse zahlloser Soldaten. Mit aufgepflanzten Bajonetten stürmen sie uns entgegen.

»Japaner«, flüstert Frederik Moffat. »Nur ein Schritt trennt uns jetzt noch von Gottes Ewigkeit.«

Wieder kracht eine Schusssalve hinter uns. Der Missionar

macht keinen einzigen Schritt mehr, ich sehe es genau: Da, wo er steht, neben seinem Fahrrad, reißt er die Arme hoch und stürzt mit dem Gesicht voran ins Gras. Da knien schon die ersten Japaner links und rechts von uns nieder (blutjunge Burschen), legen ihre Gewehre an und schießen auf den Fluss hinunter.

Kugeln heulen hin und her, Panik lähmt mich, und jäh sticht brennender Schmerz mir von hinten durch die Schulter. Ich schreie auf und stürze neben Moffat ins frostige Gras. Als ich noch einmal hinter mich blicke, sehe ich Dutzende chinesischer Soldaten auf dem Eis liegen und zu uns heraufzielen. Zwischen ihnen klaffen Eislöcher, und aus einem ragen Jakobs Schultern und Blondschopf. Ich sehe, wie er verzweifelt versucht, sich am zerklüfteten Rand aus dem Wasser zu stemmen.

»Nicht schießen!«, rufe ich. »Bitte nicht mehr schießen!« Dann verlässt mich die Kraft, und die Welt verschwimmt vor meinen Augen: der Fluss, die Eislöcher, die Soldaten, Jakob.

Das Letzte, das ich sehe: einen menschlichen Körper knapp zehn Fuß vor der Einbruchstelle, aus der Jakob sich herauszuwinden versucht: Isaac Spencer, der britische Kriegsreporter. Er rührt sich nicht, hat Arme und Beine von sich gestreckt. Auf dem Eis, rund um seinen Oberkörper, breitet sich eine rote Lache aus.

Dann wird mir schwarz vor Augen, und ich versinke in gnädiger Nacht.

Als ich wieder zu mir komme, liege ich auf einer Pritsche und blinzle in elektrisches Licht. Meine Zähne klappern, mein Körper bebt, ich habe Schüttelfrost.

»Wundfieber.« Ein japanischer Arzt verbindet mir die linke Schulter. »Glück gehabt, Frau«, sagte er in gebrochenem Englisch. »Glatter Durchschuss. Bisschen tiefer und Herz kaputt.«

»Wo bin ich?

»Gefängnis.«

»Was ist mit den anderen?«

»Welche anderen?«

»Die bei mir waren.« Ich würde gern schreien, bringe aber nur Geflüster zustande. »Drei Europäer.«

»Tot?« Er zuckt mit den Schultern, packt seine Sachen in die Arzttasche und will gehen.

»Ich bin Amerikanerin«, krächze ich ihm hinterher. »Bitte verständigen Sie die US-Botschaft. Rufen Sie den Botschafter an. Er muss mich hier rausholen!«

Vier Tage ist das nun her, und ich warte immer noch auf den amerikanischen Gesandten. Und auf Nachrichten über Jakobs Schicksal.

Heimatland

Yokohama, Japan, Mitte März 1895

Der Mann hieß McLean und bekleidete (angeblich) das Amt des US-Botschafters in Japan. Er nahm nicht einmal die Füße von seinem Schreibtisch, als Annie in sein Kontor trat. Seelenruhig blätterte er in einem Magazin, während sein Sekretär sie meldete; er blätterte auch dann noch darin, als Annie zu seinem Schreibtisch marschierte und extra fest auftrat. An der Wand hinter McLean flankierten zwei amerikanische Flaggen eine gerahmte Fotografie des Präsidenten Stephen Grover Cleveland.

»Guten Tag, Herr Botschafter!«, sagte Annie übertrieben laut, woraufhin er sein Blatt endlich sinken ließ. Gleichgültig musterte er sie, während er an seiner Tabakspfeife nuckelte. Annies Hosen waren schmutzig, statt ihrer verlorenen Matrosenmütze trug sie eine abgewetzte Schildkappe aus schwarzem Leder, ihr linker Arm hing in einer Schlinge und den viel zu großen Mantel, den die Gefängniswärter ihr geschenkt hatten, sprenkelten ungefähr hundert Flicken jeder Größe und Farbe.

»Wie geht's so?« McLean blies den Rauch in ihre Richtung.

»Miserabel.« Da er ihr keinen Platz anbot, setzte Annie sich unaufgefordert in einen Lehnstuhl neben dem Schreibtisch, den sie dicht an ihn heranzog. »Ich hab' Hunger, mein Geld ist weg, mir ist kalt und meine Schusswunde tut weh. Und darüber hinaus waren Sie so freundlich, mich zwei Stunden lang vor Ihrer Tür warten zu lassen.«

»Nun, als Konsul der Vereinigten Staaten hat man ganz gut zu tun.« Kaum zu glauben, aber er lächelte. »Was wollen Sie von mir?«

»Zuerst will ich wissen, was aus Jakob von Waldmann, Isaac Spencer und Frederik Moffat geworden ist. Und dann brauche ich etwas zu essen, etwas zu trinken, ein Bett für zwei Nächte und 85 Yen, damit ich übermorgen an Bord der *Belgic* gehen und nach San Francisco fahren kann.«

»Wahrscheinlich sind die Männer tot, vielleicht auch in einem chinesischen Lazarett.« McLean zuckte mit den Schultern. »Möglicherweise in einem Gefängnis. Woher soll ich das wissen? Ich interessiere mich nicht für deutsche und britische Tote und Verletzte. Ich bin Konsul der Vereinigten Staaten, wie gesagt. Und was die Naturalien betrifft, die sie angedeutet haben, warten Sie am besten, bis meine Frau nach Hause kommt – die wird schauen, was sich machen lässt.« Er griff nach seinem Magazin.

»Bitte?« Annie wäre ihm gern ins Gesicht gesprungen. »Und wann kommt Ihre Frau zurück?«

»Vielleicht morgen.«

Annie musste ein paarmal schlucken, bis sie ihre Sprache wiederfand. »Ich bin amerikanische Staatsbürgerin, Sir! Sie sind für mich zuständig, Sie müssen mir helfen.«

»Habe ich getan, Ma'am.« Er schlug eine Seite um. »Ohne meine Hilfe säßen sie jetzt noch im Zuchthaus von Nagasaki.«

Annie biss die Zähne zusammen, schluckte die Tränen hinunter, suchte nach Worten. »Geben Sie mir wenigsten 85 Yen für den Dampfer, damit ich nach Hause fahren kann«, sagte sie schließlich so leise und gedehnt, dass es sich auch in ihren eigenen Ohren wie eine Drohung anhörte.

»Besitzen Sie nicht ein Fahrrad? Wie man mir berichtete, haben die Japaner das Vehikel vom chinesischen Festland mit herüber nach Nagasaki gebracht.«

»Stimmt.« Statt ihm ins Gesicht zu schlagen, verschränkte Annie die Finger zwischen den zusammengepressten Knien. »Aber sicher hat man Ihnen auch berichtet, dass es sich bei Japan um eine Insel handelt.«

Er sparte sich eine Antwort, riss lieber ein Schwefelholz an, um die erloschene Pfeife neu zu entzünden.

»Wenn Sie mir das Geld nicht geben, bleibe ich eine arme Frau und werde Ihnen hier auf der Tasche liegen, Sir«, legte Annie nach. »Und zwar ziemlich lange. Wenn Sie mir jedoch mit 85 Yen aushelfen, steige ich übermorgen auf die *Belgic* und werde bald eine reiche Frau sein, die Ihnen alles mit Zinsen zurückzahlen kann.«

»Schön für Sie.« Der Botschafter beugte sich vor, griff über seine ausgetreckten Beine hinweg nach der Glocke und läutete. »Geldzahlungen übersteigen meine bürokratischen Möglichkeiten.« Der Sekretär kam herein. »Mademoiselle will endlich gehen«, sagte McLean.

Annie sprang auf, stürzte sich auf ihn und schlug ihm die Tabakspfeife aus dem Mund. »Über zehntausend Meilen hab' ich fahren müssen, um einem arroganten Arschloch wie Ihnen in die blasierte Visage schauen zu müssen?!« Sie packte ihn am Schlips und schüttelte ihn. »Scheißkerl, verfluchter!«

Als es dem Sekretär endlich gelang, sie von seinem Chef zu trennen, fegte sie fluchend den Schreibtisch leer: Aschenbecher, Fernsprecher, Magazine, Dokumentenmappen, Tintenfass, Federhalter, Stempel – alles flog gegen Wände und Schränke.

»Eines verspreche ich Ihnen!«, rief sie zum Abschied. »Jedem noch so kleinen amerikanischen Käseblatt werde ich erzählen, was für eine atemberaubende Null auf dem Sessel des amerikanischen Botschafters in Yokohama die Zeit totschlägt.« Unter Flüchen und Schimpfkanonaden marschierte sie schließlich aus Kontor und Botschaft.

Noch am selben Abend ließ Annie sich ein paar Straßen weiter beim französischen Botschafter melden, einem Südfranzosen aus Marseille. Der empfing sie freundlich, schenkte ihr Cognac ein, hörte ihr geduldig zu und sorgte dafür, dass sie zu essen und ein Bett bekam. Über das Schicksal ihrer Gefährten wusste er hingegen nichts.

Zwei Tage später bezahlte sie mit dem Geld des französischen Staates ihr Ticket für die Überfahrt nach Kalifornien und schob ihr Sterling-Rad an Bord der *Belgic*, eines Frachters, der zuweilen auch Passagiere mit über den Pazifik nahm.

Ganz gegen ihre Gewohnheit ging Annie während der Reise anderen Passagieren und den Besatzungsmitgliedern aus dem Weg. Die meiste Zeit verkroch sie sich in ihrer Kajüte, die sie gottlob für sich hatte, schrieb Briefe und Berichte und brachte ihr Reisetagebuch auf den neusten Stand. Oder sie lag auf der Koje, weinte oder starrte grübelnd an die Decke.

Die Ungewissheit über Jakobs Schicksal machte sie halb wahnsinnig. Zwei japanische Offiziere hatten ihr glaubhaft versichert, dass sie nicht wussten, was aus ihm geworden war – und sie davon abgehalten, auf eigene Faust nach ihm zu suchen. Unter Tränen und nach verzweifeltem Brüllen hatte sie sich schlussendlich eingestehen müssen, dass die Japaner recht hatten. Sie konnte nichts tun.

Moffat, der britische Missionar, war tot, das bestätigten sie ihr, auch dass die chinesische Militäreinheit Isaac Spencer zurück auf die andere Seite des zugefrorenen Flusses gezerrt hatte. Als Leiche, wie die Japaner vermuteten (Anne dachte an die rote Lache, die sich unter dem Körper des Schotten ausgebreitet hatte). Aber Jakob von Waldmann? Die Offiziere kannten nicht einmal seinen Namen.

Annie schlief wenig und heulte viel während der Überfahrt. In manchen Nächten fühlte sie sich, als sei ihr Leben zu Ende. Mehr als einmal stand sie an der Heckreling und kämpfte gegen den Wunsch an, in das von der Schiffsschraube aufgewühlte Wasser zu springen. Allein der Gedanke an ihre Kinder hielt sie davon ab, sich gehen zu lassen. Mollie, Libbie, Simon. Mollie, Libbie, Simon. Immer wieder murmelte sie die Namen ihrer Kinder in den Wind, fühlte sich darin geborgen und abgeschirmt von ihrem Schmerz.

In Verzweiflung zu versinken kam einfach nicht infrage. Sie musste eine Wette gewinnen, sie musste eine gute Figur machen, wenn sie den letzten Abschnitt ihrer Weltumrundung bewältigen, wenn sie die zweitausend Meilen von San Francisco nach Chicago bis zum 12. September schaffen wollte. Und das wollte sie. Fast so dringend, wie sie eine Nachricht von ihrem Grafen ersehnte.

Am 23. März ging die *Belgic* im Hafen von San Francisco vor Anker. Keine Fahnen wurden geschwenkt, als Annie ihr Fahrrad den Landungssteg hinunterschob, kein Orchester spielte auf, keine Presseleute umringten sie. Annie dachte an die jubelnde Menschenmenge, die sie in Marseille begrüßt und verabschiedet hatte, und spürte Heimweh nach einer Gegend, in der sie gar nicht zu Hause war.

Nur zwei Dutzend Mitglieder des Fahrradclubs von San Francisco, die zufällig von ihrer Ankunft gehört hatten, begrüßten sie. Immerhin. Annie ließ sich zum Essen einladen und zu einem Vortragsabend im Clubhaus überreden.

Siebenundsechzig Zuhörer kamen, um sie zu sehen und zu hören. Ihnen ihre Geschichten zu erzählen tat Annie gut und hellte ihre düstere Stimmung ein wenig auf.

Am Ende des Abends stellten zwei Männer aus dem Publikum sich als Reporter vor, die für zwei große kalifornische Zeitungen schrieben. Sie bombardierten Annie mit Fragen, und jede einzelne beantwortete sie in aller Ausführlichkeit, denn nichts brauchte sie jetzt dringender als die Aufmerksamkeit der Presse, um den Rest ihrer Reise zu finanzieren und die schwindelerregende Summe von fünftausend Dollar zu vervollständigen. Gelang ihr das nicht, wäre alles umsonst gewesen.

Der Abend weckte ihren Optimismus wieder auf, sodass Annie zufrieden in das Gästebett stieg, das man ihr im Clubhaus zur Verfügung gestellt hatte. Sie spürte, wie die Lebensgeister in ihr sich allmählich wieder regten. Zum ersten Mal seit Tagen schlief sie durch.

Am nächsten Morgen brachte sie den langen Brief an Susan Anthony zur Poststation, den sie auf dem Schiff geschrieben hatte. Verschiedene Berichte und die aktuellste Version ihres Reisetagebuches steckte sie ebenfalls ins Kuvert. Auch zwei Briefe nach Boston schickte sie ab – einen an ihre Familie, den anderen an die Dowes.

Nur ein einziger Fahrradfreund aus San Francisco wollte sie aus der Stadt hinaus nach Osten begleiten, und Annie war ein wenig schwer ums Herz während der ersten Meilen durch Kalifornien.

Jetzt bin ich also zurück in meinem Heimatland, dachte sie, und was fühle ich? Sehnsucht nach Marseille.

Dom Pérignon

Boston, Massachusetts, Juni 1895

Josephine las mit ruhiger, nahezu monotoner Stimme. »›... einige Reiter sitzen bereits ab, knien nieder und legen ihre Gewehre an. Die anderen Soldaten jagen in gestrecktem Galopp auf den Fluss zu. Die ersten Schüsse krachen ...‹« Hin und wieder senkte sie die Stimme und stockte einen Atemzug lang, ganz so, als fiele es ihr schwer zu glauben, was sie auf den eng beschriebenen Manuskriptseiten lesen musste. »›... und als ich mich umdrehe, ragt das Vorderrad von Jakobs Fahrrad aus einem Eisloch. Er selbst kriecht auf allen vieren über die spiegelglatte Fläche ...‹«

John Dowes rechte Hand ruhte reglos im Rückenfell Viktorias, die neben seinem Sessel auf den Hinterläufen saß. Die Hündin hatte die Ohren aufgerichtet, als würde sie jedes Wort verstehen, das Josephine aus Annies Reisetagebuch zitierte. »›... Schüsse krachen, Kugeln heulen, Eis splittert, Isaac schreit, und ich trete mein Sterling-Rad mit letzter Kraft die Böschung hinauf ...‹«

Die Mittagssonne schien durch die Fenster des Erkers und bedeckte die Landkarten, Briefbögen und Kuverts auf dem Tisch mit ihrem freundlichen Licht. Obwohl er in seinen Garten hinausschaute, nahm John Dowe weder das schöne Wetter noch die Farbenpracht der Frühsommerblüte wahr, denn was seine Frau ihm vorlas, fesselte seine Aufmerksamkeit ganz und gar. »›… jäh sticht brennender Schmerz mir von hinten durch die Schulter. Ich schreie auf und stürze neben Moffat ins frostige Gras …‹«

Im Großen und Ganzen waren die Dowes auf dem Laufenden. Dass Annie in San Francisco von Bord eines Frachtdampfers gegangen war, hatte sie ihnen schon vor Wochen geschrieben; dass sie in wechselnder Begleitung (von Männern in der Regel) durch Kalifornien, Arizona und New Mexiko gefahren war und inzwischen irgendwo in Colorado durch die Rocky Mountains radelte, hatten sie in der Tagespresse lesen können; und über Annies persönliches Ergehen sowie den stetig steigenden Stand ihres New Yorker Kontos wussten sie durch Susan Anthony Bescheid, die regelmäßig schrieb oder sich per Fernsprecher meldete. Einen Bericht von Annies eigener Hand jedoch – einen Auszug aus ihrem Reisetagebuch also – hatten die Dowes schon seit Monaten nicht mehr zu lesen bekommen.

»›… das Letzte, das ich sehe: einen menschlichen Körper knapp zehn Fuß vor der Einbruchstelle, aus der Jakob sich herauszuwinden versucht …‹« Josephine las immer leiser, unterbrach sich immer häufiger. John hörte ihrer bebenden Stimme an, wie sehr ihr Annies Schilderung zusetzte. »›… Isaac Spencer, der britische Kriegsreporter. Er rührt sich nicht …‹«

Am Morgen hatte der Postmann wieder einmal ein großes, ziemlich dickes Kuvert aus New York City gebracht. Susan hatte Berichte und Tagebuchauszüge von Annie und Zeitungsausschnitte von Blättern aus dem mittleren Westen geschickt. In den Seiten mit Annies persönlichen Schilderungen hatten John Dowe und seine Frau sich sofort festgelesen.

»›Vier Tage ist das nun her, und ich warte immer noch auf

den amerikanischen Botschafter und auf Nachrichten über Jakobs Schicksal.‹« Josephine ließ die Blätter sinken, schaute John in die Augen und schüttelte langsam den Kopf. »Meine Güte«, flüsterte sie mit bebender Stimme. »Das arme Mädchen.«

»Eine abenteuerliche Geschichte.« John fuhr sich durch die roten Locken, blies die Backen auf und atmete so schwer, als wäre er die Treppe heraufgerannt. »Alles, was recht ist.«

»Sie klingt authentisch.«

»Das will nichts heißen. Ich habe noch keine Geschichte von Annie gelesen, die nicht glaubhaft klang.« John stemmte sich aus dem Sessel. »Sie sehen aus, als würde Ihnen jetzt ein Champagner guttun, Mrs. Dowe.«

»Wenn sie umgekommen wäre, dann wären wir mitverantwortlich für ihren Tod gewesen, John!« Eine tiefe Falte grub sich zwischen Josephines Brauen ein. »Das ist dir doch klar, oder?«

»Selbstverständlich ist mir das klar, meine Teuerste, aber sie hat ja überlebt.«

»Aber nur um Haaresbreite.«

»Und genau darauf sollten wir anstoßen.« John war schon auf dem Weg zur Tür. Die Hündin stieß ein heiseres Bellen aus, bevor sie ihm folgte. »Wenn das kein Anlass ist, einen Tropfen zu genießen, was dann?«

»Zwei ihrer Begleiter sind getötet worden, John!« Josephine warf die Arme hoch. »Wahrscheinlich sogar drei. Wie kannst du da so gleichgültig reagieren?«

»Ein umso größeres Wunder, dass Annie überlebt hat. Und ein Grund mehr zu feiern.« Die Klinke bereits in der Hand drehte er sich noch einmal nach seiner Frau um. »Wenn mir dieses Unglück gleichgültig wäre, würde ich keinen Champagner opfern, Teuerste.«

»›Opfern‹!« Seine Frau verdrehte die Augen.

Nachdenklich schaute John erst auf seine schneeweiße Hündin hinunter und dann seltsam abwesend an Josephine vorbei in den Garten hinaus. »Was hat Susan denn zum Fall des Deutschen geschrieben? Sie müsste doch erfahren haben, wenn von Waldmann tot wäre.«

»Sie hat Telegramme an alle ihre Kollegen und Kolleginnen in Singapur, Hongkong, Shanghai und Yokohama geschickt.« Josephine fummelte einen Zigarillo aus der Holzkiste. »Bis nach Seoul sogar. Niemand hat etwas von dem Grafen gehört. Aber alle sind sich einig, dass er den Zwischenfall unmöglich überlebt hat.«

»Dem stimme ich leider zu.« Scharf sog John die Luft durch die Nase ein. »Schade um ihn.« Er trat in die Eingangshalle und entzündete den Kerzenleuchter, der dort auf der Kommode neben dem Garderobenspiegel stand. »Schade auch um das Buch über Annie und ihre Reise!«, rief er durch die noch offene Tür. »Das können wir jetzt wohl vergessen.« Den Leuchter in der Rechten und gefolgt von Viktoria stieg er in den Keller hinunter.

Wer sich in ein Kriegsgebiet begibt, darf sich nicht wundern, wenn ihm die Geschosse um die Ohren fliegen, dachte er, während er eine Flasche aus seiner umfangreichen Champagnersammlung zog und im Schein der Kerzen das Etikett zu lesen versuchte; es verschwamm ihm vor den Augen. Umso deutlicher sah er die junge Frau vor sich, Anna Kopchovsky. Das Gewissen schlug ihm, als er sich klar machte, dass die Kugel, die Annie nur verwundet hatte, sie ebenso gut hätte töten können.

»Wir trauern um unsere Radfahrerin«, murmelte er, als er sich Annies Todesanzeige vorstellte. »Gestorben an einer Wette«, sagte er kopfschüttelnd. »Mit dreiundzwanzig Jahren.«

Er richtete sich auf und stieß die Luft mit aufgeblasenen Backen aus. »Da wäre dir das Lachen für immer vergangen, mein lieber Professor Dowe.«

Er legte die Flasche zurück ins Regal und ging an seinen Weintresor, um einen seiner edelsten Champagner herauszuholen, die er besaß.

»Das Leben kann so verdammt kurz sein«, sinnierte er noch immer kopfschüttelnd, während er hinter seiner Hündin her die Kellertreppe wieder hinaufstieg. »Was für ein fataler Fehler wäre es, seinen besten Tropfen für den Sankt-Nimmerleins-Tag aufzuheben.«

Josephine runzelte die Stirn, als sie das Etikett der Flasche erkannte, aus der John kurz darauf die Champagnerkelche füllte. »Du hast allen Ernstes einen 1874er Dom Pérignon aufgemacht?« Aus großen Augen schaute sie ihn an. »Der ist doch für besondere Stunden gedacht!«

»Ich habe ja noch zwei Flaschen davon.« John stieß mit ihr an, ohne verbergen zu können, dass seine Hand und der Champagner-Spiegel im Kelch zitterten. »Und ist es etwa keine besondere Stunde, in der man erfährt, dass ein dreiundzwanzigjähriges Leben trotz aller Widrigkeiten doch noch nicht erloschen ist?«

Sie tranken, ließen sich von Lester Sandwiches mit Putenbrust zubereiten, schenkten einander nach, gingen noch einmal Annies aufwühlenden Bericht durch und lasen dann die einzelnen Zeitungsausschnitte. Die aktuellsten stammten aus der vergangenen Woche, die ältesten von Mitte April.

»Nach Annies Start vor einem Jahr hat die Presse nicht halb so kritisch berichtet«, stellte John Dowe fest. »Manche deiner Kollegen bezweifeln sogar, dass sie die Strecke von Alexandria nach Yokohama in nur zwei Monaten zurückgelegt hat.«

»Und Annie befeuert diese Zweifel, wann immer ein

Mensch mit Stift und Notizblock in ihrer Nähe auftaucht.« Mit unglücklicher Miene überflog Josephine einen Zeitungsausschnitt. »Dem *San Francisco Examiner* gegenüber behauptet sie, Port Said, Jerusalem und Aden nur gestreift zu haben, um direkt vom Jemen aus mit dem Dampfer nach Singapur weiterzufahren. Kein Wort über Indien! In der *New York World* dagegen berichtet sie von jener gefährlichen Safari im indischen Dschungel vor der Überfahrt nach Colombo.«

»Wir hätten Annie empfehlen müssen, sich zu notieren, wem sie was erzählt«, meinte John trocken, während er sich in den Sessel zurücklehnte und rauchte. »Hoffentlich hat sie Unterschriften aller Botschafter besorgen können, die in den Wettbedingungen vorgeschrieben sind. Wie ich Thatcher kenne, wird er sämtliche Dokumente und Berichte von seinem Anwalt prüfen lassen. Zehntausend Dollar sind schließlich kein Pappenstiel.«

»Oder hier!« Zornig schlug Josephine mit dem Handrücken auf eine Zeitungsseite. »Einem Blatt in New Mexiko erklärt sie, in Vietnam drei Tage und zwei Nächte lang auf einem Fischerboot im Mekong-Delta mitgefahren zu sein und einen sieben Fuß langen und hundertzwanzig Pfund schweren Pangasius gefangen zu haben. In einer Sonntagszeitung in Colorado dagegen behauptet sie, in einem großen Theater in Saigon aufgetreten zu sein, und das so erfolgreich, dass sie drei Abende hintereinander die Hauptrolle geben musste.«

John zuckte nur mit den Schultern. »Das schließt sich doch nicht gegenseitig aus.« Er griff zu seinem Kelch und stieß mit Josephine an. »Auf unsere vielseitige Annie.«

»Auf ihren Verstand.« Josephine leerte ihr Glas in einem Zug. »Wer nachrechnet, kommt schnell darauf, dass sie höchstens drei Tage in Vietnam verbracht haben kann.«

»Ich bin kein Mathematiker, sondern Literaturprofessor.«

John zündete sich einen weiteren Zigarillo an und biss in sein Sandwich.

»Aber Samuel Thatcher ist Geschäftsmann, der kann rechnen.«

»Nicht besonders gut. Deswegen macht das schon seit Jahren sein Buchhalter für ihn. Außerdem ist er meistens betrunken.« Auch neben Johns Teller lagen inzwischen einige Zeitungsausschnitte. »Einer deiner kalifornischen Kollegen hat übrigens den Meilenzähler ihres Fahrrads ausspioniert«, sagte er mit vollem Mund. »7.900 Meilen, Stand Los Angeles.«

»Und wie viele Meilen schreiben die Wettbedingungen mindestens vor?«

»Zwölftausend Meilen im Fahrradsattel.« John rauchte und aß abwechselnd. »Mindestens.«

»Das könnte gerade so hinkommen«, überlegte Josephine. »Ungefähr tausend Meilen hat sie ja schon auf ihrem Columbia-Fahrrad zurückgelegt. Und von der Westküste zurück nach Chicago muss Annie ja auch noch mehr als dreitausend Meilen strampeln.«

»Wovon mehr als die Hälfte bereits hinter ihr liegt.« John beugte sich vor und schenkte seiner Frau nach, bevor er erneut nach seinem eigenen Glas griff. »Wenn das nicht auch ein Grund zum Feiern ist. Auf Annie!« Wieder stießen sie an, wieder tranken sie.

»Du hast dir während unserer Ehe nicht allzu viele Scheußlichkeiten geleistet, Teuerster.« Josephine beugte sich über den Tisch und küsste ihn auf den Mund. »Diese verdammte Wette war die größte. Doch wenn es so weitergeht, wirst du damit am Ende eine junge Frau glücklich und ihre Familie reich gemacht haben.«

»Ich bin eben ein Zauberer, mein Herz, wusstest du das nicht? Ich kann aus Dreck Gold machen.« John stand auf und griff nach der leeren Flasche. »Jetzt wird es aber höchste Zeit, dass ich Nachschub aus dem Keller hole.« Er schwankte, denn sie hatten schnell getrunken und wenig gegessen.

»Aber nicht wieder den teuersten, Herr Professor, verstanden?« Josephine drückte ihren Zigarillo aus. »Wenn es weiter so läuft, wird Annie Chicago vor Ablauf der festgesetzten Frist erreichen. Und mit ein bisschen Glück sogar mit fünftausend Dollar in der Tasche.« Sie winkte mit einem Stapel Zeitungsausschnitte. »Wie man nämlich liest, will in jeder neuen Stadt, durch die sie kommt, irgendein zahlungskräftiger Brauereibesitzer, irgendein Wurstproduzent ihr den Namen seiner Firma ans Fahrrad oder an die Jacke heften. Und in jeder Stadt spricht sie vor vollen Sälen. Mit anderen Worten: Ich gratuliere dir, Teuerster.«

»Danke. Ich möchte bloß nicht wissen, was sie den Leuten so alles erzählt.« Gefolgt von Viktoria ging John zur Tür.

»Hier kannst du es nachlesen.« Josephine, inzwischen ebenfalls beschwingt, warf ihm die Zeitungsausschnitte quer durchs Kaminzimmer hinterher. Die Hündin bellte, stürzte sich in den Papierregen und schnappte nach einzelnen Blättern. »Von Gefahren, Krieg, exotischen Landschaften, Schurken und Helden. Von all dem, was die Leute hören wollen.«

»Darin ist Annie wirklich gut.« John zog die Tür zur Eingangshalle auf. »Mindestens so gut wie Karl May und Sir John Falstaff.« Glücklich lächelnd stieg er zum zweiten Mal in den Keller hinunter. Viktoria winselte erschrocken, als er auf der untersten Stufe ausrutschte, strauchelte und auf dem Hintern landete.

Lachend stemmte er sich wieder auf die Beine und tätschelte seiner Hündin den Kopf, bevor er die leere Flasche in die vorgesehene Kiste stellte und sich viel Zeit ließ, um den zweiten Champagner auszusuchen. Oben hörte er das verheißungsvolle Klingeln des Fernsprechers.

Josephine sprach mit irgendjemandem, während er sich mit einer Flasche trockenem Gardet in der Hand die Kellertreppe hinauftastete. Etwa mit Thatcher? Der Zuckergroßhändler rief öfter mal an in den letzten Wochen, bekam wohl allmählich kalte Füße. Oder womöglich Peter Goldberg? Der fehlte noch! John fragte sich, wie er seinem Freund und Verleger beibringen sollte, dass es nichts werden würde mit dem Manuskript über Annie und ihre Reise. Nun, da von Waldmann aller Wahrscheinlichkeit tot war.

Na gut, dachte er, dann kann Peter sich wenigstens ganz auf meine Monographie über Sir John Falstaff konzentrieren.

Auf ihre Krücke gestützt stand Josephine in der Eingangshalle, als John die Kellertür hinter sich schloss. Sie guckte, als hätte Lester das Abendessen anbrennen lassen.

»Wer war in der Leitung?«, wollte John wissen.

»Susan. Schlechte Nachrichten von Annie: Sie hat sich verletzt.«

»Doch nicht etwa gestürzt?«

Josephine nickte. »Irgendwo vor Cheyenne. Sieht nicht gut aus.«

Fuhrwerk

Es geschah auf einem Passweg in den letzten östlichen Ausläufern der Rocky Mountains, nur wenige Meilen vor dem nächsten Tagesziel. Und es geschah so unerwartet, wie jene Dinge eben zu geschehen pflegen, die einen Menschen von einem Augenblick zum anderen auf den Gipfel des Glücks stellen oder ins Tal des Unglücks stürzen.

Sie rollten ein steiles Gefälle hinunter, und die rasende Abfahrt berauschte sie so sehr, dass sie jauchzten. Annies Begleiter (ein junger Mann namens Johnson) beugte sich tief über die Lenkstange und brüllte vor Begeisterung wie ein Cowboy, der gerade einen wilden Mustang bändigt.

Annie hatte die Beine aufs vordere Schutzblech gelegt, ließ die Pedale wirbeln und genoss es, den Fahrtwind in Gesicht und Haaren zu spüren. Sie lachte und jubelte, während Baumhaine, Buschwerk und Felshänge links und rechts vorbeischossen. Immer schneller rollte sie dem Flusslauf im Tal entgegen, und ihr war, als würde die Leichtigkeit, mit der sie in den zurückliegenden Wochen unterwegs gewesen war, sich nun endgültig Bahn brechen und ihr Flügel wachsen lassen; Flügel, die weit und stark genug waren, um sie mühelos ans Ziel zu tragen. Die restlichen knapp tausend Meilen bis nach Chicago erschienen ihr in diesem Augenblick wie ein Sonntagsausflug zum Picknick im Stadtpark.

Sie freute sich schon auf ihren Auftritt am nächsten Abend in Cheyenne. Mehr als hundertzwanzig Bürger hatten bereits Tickets für ihren Vortrag gekauft, wie ihr ein Reporter nach Colorado Springs telegraphiert hatte, die Stadt ihres letzten Nachtquartiers. Hundertzwanzig Männer und Frauen, die Annie mit ihrer Fahrradbegeisterung anstecken würde! Hundertzwanzig zahlende Zuhörer.

Um noch schneller zu werden, trat ihr jauchzender Begleiter mit aller Macht in die Pedale, sodass er Annie überholte und bald etwa fünfzig Fuß vor ihr den steilen Weg hinunterraste. Schnell kam der Flusslauf in Sicht, dann die Kurve und in der Kurve der Ochsenwagen. Im gleichen Moment verstummten Gejubel und Geschrei.

Der mit Holzstämmen beladene Wagen fuhr auch nicht gerade langsam, denn Ochsen und Radfahrer begegneten einander nach zwei steil abfallenden Wegstrecken punktgenau auf einer Talsohle. Die Fahrbahn war nicht breit genug für ein Fuhrwerk und zwei Fahrradfahrer, und weil Johnson nicht ausweichen konnte, bremste er scharf.

Es kostete Annie viel zu viel Zeit, ihre Füße rechtzeitig auf die wirbelnden Pedale zu setzen und durch Rücktritt zu bremsen – sie raste in ihren Gefährten, prallte von ihm ab, rammte das Fuhrwerk und krachte schließlich in die felsige Böschung. Sofort verlor sie das Bewusstsein.

Als sie wieder zu sich kam, lag sie auf Baumstämmen und wurde mächtig durchgeschüttelt. Ihr Gesicht brannte, in ihrem rechten Arm schien jemand ein Messer zu drehen, in ihrem Kopf schlug ein Trommelwirbel, und ihre Lippen fühlten sich an, als hätten sie sich in glühende Teerklumpen verwandelt.

Johnson hockte neben ihr, hielt mit der einen Hand ihren blutenden Kopf, mit der anderen ihr demoliertes Sterling-Rad.

Sein eigenes Fahrrad hatte der Fuhrmann an den längsten der Stämme gehängt, die am Heck des Wagens über die Ladefläche ragten. In der nächsten Kleinstadt lieferte er Annie bei einem Arzt ab.

Der Arzt war eine Ärztin, sehr jung (höchstens zehn Jahre älter als Annie) und sehr bemüht, alles richtig zu machen. Mit großer Gründlichkeit untersuchte sie Annie, zog ihr mit einer Pinzette behutsam unzählige kleine Steinchen aus den Lippen, aus der Gesichtshaut und aus den Handinnenflächen, bandagierte ihr sorgfältig das linke verstauchte Handgelenk.

»Zum Glück haben Sie sich nichts gebrochen«, sagte sie, während sie Annies Schürfwunden mit Calendula-Salbe versorgte und verband. »Allerdings fürchte ich, dass Sie sich eine Gehirnerschütterung eingehandelt haben. Und das Wundfieber wird auch nicht lange auf sich warten lassen. Wie auch immer: Ihre Fahrradtour ist zu Ende.« Die Ärztin deutete zu ihrem wuchtigen Schreibtisch. »Dort steht mein Fernsprecher. Wenn Sie mögen, können Sie bei der Bahnstation in Cheyenne anrufen, sich nach dem nächsten Zug nach Saint Louis erkundigen und schon mal ein Ticket reservieren.«

Ganz zum Schluss rasierte sie Annies Haupthaar rund um die Platzwunde am Scheitel aus und nähte sie mit vier Stichen. Annie ertrug den Schmerz, ohne einen Ton von sich zu geben. Die Worte der Ärztin wirkten fast wie ein Betäubungsmittel: *Ihre Fahrradtour ist zu Ende.*

Noch lange nachdem die Ärztin die genähte Wunde verbunden hatte, lag Annie reglos und wie gelähmt auf der Behandlungspritsche. *Ihre Fahrradtour ist zu Ende.* Der Satz füllte ihr Bewusstsein mit bleierner Schwere und unbedingter Gültigkeit aus, sodass kein anderer Gedanke neben ihm Platz fand.

Ihre Fahrradtour ist zu Ende.

»Wollen Sie nun auf der Bahnstation anrufen oder nicht?«

Die Stimme der Ärztin drang in Annies Erstarrung. Sie nickte langsam. »Warten Sie, ich rolle die Pritsche an den Schreibtisch.«

»Das brauchen Sie nicht.« Annie setzte sich auf, stieg von der Liege und schwankte unter Protestrufen der Ärztin zu dem Stuhl, auf dem ihre Tasche stand. Sie zog das kleine Heft heraus, in dem sie all die Adressen und Fernsprechnummern der Zeitungsredaktionen notiert hatte, die für ihre Reise wichtig waren. Mit vorsichtigen Schritten und so aufrecht wie möglich legte sie den viel zu langen Weg zum Schreibtisch zurück. Ihr war schwindlig, als sie dort das Heft aufschlug.

»Wie lautet die Nummer des Amtes?«

»Was sind denn Sie für ein stures, eigensinniges Geschöpf!?« Die fassungslose Ärztin schob ihr einen Stuhl gegen die Kniekehlen und drückte sie hinunter. »Gespräche mit der Bahnstation von Cheyenne muss man nicht anmelden.« Sie schrieb ihr die Nummer auf einen Notizblock.

»Wie lautet die Nummer des Amtes?« Annie atmete gegen den aufbrandenden Brechreiz an. »Bitte ...«

Schimpfend schrieb ihr die Ärztin auch jene Ziffern auf. Annie wählte sie und ließ sich mit einem New Yorker Anschluss verbinden. Nach nicht einmal einer Minute war Susan Anthony in der Leitung. »Ich habe ein bisschen Pech gehabt, Susan, ein kleiner Unfall.« Mit nüchternen Worten schilderte Annie der Journalistin den Unfallhergang, den Zustand ihres Fahrrads und ihren eigenen. »Die Ärztin behauptet, meine Reise sei vorbei.«

»›Behauptet‹?!«, rief die Ärztin empört. »Das ist die Wahrheit! Finden Sie sich damit ab, Miss Londonderry!«

Im selben Moment blitzte vor Annies innerem Auge eine Erinnerung auf: der Missionar hingestreckt im frostigen Gras, sie mit brennendem Schmerz in der Schulter neben ihm und hinter ihr auf dem zugefrorenen Fluss Jakob im Eisloch.

Schon damals schien ihre Reise vorzeitig an ihr Ende gekommen zu sein. Und wie lange hatte sie das geglaubt? Eine Woche? Einen Tag?

»Du musst dich jetzt in allererster Linie um deine Gesundheit kümmern, Annie«, hörte sie Susans Stimme aus der Hörmuschel seufzen. »Alles andere ist nebensächlich, verstanden? Ruhe dich aus, pflege dich, und in einer Woche sehen wir weiter. Und nun gib mir bitte die Ärztin.«

»Hast du etwas von Jakob gehört?«

Sekundenlang herrschte Stille in der Leitung; Annies Frage schien Susan zu überraschen. »Nicht persönlich, doch eine Kollegin in Hongkong konnte mit jemandem sprechen, der ihn in Korea getroffen hat. Der arme Kerl hat wochenlang mit Schusswunden und einer Lungenentzündung in einem Gefängnislazarett in Port Arthur mit dem Tod gekämpft.« Annie lauschte atemlos. »Angeblich ist ihm kurz nach seiner Genesung die Flucht aus dem Kerker gelungen. Mitte Mai sei das gewesen.«

»Danke«, flüsterte Annie und reichte der Ärztin den Hörer. Sie sank gegen die Stuhllehne und schloss die Augen. Jakob hat überlebt, dachte sie und verdrängte damit den Urteilsspruch der Ärztin aus ihrem Bewusstsein. Jakob hat überlebt und ist aus einem japanischem Gefängnis ausgebrochen. Während sie diesen Gedanken in ihrem Kopf fortwährend wiederholte, erzählte die Ärztin Susan, in welch beklagenswertem Zustand ihre Patientin sich befinde.

»Jakob lebt«, flüsterte Annie und lächelte mit geschlossenen Augen in sich hinein.

Später holte Johnson sie mit einer Kutsche in der Praxis ab und brachte sie zu der Unterkunft, die er inzwischen im Dorf gefunden hatte.

»Der Zug fährt morgen gegen ein Uhr mittags«, eröffnete

er Annie, nachdem er ihr ins Bett geholfen hatte. »Ich habe mich erkundigt. Dein Fahrrad musst du leider abhaken. Aber der Schmied hier im Dorf würde dir immerhin den Materialwert bezahlen.«

»Ich fahre nicht mit der Eisenbahn.« Annie dachte an das Honorar, das der geplante Vortragsabend in Cheyenne ihr einbringen würde.

»Willst du laufen?« Johnson grinste unsicher, denn er wusste nicht, wie ernst er Annie mit ihrer Kopfverletzung nehmen sollte.

»Wir fahren mit einer Kutsche nach Cheyenne. Der Vortrag morgen Abend wird mich den fünftausend Dollar, die ich nach Chicago bringen muss, einen großen Schritt näherbringen.«

»Hast du schon Fieber?« Johnson guckte ganz erschrocken. »Oder was redest du da?«

»Ich muss die Arztrechnung bezahlen, und für einen warmen Händedruck repariert mir keiner mein Fahrrad. Suche bitte jemanden, dem du das zutraust, ja? Und dann kümmerst du dich bitte um eine Kutsche für morgen Abend.«

»Hast du dich mal im Spiegel angeschaut? Die Leute in Cheyenne rennen schreiend aus dem Saal, wenn sie dich sehen!«

»Bitte«, sagte Annie leise, »und nun lass mich allein, ich muss ein wenig ausruhen.«

*

Jakob am Leben zu wissen weckte ungeahnte Kräfte in ihr. Ja, sie bekam Fieber; ja, in ihrem Kopf hämmerte der Schmerz, und ja: Ihre geschwollenen Lippen machten ihr das Sprechen zur Qual. Dennoch schritt sie am folgenden Abend zum Rednerpult und begrüßte die mehr als dreihundert Bürger von

Cheyenne, die gekommen waren, um sie zu sehen und zu hören.

»Vor Ihnen steht die erste Frau, die mit dem Fahrrad um die Welt fährt«, begann sie ihren Vortrag. »Möglicherweise sehen Sie mir das nicht an, Ladys und Gentlemen, denn ich bin gestern mit einem Fuhrwerk zusammengestoßen. Den Ochsen ist zum Glück nichts passiert.«

Starrten die Leute eben noch mit einer Mischung aus Schrecken und Neugier auf Annies Kopfverband, ihren bandagierten Arm und ihr blutverkrustetes, grün und blau geschwollenes Gesicht, so brachen sie jetzt in Gelächter aus. Nicht wenige schlugen sich wiehernd auf die Schenkel.

»Mein Sterling-Fahrrad lässt sich entschuldigen«, fuhr Annie fort, als die Heiterkeit sich allmählich legte, »doch es wollte Ihnen seinen erbärmlichen Anblick nicht zumuten.« Die Leute lachten erneut. Viele klatschten, manche standen auf, um zu applaudieren und Annie hochleben zu lassen.

»Zum Glück ist es auf dem Weg der Besserung!«, rief sie, so laut sie konnte. »Und schon übermorgen wird es wieder tun, was alle Sterling-Modelle tun: laufen wie ein Uhrwerk!«

Der ganze Saal erhob sich nun und applaudierte. Wie schon dutzende Male zuvor hatte Annie ihre Zuhörer im Handumdrehen gewonnen. Keiner, der in den folgenden zwei Stunden nicht an ihren Lippen hing.

»Dass mir niemand auf die Idee kommt, Radfahren für ungesund zu halten, nur weil ein Fuhrwerk mir nicht ausweichen konnte!«, rief sie in den Saal, wobei sie mit dem Zeigefinger drohte. »Was glauben Sie, wie es unter diesen leider etwas schmutzigen Hosenbeinen und dieser Bluse aussieht?« Sie zupfte an ihren Kleidern. »Kräftige Muskeln, feste Gelenke und ein gesundes und starkes Herz. Und wodurch? Durch über zehntausend Meilen im Fahrradsattel!«

Wieder erscholl Gelächter, wieder erhob sich Applaus.

»Fuhrwerke und Hindernisse jeder Art gehören nun einmal zum Leben, nicht wahr?«, fuhr Annie fort und dachte an Jakob. »Mit einigen stößt jeder von uns mal zusammen, selbst wenn er einen Bogen um jedes Fahrrad machen sollte – was ich niemandem empfehlen kann. Ich jedenfalls werde keinen Bogen um mein Sterling-Rad machen, sondern in den Sattel steigen, sobald es repariert ist, sodass Sie, Ladys und Gentlemen, in wenigen Wochen in der Zeitung lesen werden: ›Annie Londonderry hat ihr Ziel erreicht: Sie ist die erste Frau, die mit einem Fahrrad um unseren Globus gefahren ist.‹«

Anschließend sprach sie über die gesundheitlichen Vorteile des Radfahrens besonders für Frauen, warnte vor Korsetts, engen Kleidern und Röcken, empfahl bequeme Knickerbockers und weite Blusen. Schließlich ging sie zum angekündigten Reisebericht über, den alle sehnlichst erwarteten. Sie schilderte ihre Erlebnisse und schmückte sie mit allerneusten Einzelheiten aus, die ihr trotz Kopfschmerzen und leichtem Schwindel nur so über die geschwollenen Lippen purzelten.

Als sie zum Ende kam und sich für die Aufmerksamkeit bedankte, sprangen die Leute erneut auf und wollten gar nicht mehr aufhören zu applaudieren und sie hochleben zu lassen. Obwohl ihr übel war und die Gesichter im Saal vor ihren Augen verschwammen, lächelte Annie tapfer. Im Stillen bedankte sie sich bei Susan für die gute Nachricht von Jakob. Die Leute, die ihr zujubelten, ahnten ja nicht, wem sie diesen Abend verdankten.

Im Stillen sprach sie mit ihrem Grafen, als sie gestützt von Johnson und dem Vorstand des Fahrradclubs von Cheyenne den Saal verließ, hielt Zwiesprache mit ihm.

Wieso sollte ich mich von ein paar Schrammen ans Bett fesseln lassen, dachte sie, wenn du sogar Eis und Gewehrkugeln überlebt hast, mein geliebter Graf? Was sind denn die paar hundert lächerlichen Meilen nach Chicago gegen deine Flucht aus dem Gefängnis?

In dieser Nacht schlief sie tief und selig wie ein glückliches kleines Mädchen. Und nach vier Tagen Ruhe stieg sie zurück aufs Fahrrad. Zwei Dutzend Fahrradfreunde aus Cheyenne begleiteten sie auf dem Weg nach Nebraska. Die Presse sorgte dafür, dass ihr der Ruf einer unverwüstlichen Fahrradheldin vorauseilte. Die Menschen strömten in die Säle der Gasthäuser, Hotels und Kirchengemeinden, in denen sie ihre Vorträge hielt.

*

Am Nachmittag des elften September radelte ihr kurz vor Rochelle, Illinois, eine große Schar Fahrradfahrer entgegen. Zu Annies Überraschung erkannte sie an der Kolonnenspitze Alonso Peck, gekleidet in seine Fantasie-Uniform.

»Was machst denn du hier!?«, rief Annie verblüfft.

»Wir werden dich nach Chicago eskortieren«, erklärte Alonso mit breitem Grinsen und größter Selbstverständlichkeit, und jetzt erst erkannte Annie hinter ihm den Captain des Chicagoer Fahrradclubs und hinter diesem weitere Mitglieder des Clubs. Alle stiegen ab, und Annie umarmte einen nach dem anderen.

Alonso wollte sie gar nicht mehr loslassen. »Wie ich lesen durfte, hat dir mein Revolver fabelhafte Dienste geleistet.« Er deutete auf seine bärtigen Wangen. »Dafür hat der gute Alonso mindestens zwei Küsse verdient.« Sie gab sie ihm gern.

In einem Hotel in Rochelle, der letzten Station vor Chicago, feierten sie Wiedersehen. Das feuchtfröhliche Fest zog sich bis nach Mitternacht hin.

»Hast du die fünftausend zusammengekriegt?«, fragte Alonso

ein wenig zaghaft, während er Annie und sich selbst noch einmal Wein einschenkte.

Anni nickte. »Genau fünftausendeinhundertsechzig Dollar.«

»Gratuliere.«

»Du hast wirklich nur meinetwegen die lange Reise von Boston nach Chicago auf dich genommen?«, erkundigte sich Annie, als sie anstießen.

»Nicht nur«, gab Alonso zu. »Mr. Sterling hat mich eingeladen. Du musst ihm wohl die ganze Wahrheit über mich erzählt haben.« Er zwinkerte Annie zu. »Oder wie soll ich mir erklären, dass er nach dir nun auch mich für die *Sterling Cycle Company* abwerben will?«

Trotz der langen Feier stiegen sie am nächsten Morgen gleich nach Sonnenaufgang auf ihre Fahrräder. Annie setzte sich an die Spitze der rollenden Kohorte, die von Dorf zu Dorf größer wurde. Am frühen Abend schließlich schloss sich der Kreis ihrer Weltumrundung: Eskortiert von nahezu zweihundert radelnden Männern und Frauen fuhr Annie nach Chicago hinein. Am zwölften September 1895, zwölf Tage, bevor die festgelegte Frist von fünfzehn Monaten ablief.

Neue Frau

Chicago, Illinois, 12. September 1895

Nahezu tausend Gäste waren gekommen. Jeder Stuhl in der großzügigen Eingangshalle des Fahrradwerkes war besetzt. Die Leute, die keinen Platz fanden, stellten sich überallhin, wo sich eine Lücke fand: an die Rezeption, auf die beiden Treppen ins Obergeschoss, hinter die Stuhlreihen, an die Wand links und rechts des Eingangs und bis hinaus auf die Carroll Avenue. Ein braungebrannter drahtiger Endfünfziger mit silbergrauem Haar beschlagnahmte das Rednerpult schon seit einer geschlagenen Stunde: Mr. Sterling, der Chef der *Sterling Cycle Company.*

Er rühmte sein leichtes Sterling-Modell, er rühmte die Frau, die ein für alle Mal bewiesen habe, dass Sterling-Fahrräder wie Uhrwerke liefen, und er rühmte den Mann, der diesen Beweis möglich gemacht habe: sich selbst.

Annie in der ersten Reihe hörte nur mit halbem Ohr zu. Maßlose Erschöpfung hatte sie ergriffen und Hunger plagte sie. Leider hatte Mr. Sterling entschieden, das Festbankett erst nach ihrer Rede zu eröffnen.

Sie tat, was sie vor noch keinem Vortrag getan hatte: Sie überlegte sich sorgfältig, was sie sagen würde. Wenigstens versuchte sie es, doch ihre Gedanken schweiften ständig ab. Zu

Jakob, von dem sie noch nichts gehört hatte; zu ihren Kindern, auf die sie sich unbändig freute; zu Max, an den sie nur mit Bedrückung denken konnte; und wieder zu Jakob.

Würde er ihr schreiben? Gar nach Boston kommen? Annies Herz schlug jedes Mal höher, wenn sie ihn im Geist die Treppe zu ihrer Wohnung in der Spring Street 113 hochsteigen sah.

Was würde Max sagen, wenn sie ihm ihren Geliebten vorstellte? Wenn sie ihm erklärte, künftig mit zwei Männern leben zu wollen? Was würde die Zukunft bringen?

»Und nun, Ladys und Gentlemen, freue ich mich, der Hauptperson des heutigen Abends das Wort erteilen zu können.« Sterlings Stimme drang in Annies Bewusstsein und machte aller Grübelei ein Ende. »Der ersten Frau in der Geschichte, die unsere Erde mit einem Fahrrad umrundet hat: Annie Londonderry!«

Unter dem tosenden Applaus der Gäste schritt sie zum Rednerpult, ließ sich von Sterling die Hand küssen und winkte dann in die Menge. Das Lächeln fiel ihr heute Abend nicht ganz so leicht wie sonst.

Sie schaute in die Gesichter ihrer Zuhörer, während der Jubel nach und nach verklang. Fast alle Mitglieder des Fahrradclubs waren gekommen, viele Bürger der Stadt, etliche Honoratioren, die Belegschaft der *Sterling Cycle Company*, dutzende Presseleute. Bis aus New York waren einige Reporter angereist, ja sogar einen Journalisten der *Boston Post* erkannte Annie in der Mitte der dritten Reihe.

Als endlich Stille eintrat, lächelte sie zu Alonso Peck hin, der ihr von der ersten Reihe aus zuzwinkerte, und fing dann einfach an zu sprechen.

»Ich bin Journalistin«, sagte sie mit fester Stimme. »Und ich bin das, was man heutzutage eine neue Frau nennt. Was ist eine Neue Frau, Ladys und Gentlemen? Das ist eine Frau, die glaubt – oder nein: die überzeugt davon ist, all das, was ein Mann zu leisten vermag, ebenfalls leisten zu können.«

»Bravo!«, tönte eine Frauenstimme aus dem Publikum, Beifall erhob sich, und andere Frauen fielen mit ein: »Bravo! Bravo!« Die Männer in Annies Blickfeld applaudierten höflich.

»Sie alle haben von Nelly Bly gehört«, fuhr Annie fort. »Vor ein paar Jahren stellte die Kollegin einen Rekord auf, indem sie in zweiundsiebzig Tagen um die Welt reiste. Doch Nelly reiste in Dampfern und Salonwaggons. Ich dagegen bin auf einem Fahrrad um den Globus gefahren und denke, das schlägt alle Rekorde, die bisher von reisenden Frauen aufgestellt worden sind.«

Wieder klatschten die Leute, und einige Frauen jubelten laut. Annie bedankte sich höflich und begann zu erzählen: Wie sie von der Wette gehört und mit Max' Fahrrad fahren gelernt hatte, wie sie Ende Juni des vergangenen Jahres von Boston nach New York City aufgebrochen war und wie sie in Chicago hatte aufgeben wollen. Jede Station ihrer Reise erwähnte sie: Paris, Marseille, Jerusalem, Alexandria, Aden, Bombay, Colombo, Singapur, Saigon, Yokohama und wie sie alle hießen.

Sie pries die Gastfreundschaft der Franzosen, lobte den amerikanischen Botschafter in Paris, erzählte von sechs blutrünstigen Tramps, einer lebensgefährlichen Tigerjagd, einem durchgegangenen Pferdegespann, von einem amerikanischen Botschafter, der sein Geld nicht wert war, und von dem Fuhrwerk, das ihr im Wege gestanden hatte. Sie redete sich warm, brachte die Leute zum Lachen, Staunen, Klatschen, Schimpfen und Jubeln.

Jakob von Waldmann erwähnte sie mit keinem Wort.

»So viele Länder habe ich gesehen«, schloss sie. »Und jedes ist anders. So vielen unterschiedlichen Menschen bin ich begegnet: In Korea teilte eine Frau ihren letzten Reis mit mir; in der Wüste von Arizona wollte eine andere Frau mir nicht einmal einen

Schluck Wasser geben; in Wyoming brachte ein Lokführer seinen Zug auf freier Strecke zum Stehen, um mich mitzunehmen; in Ohio wollte ein Sheriff mich einsperren, weil ich Hosen trage; in Yokohama ließ mich der französische Botschafter in seinem Haus übernachten; in Nebraska verjagte mich ein Mann vom Grab seiner Mutter, auf das ich mich versehentlich zum Schlafen gelegt hatte; in Cheyenne hat ein Stellmacher mir ein demoliertes Fahrrad repariert, ohne einen einzigen Cent dafür annehmen zu wollen. Den einen vergebe ich gern, an die anderen denke ich mit inniger Dankbarkeit. So viele haben mir geholfen zu tun, was ich getan habe. Und wissen Sie was, Ladys und Gentlemen? Ich würde es noch einmal tun, ein zweites Mal um unsere schöne Erde radeln. Danke für Ihre Aufmerksamkeit.«

Sekundenlang herrschte Stille. Annies Schritte hallten durch den großen Raum. Erst als sie wieder neben Alonso Peck Platz genommen hatte, regten sich die ersten Hände zum Beifall, zaghaft zunächst, dann immer lauter. Als würden die Leute nach und nach aus einem Traum erwachen.

Alonso bedeutete ihr, noch einmal aufzustehen und sich zu zeigen. Annie tat es und verneigte sich. Wie ein Orkan wirbelte der Applaus da durch die Halle, die Leute stampften mit den Füßen, sprangen auf, klatschten und riefen: »Bravo, Annie Londonderry! Hoch lebe Annie Londonderry!«

Annie verbeugte sich dreimal, viermal, wieder und wieder. Ihre Wangen glühten, das Lachen fiel ihr leicht auf einmal, der Applaus wollte nicht enden, und Annie lachte, bis ihr die Tränen über die Wangen kullerten.

Eine Woche später stieg sie mit Alonso in einen Zug, der über New York nach Boston fahren würde. Ihr Sterling-Rad lehnte im Gepäckwagen.

*

Boston, Massachusetts, 24. September 1895

Vor der Tordurchfahrt hielt sie an. Beinahe ungläubig wanderte ihr Blick über den Bürgersteig, die Hausfassade, die Hausnummer. Spring Street 113. War das wirklich das Haus, in dem sie wohnte?

Das ist das Haus, in dem Anna Kopchovsky gewohnt hat, dachte sie, Annie Londonderry hat hier nie gewohnt. Bis jetzt noch nicht jedenfalls.

Und wirklich: Sie kam sich vor wie eine Fremde, als sie wieder in den Sattel stieg, unter dem Torbogen hindurch fuhr und in den Hinterhof rollte. Der war leer, keine Kinder spielten. Vielleicht weil es kühl war und nieselte?

Max' Fahrrad lehnte an der Wand neben der Hintertür. War die Fassade schon so grau gewesen, als sie losfuhr? Und Max – war das ihr Ehemann?

Hinter manchen Fenstern flackerten Lichter. Annie schaute zum zweiten Stock hinauf – auch in der Wohnung, in der Anna Kopchovsky bei ihrer Familie gelebt hatte.

»In der nun Annie Londonderry bei ihrer Familie leben wird«, murmelte sie. Sie stellte das Fahrrad ab, strich über Sattel und Lenkstange, zog die Schultern hoch und versuchte, die aufbrandende Wehmut zu vertreiben.

Drei Tage hatte sie in New York City bei Susan Anthony verbracht. Sie waren gemeinsam durch die Straßen geradelt, hatten miteinander in einer Nachtbar getanzt und in einem teuren Modegeschäft elegante Hosenröcke und Jacketts gekauft.

In der Redaktion der *New York World* hatte Annie ihr Reisetagebuch gründlich überarbeitet. Alle Stellen, in denen Jakob vorkam, hatte sie gestrichen. Ihre Liebe ging niemanden etwas an.

Sie hatte gehofft, er würde nach New York City schreiben, doch kein Brief von ihm hatte bei Susan auf sie gewartet. Auch der Journalistin hatte er nicht geschrieben. Er war wie verschollen. Niemand wusste, wo er steckte.

Das Treppenhaus war düster wie eh und je. Und es roch nach Kohl. Mit jeder Stufe, die sie hinaufstieg, kam Annie sich fremder vor; diesem Haus und sich selbst.

Am Treppenabsatz im zweiten Stock blieb sie stehen. Plötzlich das Türschild mit der Aufschrift *Joseph Glass* zu lesen machte sie fassungslos. Hinter der Wohnungstür schrie Esther ihren Mann an. Annie ging weiter. Was hatte sie mit diesen Leuten zu schaffen?

An der nächsten Tür dann das nächste Schild: *Simon Kopchovsky*. Zum ersten Mal regte sich in ihr eine Spur von Zorn darüber, dass das Schild nur Max' Namen trug. Jetzt erst – dabei hatte sie bereits fünf Jahre lang hinter dieser Tür gelebt (Anna Kopchovsky jedenfalls hatte hinter ihr gelebt), ohne sich jemals darüber geärgert zu haben.

Annie widerstand dem Impuls, an der Tür zu klopfen, bevor sie die Klinke herunterdrückte. Sie berührte die Mesusa und lauschte den Stimmen hinter der Küchentür. Max erzählte eine Geschichte, Libbie lachte, Bertha nörgelte an Bennett herum.

Ob sie zur Feier des Tages etwas Feines gekocht hatten? Sie wussten ja, dass sie heute kommen würde. Ob Max Wein besorgt hatte? Die Stimmen verstummten jäh, als sie die Wohnungstür hinter sich zudrückte. Und dann öffnete sie die Tür zu Küche.

»Guten Abend«, sagte Annie, spürte zwar, dass sie lächelte, doch fühlte es sich fremd an. Sie wollte noch mehr sagen, wollte sagen, dass sie sich freue, wieder zu Hause zu sein, wollte sagen, dass sie froh sei, endlich wieder ihre Kinder in die Arme schließen zu können, doch als sie merkte, dass weder ein Topf auf dem Herd stand noch Teller, Gläser und Wein auf dem Tisch, schwoll ihr ein Kloß im Hals, und sie blieb stumm.

Max schaute sie mit jener mitleiderregenden, zwischen Vorwurf und Flehen schwankenden Miene an, die seit jeher Fluchtgedanken bei ihr auslöste. Und ihr kleiner Simon, der inzwischen laufen konnte, fing an zu plärren, als er sie sah, und flüchtete sich hinter die Beine seines Vaters.

Bennett senkte kurz die Zeitung, nickte, wie man im Vorübergehen dem Polizisten auf der Kreuzung zunickt, um dann wieder hinter der Zeitung zu verschwinden.

Mollie, die sich bei Annies Eintreten am Küchentisch noch malend über ein Blatt gebeugt hatte, hob den Blick, guckte sie seltsam teilnahmslos an und malte rasch weiter.

Nur Bertha hatte eine Art Willkommensgruß für Annie. »Da bist du ja endlich wieder!«, rief sie. »Übrigens ist ein Brief für dich gekommen.« Sie kam ihr entgegen und (umarmte sie natürlich nicht, reichte ihr auch nicht die Hand, sondern) kramte ein Kuvert aus den Papieren, die auf der Kommode neben dem Chanukkia lagen. »Aus Hongkong.« Sie runzelte die Stirn. »Von einem Grafen.«

Die inzwischen vierjährige Libbie klammerte sich an Berthas Schürze, guckte ängstlich zu Annie hinauf und fragte: »Wer ist die Frau?«

Schwester Thaddea

Saskatoon, Kanada, Herbst 1940

Die Bilder der Erinnerung standen ihr in leuchtenden Farben vor Augen: die Küche, Libbies Blick, Berthas lauernde Miene, das Kuvert mit Jakobs Schrift, Mollie, wie sie sich am Küchentisch über ein Blatt Papier beugte und malte. Und natürlich Max, der auch dann nicht aufhören konnte, sie mit jenem Blick zu bestrafen, als er sich zu dem Kleinen hinunterbeugte und ihn umarmte.

Die Bilder hielten Anna gefangen. Von außen betrachtet mochte sie mit leerem Blick zum Altar hinschauen, in Wirklichkeit schaute sie in diese Küche, die es längst nicht mehr gab, in diese Gesichter, in diese Augen.

Vergangenheit, dachte sie, was für ein irreführendes Wort! Nichts vergeht, alles, was jemals zu unserem Leben gehört hat, bleibt für immer ein Teil davon.

»Ich habe gemalt?« Die Stimme ihrer Tochter hallte durch das Gewölbe. »Seltsam, ich erinnere mich gar nicht. Den Tag, an dem du zurückgekommen bist, habe ich wohl vollständig aus meinem Gedächtnis gelöscht.«

»Nichts wird jemals ausgelöscht«, erwiderte Anna. »Alles, was wir erlebt haben, ist gegenwärtig. Wenn nicht im Gedächtnis, dann in den Nerven oder den Muskeln. Oder im Blut.«

Mollie (Schwester Thaddea) musterte sie verständnislos. »Weißt du noch, was ich gemalt habe?«

»Ja. Ich habe das Bild lange aufgehoben.«

Anna schaute in die Flammen. Drei Kerzen brannten unter dem Kruzifix auf dem Altar, weiß und groß wie Türmchen. Schwester Thaddea (Mollie) hatte sie nach dem Essen hierher zum Nachtgebet eingeladen, und Anna hatte eingewilligt. Sie wollte wenigstens versuchen, etwas von dem nachzuempfinden, was ihre Tochter tagtäglich in diesem morbiden Ambiente empfinden mochte, in diesem Gestrüpp aus Kruzifix, Weihrauch, Altarkerzen, harten Bänken und Heiligenbildern.

Die anderen Nonnen hatten das Kapellengewölbe gleich nach der Gebetsstunde wieder verlassen, fluchtartig, wie es Anna vorgekommen war. Inzwischen musste es lange nach Mitternacht sein.

»Sag schon!« Ihre Tochter schaute sie erwartungsvoll an. »Was war das für ein Bild, das ich bei deiner Rückkehr gemalt habe?«

»Du hast einen Baum gemalt, einen mit dickem Stamm. Davor lag eine Frau zwischen Grasbüscheln, und neben den Baum hast du krumme Stangen hingemalt und zwei unverbundene Kreise mit dicken Rändern und Speichen.«

»Ein Fahrrad!« Mollie lachte laut. Seit sie am Nachmittag zur Bibliothek hereingekommen war, hatte sie nicht ein einziges Mal gelächelt – und jetzt lachte sie laut. »Ich glaube es nicht! Ich habe damals wirklich demoliertes Fahrrad gemalt?«

»Und eine tote Frau. Deine heimlichsten Wünsche.«

Augenblicklich schien ein Reißverschluss durch Mollies Miene zu gehen. Sie zog sich den weißen Schleier ihres Habits tiefer in die Stirn und schwieg eine Zeitlang. »Wenn man all den Geschichten glauben wollte, die du damals der Presse erzählt hast, hättest du dreimal tot sein müssen.«

»Vielleicht.«

»Onkel Bennett hat sie uns manchmal vorgelesen. An manchen Tagen waren die Zeitungen ja voll davon. Das meiste ist erlogen gewesen, nicht wahr?«

»Es waren meine Geschichten.«

»Deine Lügen.«

»Jede noch so fantastische Geschichte enthält ihre ganz eigene Wahrheit. Gerade du müsstest das wissen. Du kennst doch all die Heiligenlegenden, die man sich in deiner Kirche überliefert und erzählt.«

»Was weißt du denn davon?« Schwester Thaddea schlug einen schroffen Ton an.

»Dass sie immer einen Kern Wahrheit enthalten. Und der dreht sich meistens um Glaubenstreue und Standhaftigkeit in der Stunde der Versuchung.«

»Das stimmt.«

»In diesem Sinne sind auch all meine Geschichten wahr gewesen.«

»In der Stunde der Versuchung hast du dich nicht gerade mit Standhaftigkeit geschmückt.« Aus schmalen Augen blitzte Schwester Thaddea sie an. »Oder willst du etwa behaupten, dass du kein Verhältnis mit ihm hattest?«

Sie sprach von Jakob, von wem sonst? Anna hatte viel von ihm erzählt während der letzten Stunden, doch bei weitem nicht alles. Einiges hatte sie nur im Stillen noch einmal an sich vorüberziehen lassen. Die glücklichsten Stunden mit Jakob, die schönsten Erlebnisse mit ihm hatte sie Mollie verschwiegen. Nur die Dinge und Gefühle, die sie glaubte, einer Nonne und einer Tochter zumuten zu können, die hatte sie ausgesprochen.

»Du hattest also tatsächlich ein Verhältnis mit ihm!« Mollie wertete ihr langes Schweigen als Eingeständnis. »Gib es wenigstens zu!«

»Er war mein Freund gewesen.«

»Seinetwegen hast du Vater und uns ein paar Jahre später verlassen! Jeder wusste es.«

Anna schwieg.

»Du hast die Ehe mit ihm gebrochen! Nicht wahr?«

Anna schwieg weiterhin.

»Du bist zur Ehebrecherin geworden! Das kannst du nie wiedergutmachen!«

Anna atmete tief durch. »Wer ohne Sünde ist, werfe den ersten Stein – hat das nicht der Mann gesagt, den ihr für den Messias haltet?«

»Jesus Christus hat das gesagt. Er ist Gottes Sohn.«

»Und ich bin Gottes Tochter.«

Mollie schaute sie fassungslos an.

»Du nicht auch?«, fragte Anna.

Mollie alias Schwester Thaddea blieb die Antwort schuldig. Was hätte sie auch sagen sollen? Hätte sie ihrer Mutter widersprochen, hätte sie ihrer christlichen Theologie widersprochen, wonach alle getauften Gläubigen als Kinder Gottes galten.

»Gute Nacht.« Schwester Thaddea alias Mollie stand auf und ließ Anna allein in der Klosterkapelle zurück.

Es war nicht einfach, hinüber ins Gästehaus und hinauf in ihr Zimmer zu finden, doch es gelang Anna. Und hatte sie sich nicht immer und überall irgendwie zurechtgefunden?

Sie schlief so gut wie gar nicht während der restlichen Nachtstunden. Entweder starrte sie grübelnd in den Kerzenschein, der an der Decke flackerte, oder sie weinte ihr Kissen nass. Bei Sonnenaufgang packte sie ihre Sachen zusammen und ging. Als sie den Hof überquerte, öffnete sich plötzlich das Tor, vor dem sie am vergangen Morgen gestanden und sich vom Kreuz verspottet gefühlt hatte. Eine junge Nonne schob ein Fahrrad herein – die Kette hing vom Zahnrad herunter, ein

Reifen war platt. Anna stand wie festgewachsen und traute ihren Augen nicht.

»Mom!« Irgendwo hinter sich hörte sie auf einmal Schwester Thaddeas Stimme. »Warte doch, Mom!«

Anna fuhr herum. Mollie sprang aus dem Eingang der Klausur, rannte auf sie zu und stürzte in ihre Arme. »Bleib noch. Bitte.«

Epilog

Ehrenschulden

Boston, Massachusetts, USA, Anfang Oktober 1895

An jenem denkwürdigen Montag, an dem die Radtour seines Lebens endgültig zu Ende ging, hatte John Dowe die Droschke eine Stunde früher zur Universität bestellt als üblich. Heute nämlich würden die Plätze knapp werden im *Boston Tea Party Club* und der Professor wollte unter allen Umständen an seinem Stammplatz sitzen, wenn es so weit war.

Er ließ sich weniger Zeit als sonst, als er über den Campus zur wartenden Pferdedroschke schritt, scheuchte Viktoria ungeduldiger zwischen die Sitzbänke und bat den Kutscher, sein Gespann ein wenig schneller ins Nobelviertel *Back Bay* zu lenken. John Dowe wollte nichts versäumen, wollte um jeden Preis von Anfang an dabei sein.

Voller Vorfreude ruhte er in der Sitzbank hinter dem Kutscher, während der ihn durch den milden Oktoberabend chauffierte. Gelbe Birkenblätter und rotes Ahornlaub segelten im Abendwind auf die Straße und in die Kutsche. Fröhlich winkte John Dowe den Passanten zu, die ihn erkannten und grüßten.

Ende vergangener Woche hatte seine Bank ihm einen Brief geschickt: Fünftausend Dollar hatte sie seinem Konto gutgeschrieben; Samuel Thatcher hatte seine Wettschulden tatsächlich beglichen. Daran zu denken machte John Dowe besonders fröhlich, und er begann, eine Operettenmelodie zu summen.

Ob Samuel Thatcher auch heute Abend bezahlen würde? Einige Gentlemen des *Boston Tea Party Clubs* hatten Wetten darauf oder dagegen abgeschlossen. John hatte sich in Zurückhaltung geübt.

Während er aus der Droschke kletterte, fiel ihm auf, dass mehr Fahrräder als üblich neben der Vortreppe des Clubhauses standen. Das elfenbeinfarbene mit der Goldprägung jedoch lehnte noch nicht dort.

Gott sei Dank, er kam rechtzeitig!

John bezahlte den Kutscher und schlenderte mit seiner Operettenmelodie auf den Lippen hinter Viktoria her zur ledergepolsterten Tür des *Boston Tea Party Clubs*. Jede Spur von Ungeduld war von ihm abgefallen – er hatte noch nichts versäumt.

Im Vorraum begrüßte ihn das Mädchen und nahm ihm Stock, Mantel und Zylinder ab. »Sie haben den Champagner kalt gestellt, den ich gestern schicken ließ, Rosie?«

»Jawohl, Sir.« Rosie machte einen Knicks. »Alle fünfzehn Flaschen liegen auf Eis.«

»Sehr gut.« John drückte ihr einen Fünfzigdollarschein in die Hand. »Für Sie. Und: Die Muselets bitte nicht wegwerfen, die sammle ich.«

»Ich weiß doch, Sir.« Sie errötete, denn ihr Blick fiel auf den üppigen Schein in ihrer Hand, und machte einen tiefen Knicks.

Erregte Männerstimmen schlugen John entgegen, als er in den Salon trat, die lauteste gehörte Colonel Pope. Beinahe schreiend begrüßte er es, dass der Präsident gegen streikende Arbeiter in Chicago Bundestruppen eingesetzt hatte. Ähnlich laut hielt Alonso Peck dagegen und beschimpfte Präsident Cleveland als kapitalistischen Schlächter. Seit das Gerücht kursierte, Mr. Peck könnte zur *Sterling Cycle Company* nach Chicago wechseln, ließ Colonel Pope keine Gelegenheit aus, sich mit ihm zu streiten.

Der Mann, dessen Clubmitgliedschaft der Professor von Herzen bedauerte, hockte zwar am selben Tisch wie die beiden Hitzköpfe, sagte jedoch nichts. Gar nichts. Er saß nur still vor einem Glas Wein und wirkte ein wenig geistesabwesend.

Wie immer duftete es nach Tabak, Leder und Kienspan, wie immer knisterte Holz im Kaminfeuer, und wie immer wogten Schwaden von Zigarrenrauch unter den tiefhängenden Tiffany-Lampen. Von den Wänden lauschten die amerikanischen Gründungsväter in ihren barocken Goldrahmen mit ernsten Mienen, was an den Tischen unter ihnen über den aktuellen Präsidenten gesagt wurde.

John Dowe nickte in die Runde der schon ungewöhnlich zahlreich anwesenden Gentlemen. Offenbar hatte sich herumgesprochen, was heute geschehen sollte. Viktoria trottete zu seinem Stammtisch neben dem Kamin voraus. Seinen Platz dort hatte man ihm freundlicherweise frei gehalten.

John setzte sich, begrüßte Dr. Reeder per Handschlag, winkte zu seinem Freund und Verleger Peter Goldberg hinüber und schaute sich um. Es waren so viele Gentlemen anwesend wie sonst selten, mehr als zwanzig insgesamt. Alle waren sie gekommen, um zu erfahren, ob Samuel Thatcher nach seinen Wettschulden nun wirklich auch noch die Zehntausend Dollar Preisgeld bezahlen würde.

Als Annie schließlich eintrat, verstummte jedes Gespräch. Sie trug einen eleganten Hosenrock, einen großen Federhut und ein langes schwarz-gelb gestreiftes Jackett, das einigen anwesenden Gentlemen sicher ähnlich gut gestanden hätte wie ihr.

Annies Blick suchte Samuel Thatcher, und als sie ihn fand, hielt der Zuckerhändler ihm tapfer stand. Annie ging zu ihm, nahm grußlos an seinem Tisch Platz und öffnete ihre Handtasche. Die war neu, wie es John scheinen wollte, genauso neu wie ihre Garderobe. Die prägte er sich sorgfältig ein, denn Josephine würde ihn ganz gewiss danach fragen.

Rosie trat in den Salon und begann, Champagnerkelche und Sektkühler auf den Tischen zu verteilen, während Annie die Dokumente mit den Siegeln und Unterschriften der US-Botschaften aus ihrer Tasche kramte. Eines nach dem anderen streifte sie glatt und legte es vor Thatcher auf den Tisch.

Noch immer sprach niemand ein Wort, noch immer war nichts anderes zu hören als das Rascheln von Annies Papieren, Rosies Schritte und das Klirren der Gläser, die sie vor die Versammelten hinstellte. John lehnte sich zurück und verschränkte die Arme vor der Brust.

»Ihre Radfahrerin sieht kräftig und gesund aus«, flüsterte Dr. Reeder ihm ins Ohr. »Das hat sie meinen Methusalem-Kapseln zu verdanken.«

»Sicher doch.« John lächelte höflich und richtete seinen Blick wieder auf Thatcher und Annie.

Die wirkte überaus ernst, und ganz entgegen ihrer Art sprach sie kein Wort. Von Josephine wusste John, dass der Deutsche ihr geschrieben hatte, Jakob von Waldmann. Angeblich war er auf dem Weg von Hongkong nach Boston.

John versuchte lieber nicht, sich Kopchovskys Gesicht vorzustellen, wenn auf einmal der Geliebte seiner jungen Frau vor der Tür stand. Oder wusste er gar nichts von ihrer Affäre?

Rosie brachte den Champagner, stellte das Tablett auf die Anrichte neben dem Piano und löste den Verschluss der ersten Flasche.

Da hatte Annie schon einen Stapel Zeitungsausschnitte aus

ihrer Tasche gezogen und vor Thatcher auf den Tisch gelegt. Der tat so, als würde er einen nach dem anderen überfliegen. Ein Korken knallte, Champagner zischte.

Schließlich, während Rosie die Kelche füllte, holte Annie ein Bündel Banknoten aus der Handtasche und zählte laut einen Hundertdollarschein nach dem anderen vor Thatcher auf den Tisch. Alle schwiegen, alle sahen ihr zu, alle beobachteten die Miene des Zuckerhändlers. Die wirkte bleich und müde, doch kein Mundwinkel und keine Wimper zuckten in ihr.

»Fünftausend«, sagte Annie irgendwann. Thatcher nickte stumm, wieder knallte ein Korken, und John konnte spüren, wie der gesamte Salon den Atem anhielt. Annie stopfte das Geld zurück in ihre Tasche. Sie tat gleichgültig, schaute Thatcher nicht einmal an dabei. Der griff in die Innentasche seines karierten Fracks und zog einen kleinen Papierblock heraus.

Sein Scheckbuch! Ein Raunen ging durch den Salon.

John half Rosie, die Kelche zu füllen, Thatcher stellte seinen Scheck aus und hob ihn hoch, damit jeder ihn sehen konnte.

»Zehntausend Dollar«, fistelte er mit seiner hohen Stimme, die heute noch dünner klang als sonst. »Wettschulden sind Ehrenschulden.« Er reichte Annie das Papier, während die Gentlemen an den Tischen sich erhoben und höflich applaudierten.

John nahm seinen Sektkelch und trat hinüber zu Thatchers Tisch. »Ich danke Ihnen für das Vergnügen, diese hochinteressante Wette mit Ihnen abgeschlossen haben zu dürfen, Sir.« Er stieß sein Glas gegen seines und prostete dann in die Runde. »Gentlemen! Stoßen wir auf einen wahren Ehrenmann an, auf Samuel Thatcher!«

»Prost!« Alle tranken.

Andächtig leerte John sein Glas auf einen Zug, und bei jedem Schluck gratulierte er sich zu jenem Zornesausbruch, der ihn vor mehr als fünfzehn Monaten darauf wetten ließ, dass eine Frau dazu in der Lage sei, auf einem Rad um die Welt zu fahren und während dieser kräftezehrenden Reise auch noch fünftausend Dollar zu verdienen.

Er füllte sein Glas erneut, trat neben Annie und ließ den Kelch gegen ihren klirren. »Weißt du eigentlich, dass du die erste Frau bist, mit der ich in diesen heiligen Herrenhallen Champagner trinke?«

»Nein.« Sie blickte sich um. »Doch es fällt mir nicht schwer, das zu glauben.« Aus ernsten Augen schaute sie ihn an, öffnete die Lippen, um noch etwas zu sagen, schwieg aber dann doch. Eine glückliche Frau sieht anders aus, dachte John.

»Ich wünsche dir alles Glück der Welt, Annie«, sagte er leise. Dann wandte er sich wieder an die noch immer stehenden Männer. »Trinken wir auf Miss Londonderry, Gentlemen! Auf die erste Frau, die mit einem Fahrrad um die Erde gefahren ist!«

Dank und Schlussbemerkung

Die Idee zu einer Erzählung über Annie Londonderry und ihre gewagte Fahrradtour stammt von der Lektorin Judith Mandt. Den Stoff dafür hat der Autor Peter Zheutlin ausgegraben, der die Spuren seiner Urgroßtante in unzähligen amerikanischen und internationalen Zeitungen und wenigen alten Briefen und Aufzeichnungen verfolgt, geordnet und interpretiert hat. Sein Buch *Around the World on two Wheels* (Citadel Press, New York, 2007) ist das bisher einzige mir bekannte über Annie Londonderry; alle anderen, meist ebenfalls englischsprachigen Dokumentationen, Reportagen und Essays im Netz oder in diversen Zeitungen, basieren weitgehend auf Zheutlins Arbeit.

Jessica Ziebula und die Sprachtrainerin Alexis Smith, beide im Englischen als Muttersprache zu Hause, haben mir entscheidend geholfen, wichtige Passagen in Zheutlins Buch zu übersetzen und zu verstehen. Gewisse sprachliche Feinheiten wären mir ohne ihre Mitarbeit entgangen.

Die Psychologin Jessica Ziebula hat mir darüber hinaus geholfen, Annie Londonderrys Persönlichkeit und Motive zu analysieren und zu bewerten, soweit das aufgrund der von Zheutlin erarbeiteten Fakten möglich ist. Dank ihrer Beratung konnte ich mir nach und nach ein Bild von dieser schillernden jungen Frau machen.

Friederike Haller hat die Entstehung dieses biographischen Romans als Lektorin begleitet, seine Verfasserin betreut und ermutigt und mit viel Geduld dafür gesorgt, dass ihr Manuskript zu einer runden Sache geworden ist.

Mit anderen Worten: Ohne die Hilfe dieser fünf Mitmenschen gäbe es dieses Buch nicht. Dafür sage ich von Herzen Danke schön!

Anders als bei meinen Romanen über Marie Curie und Dian Fossey konnte ich für die vorliegende Erzählung nicht auf eine Fülle von Literatur zurückgreifen, sondern genau genommen nur auf das Werk von Peter Zheutlin. Da auch er relativ wenige persönliche Aufzeichnungen von Annie Londonderry und ihrer Familie gefunden hat (vor allem aus dem Besitz seiner Großtante Frieda, Annie Londonderrys jüngster Tochter) und seine Darstellung in erster Linie auf Zeitungsberichten basiert, versteht es sich von selbst, dass der fiktive Anteil dieser Erzählung entschieden höher ist als der meiner ersten beiden biographischen Romane.

Das macht schon der Blick auf die Personalliste deutlich: Während ich für die Bücher über Marie Curie und Dian Fossey kaum Figuren erfinden musste, ist der Anteil fiktiver Personen in diesem Buch mit acht (von fünfundzwanzig) relativ hoch. Und selbst um den siebzehn historischen Figuren Leben einzuhauchen, war meine Fantasie gefordert.

So gibt es zum Beispiel keinerlei Belege dafür, dass Colonel Pope zu viel Bier trank, Mr. Peck ein Charmeur war oder Dr. Reeder Methusalem-Kapseln herstellte und verkaufte. Und von Mr. Dowe kennen wir weder den Vornamen noch den Beruf. Wir wissen nicht einmal, ob er verheiratet war. Hat er überhaupt existiert? Annie Londonderry hat zwar behauptet, dass neben einem Zuckerhändler ein gewisser Mr. Dowe an der Wette beteiligt war, doch Peter Zheutlin (der sogar die

Wette selbst anzweifelt) will diesen Namen in keinem offiziellen Dokument der Stadt Boston gefunden haben.

Da ich jedoch schon lange einmal Zeit mit einem Champagner trinkenden Literaturprofessor und Shakespearespezialisten verbringen wollte, der zudem noch Sir John Falstaff verehrt, habe ich mir in dem möglicherweise historischen Mr. Dowe einen solchen geschaffen.

So viel zur Frage nach Fiktion und historisch Gesichertem zwischen den Buchdeckeln dieser Erzählung.

Zum Schluss noch einige Bemerkungen zu Annie Londonderry selbst. Peter Zheutlin gewinnt aus den Fakten, die er über seine Urahnin und ihre Fahrradreise um die Welt zusammengetragen hat, das Bild einer manipulativen Persönlichkeit, die über genug Charisma verfügte, Menschen um den Finger zu wickeln. Außerdem unterlag sie aus seiner Sicht dem unwiderstehlichen Drang, sich selbst so positiv wie möglich darzustellen, wofür sie Fakten gern einmal übertrieb, ausschmückte oder erfand.

Andere Zeitgenossinnen, die ich bat, Zheutlins Buch zu lesen, hielten Annie nach der Lektüre für eine Hochstaplerin, manche gar für eine pathologische Lügnerin.

Ich selbst habe Annie als Frau auf der Lebensschwelle zwischen versäumter Jugend und einengendem Erwachsenendasein gezeichnet, die auf der Suche nach Freiheit und einem besseren Leben Dinge gewagt hat, von denen weniger mutige Menschen nur träumen können.

Ob ich ihr damit gerecht geworden bin? Ich hoffe es, doch so viel kann ich sagen: Genau diese Annie mag ich sehr, und es fällt mir ein bisschen schwer, mich mit folgendem Punkt endgültig von ihr trennen zu müssen.

Susanna Leonard, Karlsruhe im Oktober 2022

Zeittafel

1871	o. 1870; Anna Cohen wird als drittes von fünf Kindern in Lettland geboren
1875	ihre Familie wandert nach Nordamerika aus
1887	Tod beider Eltern
1888	siebzehnjährig heiratet Anna den Hausierer Simon »Max« Kopchovsky
1890–1893	Anna bekommt drei Kinder
1894	25. Juni; vor dem Kapitol in Boston startet Anna den Versuch, als erste Frau die Welt auf einem Fahrrad zu umrunden
	Ende Sept.; in Chicago gibt sie ihr Vorhaben auf
	Anfang Okt.; Neustart in Chicago
	Ende Nov.; in New York City geht Anna an Bord der *La Touraine* und reist nach Frankreich
1895	20. Jan.; in Marseille geht Anna an Bord der *Sydney* und reist über Jerusalem und Alexandria nach Asien
	9. März; Anna erreicht Yokohama
	23. März; Anna geht in San Francisco von Bord der *Belgic*
	24. Sept.; Heimkehr nach Boston
	25. Sept.; Rückkehr nach Chicago

1896	Anna siedelt mit ihrer Familie nach New York City um und schreibt für die *New York World*
1897	Geburt ihres vierten Kindes Frieda
1900	Anna verlässt ihre Familie und lebt allein in einer Pension in Kalifornien; die jüngste Tochter kommt bei einer Pflegefamilie unter, die älteren Kinder in katholischen Internaten
1902	oder wenig später; Anna kehrt zu ihrer Familie nach New York City zurück und betreibt mit ihrem Mann Max ein kleines Bekleidungsgeschäft in der Bronx
1947	11. Nov.; ein Jahr nach ihrem Mann stirbt Anna in New York City nach einem Schlaganfall

Glossar

Agraffe	*fem.;* Drahtgeflecht, das den Sektkorken mit Muselet und Flaschenhals verbindet und fixiert
Bloomers	Pluderhosen bzw. Hosenröcke, benannt nach dem von der Frauenrechtlerin Amelia Bloomer entworfenen gleichnamigen Kostüm aus eng geschnittenem Oberteil, faltigem Rock und weiten, an den Knöcheln zusammengebundenen Hosen
Chanukka	Lichterfest; achttägige Feier zur Einweihung des zweiten jüdischen Tempels im Jahr 164 v. Chr.
Chanukkia	neunarmiger Kerzenleuchter, der am jüdischen Lichterfest entzündet wird
Dime	US-amerikanische Zehncentmünze
Dollar	die Schätzungen über Wert und Kaufkraft eines US-Dollars um das Jahr 1900 variieren stark; für das Jahr 1910 etwa

schwanken sie zwischen 20 und 28 $ des aktuellen Wertes; die vorliegende Erzählung geht davon aus, dass 1 $ des Jahres 1895 ungefähr 25 $ seines heutigen Wertes entsprach; das lässt allerdings nur beschränkte Aussagen über die Kaufkraft zu – Einkommen und Preise für Grundnahrungsmittel waren damals niedriger als heute; das Durchschnittseinkommen im Jahre 1900 betrug ca. 36 $ im Monat bzw. 438 im Jahr; 1 Pfund Butter kostete 26 Cent, 12 Eier 23 Cent, 1 Pfund Reis 7 Cent, ein Fahrrad zwischen 17 und 135 $

Dschunke chinesischer Segelschiffstyp unterschiedlichster Größe

Dunlop John, 1840–1921; britischer Tierarzt, der 1888 den Fahrradluftreifen erfand

Feministen Frauen und Männer, die sich für Frauenrechte einsetzen; auf einem Frauenkongress in Berlin benutzte die französische Frauenrechtlerin Hubertine Auclert 1892 den Begriff als Selbstbezeichnung, woraufhin er über die internationale Presse rasch in den allg. Sprachgebrauch gelangte

Fuß im angelsächsischen Sprachraum noch heute gängiges Längenmaß; der Roman

	orientiert sich am dort geltenden Konsens, wonach ein Fuß (1 ft) 30,48 cm lang ist, was etwa der Schuhgröße 46 entspricht
Gallone	Raummaß; entspricht 3,79 Litern
Kalesche	kleine Kutsche mit einklappbarem Verdeck
Klausur	abgeschlossener, nur für Ordensmitglieder zugänglicher Teil einer Klosteranlage
Kippa	*plural*: Kippot; traditionelle Kopfbedeckung jüdischer Männer, die vor allem im Gottesdienst getragen wird
Kontor	*neutr.*; veraltet für Büro
Marseillaise	französische Nationalhymne
Meile	internationales Längenmaß, Abk.: mi; 1 mi = 1,60934 km
Mesusa	wörtlich: *Türpfosten*; gemeint ist jedoch die kleine, metallene Kapsel, die schräg im rechten oberen Drittel des Türrahmens eines jüdischen Haushaltes hängt und Verse aus der Thora enthält; bevor fromme Juden einen Raum betreten, küssen sie die M., indem sie die Fingerspitzen der rechten Hand erst an die Mesusa und dann an die Lippen führen

Mlle. Abk. für *Mademoiselle*; an manchen Orten und in einigen niveauvollen Blättern Nordamerikas, vor allem an der Ostküste, galt die französische Anrede noch zum Ende des 19. Jh. als besonders höflich und elegant

Muselet *franz., mask.;* Metalldeckelchen zwischen Sektkorken und Agraffe

Nickel US-amerikanische Fünfcentmünze

Ottokraftstoff frühere Bezeichnung von Benzin

Penny US-amerikanische Eincentmünze

Purim auch *Schicksalsfest*; jüdisches Freudenfest zum Gedächtnis der Errettung des jüdischen Volkes vor dem Plan des persischen Ministers Haman, das jüdische Volk vollständig zu vernichten (356 v. Chr.); 1895 wurde es am Samstag, den 9., und Sonntag, den 10. März, gefeiert

Quarter Vierteldollarmünze

Refektorium Speisesaal eines Klosters

State House Kapitol; Parlamentsgebäude; im vorliegenden Roman das des US-Bundesstaates Massachusetts

Suffragetten *von engl./franz. Suffrage: Wahlrecht*; im späten 19. Jh. Bezeichnung für Frauen, die für das Frauenwahlrecht kämpften

Tallit jüdischer Gebetsmantel, der im Gottesdienst wie ein Umhang über die Schulter gelegt und während des Gebets über den Kopf gezogen wird

Tramp Vagabund, Landstreicher; *auch:* umherwandernder Gelegenheitsarbeiter

WCTU Abk. für *Women's Christian Temperance Union*; im 19. Jh. die größte Frauenorganisation der USA mit Ablegern vor allem in englischsprachigen Ländern; ihre Mitglieder setzten sich für Frauenrechte und ein Alkoholverbot ein